司马昭定三国

小说长篇

李浩白◎著

重庆出版集团 重庆出版社

图书在版编目（CIP）数据

司马昭定三国 / 李浩白著. -- 重庆：重庆出版社,2013.11
ISBN 978-7-229-07108-0

Ⅰ.①司… Ⅱ.①李… Ⅲ.①长篇历史小说—中国—当代
Ⅳ.①I247.5

中国版本图书馆CIP数据核字（2013）第252351号

司马昭定三国
SIMAZHAO DING SANGUO

李浩白 著

出 版 人：罗小卫
策　　划：华章同人
出版监制：陈建军
策划编辑：欧阳勇富
责任编辑：舒晓云
营销编辑：刘　菲
责任印制：杨　宁
封面设计：蒋宏工作室

重庆出版集团
重庆出版社　出版

（重庆长江二路205号）

投稿邮箱：bjhztr@vip.163.com

三河九洲财鑫印刷有限公司　印刷
重庆出版集团图书发行有限公司　发行
邮购电话：010-85869375/76/77转810

重庆出版社天猫旗舰店
cqcbs.tmall.com

全国新华书店经销

开本：787mm×1092mm　1/16　印张：17.5　字数：239千
2014年8月第1版　2014年8月第1次印刷
定价：39.80元

如有印装质量问题，请致电023-68706683

版权所有，侵权必究

目 录

引子 一场突如其来的"清君侧"／1

01 上阵父子兵，耗死诸葛亮／1

司马昭被逼不过，只得厚了脸皮，恭然答道："父帅，您可真要听孩儿的实话？孩儿其实这么认为：父帅您的缜密细致未必高于诸葛亮，但您掌控大局和把握机遇的能力却实在诸葛亮之上。孩儿最佩服您的是，只要失败的损失程度不致影响大局，您在决策时宁可选择自己可能失败，也不会轻易放过任何一个机会！他诸葛亮负荷太多、忧患太深，就难以做到像您这般'举重若轻，纵横自如'！"

02 不抢烫手芋，无人能与之争／18

父亲此时只要公然接受了丞相之位、九锡之礼，他和我司马家就彻底站到了前台，就会像当年的曹操一样坐到炭炉上去被熊熊烈焰猛烤！首先，沛郡曹氏的所有宗亲和外戚便会出于共同的利益而迅速联手一致对付我司马家；其次，一些居心叵测的方镇大员，比如镇东将军王凌，他素来自恃功高资深，不服父帅，想必亦会蠢蠢欲动，伺机发难；第三，蜀寇和吴贼更会识出我大魏将有内讧之乱，也会东西联盟，并肩来犯！大哥，蜀中的诸葛亮是死了，但东吴的孙权、陆逊还在啊！以孙权之阴鸷诡诈、陆逊之文武兼备，我们怎可等闲视之？

03　做臣子的太过爱惜自己的羽毛，便是私念！／36

算得太过精明，毫无把柄予人，正所谓"水至清则无鱼，人至聪则失机"。所以，有时候你明明知道有些事儿做起来会吃亏，但你该做还得去做！以大义而言之，桓范则此番逼我关中如此供粮，虽有强压硬催之弊，但归根到底也是为了大魏万千受灾士庶在着想！

04　半信半疑，半遮半掩／49

其实不需邓艾如此说明，司马昭也清楚南安郡太守曹寿的这一层关系。但他待人行事向来是"信中有疑，疑中有信"，所以故意抛出那些问题来试探邓艾敢不敢据实以答。毕竟曹寿是曹真的侄儿、魏室的宗亲，邓艾若敢在他面前直斥曹寿之非，则足以表明他的态度基本已然倾向司马氏一派；若是邓艾支支吾吾不敢正面针对曹寿，则他或许怀有游移观望之心亦未可知。如今邓艾回答了这些话，表明了他亲马疏曹的态度，司马昭自然是可以完全放心了。

05　先敲山震虎，后虎口夺食／70

听了司马师这番话，杨护暗暗吃惊：好个司马师！先前瞧他率性直爽、磊落坦然，说不定会遭人欺蔽，现在看来他却是"小事未必细，大事不糊涂"的高明之士，一眼便觑破了曹忠的阴险用意并予以巧妙回应，让这曹忠明白他自己的心计耍错了对象！这一份暗暗的警诫震慑，至少可以逼得曹忠日后在与司马师的交往之中"三思而行"，不敢公然使诈！

06　围魏救赵，不动声色最有效／85

池丘伯这时却在心底暗暗长叹一声，与曹忠不动声色地交换了一下眼神，彼此一瞬间都已明白：司马师这是刻意借田小玉之手将那八百石大米尽行投入长安市坊间平抑被哄抬高涨的米价！他这招一出，直截了当地让长安士民看到了关中镇西行营军库里粮食储备绰绰有余，而市面上实则并无缺粮之忧，自然人人亦用再去抢粮，而被自己蓄意炒热的米价迅速便会应声回落，而他池丘伯囤积起来的那些大米也就积压在仓底成了一笔外销不动的"呆货"了！司马师今晚演的这一出"鸿门宴"把自己这一边可真的是弄栽了！

07　征服就是彻底畏服／97

司马昭笑了："邓将军言过了。倘若昭现在手上执有诸葛亮那时的权柄，或许还可举三军之力玩一出'七纵七擒服氐蛮'的大戏！可是，现在昭没有。所以，昭这一次征氐的目标是这样的，只要打得氐蛮他们彻底畏服就够了，不必为图虚名而谋取他们对诸葛亮那样的敬服。昭有自知之明，昭现在还不是诸葛亮！"

08　维稳第一，攘外必先安内／114

司马昭眸中精芒隐隐一闪："他曹寿乃是皇亲国戚出身，就算他是摆明了要陷害我们，我们又能把他咋办？陛下都是站在他那一边说话的，谁还能给咱们主持公道？他不就是瞧着咱们在蛇盘山立了头功眼红得紧吗？明天我让孟牧君先发一道请功表的草稿送到他那里去联署，在那奏稿里把他的功劳摆在头一名，稳住了他再说。日后，咱们在阵前营后多加提防也就是了……"

09　下沉到民间，一步就是真相／137

"启禀司马公子，这首诗是前不久一位名叫阮籍的酒客教给小女子的。"青雀儿含泪而道，"他临别时对小女子讲，日后若是遇到有姓'司马'的客官，可以将此诗吟诵给他听……"

司马师盯着青雀儿的眼神不禁变得越来越亮。

10　谋定而后动，走一步看三步／158

"假设万一韦方回到了南安郡而猝生异动，他终究已服了本公子的'蚀心丸'，性命只可维持十日而已！那么，在这短短的十日之内，他就算捅破了这些'内情'又能搅得起什么风浪来？他本来就是曹寿私自收用的蜀国降将，本公子还可借他之死攻击曹寿'私纳蜀寇'、包藏祸心、事迹败露而杀人灭口！"

11　捉贼捉赃，硕鼠一锅端！／182

陈衡冷冷道："曹校尉，您就按照安西将军的手令办吧！现在，太尉府军师赵俨大人正在安西将军府中等着陈某回去复命呢。他还拿了丰沛酒庄在雍州十三郡的各个分店掌柜就锁在安西将军府门外陪他一同等着呐……"曹忠就像被人当头打了重重一棒。

12　该打则打，不可在落水狗面前装君子／202

"您放心！这个责任不会由您来负的！"司马昭忽又莞尔一笑，"就由昭来写下这道亲笔手令让邓将军去驰援曹寿罢！但军诀有云

'将在外，君命有所不受'，邓将军在确保狮子口安全无恙的情形下，再选择什么时机，采用什么方式去驰援曹寿，那就全靠他自己做主了，昭对此亦是鞭长莫及啊！"

13　走出树林，不全是笔直的一条道／220

司马师不禁幽幽一叹："罢了！父亲大人既然写得这般深切，师又有何言？古语有云'逆而取之，顺而守之'，我司马家大业已然至此，唯有笃行到底了！只求上不违天，下不负民以得心安了！那么，牛伯，您准备如何处置罗杰一事？"牛恒恭然答道："牛某定将此事做得天衣无缝。"

14　恰到好处，相互找一个台阶下／237

"太尉大人，既然现在连陛下也反过来求您了，您不如顺势来个'痛打落水狗'，呈上一本弹劾表，把曹璠一派彻底打倒，永不翻身！您这个时候出手，魏室定然是毫无招架之力的。"司马懿此时却显得非常冷静，双眸之中炯炯生光："毕竟陛下是天子，是君上，老夫总得给他一个台阶下呐！"

15　谋天下者，不谋虚名／249

朝廷把这一箱"万民谢恩书"附于嘉勉诏之后送给了司马懿。司马懿却恬然而笑，转手便让牛恒送给了司马师，同时对其府中僚属言道："此乃子元功劳也，本座何与焉？本座从不掠人之美以为己有，况对子元乎？此书此诏，就交由子元自行珍藏，以资勉励罢！"

引子 一场突如其来的"清君侧"

朔风像饿极了的鹰一样在苍茫的天空中盘旋、嘶啸,刺得人耳膜隐隐作痛。

王恂站在司马昭的身旁,看着自己这位姐夫如同披挂上阵的将军一般,正向河南郡衙议事厅门外台阶下整齐站立的那一排排亲信子弟一迭连声地发号施令:

"贾充,速接太后殿下懿旨:你立刻领任洛阳南门校尉之职!马上前去把守,不得擅放一人出城!"

"卫烈,速接太后殿下懿旨:你立刻领任洛阳北门校尉之职!马上前去把守,不得擅放一人出城!"

"郭统,速接太后殿下懿旨:你立刻前往洛阳东门协助胡奋校尉严加把守!

"……"

司马昭笔直地挺立着,翻开一本盖有太后凤印的绢书,一口气连下了五六道命令,声声又沉又猛,每一个字、每一句话都砸在地板上"梆梆"直响!他此刻全然没了平时的儒雅雍容之态,举手投足之际已是锋芒四射、杀气逼人,令人不敢直视!

瞧着这一幕情形，王恂心念暗动，他的思绪不禁飘回了昨天夜里：那时刚刚过二更，父亲王肃、姐姐王元姬突然唤醒他和弟弟王恺起了床，命令他俩立即无条件参与到太傅府这一场"清君侧、削奸逆"的突袭行动中来。王恺一向好动喜乱，自然是对此求之不得，马上就应承了。王恂自己也只稍一犹豫便一口答应了。自正始初年来，对司马懿父子的雄才大略和深孚众望，对曹爽兄弟的昏庸无能和胡作非为，王恂其实一直都瞧在眼里看得分明，他也是宦海沉浮有些年头的人了，当然懂得自己在此时此刻应该怎样做出正确的选择。他只是万万没有料到，司马懿父子竟会"剑走偏锋"，抓住了曹爽与少帝曹芳一同外出谒祭先帝高平陵这个绝佳时机而雷霆出击！这固然令人猝不及防，但说起来也免不了有"闭门拒主、先斩后奏"的僭越之嫌。然而，他更没想到的是司马懿父子还搬来了永宁宫的郭太后作为抗衡少帝权威的政治后盾！这就愈加可见司马懿父子在此番事变中当真是绸缪已久、算无遗策而志在必得！

就在他浮思绵绵之时，贾充、卫烈、郭统、王恺等人已是齐齐响亮地应了一声，各自按刀持剑，分别带着自己手下的武士、家丁，利利落落地领命出门而去。

这几道命令发完，司马昭歇都顾不上歇一下，便转身望向了侍坐在自己左手边胡床上闷闷地咳嗽着的堂兄司马岐。司马岐身形半歪不歪，拿布巾捂住了自己的嘴，刚才在司马昭宣令之时是一直拼命忍着没有咳出声来。现在贾充、郭统等人离去之后，他才"哇"地呕了一口鲜血出来，染得那手巾上是血迹斑斑。

"岐哥，您……"司马昭俯下身来捧住了司马岐的手，眸中掠过了一丝深深的悲怜，"要不，城东卫畿营那里，还是让小弟代您过去？"

司马岐一把拂开了他紧握的手，将腮帮子咬得紧紧的，死命忍着胸中翻腾欲出的气血，目眦欲裂，缓声说道："子上（司马昭的字为"子上"），你把这河南府衙守好就是了！城东营房的八千驻京卫畿之军，还……还是由我亲自过去调来罢！眼下我毕竟是河南丞，当年你叔父（指司马岐的父亲、司马昭的堂叔、已故河南尹司马芝）在世时对他们也多有旧恩。只有我去才能将他们调得动……"

司马昭眼眶中的泪珠都快滚了出来:"岐哥,可是您的身体……"

"我、我的身体还熬得住!"司马岐硬挺着站了起来,将在身旁扶侍自己的舅父、光禄寺丞董胄(董胄的堂妹董氏是司马岐之母)用力一扯,硬声而道,"舅父!我们快走罢!不能再耽搁了!"讲到此处,他只觉得喉头一甜,料是热血涌了上来,急忙用手巾一把捂着,再不多说,"噔噔噔"便向台阶下大步而去。

司马昭紧紧握了握董胄的手,恳切而道:"董大人,我岐哥和那八千卫畿军就有劳您多加费心了——一定要帮着我岐哥把他们顺利带到这厅前的训兵场来!"

"子上放心,我记住了。"董胄重重一点头,招呼了一批河南郡的亲兵,跟着司马岐便飞快地跑了出去。

厅堂的台阶前终于空了下来,也静了下来。司马昭这时才微微松了一口气,看了看身边最后一个待命而立的太傅府侍卫长王羡,向他吩咐道:"王君,你就赶去前门口帮助成倅、成济等死士兄弟们紧紧守着,同时要密切监控周围街巷的情形。一有风吹草动,立刻过来向我禀报!"

"诺!"王羡一手按着腰间的刀柄,应声退身而去。

王恂见到这时候只剩自己和二十名左右死士亲兵还留在司马昭的身畔了,便试探着问道:"子上,你看——我也去前门协助王羡他们?"

"不必。你就留在这里,随时根据形势的需要而备用应急。现在,我们所要做的就是静等太傅大人驾到。"司马昭直截了当地说完,就在议事厅台阶上席地端坐下来,同时将腰间长剑解下横放在双膝之前,双目微闭,凝心敛神,整个身形顿时宛若一座铜浇铁铸的神像般沉静不动。

王恂却不能像他那样静得下来,右手紧紧抓着自己腰间的刀鞘,双眼直盯着厅前训兵场尽头处的大门入口,一眨也不敢乱眨,心里却紧张地想着:太傅大人他们怎么还没过来?皇宫那边应该早就稳定下来了吧?这中间不会发生了什么不测吧?

"良夫（王恂的字为"良夫"）你放心——皇宫那边有大哥护持着父亲大人，一定不会有事的。况且皇宫里还有郭芝将军和中书省的人做内应，更加不会有什么意外的。"

司马昭虽然坐在地下两眼未睁，静似入定，却仿佛能够看穿王恂的心思一般淡淡说道："父亲大人待会儿过来亲自接管了这八千卫畿军后，大事便可底定了。他再调上禁军和外军，总计能得三万左右的人马，到时候封锁洛水浮桥也就更有把握了。你那个时候就可以回府休息了。"

王恂听得他话中思路如此明晰，一颗心不禁稳稳地放回了胸腔里，便转移了问题，关切地说道："子上，依我说来等会儿你才应该早些休息一下——我刚才瞧见你那眼圈红得就像……像泼了鸡血一样……"

"泼了鸡血一样？"司马昭饶是再怎么故作镇静，也不由得被他这个比喻逗得"噗哧"一声笑了出来，马上又将双唇紧紧抿住，"哪有能把鸡血泼进眼里的？亏你还自诩文才出众……"

"嘻嘻嘻，你这不是笑出来了吗？"王恂捂嘴而笑，"我……我就是故意要把你逗得稍稍放松一下嘛……"

"逗我放松？那可真是谢谢你了！"司马昭淡淡答了一句，便又敛神危坐，状如入定了。他在心底却暗暗苦笑道：放松？你王良夫终是事外之人，哪有我自己体会深切——"清君侧、削奸逆"这等大事压在心头，我是一刻也不敢放松啊！你哪里知道，直到昨夜亥时父亲大人才告诉我我的任务是前来接管河南郡府——从那时起，我就一直在焦心苦思种种对敌应变之策，生怕哪一着哪一步想得稍微不尽不实便误了大事！大哥他的任务是和父亲大人一道进宫居中坐镇，靠上了父亲大人这棵"大树"作后盾，心中有了底气，他自然睡得很香。可是我这一整夜都因谋划绸缪而未能安枕啊！不过，良夫你可说错了——我也是久经疆场的老手了，这区区一个晚上的通宵熬夜就能让我疲惫？我只要临阵登台便会精神百倍，现在的我却是比任何时候都要更加清醒、更加冷静、更加镇定！

王悒哪里晓得司马昭在这片刻之间心头已经转过了这么多念头，还在继续劝他："那你还是要暂时休息一下！如今京城四门有贾充、郭统他们去打理了，卫畿军那边也将由岐兄、董大人他们调动过来……郡府里暂时也没什么急事了……"

司马昭对他这些话只当充耳不闻，隔了半晌，忽然开口了："良夫，我和你打一个赌：你猜一猜此刻曹爽兄弟在高平陵得知我司马府中人猝然端了他在洛阳城的'老窝'之后会作何反应？是奋起还击呢还是像丧家之犬一般灰溜溜地跑回来投降求饶呢？我猜测他必会弃械投降而回——你呢？"

王悒咽了一口唾液，沉吟着说道："子上你真是想得太乐观了。他若真是能乖乖回来投降，自然是再好不过了……就怕他万一来个狗急跳墙……"

"良夫，不是我想得乐观，是你高看他了！可惜，他不是那种能够跳墙一搏的疯狗，他只是一条除了喜欢吃香喝辣之外什么也不会的蠢狗！"司马昭唇角斜斜上扬，露出了一丝不屑之色，"正始五年我曾经和他一同前去征伐伪汉——那一日，我们在骆谷道上突然遇到了大队蜀兵的伏击，双方当时还没怎么打呐，身为三军主帅的他已是丧魂落魄逃得比谁都快！后来，还是我和夏侯太初（指夏侯玄）力挽狂澜稳住了阵脚，这才没有酿成'一溃而不可收拾'的局面。你说，像曹爽这样的蠢狗，还有什么值得我们忌惮的？"

王悒听了，微微颔首："听你所言，曹爽既是这等货色，倒确也不足为虑。"

他正说之间，却见司马昭猛地双目一张，凌厉的目光直盯向前："外边似有异常的动静！"同时右手一伸，紧紧握住了放在他膝前的那柄长剑，一把举了起来！

王悒也吃了一惊，急忙唤过那一队亲兵死士围护了过来，一齐拔刀注视着训兵场尽头处那个门口！

人影一闪，却是王羕飞一般直奔而入，一溜烟儿跑到台阶前急声禀道："二公子、王公子，曹璠、曹忠父子二人带了四五百个家丁突然杀到府衙大门外了！成倅、成济正率领众兄弟在外面拼死抵挡……"

司马昭一听，不禁面色微变，心底里轻叹一声，同时在脑海里紧张思索起来：想不到自己和父亲、大哥千算万算，居然将曹爽的叔父曹璠、曹忠父子二人算漏了！曹璠先前曾任尚书右仆射，后以关内侯之爵致仕在家；而曹忠则挂了一个"黄门监"的虚衔，整日里不亲庶务，只顾花天酒地、骄奢恣意。自己和父亲、大哥都把他俩当作"废物"一般没有纳入应对方略之中——却没料到在今天司马府发动事变之际，他俩竟然凭空冒出，纠合了府中部曲前来此处反扑！然而一瞬之间，司马昭就稳定了心神。据他自己素来所知，曹璠为人优柔寡断，曹忠行事有勇乏谋，应该都不算是十分厉害的劲敌，自己也应该能够应付得过来。但同时，他也清楚守在河南郡府门口的成倅、成济手头只有二百多名兄弟，比不得曹璠他们人多势众，只怕是难以抵挡！自己一定要沉住气用计策巧妙对付才行啊……

正在这时，王羕又神色焦急地催促道："二公子、王公子，您俩应当赶快转移到安全之处，免遭意外！"

王恂听罢，连忙向司马昭说道："子上，你一身关系重大，切切不可在此滞留险境！听王君的话，咱们快从后门走罢！"

司马昭却是面色凝定如渊，身形一动不动："良夫，你自己先走！我要留下来……"

他话犹未了，训兵场入口大门外边已是杀声震耳——"嗖"的一响，一支利箭不知从哪里飞射进来，斜斜插落在训兵场的黄泥地上！

王恂咬了咬牙，终于豁了出来，将他的袖角一拉："子上！这样罢——你快走！我留下来替你守在这儿！"

"良夫，多谢你的美意了。"司马昭深深地看了自己这个妻弟一眼，神色显得十分沉着，"你应该知道，现在这河南郡府是何等重要，我岂敢擅离？岐哥和董大人去城东营房调遣那八千卫畿军过来了，太傅大人又将从宫中前来此处会合，我怎敢弃此而遁？倘若被曹璠、曹忠等占据了此府，再行啸聚徒众猝然发难，太傅大人和岐哥他们岂不危哉？"

"这……这……"王恂急得连连跺脚，"可是曹髦他们毕竟人多势众不易抵挡啊……子上，我答应了姐姐一定要保护你的安全啊！"

司马昭也不理他，"唰"地拔出自己鞘中长剑持在手中，毫不迟疑地下达了命令："王羕君，你即刻赶回前门去，吩咐成倅、成济兄弟于且战且守之余，迅速积薪焚炬，将那座衙门赶快放火烧了！"

"火烧衙门？"王羕一愕。

司马昭疾声补充道："衙门口烧起来后，便会形成一道'火墙'，曹髦他们就更难闯进来了，还有……"

王羕脑筋一转，顿时全然明白过来：司马昭这一着棋实在是高啊！不错，衙门被火一烧，则烈焰熊熊必然形成灼人至极的"火墙"，曹髦、曹忠等人在外面自是不易攻入。同时，更令人叫绝的是，这衙门的火光一旦冲上半空，远近可见，必能引起随后赶将过来的司马懿、司马岐等人的注意和警觉，他们自然就会早作提防而不致遭到意外之变。想透之后，王羕立时飞步而出："好！在下马上赶去前门照办！"

王恂见王羕去了，一把又拉住了司马昭，急切道："子上！快！快！你从后门走罢！我替你去前方督战！"

司马昭右臂一挣，用力甩脱了他的手，双眉竖立如剑，目光灼灼逼人，向他凛然而道："王良夫！你有几个脑袋，竟敢不遵本座的命令？你忘了本座刚才讲了是为什么把你留在身边的吗？你马上从后门出去赶往城东营房通知岐叼速速来援！我身为此军之主，必须疾赴前门亲自督战！这个职责，你是担负不了的！"

王恂听了，顿时像石头人般怔了片刻，瞧得司马昭主意已定，泪花不由得在眼圈里打起转来："子上！姐姐当年果然没有看错你——你真有大将之才！好！你自己要多保重！"说罢，扯过一套铠甲披在身上，在厅前十名死士的围护下飞快地往后院去了。

司马昭也毫不耽搁，率着另外十名死士拔腿就走，奔过那空旷的训兵场，远远地看到那衙门处火光熊熊冲天而起！

冲到近前，只见司马府的死士们一个个杀红了眼，正隔着火堆和曹璠他们的家丁戈来矛去，打得"乒乒乓乓"不可开交！其中，那司马府侍卫队长成济已是杀得性起，脱了身上重重的铠甲，光着油汗津津的膀子，把一杆长槊舞得呼呼风响，不顾自己腰胁间都挂了彩，口中怒吼道："你们这群龟孙！别躲！别逃！让你成二爷砍了你们脑袋当球踢！"

这时，站在他身边的成倅一瞥眼间看到了司马昭，高兴得失声叫道："弟兄们！好好杀敌啊！二公子亲自来为咱们压阵了！"

司马昭举剑在手，挺身上前，振臂而呼："弟兄们，杀退这帮逆贼！太傅大人和司马岐大人的援兵马上就到了！"

那些司马府死士们听着司马昭响亮的声音，看着司马昭矫健的身影，一个个全身上下立时平添了百倍的勇气，就如乳虎出笼一般，奋战不休，竟将曹氏家丁的猛烈攻势压了回去！

曹璠在外面看得清楚，厉声向里喝道："司马小贼！你和你家那老狐狸真是狡猾，竟敢趁陛下和大将军兄弟前去祭祀高平陵之际谋逆造反！还不快快束手就擒？"

司马昭硬邦邦地将他的话顶了回去："曹大人，我父亲大人与诸位元老重臣此番乃是遵奉太后殿下之懿旨而'清君侧、削奸贼'，何逆之有？曹爽兄弟胡作非为，倒行逆施，本就罪该万死！你等又何必与他们陪葬？"

"呸！"曹忠把手中利刀一挥，"儿郎们，别相信这家伙的鬼话！快快冲进去！抓住他的，封侯论赏！"

司马昭也不多言，指挥着众死士奋力抵挡，又加上门口处火势甚烈，竟令曹府家丁始终不能杀进分毫！

曹忠见了，便将曹璠拉过一旁，低低商议道："阿爹，这司马昭太狡猾，竟然放火把衙门也烧了——看来从这里是一时闯不进去了，依孩儿看不如找几个会腾挪攀爬之技的兄弟从旁边的围墙上爬进去狙击他们……"

曹璠一听，急得眉毛胡子皱成了一团："忠儿，咱们在这衙门口处的人手本来就不够,哪里还能分兵翻墙进去偷袭?再等一等,这门口的火熄了后咱们便可一鼓作气杀将进去……"

曹忠把双脚顿得"笃笃"直响,急声道:"咱们哪里还能等到火熄后再冲进门去?这样罢,您瞧司马昭在门里边那猖狂的样子——孩儿去找几个弓箭手,专门瞄准了他猛射,把他射死了解气!"

"忠儿啊,莫要冲动!"曹瑶慌忙将他扯住,"为父也想一箭毙了这小子,但现在咱们只有等待时机冲进去把他活捉了才是上策!只有活捉了他,咱们才能拿他当人质去要挟司马懿这个老匹夫!"

"阿爹!您这瞻前顾后的,怎么才能抓住机会打败他们啊?"曹忠焦急得两眼都冒出火来!

曹瑶却瞧着西边的方向,兀自喃喃地说着:"为……为什么丁谧大人和毕轨大人还没有带兵赶到?再拖下去,一切可就来不及啦!"

正在此时,一个苍劲有力的声音蓦然从他身后传了过来:"曹瑶,丁谧和毕轨他们是赶不来的啦!你还是乖乖投降罢!"

曹瑶听到这个声音,顿时如遭电击般浑身一颤,和曹忠缓缓回过头去:只见须髯如银、气宇沉雄、不怒自威的本朝太傅司马懿全身披挂,铠甲鲜明,率领着一队队禁军骑士正在后面驻马而立!

衙门口里边的司马昭、王弈、成倅、成济等人立刻发出了一片雷鸣般的欢呼声。他们一个个倍受鼓舞,挥刀舞剑之下竟欲跨马追杀而出!

同时,曹府的家丁们则是一个个失魂落魄,逃的逃,躲的躲,散的散,末了只剩下十几个还陪着曹瑶、曹忠父子二人木然呆在原地。

司马懿银眉一扬,两道目光凌厉如刀劈向了曹瑶:"太后有旨:将曹爽等逆贼之三族亲属一律禁锢收监,等候发落。——曹瑶大人,你们还是遵旨受擒罢!"

曹瑶险些将自己的嘴唇都咬破了,厉声怒道:"谁敢禁锢收监老夫?老夫乃是大行明皇帝(指先帝曹睿)之叔父、当今陛下之叔祖、宗室之至亲前辈,她郭瑶(指郭太后)见了老夫也不敢放肆!你司马仲达,不过是我曹家之鹰犬耳!岂敢妄行处分?"

司马懿默然不语,双目逼视着他,同时从腰间缓缓拔出了一柄清光如水、流转生辉的宝刀来——刀身上那九颗斑斓夺目的各色宝石直照得人目眩神迷！他将那刀往前一伸："曹瑶，你可认得这柄宝刀？"

"哼！老夫如何认不得？这是太祖武皇帝（指曹操）当年最钟爱的'九曜宝刀'，竟然被你这老贼窃为了己有……"

"此刀乃是太祖武皇帝当年亲手钦赐于本座的，你怎可诬称'窃取'二字？太祖武皇帝就是让本座专门用它来惩治你们这些不法之臣的！"

曹瑶、曹忠父子二人的眼睛都瞪得几乎掉下了地来："你敢？"

司马懿却深沉地一笑，将那"九曜刀"一翻，那镜鉴一般明亮的刀身上清晰地映现出了他那一副庄正肃穆的面容："尔等可知这宝刀的刀锋为何竟会如此亮利？——只因为老夫几乎每日闲暇之时都会亲手在石板上将它磨砺一番！算起来，这柄宝刀老夫已经暗暗磨砺了整整四十个年头了。所以，它一旦出鞘，锋芒所及，必是势如破竹、无人能敌！"

听到司马懿这杀机毕露的一番话，曹瑶瞧了瞧他身后待命欲发的大队骑士，又看了看衙门里正虎视眈眈的司马昭等人，一颗心犹如坠进了无底冰窟，冻得他的声音都禁不住剧烈颤抖起来，透着一股无穷的绝望："司马仲达！十三年前，我曹瑶就看透了你一家子的勃勃野心。那正是青龙三年……你们父子三人当时就夺走了我们曹家关中二千六百里河山，如今又想来夺走我们曹家的整个天下！……"

01 上阵父子兵，耗死诸葛亮

夕阳暗沉的斜晖映得天地之间尽是一片血洗般的惨烈，浓浓的烟尘在五丈原的上空翻卷狂舞，如同黑虎捕食一般飞快地吞噬着周围一脉脉远山那朦胧的轮廓。

灰黄的土坝上，一面残破不堪的旌旗却在泥泞中倔强地展开着——那当中鲜红的"诸葛"二字硬得便像岩石的棱角坚挺而起，十分刺眼。

"他娘的！这破旗怎么还没拿去烧掉？"魏国征蜀将军胡遵那破锣似的嗓门高嚷着，声音响得震人耳膜。他右脚一提，就要往那面旌旗上面狠狠地踏将下去。

"且慢！"一个苍劲有力的声音蓦地在他身后响了起来。乍一听到这个声音，胡遵就似遭了电击般全身一僵，他的右脚也随即乖乖地悬在了半空不敢踏下。

"司……司马大将军，您……"在无比的诧异中，他慌忙回过了头。一身戎装的魏国大将军、镇西大都督司马懿面无表情地缓步走上前来。胡遵急忙让到了一边，却见司马懿低下了头，凝视着那面蜀军旌旗，看了许久许久，才一摆手淡淡地说道："收好它，洗干净后在晚些时候送到本帅的寝帐中去。"

"呃……"胡遵一下被噎住了，几乎不敢相信自己的耳朵，司马大将军要这面破旗去做什么？

"嗯？你连本帅的话也听不明白了吗？"司马懿的目光骤然变得森寒如刀，向胡遵倏地迎面横扫过来！胡遵顿觉心头一紧，急忙弯下了腰："末……末将遵命！"

司马懿冷冷地看着他，心头暗想：这个莽夫，他什么时候才能懂得"尊敬你的敌人，就是尊敬你自己"这个道理？！

一直跟在司马懿身后的镇西都督府军师赵俨为了打破场中的尴尬，伸手一指前方："大将军——您瞧，前面便是贼酋诸葛亮的中军帅帐了。您可有意进去坐坐？"

司马懿这才缓和了脸色，唇角露出一抹深深的笑意："这个当然——诸葛亮的帅帐嘛……好地方，好地方啊！本帅倒真是有心进去好好坐它一坐。"说着，他瞅也不瞅胡遵，径自向前迈步而去。

胡遵在他身后急忙转头向赵俨偷偷吐了一下舌头，脸上递过去一丝感激的笑意，同时躬下身去小心翼翼地收卷起了那面蜀军旌旗，再也顾不得那上面的泥垢弄脏了自己的手。

掀开诸葛亮帅帐的门帘，司马懿不禁为眼前所看到的景象吃了一惊：他的次子镇西都督府记室司马昭不知何时竟已带了六七名亲兵先进了这帅帐中，一个个正自满头大汗地搬放整理着那遍地狼藉的蜀军图帛、书简和文牍！

尤其是司马昭，埋着头蹲坐在一大堆的图籍中间，全然没有了平时那一派贵公子的雍容优雅，鬓角两边挂着滴滴汗珠，白皙如敷粉的面庞亦已浮起了淡淡红云。他就像一个杂役小卒一般，顾不上自己袍角拖地，衣带染尘，两只手直伸到书堆里边翻来覆去地寻找着什么，忙得是不亦乐乎。

"二公子……"赵俨大感惊诧，不由得脱口唤了一声。

"什么事？没看到我正忙着吗？赶快过来帮忙呀！"司马昭好像

忙得竟没听出赵俨的声音，只当是别的魏卒闯了进来，头也不抬，继续在那书堆里翻找着，"我刚才好像看到这堆图籍里露出了一张关中地图的帛角……咦？它被压到哪里去了？……"

"二公子，大……大将军他到……"司马懿的参军梁机也忍不住了，在一旁开口正欲提醒，却被司马懿一抬手给阻断了。司马懿静静地看了司马昭片刻，微眯的眼缝里一丝暖暖的笑意若隐若现。他轻轻走了过去，在司马昭身边蹲了下来，默默地帮他收拾地上散乱的图籍。

"找到了！找到了！就是这张帛图！"司马昭从那书堆里终于翻出了一幅陈旧得有些发黄的图帛，仿佛找到了什么稀世珍宝一般，高兴得一下跳了起来，"你们看，这就是蜀军所藏的陇西军事形胜地图……啧啧啧！瞧一瞧，他们绘制得真是精确——连狄道口外东边那条干涸了大半的小河沟都画在了上面！咱们的地图上可没他们标注得这么细致……"

他一边欢天喜地地夸赞着，一边转过了头来——脸上洋溢着的笑意刹那间僵住了。"父……父帅？"他的声音随即变得结巴起来，"父帅您……您是什么时候进来的？"仿佛又马上想起了什么，急忙"扑通"一声屈膝跪下，"孩儿未曾出迎，失礼之至，请父帅责罚！"

司马懿没有立刻答话，将从地下拾起来的那册蜀军残简轻轻放到了一边，然后拍了拍手上的尘土，徐徐站起身来，笑吟吟地看着自己这个聪敏过人的宝贝儿子："昭儿，你哪里失礼了？你今天做得很好啊！你能在第一时间里抢在众人前面想着赶到诸葛亮的帅帐里搜集整理他们蜀军溃退时残留下来的文牍图籍，这难道不正与前汉贤相萧何当年初入咸阳时广收秦宫典章的聪哲之举相仿吗？为父怎会怪你失礼呐？"

"父帅，您常常教导我们'典章图帛，乃是国之命脉、军之根底'，孩儿一向对此铭记于心。所以，今晨刚从斜谷道收兵回来，孩儿顾不得休息便赶到这里来了。"

司马懿微微含笑点了点头，忽又问了一句："你见到你大哥了吗？他好像也是一大早就出来了。"

司马昭垂着双手，恭恭敬敬地答道："禀告父帅：大哥是和孩儿一道进入这五丈原蜀军营垒的。他说咱们的关中铁骑曾在诸葛亮生前特制的'铁蒺藜'和'连弩'下吃了大亏,所以,他带了一队亲兵直奔蜀军后寨搜寻那些被遗弃下来的'铁蒺藜'和'连弩'去了。"

"子元(司马师的字为"子元")能想到这一点也不错——他若找到一些'铁蒺藜'、'连弩',可以送去马钧大人那里,他是我大魏数一数二的能工巧匠,就请他'依样画葫芦',给咱们也造出更多的'铁蒺藜'、'连弩'来。"司马懿若有所思,沉吟着说道,"说不定这些武器在咱们将来的南征北战之中还能派上大用场!"

赵俨在一旁连忙应道:"大将军,稍后等大公子一回来,属下便帮他去联系马钧大人……"

他们正说之间,雍州刺史郭淮、珍虏将军魏平、雍州别驾黄华等关中将领也随后跟来了这帅帐之中,一个个肃容正色,在旁恭听司马懿的部署调令。

这时,司马昭将自己刚才找到的那张陇西军事地形帛图托在手上,平平展展地献了上来:"父帅,您看诸葛亮他们留下的这张地图,绘制得实在是精确之极。他把金城郡、南安郡、天水郡、武都郡、阴平郡、汉中郡这一带的山形地貌、河流谷道都勾描得十分详细,咱们今后完全可以凭借它来作战布局!"

司马懿接图在手,默默看了片刻,眉峰忽地跳了一跳,缓缓抬起头来,望向大帐当中帅案背后诸葛亮曾经坐过的那张虎皮胡床,脸上突然流出一缕莫名的哀伤来,仿佛是透过无限的虚空对着曾经坐在那里的那个人款款细语一般,低声道:"诸葛孔明,你终究是没能拼过你自己的命运……可惜,你终于还是倒在我前面了……"

赵俨、郭淮、魏平、黄华等在边上听得半清半楚,不禁脸现诧色,面面相觑,却又个个不敢多讲什么。

司马昭离他的父亲站得最近,自然是将司马懿的喃喃低语听得最为清楚。对父帅与诸葛亮之间恩怨交缠的心路历程,他平时也有所知晓。然而,父帅今天当着众位部将的面在此大发与诸葛亮的惺惺相惜之情,这一举动却让他暗暗觉得有些欠妥。虽然赵俨、郭淮、魏平等人都是父帅帐下的亲信要员，但司马昭还是害怕被他们传出去后让外人抓住父帅的只言片语去借题发挥，就急忙张口大声说道："父帅——您是说诸葛亮已经死了？"他的声音响亮得异乎寻常，一则是为了转移话题，遮掩父帅刚才的慨然自语，一则也是巧妙地向父帅出声提醒暗诫。

司马懿乃是何等聪明之人，乍听司马昭这么大声地一喊，微一错愕之际，已经明白了儿子的用心。他连忙心神一敛，静了片刻，才慢慢转过身来，面向赵俨、郭淮他们肃然言道："不错。现在咱们可以确定无疑了：咱们先前在褒斜谷栈道上追到的那个'诸葛亮'是别人假扮的！真正的诸葛亮并不是弃营而逃，而是早就病重暴毙了！——赵军师，你现在就可以为关中诸将拟写请功奏折了！雍州一带，从此再无太大的战事！"

"是！"赵俨立刻干脆利落地答了一声。只有郭淮还在半信半疑："诸葛亮真的已经死了？雍州边境真的就从此可以安宁了？"

司马懿用右手"哗"地抖了一抖那幅蜀军遗留下来的陇西军事地形帛图，宛若扯开了一面大旗般，左手也随即指了过去，侃侃言道："自古以来，兵家智者最看重的，便是这样一些绘有军事形胜之地的图帛文牍。诸葛亮为人行事何等精细，他若健在，退兵之际岂会轻易抛弃这等重要之物？这正如一个人怎会丢了五脏六腑还能幸存于世？诸位勿疑，诸葛亮确是死了。"

"大将军所言极是。"赵俨瞪了郭淮一眼，双袖朝着司马懿一拱，"在下稍后便去拟奏上报朝廷。"

"这个……大将军，"郭淮的个性却要谨慎持重一些，同时他在长安城中周旋多年，比去年年底才调任过来的赵俨更晓得关中官场背后的一些枝枝蔓蔓，最后还是将胸中顾虑说了出来，"咱们还是等到派去斜谷道的斥候、暗探们拿回确切的情报再看罢……否则，万一稍有失实，又要被安西将军曹瑶他们取笑了！"

司马懿却不理他，拿眼看了一圈这蜀军帅帐里一片狼藉零乱的情形，自顾自地问道："你们还从这帅帐里看出了什么？说来听听。"

魏平和黄华面面相觑，不知道司马懿究竟在问什么。赵俨眸中亮光一闪，却不言语，只是抚须微微而笑。

司马懿目光一横，瞥向了司马昭："子上，你这个大将军幕府记室，可曾瞧出了什么？"

司马昭由于身份比较特殊，在父帅身边从来是坚持"万言万当，不如一默"的言行准则，不敢因随意当众发言而影响了别人或是被别人抓住什么话柄，一般只有父帅亲自点名他才会当众答话。今天父帅这一问来得直接，他自然是不能回避了。于是，司马昭面容一正，看了看周围的同僚，欠身款声而答："依下属之见，蜀寇这一次在撤兵之际，居然把陇西军事形胜地图这等重要的兵家图帛都弄丢了，而且帐中诸物亦是显得凌乱不堪，这和前几次诸葛亮退兵时的井井有条相比，实在有天壤之别！下属以为，敌呈乱象，则必有其因。大概就在诸葛亮暴亡之后，他们内部一定发生了什么异常的变故，所以才会让他们失了章法，退得如此仓皇！"

他话犹未了，帐外门帘一掀，魏军先锋大将牛金兴冲冲飞步跨了进来，直向司马懿拱手禀道："启禀大将军，刚才前线的斥候送回了消息：诸葛亮已于三日前病亡于五丈原；还有，据悉今日凌晨，蜀军在斜谷道南出口处爆发了一场内乱，蜀大将姜维和诸葛亮的伪丞相府长史扬仪联手除掉了意欲拥兵自立割据汉中的蜀征北将军魏延……"

他这一番禀报，顿时让帐中诸将齐齐一惊，都把充满钦服之意的目光投向了司马昭：这位二公子，平时看似不显山不露水，一开口便是料事如神、纤毫不失！

司马懿也深为满意地看了看司马昭，点头说道："看来，子上果然预料不差。诸葛亮一死，他的身后就接着爆发了将帅内争的变故。怪不得……怪不得……若是诸葛亮未死，依他的稳慎周密之心性，他这中军帅帐之内哪里还会有什么可资窥测的蛛丝马迹给咱们留下？"

"大将军，蜀寇既已发生内讧，我们何不乘势再进，火速南下斜谷道，将蜀寇一网打尽？"郭淮不愧是关中宿将，听到牛金送来的情报之后立刻就反应了过来，眼中杀机顿现，"请大将军即刻下令！末将马上出去整备人马……"

司马懿没有答话，而是掠过眼神又往司马昭那里默默地一瞥。司马昭会意，便向郭淮开口讲道："郭牧君此计甚妙，当真是勇壮过人！不过，只怕此刻咱们再行南进斜谷道，已是晚了！依昭之见，姜维与杨仪既已除掉魏延，则蜀军军中局势必已大定，况且他们又都是因新丧主帅而悲愤交加、同仇敌忾的'哀兵'，斗志不可谓之不旺——郭牧君，恕我直言，咱们就算追到了褒斜谷南口，和他们硬碰硬拼之下，也未必讨得了多少便宜回来。"

"这……"郭淮听他说得大有道理，不禁有些语塞了。

"子上分析得对。咱们这一次渭南之战已经耗死了诸葛亮，打退了十万蜀兵，本身已是奇功一桩了，用不着再耍些'画蛇添足'的花招。"司马懿接了司马昭的话头过来，淡淡地吩咐道，"诸位先回各营休息罢。今夜，咱们大摆庆功宴，让三军战士尽享其欢！"

"是！"赵俨、郭淮、魏平等人齐齐应了一声，鱼贯出帐而去。司马昭见帐内图籍也收拾得差不多了，便挥手让亲兵们退下，他独自一人陪着父帅留了下来。

司马懿待得众人退尽，方才轻轻长叹一声，向帅案背后的那张虎皮胡床直直地慢步踱了过去，每一步都走得十分沉缓有力，仿佛鞋履之上压了千斤之物——这一刹那，司马昭从侧面分明看到一种亮亮的光芒在父帅的眼眶里跳跃而起。最后，他又见到父帅弯下了腰一手按在虎皮胡床的边沿之上，同时把头偏向了一边，从帐顶小窗洒下来的一抹斜晖刚好罩住了他的脸庞，让人看不清他的表情。

隔了一会儿，父帅的声音才闷闷地响了起来，仿佛是从一个空空的瓮缸之中传出来的一样："天下奇才、宰辅之杰，百年难遇，可惜可叹。斯人已逝，我独憔悴……"

听到这些慨叹，司马昭这一刻才真正明白：父亲大人这一生真正的知音与对手终于离他远去了，他也终于失去了与真正的劲敌交锋时那智慧之刃对撞相击的种种快乐……那种再也没了对手的寂寞与孤独，让父亲大人心底没来由地隐隐作痛……

不知为什么，司马昭鼻子一酸，眼角也蓦地湿了：父亲大人，您虽然自今而后，没有了与劲敌交锋时的种种愉悦与快乐，可是我和大哥却一定能够让您深切地感受到我司马家雄图伟业后继有人、薪火相传的满足与欣喜……那，也许将会成为您毕生最大的幸福！

烛光明明灭灭，映得那面旌旗上的"诸葛"二字若漂若浮、若梦若幻。司马懿伸出手指，缓缓地抚摸着这两个朱红的隶书大字，蒙眬的泪眼中又浮现出了那日在渭河沙滩上见到的那一幕。

在银亮的月华辉映之下，诸葛亮宛然便似一位白衣胜雪、纤尘不染的仙君般在习习夜风中飘袂欲升。他徐徐抚响的瑶琴之音忽而奔放如瀑，忽而流转如泉，浸润着、涤荡着世间的花草万物，到处溢淌着馥郁的空灵、高华……

司马懿情不自禁泫然泪下，无声地抽泣了起来。

司马师和司马昭兄弟二人伏身在帐角的毡席之上，都不敢抬头仰视父帅，也不敢向前多说一句什么。父帅和诸葛亮之间亦敌亦友的恩怨情结，他俩一向是理也理不清、摸也摸不透的。虽然从父帅最贴身的心腹侍卫统领牛恒那里，他俩隐隐约约听说了一些父帅与诸葛亮当年在荆州"水镜山庄"时相交的故事，但父帅一直如此珍惜与诸葛亮的这段惺惺相惜之情，却实在是他俩不曾想到的。

终于，父帅的哽咽停了下来，帐内归于一片静谧。司马师两道粗黑的浓眉顿时一松，从胸腔里轻轻吁了一口长气出来：父帅总算是结束了这仿佛无休无止的莫名哀伤了！现在，我司马家的正事还有许多，一桩桩、一件件都迫在眉睫，确也容不得父帅再这么抚今追昔下去了！他面色一正，刚欲发言，却见司马昭直起腰来，从怀中摸出了几片焦黄的竹简，用双手恭恭敬敬地托着，膝行前去，送到了司马懿面前："父帅，那日孩儿在诸葛亮帅帐之中的灰烬堆里搜集到了一些他亲笔所书的《将苑》残篇，觉得它们的内容极富理趣、耐人寻味，您不妨瞧一瞧……"

司马懿脸上表情早已恢复如常。他把那面旌旗细细地叠好放在了案角，然后一语不发地接过了那几片竹简，略低着头看了起来。对于诸葛亮亲自著写的兵家秘笈《将苑》，早些年他已通过设在蜀国的"内线"搞到了手，所以对它的内容自然是再熟悉不过了。这几片竹简上写的是为将心性之道，笔法飘逸灵动，煞是好看。司马懿本人也是善于砚书的高手，见了此字，也不禁在心底暗暗喝了一声彩，便轻轻念了出来：

  善将者，其刚不可折，其柔不可卷，故以弱制强，以柔制刚。纯柔纯弱，其势必削；纯刚纯强，其势必亡。不柔不刚，适得其巧，合道之常。

  他念罢之后，双眉一扬，眸光闪亮，倏地盯向了司马昭："子上，你倒真是有心，善取他人之长而为己所用！你也喜欢研究诸葛亮？很好，很好。勇于向自己的敌手学习，善于向自己的敌手学习，这才是我司马家中人应有的胸襟和器量啊！你做得很好！这样罢，你瞧他写的这段箴言确也不错，你就拿去做自己的座右铭罢！这些话对你日后的为官处事必有裨益的。"

  司马师在这边听得父帅如此盛赞二弟，心底不知怎的竟是微微一漾：好个老二！他总是喜欢体察揣摩父帅的心意萌动而顺势巧妙迎合，从而谋求在父帅心目之中留下绝佳的印象——这一份随时随地审时度势、随机应变的功力，自己可是差了他许多啊！但司马师一向磊落大度，倒也不觉得二弟这样做就是别有用意，会损害自己什么利益——毕竟这是二弟在父帅面前"尽子之孝以体其诚"嘛！虽然他有时候会感觉二弟此举未免也忒投机取巧了些，但却并不认为二弟的做法是错的。相反，他倒是认为二弟的精细和机灵若是用以应付外敌，则必对司马氏的雄图伟业裨益匪浅。

  "是，父帅。"那边，司马昭的神态永远是那么谦和温恭，双手平举，郑重地接回了司马懿递来的那几片《将苑》箴言。他将它们放回胸襟之后，似乎又想起了什么，徐徐而道："启禀父帅：孩儿那日还搜集到了诸葛亮临终前写给他外甥的一封信函……"

"哪个外甥？"

"本朝已故吏部郎中庞山民的儿子庞涣。他的母亲正是诸葛亮的小妹诸葛琳。"

"拿来看看。"

司马懿的目光往司马昭呈上来的那张帛书上看去，只见上面写道：

致爱甥涣儿：

夫志当存高远，慕先贤，绝情欲，弃疑滞，使庶己之志，揭然有所存，恻然有所感；忍屈伸，去细碎，广咨问，除嫌吝，虽有淹留，何损于美趣？何患于不济？若志不强毅、意不慷慨，徒碌碌滞于俗，默默束于情，永窜伏于凡庸，不免于下流矣！

慢慢看完了这封信函，司马懿冷不丁问司马昭道："这个庞涣现在我朝担任何职，才识如何？"

"他只在我朝担任了太常寺的一个文抄郎。孩儿派人了解过了，他别无所长、庸碌之极。"

"他既是有了诸葛亮这样一个亲舅舅，难道还再敢在我大魏朝表现得如何优异吗？庸碌无为，恰恰是他用在我魏朝里的'保命符'啊！"司马懿微微一叹，"子上，把这封信函传给你大哥也看一看罢。你和你大哥都要亲笔抄录下来制成箴幅，一定要将它的内容铭记于心。不要小瞧了这封信——它可是写给所有有志青年的切身经验之谈！"

司马师从司马昭手中接过那封帛函，只看了几行，就禁不住把嘴一撇："这个诸葛亮，一生最好作伪骗人，连写给自己亲外甥的遗书也是这么高谈阔论、道貌岸然的！读来毫无思亲念旧之意，简直是彻头彻尾的'假道学'嘛！"

听了他这番话，司马昭立时就暗暗皱了皱眉头：这大哥真是太不精细了！他怎么不再认真看看：诸葛亮这封《诫外甥书》上明明留有"机关"的嘛……他还未开口，却听司马懿已经冷然道："子元，你再好好瞧一瞧,诸葛亮在这帛书之中用汉隶写了大部分的字,同时在里面也用秦隶夹带着写了几个字词……你且将这其中用秦隶写成的字词联接起来念给为父听一听?"

司马师被父帅这么一点,连忙往那帛函上定神一看,发觉其中果有七八个隶书字体与众略有不同,显得更为古朴典雅一些,这大概就是父帅所说的"秦隶"了。他把它们串联起来一瞧,就是这样八个字:当弃恻感,何若慷慨。

"当弃恻感,何若慷慨?"司马师慢念了出来,自言自语道,"这诸葛亮也真是,何必这么大费周章地在这样一封信函当中藏字掩句的?!不就是劝他外甥莫要恻然伤感吗,明说就是了,何必弄得这般复杂繁琐?"

"唔……子元,你看来是没有体悟到诸葛亮的志趣和襟怀啊!依为父看来,诸葛亮这'当弃恻感,何若慷慨'八个字写得实在是好!"司马懿却一抚胸前垂鬓,朗声而笑,"听来豪气天成,果然不愧有倜傥名士的洒脱之风!就凭这八个字,诸葛亮的耀眼风采必将永远与浩浩渭河并存于世……"

说着,他深深地看着司马昭:其实,两个儿子适才言谈举止的细微变化都被他看得清清楚楚,他也发觉自己这个昭儿是看出了这封诸葛亮的《诫外甥书》中的那八个字的,所以他才特意把这封帛函送给自己阅览。如此可见,这昭儿竟也有些慧根,在浸淫官场多年后居然还能保持一份难得的清逸和灵机!唉!我司马仲达能有这样一个聪慧伶俐的儿子,也实在是承天之幸、莫大之福了!

于是,他心念一定,向司马昭和司马师二人大有深意地说道:"子上、子元,尔等不知,为父这一生若不是为我殷国司马氏的雄图大业所萦心系神,说不定当年也会像你们的老师胡昭,或是当年的诸葛亮一般翩然脱俗、隐逸遗世的!在茫茫人海之中,能够遇上这样的名士贤人,无论是敌是友,这都是我们不可多得的幸运啊!"

司马师生性阔达,只当父亲是在泛泛而谈,便随口应承了下来,表示谨遵父亲的教诲。司马昭却在心底暗暗感慨:父亲毕竟老了,眼中也只装有诸葛亮这样一个旧日知音而已。当今魏室疆域之广，奄有天下三分之二，可谓人才济济，其中岂无诸葛孔明之流的贤人名士乎？若我司马昭有幸遇之，自当与他结为金玉之交，倾心折节，善始善终，永不相负！

等了这半天，司马师终于插进来个"空档"，向司马懿开口道："父帅，洛阳京师来了讯报：董昭司徒、崔林司空、高柔廷尉等元老重臣已经决定在近期联名上奏推戴您借平定蜀寇之功而入京晋升丞相之位，加享九锡之礼。孩儿等在此向您预贺了！"

司马懿的面容始终沉静如渊："能够返京执掌相权、入统万机，这自然是值得庆贺。但万事不到最后一刻，谁能知道真正的结局会是什么呐？你且慢向为父预贺，也不要在外面泄了风声。咱们自己知道就够了。"

司马师没料到父帅对这事儿态度竟会如此平淡，不禁愣了一下："是，孩儿明白了。"

看到父亲这般冷静沉着，司马昭却在心中不禁暗暗叹服：父亲不愧是阅历极深、修为有素的高人！能于荣辱进退之际看得如此透彻，只怕当年的太祖武皇帝曹操也有所不及！

司马懿的心底却是更有谋算：推戴他晋相加礼之事，自有夫人张春华在京师操持，倒不必太过在意。只是而今诸葛亮已死，关中局势基本大定，两个儿子在自己身边也已调教了不少年头，看来都成熟进步了许多，是到了该搭建平台让他俩自己去各展所长、崭露头角的时候了！师儿今年二十七岁，昭儿今年二十五岁，不趁这个时候再加几分火力好好锤炼一番，错过了"火候"就不好了！

他想到此处，心念忽地一转，当下便有了临时考察他俩才识、能力的主意。于是，他坐回了帐中的熊皮榻床之上，正了正脸色，向司马师、司马昭二人发话问道："为父听得民间一直流传着这样一段谚语：'天下英雄有谁人？北司马、南诸葛，峰峦相峙两不低。'世人皆认为为父与诸葛孔明才智相当、各有千秋。却不知在你俩的心目中，是如何评断为父与诸葛亮的？"

这个问题涉及孝道礼法之大本，司马师和司马昭兄弟二人互望了一眼，期期艾艾的，谁也不肯先行开口回答。

"唔……你们可是拘于礼教而不敢评议为父？"司马懿的眉头拧了起来，面色仍是毫不松动，"疆场之上、棋弈之间，说长论短、评得议失，何必拘于父子之礼？你们有何意见且就尽情道来，为父不会怪你们失礼的。子元，你是大哥，你先说！"

司马师见父帅开口点了自己的名，知道不能再以虚礼回应，便整理了一下思绪，侃侃答道："不瞒父亲，其实在孩儿心目当中，并不以为诸葛亮算得什么'命世雄杰'！他怎能和父帅您相提并论？"

"哦？"司马懿眉峰一挑，"这是怎么一说？"

"依孩儿看来，当这个'命世雄杰'，须有两大条件：一是须有雄心壮志，二是须有雄才大略。"司马师讲得兴起，两眼都灼灼放出光来，"单有雄心壮志，最多只能成为王莽、董卓之辈；单有雄才大略，最多也只能成为韩信、萧何之流。所以，既有雄心壮志，又有雄才大略，才能成为汉高祖、光武帝那样的命世雄杰！

"然而，以此而为圭臬，我们回过头来反观诸葛亮——孩儿认为他首先是'有壮志而无雄心'。吞并九州、一统四海，这是他孜孜不倦、死而后已的壮志。这一点，诚然可嘉！可是论起'化鱼为龙、冲霄凌云'的雄心呐，他却丝毫没有！你看他几番北伐，时常受到那刘禅小儿和伪汉东州派、益州派老臣们的牵制和非议，甚至还有人上奏攻击他有'不臣之心'！孩儿若是坐到诸葛亮的那个丞相位置之上，二话不说，必当先行废了刘禅这个乳臭小儿，自己登基在位、大权在握，然后再毫无掣肘地来横扫六合、荡平天下！

"其次，诸葛亮是'有大略而无雄才'。他每一次举兵北犯，表面上看起来都是布局宏大、震慑人心，可就是做不到'破格行险，出奇制胜'！我是不怎么佩服他的用兵之术的！他当日首出祁山之时若是听从了部将魏延之策，由子午谷前来狙击长安，我大魏岂不是难于应付？可他拈轻拿重、犹豫不决，硬是没敢迈出这一步！"

"大哥，你这话错了！诸葛亮怎会料不到'子午谷奇袭'之策？"司马昭再也按捺不住，向司马师哂笑而道，"他是在通盘权衡利弊得失之后，才不得已放弃了'子午谷奇袭'之计的……魏延之计太过冒险，换了是大哥你在诸葛亮那个帅位上，你也不敢下此决断铤而走险的！"

"哦？"司马懿双眉一跳，目光炯炯地看着司马昭，"子上，你凭什么判断魏延当年的'子午谷奇袭'之计是冒险乏用之策？你且细细讲来。"

司马昭迎视着司马懿和司马师分别从两个方向投来的咄咄目光，神色泰然，娓娓言道："对魏延当年的'子午谷奇袭'之计，孩儿以前早有耳闻，也曾反复研究已久。他的原话是这样讲的：'闻魏国安西将军夏侯楙虽为驸马，却胆怯而乏谋。今若拨给末将精兵五千、粮卒五千，直从褒中而出，循秦岭而东，顺子午谷而北，不过十日可到长安。楙闻末将杀到，必弃城逃遁。长安城中唯剩御史、太守耳。横门邸阁与散民之谷，至少可支用军粮达六十日。而魏军自东方合兵而来，尚须二十余日。丞相大军此时亦已从斜谷赶到相援。如此，则一举而咸阳以西可定矣！'

"他这条奇袭之计当中，有四大环节须得条分缕析、剖明虚实。父帅、大哥，你们且听我细细道来：其一，魏延真的能在十日之内率兵一万闯出子午谷、直达长安城？据我所知，子午谷全长六百六十里，北谷口又离长安城一百里远，则魏延要到长安须行七百六十里路程。算下来，魏延这一万精兵须得每日赶完七十六里的路程才能在十日左右到达长安，而要在一日之内赶路七十六里，最大的因素不取决于那五千精兵，而在于那五千粮卒！以每人每天食粮二斤为准，他们的五千粮卒每人须得至少负粮四十斤而行，方才勉强应付得来。我也管过军营的后勤事务，知道这些粮卒负粮四十余斤，若每日疾行还是可以赶完七十六里路程的。所以，魏延似乎是能够勉强率兵一万在十日左右闯出子午谷、直达长安城的。"

"那不就成了？"司马师双手一拍，"只要他能杀出子午谷，后面的一切问题便会迎刃而解了。"

"还不能这么说。"司马昭微皱眉头说道,"青龙初年,我曾经亲身去探过子午谷,那里面是峡谷对峙,中间河流湍急,全靠架在山崖腰际的窄窄栈道通行。倘若春雨连绵、山洪崩泻,谷中栈道若被冲毁,则行军赶路极为不易!而当年诸葛亮首出祁山,时机恰恰选在了仲春多雨之季!后来,故大司马曹真不也是想从子午谷南下去奇袭汉中郡吗?途中碰上了霖雨冲道,结果却是'发兵已逾一月而行谷才及一半'!所以,魏延欲在十日之内闯出子午谷、直达长安城,还须占得天时之幸方可!不仅是天时之幸,他们闯进子午谷之际还须得不被我大魏的巡逻斥候察觉!这可又要承天之佑,不差分毫了!"

司马师听了,脸上微微一红,口中兀自说道:"我魏军的巡逻斥候当时只设在子午谷北口之外,当他们察觉蜀兵已然出谷之时,只怕早已晚了!"

司马懿却笑眯眯地看着司马昭:"子上,你再继续分析下去。"

"其二,安西将军夏侯楙是否一定就会舍弃长安而逃遁?就算魏延能在十日之内打到长安城下,夏侯楙怎么会未战而先逃?他固然胆怯乏谋,但安西将府署中当时的长史是郭淮将军!郭淮将军乃是老成宿将,他一定会力挺守城迎战的!而且,长安西边郿县有大司马曹真的十万雄师势为掎角,东边又有洛阳京师中军五万由张郃将军率领着疾驰来援——在这两面夹击之下,魏延的一万人马无疑是飞蛾扑火、以卵击石!"

听到这里,司马师双眉一竖,亢声而道:"魏延可以夺取横门邸阁的粮仓负险而守,同时静待诸葛亮从斜谷道出兵来援!还有,二弟你刚才自己也说了,他若狙击长安,就有可能将曹真所率的关中主力从郿县吸引开——那么,这不正好为诸葛亮从汉中南郑北出斜谷道打开了一丝空隙吗?"

"这就是我接下来要说的第三个环节了:在十余万大军的围剿之下,魏延能否及时抢占到横门邸阁的粮仓?大哥,只怕魏延一出子午谷,便是烽烟四起,四方传警,横门邸阁的仓卒们早就做好了守护准备。就算到了最后关头他们守不住这些粮仓,还不晓得该放一把火统统烧了它们免得落入敌手？这样一来，不等张郃率领中军五万从洛阳赶到，魏延和他的一万蜀卒早已饿得人困马乏，不堪一战了！"

司马师听罢，脸上潮红顿时更加浓了几分，正欲开口强词反驳，司马昭却不给他插话的机会，继续微微笑道："既然在前面这三个环节里魏延都是漏洞丛生，那么他所说的第四步'诸葛亮于二十日内由斜谷道北出来援'这一招还站得住脚吗？有曹真大司马的十万雄师坐镇郿县，封堵斜谷道北关，诸葛亮怎好去硬闯斜谷道？后来他不也是一直绕到祁山才从陇西发起了惊雷一击吗？在他绕道祁山的数十日内，魏延前有追兵、退无粮草，除了束手就擒之外，岂有他途？"

"好！好！好！"司马懿"啪啪啪"地鼓起了掌，眉梢边都淌出笑意来，"昭儿剖断如流、算无遗策，为父佩服。确实，诸葛亮当时不敢采用魏延之计，亦是正如你今日所料一般！为父给你补充一个情况：当时诸葛亮总共拥兵才不过十一二万，且又分出了两万人马欲来新城郡呼应叛臣孟达作乱，却被为父一举打退！他那时怎敢再拿一万精兵给魏延去乱赌一把？师儿哪，你二弟这些分析确是精辟之极，你不可不服！"

司马师也知道了自己先前确是想得不太周全，但在嘴上却毫不服软："父帅，二弟讲得固然有理，但孩儿仍是以为：用兵伐敌，就是要善于'险中求胜'。一味只知道瞻前顾后、左计右算，哪里办得成什么大事业？孩儿今日把话撂在这里，将来有一天咱们发兵征剿伪汉，届时说不定还非得依靠'破格行险，出奇制胜'这八个字不可！"

"大哥所言甚是。"司马昭莞尔而笑，"计中有计、变外防变、因势利导、敢于行险，这本就是我们克敌制胜的必由之路。你的这些话，小弟一直都是深深赞同的。"

司马师见到弟弟如此圆融通达，自己倒也不好意思与他硬拧下去了，只得干干一笑："二弟你可堵得大哥我无话可说了。"

司马懿深深点了点头，直盯着司马昭："昭儿，你还没有正面评价为父与诸葛亮二人之间的长短优劣呐！"

司马昭被逼不过，只得厚了脸皮，恭然答道："父帅，您可真要听孩儿的实话？孩儿其实这么认为：父帅您的缜密细致未必高于诸葛亮，但您掌控大局和把握机遇的能力却实在诸葛亮之上。孩儿最佩服您的是，只要失败的损失程度不致影响大局，您在决策时宁可选择自己可能失败，也不会轻易放过任何一个机会！他诸葛亮负荷太多、虑患太深，就难以做到像您这般'举重若轻，纵横自如'！"

司马懿听了，不以为忤，反而哈哈一笑，展颜笑道："说得好！说得好！不过，你俩都说漏了一点，我司马懿还有一长，是他诸葛亮永远也无法比拟的——我司马懿有子元、子上你们这两个麟儿可以承袭大业、继往开来，但他诸葛亮却没有后继之材！有此一长，为父夫复何求哉？"

02　不抢烫手芋，无人能与之争

"臣等谨奏：自夏商周三代以来，胙臣以土，待臣以礼，封秩辅佐，皆所以褒功赏德，为国藩卫也。太祖武皇帝当年建基之余，伪汉诸葛亮挟主自专，拥兵来犯，震荡关中，战火连绵，举国不安，民不聊生，惨不忍言。故大司马曹真、故车骑将军张郃等奉诏御之，殚精竭虑，肝脑涂地，仅能自保，甚或兵败殁将，而国威已丧。

"幸有司马大将军临危受命，初平孟达之乱而即赴长安，运筹帷幄，指挥若定，用武若神，应变万方，上不忧君，下不扰民，内宁外和，众志成城，不战而屈敌之兵，御寇于国门之外，以致诸葛逆贼力尽自溃、呕血而亡，数十年之巨寇摧于一旦，司马大将军之功可谓震古烁今矣！天下士庶之心悦诚服，可谓溢于言表矣！臣等联名共推，恭请陛下广开仁惠之恩，速行重赏以酬硕勋、以安民心、以奖功臣，特封司马大将军即刻晋丞相之位，享九锡之礼，受万户之邑！如此，则朝野上下再无不平之念，共见陛下之廓然大公。"

魏朝司徒董昭慢慢地念完了自己亲笔拟好的这道奏书草稿，脸上毫无表情。写这样的拥戴表，他自然是颇有经验了——想当年，推戴太祖武皇帝晋为魏公、加礼九锡，就是他执笔亲写的初稿。然而，二十多年过去了，他这一次重又提起笔来为司马懿写推戴表，心底实在有一种莫名的震荡！这二十多年来，他冷眼旁观司马氏在魏朝庙堂之上无形无声而又势不可遏地兀然崛起，早已对他们的实力了然于心——既然河内司马氏蚕食沛郡曹家的基业已是大势所趋、不可阻挡，他董昭也只能顺应时势站到潮头积极有所作为，为自己所代表的济阴董氏一族在未来的权移易代之际获取巨利而拼搏一把！所以，推戴司马氏成了他奄奄终年之时的最后一次豪赌。自然，他也坚定不移地相信自己把赌注压在河内司马氏一族的身上是绝对不会有错的。

定下神来，董昭干巴巴地咳了几声，昏浊的半眯老眼里射出幽幽的光芒，看向了在他榻前那条长席上端坐着的司空崔林、散骑常侍王肃、廷尉高柔、河南尹司马芝、黄门令何曾等人："诸位大人，你们觉得老夫这道推戴表写得如何？"

"老司徒的文笔自然是典雅沉实，令人读来心服口服。"崔林转过身来，直望着王肃、高柔、司马芝他们说道，"怎么样？本座附议签名之后，大家也都跟着一齐签了罢！"

身为"庙堂三公"之一的崔林，如此鼎力支持司马懿这次晋相加礼之事，亦是大有缘由的。原来，司马懿当年初入魏国官场的第一位"伯乐"便是崔林的堂兄崔琰。崔琰当时身任选曹尚书，一见司马懿便公开盛赞他"聪亮明允，刚断英特，堪当大器"，使得司马懿年纪轻轻就声名鹊起、无人不晓。而司马懿对崔琰的知遇之恩亦是铭记在心，从不敢忘。只是后来崔琰由于私下里非议曹操有篡汉之心，让他的政敌丁仪抓住了把柄告了一记"黑状"，被曹氏下令赐死于狱，崔琰所代表的冀州清河崔氏一族便从此中道衰落了。数年过后，曹丕代汉称帝，司马懿大受重用，升为魏朝尚书。他却没忘了崔琰当年的栽培之恩，便以崔琰曾经公开表态拥立曹丕为嗣而功不可没的理由在曹丕那里进了"美言"，这才让清河崔氏重又翻身而起。作为崔琰堂弟的崔林也从此在司马懿的大力关照之下步步高升，直到今天坐上了司空之位。滴水之恩，自当涌泉相报，崔林如此极力推戴司马懿更上层楼，也是顺理成章之事。

至于今日在座的其他人士，与司马氏的关系就更不用说了：司马芝是司马懿的堂弟，王肃是司马懿的亲家翁，高柔是司马懿的同僚好友，何曾是司马懿的世交晚辈，他们自是更为热切地盼着能与司马家"一荣俱荣，共同进步"了。

崔林刚才的话一讲完，何曾就连连点头："该签！该签！我等立刻就签！有董司徒、崔司空在前领衔签署上奏，司马大将军的这事儿必能马到功成、指日可就！"

说着，他又轻轻推了一下高柔："高廷尉，今天以官秩高低为序，崔司空签了之后就该轮到您接上了……"

高柔搓了搓手，脸上笑意一现："董司徒、崔司空和本座今天倒是可以在这里签名联署，只不过到下边各郡、各曹的串联事宜，却得辛苦王肃大人和何君你了……"

何曾把头点个不停："晚辈资浅年轻，自当为在座诸公效犬马之劳。尚书台、御史台、中书省等各大府曹那边，晚辈事先早都联系好了——只要你们把名字一签完，晚辈连夜赶去让他们联署……"

这时，司马芝却微微皱皱眉头："各位大人，据我所知：大司农桓范、度支尚书卫臻、谏议大夫蒋济等几位宿望老臣的态度都还不甚明朗……咱们今天签了之后，也须得下来好好和他们沟通一下。子雍（王肃的字为"子雍"），你先去摸摸他们的底……"

"这个倒没什么。其实蒋济那边应该是没有多大问题的。他可能会反对别人晋相加礼，但是对司马大将军却应该能'放行'。毕竟，对司马大将军的丰功伟绩，他素来也是赞不绝口的。"王肃捋了捋自己颌下的胡须，眯着一对圆活闪光的小眼睛，慢慢地说道，"只怕桓范和卫臻两人那里有些棘手……卫臻这个人一向在朝中不偏不倚、介然独立，从来没买过谁的账，我也不好和他说话。至于桓范嘛，最是喜欢与人执拗的，难保他知道了之后会不会折腾个什么事儿出来呐……"

"有这么多公卿大夫、方镇要员联名齐上推戴表，就缺了两三个人的名字，也没什么的。"董昭低垂着双眼，仿佛直盯着自己膝上盖着的棉被在说话一样，"当年本座劝进太祖武皇帝晋公加礼之时，表章上联署姓名的比这一次还少得多了去，也没见那事儿后来生了多大的波折……"

司马芝伸出手指按了按自己的太阳穴，这段时间来，他也在为推戴司马懿晋相加礼一事而奔走联络。不过，闯到了今天这个关头，司马芝的心底却莫名其妙地泛起了一丝隐隐的不祥之感，但一时又说不清这份感觉来自何处，此刻也只得揣在怀里"走一步，瞧一步"了。

王肃却对现实局势更敏感一些，加上他是整个推戴活动的核心组织者和"幕后推手"，考虑问题也更成熟一些。因此，在今天这场密室会议上，他必须把近来一个突发性的状况挑明给大家共同研判："诸君应该知道了：前日幽州刺史毌丘俭发来八百里快骑紧急讯报，声称辽东'土霸王'公孙渊已经公然僭号为燕，叛上自立了！他请求朝廷迅速集结大军进行征伐！那么，请诸君再审慎考虑一下，在这个时候，我等再联名推戴司马大将军晋位丞相、加礼九锡合适吗？"

他提出的这个问题很突兀，也很尖锐。场中顿时一片沉寂。许久，才见崔林捋了捋自己胸前的长髯，眸中精芒连闪："本座记得汉末建安十三年太祖武皇帝就是在晋位丞相、独揽朝纲之后挥师南征荆襄刘表的……前朝既已有此先例，咱们何不遵照而行？咱们完全可以给陛下上奏进言：当此社稷危急存亡之秋，非司马大将军不能定辽东、殄公孙逆贼也——陛下届时亦自当以晋位丞相、加礼九锡来换取司马大将军的北上平叛！"

"唔……崔司空所言自是有理。当然，王某的心情何尝不与大家是一样的迫切？王某也希望推戴司马大将军晋位丞相、享礼九锡之事弹指可成。"王肃眉宇间忧色浓郁难消，"但是，古语有云：'欲速则不达。'推戴司马大将军之事牵连关系甚广，不可小觑！崔司空、董司徒、高廷尉，你们也应该知道，汉末建安十三年之夏，太祖武皇帝的确是在晋位丞相、独揽朝纲之后才挥戈南征的，可正是他在晋位丞相一事上锋芒毕露、咄咄逼人，才引起了荀令君、孔大夫等拥汉名臣的一致反感，才导致了自己在朝野上下人心大失，才酿成了霸业中殂的'赤壁之败'！这样的教训，实在是太深刻了！所以，依王某之见，咱们是不是可以等到司马大将军平辽灭燕,凯旋归来之后再议此事?"

室中再一次静了下来。在座的每个人都在紧张而认真地思考着,谁也没有开口讲话。只有那铜枝灯架上的蜡烛焰苗在"毕毕剥剥"地脆响着,一下一下炸得众人心头微微发乱。

"王大人,先前在推动大家联名推戴司马大将军一事上,你不是最积极的吗?"董昭从榻床上坐直了身子,喘了几口粗气,甚为费力地说道,"你瞧,本座和崔司空都是半截身子早已入土的人了……再拖个一年半载,我们能活着看到司马大将军平辽灭燕凯旋归来,只怕是千难万难了……"

王肃皱紧了眉头,沉沉一叹:"倘若公孙渊没有僭号造反,眼下自然是我等推戴司马大将军晋位丞相的最佳时机!可是,现在公孙渊已经公然自立作乱,朝野上下正逢危机临头,人心惶惶不安,我等怎好再去联络推戴?唉,此事当真令人左右为难……还是得怪那个陛下猝然发诏逼反了公孙渊!他是不是在宫中闲得太慌,成心要给自己添乱啊?居然自己去硬捅辽东这个'马蜂窝'!"

就在这时,一个平和沉着、温婉有力的声音悠然响了起来:"不错,这陛下非但是在刻意催逼公孙渊谋逆造反,而且还可以称得上是成心在给他自己,也是在给大魏朝添乱生事!这难道不是昭然若揭的事实吗?"

乍闻此言,室内诸人不禁全都心神一震,急忙循声望去:只见室门不知何时竟已悄悄开了,董昭的长子董胄正领着一位玄衣蒙面的高个儿老者缓步而入,他俩的身后却跟着司马懿府中的总管司马寅。

一看到这玄衣蒙面人熟悉的身影,王肃的眼神立刻便直了:"亲……亲家母,您……您怎么也来了?"

那幅深青色的面纱被轻轻取下,司马懿的正室夫人、宜阳乡君("君"是魏国对贵族妇人封赐的一种爵号)张春华那鬓角灰白而气质清雅高华依旧的容颜赫然而现!谁也没有想到,张春华今夜居然会骤临这董府的密室之中!

董昭素来知道这张春华虽是一介女流,却在洛阳京师之中翻云覆雨、纵横捭阖、无路不通，和她丈夫司马懿一样是个了不得的厉害角色，便急忙下榻挺起了身躯向她遥遥施一礼："宜阳乡君大驾光临鄙府，老夫失迎，还望勿怪。"

"董司徒多礼了！"张春华面含微笑，低了身子向着在座诸位大人环行了一圈敛衽之礼，温声而道，"适才胄侄来报，诸位大人这么晚了还在为我司马家的事情劳神操心，老身闻听之后自觉实是于心不忍，所以，事急从权，老身也便顾不得许多了，连夜仓促赶来，与诸位大人就在今夜妥善商定大计，免贻他日之忧。"

崔林一听，便知她必有所虑而来，也就不再弯弯绕绕，直言而道："宜阳乡君，我等确是在为联名推戴司马大将军晋相加礼一事而谋议未决。您此刻既然来了，我等一切事宜，唯您之命是从。"

张春华自太和初年就已被封为"一品诰命夫人"，两年前陛下因司马懿战功赫赫又加封她为"宜阳乡君"，享食汤沐邑八百户，论起爵秩来不在王肃之下。多年来的宦海周旋，早已炼就了她不卑不亢、能柔能刚的气宇与手腕。此刻她听了崔林这话，面色一动，连忙深深还了一礼，躬身而道："崔司空此言折杀老身了。不过，既然提到了诸位大人意欲联名推戴外子晋位丞相、加礼九锡之事，老身倒确有一些话语不得不告知诸位大人。

崔林不露声色，将手一摆："请宜阳乡君但讲无妨。"

迎着在座诸人惊疑莫名的目光，张春华容色一敛，正襟而坐，肃然而道："诸位大人，你们不觉得此番陛下绕过中书省、尚书台在朝议之上故意下旨强行征调公孙渊入京担任太尉一事，本身就来得太过蹊跷吗？而且，诸位大人大概还有所不知——这个消息还是镇北将军裴潜昨夜送来的。就在陛下公然下旨强征公孙渊入京的当日，陛下还派了特使携有密诏乘'追锋车'赶去蓟郡，再一次绕过了镇北将军府，令幽州刺史毌丘俭举兵逼临辽东边境，摆出了一副威压公孙渊的强硬姿态……"

"哎呀！陛下这是唯恐把公孙渊逼不反哪！"高柔连连嗟叹，"下了那么一道圣旨还不够，又让人将利刃架到公孙渊的颈脖上！"

"唉……宜阳乡君说得没错，陛下果然是成心给他自己、给大魏朝添乱生事啊！"何曾冷声而道，"他莫非真是有些昏头了？"

王肃眸中却是精光一闪，瞟了张春华一眼，微一沉吟，转身向高柔、何曾二人一语点破："高廷尉、何大人，你们应该往深处再想一想，诸葛亮猝亡，蜀兵刚退，关中战局方趋稳定，这本是朝野上下息肩卸负、论功行赏、共享升平之乐的关头，陛下却为何要一味逼反公孙渊，重又挑起战端？——他就是想打破目前这个局面，使我们措手不及，难以顺势而上推戴司马大将军……"

"宜阳乡君、王大人，本座懂了你们的言下之意了。"崔林以手加额，恍然大悟，"你们的意思是：陛下在明面上看似在给自己添乱生事，而实质上却是给我等推戴司马大将军一事设障作梗？而公孙渊被逼造反，就是他刻意为之的一记'阴招'？"

"不错。"张春华目光灼灼地说道，"陛下显然已经知道了我们的动作，但也不好正面硬阻此事。于是，他就借逼反公孙渊来了个'斗转星移'，强逼公孙渊造反而打乱时局、转移焦点！高！高！高！这固然是一记'阴招'，却也不失为一记'高招'。这样的大手笔，决不会是陛下身边的曹爽、夏侯玄那些'小喽啰'设计得出的。所以，我等须当加倍小心，在陛下的背后，必定还隐藏着一个智略过人的'高人'。倘若咱们再不知轻重、不辨时势而仓促行事，恐有'马失前蹄'之危啊！"

董昭倚在槛栏上歪着脑袋想了一会儿，悠悠说道："陛下背后的'高人'？姓卫？姓桓？姓蒋？除了这三个之外，朝中再无第四者可想！宜阳乡君，您可又有的忙了！唉，我等这一次莫非真的只有暂缓联名推戴一事了？唉，真可惜啊！玄石灵龟降世、西蜀诸葛暴毙、关中战局大定，这本是多么难得的一个良机啊！就这样被陛下刻意挑起的辽东战事冲掉了……"

"董司徒、崔司空、诸位大人，外子胸怀天下，心系万世，决不是王莽、董卓一流的轻躁之辈可比，倘若大家缘于好心而在此时联名推戴他晋位丞相、加礼九锡，这让天下士民如何看待？外患方兴而己欲邀功？这会不会让吴贼、蜀寇抓住口实而肆行诬蔑？他们会说这是在趁人之危而公然要挟主君、窃夺权柄的！如此一来，我等的推戴之举，反倒会误了大事的！"

听到这里，董昭、崔林、高柔等人不禁连连点头称是。何曾的眼里却突然滴下泪来，哽咽而道："司马大将军何等功勋，竟被竖子小人以计掩之，何某心头实是不甘！"

张春华望着他们，一脸正色，深深言道："诸位大人对此，亦不必太过懊恼。天下之机，此消彼长，圜转无穷，我等既以万全之策伺而备之，今日虽有偶失，他日终能再得！若一得之，则大业可定、万世可固！"

冬天到了，杨秃柳枯，霜叶满地，走在上面踩得"沙沙"直响。灰蒙蒙的天穹透不出一丝光亮，压得人们心头发紧。

大司农桓范在草坪间的小径上慢步踱行着，旁若无人，一路还在低低沉吟着，眉宇之际浓云密布。

自己建议曹睿刻意逼反公孙渊以打破时局、"乱中渔利"的那条计策终于实施生效了，然而桓范却怎么也高兴不起来。在他原来的谋划当中，诸葛亮会被司马懿击退回蜀，至少两三年内难以再行侵入关中。而自己就可以来个"调虎离山"，借着公孙渊造反作乱事件，逼司马懿远赴辽东，陷入僵持苦斗的泥沼！桓范他本人则可以乘势出任镇西将军之职，再以对抗诸葛亮为借口，抢到关中兵权来制衡司马懿坐大成势。

然而，他万万没有想到的是，诸葛亮居然被司马懿硬生生给拖死了！十余年来关中地域外部面临的最大威胁就这么猝然地崩溃消散了！纵然日后还有姜维、王平等蜀将前来边境上骚扰滋事，但郭淮、赵俨、孟建他们足可御之于国门外而有余。那么，自己前去争夺关中兵权就根本无从着力。唉，自己比起司马懿来，总是在关键时刻差了那么一点儿运气啊！一想到这里，桓范就禁不住狠狠地跺了几脚，直把地上的枯叶踏得纷纷粉碎。

"桓伯父，您怎么了？"一直跟在他后面踱步的曹爽见状，不由得赶上前来关切地问道。今天，他是专门奉了陛下曹睿的命令过来向桓范讨教对付司马氏的计策的。不过，自入桓府的那一刻起，他就看出桓范心头郁闷之极——到了这时，他果然还是发泄出来了！

桓范深深地倒吸了一口长气，屏住了心神，停住了身，右手往外一摆："没事儿！桓某在想，那远在关中刚刚打退了蜀军而显得踌躇满志的司马仲达，在得知公孙渊于辽东造反自立的消息后，只怕还不定会气成什么样儿呐！"

曹爽却丝毫没有他这样乐观："桓伯父——陛下担心倘若司马懿来个将计就计、顺势而上，乘着公孙渊作乱之际而强行要挟朝廷晋升他为丞相后再去远征辽东，这可如何是好？"

"陛下这是过虑了。"桓范缓缓而道，"司马氏的党羽肯定会为他们的主子鼓噪着向朝廷索取封赏，这是确定无疑的。但陛下的底线是最多只能封给司马懿一个太尉之位，这条底线务必要守住。桓某的这句话，请昭伯（曹爽的字为"昭伯"）回去一定要代为转奏陛下。"

"太尉？司马懿会满足于一个太尉的职衔吗？"曹爽把头摇得像拨浪鼓似的，"他们在事前私下里串通的是准备联手推戴司马懿晋位丞相、加礼九锡！桓伯父，您莫要把他们的野心小觑了……"

"唔……司马懿手下的那些党羽们或许还会不甘于仅仅猎取一个太尉的职衔……但司马本人行事一向稳慎周密、万无一失，他是决不会如此急功近利而趁人之危要挟陛下的！他还没蠢到如此地步。"

曹爽听了桓范这话，仍是大不相信："桓伯父，您这话可把司马老匹夫夸赞得有些过头了。这世上哪有不沾鱼腥的猫？他司马懿真能按捺得住自己的勃勃野心而俯首听命去远征辽东？"

"呵呵呵……昭伯，你仔细想想，这么多年来，司马懿可有什么瑕疵和漏洞被咱们抓住过？朝野上下，谁不说他司马懿是我大魏首屈一指的忠贞之臣？"桓范冷冷笑道，"他的言行举动数十年如一日都是这般纯而无瑕、洁而无秽、刚而无欲、正而无私，简直犹如周公重生、姜尚再世！以致到了今天，朝野上下竟有大多数的卿士大臣要心甘情愿地推戴他晋位丞相、加礼九锡！这等经营基业、收揽人心的手段，想来真是令人不寒而栗啊！西伯谋商，积善累德，四方归心而人皆不觉其之逆……这是何等可怕的篡魏之术！"

曹爽听得悚然一惊："桓伯父——您别说了！为今之计，我等应当如何因应才好？"

桓范伸手摸了摸自己唇角的两撇胡须，眉头紧紧地拧成了一团："司马仲达既然念念存于西伯姬昌谋商夺国之道，那么我等也只能随机应变——千方百计让他做不成篡我大魏的'周文王'就是了！"

"此话怎讲？"曹爽仍是不太明白。

"当年贤相萧何之才德功劳不次于周公、西伯，但他为免逼上之嫌而不惜纳贿自污、贻讥于世。司马懿既然不愿主动效仿萧何的自损英名之行，我们就要来个'逼良为娼'，用计逼他自毁'周公'形象！"

曹爽听了，眼里灼灼放光："桓伯父此计甚妙！却不知您准备怎么个'逼良为娼'法？"

"把他推到冗杂繁琐的利益纠结纷争当中去！让他尽可能多地去树敌于人！"桓范显然是早已成竹在胸，"这一次远征辽东需要大量军粮，关东十余郡遭了大旱也需要发粮赈灾，而放眼天下，只有关中一域算得上粮足民富——我们就来个'劫富济贫'，逼他司马懿从自己的关中之地供粮、出粮来扶持国家！"

"对！对！对！反正司马懿那里的积粮最多，他不就是靠着自己粮多粟足才耗死了诸葛亮的吗？"曹爽哈哈而笑，"桓伯父，咱们就是要拿他的'粮袋子'开刀，让他自减军粮、自削根本！"

桓范冷冷地横了他一眼："桓某将依据朝廷大司农的职责，要求他从关中征收三百万石粮粟以献朝廷！"

"三百万石粮粟？"曹爽不禁唬得舌头一吐：乖乖！这个桓伯父出手好生狠辣！我大魏境内所有州郡近三年来共缴国库的粮粟总量也不过才二百多万石，桓伯父却要逼迫司马懿以区区雍、凉二州之域一次性为朝廷献进三百万石粮粟，这不是在故意刁难司马懿吗？司马懿他怎么完得成这个任务？他若完不成这个任务，桓伯父大概就会发动清议，攻击他"办事不力，屯粮自重，见危不救，贻君之忧"，让他的声望一落千丈，再也做不成广积仁德、恩泽天下的"周文王"了！

"先唱者，穷之路也。后动者，达之原也。何以知其然也？凡人中寿七十岁，然而趋舍指凑，日以自悔也，以至于死。故蘧伯玉年五十，而有四十九年非。何者？先者难为智，而后者易为功也。先者上高，则后者攀之；先者逾下，则后者蹑之；先者溃陷，则后者以谋；先者败绩，则后者违之。由此观之，先者则为后者之弓矢之的也。犹錞之与刃。刃犯难而錞无患者，何也？以其托于后位也。此俗世庸民之所共见，而贤智者弗能避也……"

司马昭好读经籍，每天黄昏时分就会翻开一卷典籍自顾自吟哦诵读一番，常常读得津津有味、乐而忘寝。今天他朗诵的正是《淮南子》当中的"原道训"一篇中的章节，声音高高低低、抑抑扬扬，颇有一派悠长深远的韵味。

他的兄长司马师却有些烦躁地在寝帐里快速地踱来踱去。终于，他身形一定，转过头来，猛地开口打断了司马昭："二弟，这都什么时候了？你还有心情吟诵这些道经杂书！"

司马昭却似乎不以为忤，停住了朗诵，仍是笑眯眯地将那册《淮南子》往几案上轻轻一放，抬起了眼直视着自己的大哥："大哥，您为何事如此焦虑？说来听一听？"

司马师也不和他弯弯绕，顺手拉过一张胡床，大咧咧地在他面前踞坐了下来，直通通就问："这一次牛恒大伯从洛阳回来，带来的那个消息你可知道了？"

"是母亲大人说服群臣放弃推戴父帅晋相加礼的那件事儿吗？"司马昭毫不回避他大哥正视而来的锐利目光，"大哥难道对这事另有意见？"

"不错，照我看来，在这一次接受群臣推戴晋相加礼的事儿上，我司马家真不该自行退步！"

"哦？大哥您为什么这样说呐？"

"父帅眼下挟平定蜀寇之勋，持关中兵盛之威，顺势升任丞相、享礼九锡，谁人敢有异议？父帅一旦大权在握，我司马家便翩然不可复制，届时取代魏朝亦是易如反掌了！"

"原来大哥是想让父帅去当第二个'曹操'？"

"是啊！如今诸葛亮已死，放眼天下，谁人堪称我司马家之敌手？正所谓'外宁则内可无忧'，当前形势实在是大大有利于我司马家啊！而且趁着公孙渊辽东作乱之机，咱们正可要挟朝廷为我司马家放权拥兵！"司马师"噼里啪啦"地说着，声音就像烧裂的竹筒一般又干又脆，"还有，曹操在汉末建安十三年升任丞相时年纪是五十五岁，父帅今年也是五十五岁了！这岂不是一种宿命的契合吗？父帅当了丞相之后，就升你子上为尚书令，封我司马子元为骠骑大将军，你我一内一外齐心协力辅佐父帅开基建业，朝野上下哪个胆敢作难？"

司马昭听罢，沉默了片刻，拿手指在几案上面轻轻叩了几下，终于肃然直言道："大哥，您这番用心实在是极好的。可惜，您把父帅看错了。父帅他要做的不是'曹操再世'，他学的乃是'西伯谋商'！他希望我司马家'异军突起，扭转乾坤'的雄图伟业，应当是来得瓜熟蒂落、水到渠成，而不是急功近利、拔苗助长！

"您想一想：值此公孙渊叛君造反之际，群臣却在联名推戴父帅晋位丞相、加礼九锡，那么天下百姓会怎么看待父帅？他们会认为父帅是在趁人之危而要挟主君、谋求大权的！这会坏了父帅苦心在天下士民眼中树立起来的'一代完人'的绝佳形象的！"

"哎呀！父亲总是这么患得患失、牵牵绊绊的——他就算坐上了相位又会怎的？那些人的唾沫星子还会淹得死人？"司马师一脸的不以为然。

听到大哥这么说，司马昭就觉得更应该把有些理由给他讲透彻："这样吧——我们先来设想一下父帅如你所言而行之后的一些情形：父亲此时只要公然接受了丞相之位、九锡之礼，他和我司马家就彻底站到了前台，就会像当年的曹操一样坐到炭炉上去被熊熊烈焰猛烤！首先，沛郡曹氏的所有宗亲和外戚便会出于共同的利益而迅速联手一致对付我司马家；其次，一些居心叵测的方镇大员，比如镇东将军王凌，他素来自恃功高资深，不服父帅，想必亦会蠢蠢欲动，伺机发难；第三，蜀寇和吴贼更会识出我大魏将有内讧之乱，也会东西联盟，并肩来犯！大哥，蜀中的诸葛亮是死了，但东吴的孙权、陆逊还在啊！以孙权之阴鸷诡诈、陆逊之文武兼备，我们怎可等闲视之？倘若王凌再在淮南起兵响应，我们东面的藩屏就摇摇欲坠了！这样一来，我司马家就会陷入被动，就会重蹈他沛郡曹氏当年的覆辙啊！"

"二弟，你遇到这一丁点儿难事就怕了吗？他曹家可有你我兄弟一般的精敏之材吗？他吴蜀两家就算联手又掀得起多大的风浪来？至于各方藩镇，镇南将军王昶是父帅当年在文学署的心腹僚属，镇北将军裴潜是父帅当年从荆州刺史的位置上一手提拔起来的，关中和陇西就更不用说了！区区一个王凌，老朽匹夫而已，只要稍有异动，为兄立刻领兵杀得他屁滚尿流！……"

"大哥！——不要忘了当今陛下可不是当年的'山阳公'（指已经禅位的汉献帝刘协，他当时在魏朝的爵位是'山阳公'）！而且，洛阳京师城内的数万'中军'还掌握在他们曹家手里！禁苑大内的步兵营、射声营、越骑营等营所的兵力都不容忽视！当今陛下真要翻了脸、狠了心和我司马家拼个'鱼死网破'，谁也不能保证将来的局面会发展成什么样的！"

听到司马昭这段言之凿凿的论断，司马师眉头一蹙，这才一下冷静了下来。他半晌过后才闷声闷气地说道："你也赞成父帅和母亲大人'伺机而动，后发制人'的方略？"

"嗯！眼下公孙渊猝然自立造反，已经打乱了父帅先前的全盘布局，转移了天下士民关注的'焦点'——当此之际，我司马家只能是潜察时势，以静制动，以后制先！"司马昭将几案上那一册翻开的《淮南子》竹简慢慢卷了起来，悠悠而道，"'所谓后者，非谓其底滞而不发，凝结而不流，贵其周于数而合于时也。夫执道理以耦变，先亦制后，后亦制先。是何则？不失其所以制人，人不能制也。时之反侧，间不容息，先之则太过，后之则不逮。夫日回而月周，时不与人游。故圣人不贵尺之璧，而重寸之阴，时难得而易失也。禹之趋时也，履遗而弗取，冠挂而弗顾，非争其先也，而争其得时也。是故圣人守清道而抱雌节，因循应变，常后而不先。柔弱以静，舒安以定，攻大靡坚，莫能与之争。'——这段《淮南子》上的箴言实在是高妙通玄，大哥您要细细思量品味才是啊！"

司马师眯着眼睛看了司马昭好一阵儿，脸上的表情变了几变，口气终于明显地缓和了下来："不管怎么说，像父帅这样憋屈地熬着，为兄可有些受不了！罢了，这一次咱们或许只能暂时退让一步，但今后——咱们在他曹家对我司马家图谋不利的时候，该发狠还得发狠，该出手还得出手！有些冲突，始终是无法回避的，总有一天是咱们必须硬碰硬地去面对的！"

"这是自然——该刚则刚，该进则进，父帅和母亲大人都是很明白的。"司马昭从榻席上缓缓站了起来，双手负在背后，望着寝帐里忽闪忽亮的那簇灯焰，幽幽地说道，"大哥，其实您应该懂得：父帅不学曹操那样急于揽权，是因为他有你我兄弟俩堪为司马家的未来支柱。所以，他能够熬得起。他是想在有生之年为我司马家好好夯实万世永安之鸿基啊！但曹操当年那么急于求成，则是因为他熬不起——他的后人曹丕、曹植都有些稍嫌文弱了，怎么能够在乱世之间东征西伐、大显神威呐？所以，您也休要埋怨父帅行事瞻前顾后、谨小慎微。他扎扎实实当好了'周文王'，咱们才可以顺顺当当做好将来的'周武王'！"

司马师这一次听得很认真，过了片刻，才深深说道："二弟，看来你胸中所藏的韬略和城府当真是越来越像父帅一般高明卓绝了！为兄真替我司马家感到高兴啊！"

司马昭何等聪敏，立刻从他话中听出了一丝酸意，脸庞急忙现出浓浓的恭敬之色："大哥今日如此谬赞，实在让小弟无地自容了。大哥您的刚锐进取、威猛果断，亦一向是小弟最为折服的。"

司马师听罢这句话，唇角一咧，露出一丝苦笑：不知二弟此言究竟是在暗暗讥讽他还是真的夸赞他？

　　正月十五的月轮极圆极亮。月华似碎银一般散在四野，或在草丛中闪耀，或在渭水上游移，或在稻田里跃现。夜幕上的那些点点星光，全做了这皎月最精致的点缀和陪衬。

　　"元宵节的月亮果然不错。"司马懿在胸前环抱双臂，眺望着那轮玉盘似的明月，慨然而道。

　　"咱关中的月亮比哪里都圆！"雍州别驾黄华连忙拍了一句马屁上来。众将也纷纷跟着附和不已。司马懿瞧着他们哄笑献媚的模样，只是含笑不语，抚须而坐。

　　今夜魏营摆开了元宵宴，因为有月须赏，筵席就在露天大坝上设了，一溜儿列了两排酒宴。魏军诸将按序坐着，一个个喝得满脸酡红，嘴里冒出的酒气喷得像牛喘一般"呼呼嗤嗤"的。

　　司马昭在右边长席的末座，望着父帅怡然赏月的样子，心头却禁不住思绪翻滚：果然一如先前所料，钦差大臣辛毗带来了圣旨，封赏父帅升了太尉之位，而丞相之职、九锡之礼则全成了一句空话。尽管早先已经知道将是这个结局，司马昭没由来地还是忍不住感到一阵莫名的惆怅和失落，大哥还差一点儿骂了娘！然而，只有父帅仿佛真正做到了心如止水，接到那道封赏诏书仍是一如平常，还欢欢喜喜地和大家在一起赏月共宴。父帅的修养功夫，真是了得啊！

　　他在这边想着这些念头，司马懿坐在那边却仍是笑微微举杯小酌一口："诸君，幸得诸葛亮终于临阵身亡，蜀贼望风而退，我魏军上下今年方能享此元宵佳节！诸君今夜尽可开怀畅饮，不醉不休！"

　　"那是！"魏平一拍大腿，"也亏了大将军您御敌有方，否则诸葛亮怎能被您活活拖死？"

　　"对！对！对！"胡遵醉意朦胧地举杯来敬，"大将军——不，末将应该改称您为'太尉大人'了！咱们打败了诸葛亮，就请您赐下'轮休省亲'之令，让咱们也回老家和父母妻儿好好聚上一聚！"

　　听了这话，司马懿手中的酒盏一停，缓缓地放了下来，盏中的酒光浮影反射在他眉宇间，似阴翳一般萦绕不去。

"咱们关中这边可算是消停了，"他像是自言自语地说道，"可是你们知道吗，陇西南安郡那边今天下午又送来了六百里军情紧急讯报！和蜀寇内外勾结的氐蛮正在那里大肆作乱呐！"

他此言一出，场中立刻静了下来，静得仿佛连一滴水珠掉在地上都可以清清楚楚地听见声响。

"拿陇西地图来！"司马懿一摆手。

蜀军在诸葛亮帅帐留下的那幅宽大的陇西军事地形帛图当众徐徐展开了：在火炬照耀之下，图上的山谷河道便似一条条筋脉般，缓缓地编联成了一张偌大的网络——

司马懿举起手中的细长铜杖指向了南安郡一带的位置："诸君须当警醒，诸葛亮虽然死了，但并不等于我大魏的关西疆场从此就必然安若磐石了。且不说姜维已经从成都赶回了南郑仍在虎视眈眈，便是南安、武都、白水、阴平那里的氐蛮、羌夷，俱为诸葛亮生前钉在我陇西心肺地带的一枚枚毒牙啊！只有乘势而上，再接再厉，彻底拔掉这些'毒牙'，肃清这些拥汉反魏的蛮夷，我大魏关西三千里疆域才能永远稳若泰山、波澜不惊！"

看到司马懿如此郑重其事，郭淮、胡遵、魏平等诸将的酒意早已消了大半，一个个肃然挺身而坐，不敢再有妄言乱行。

司马懿收了铜杖，嘴角向军师赵俨那里努了一下。赵俨会意，立刻起身来到帛图前一边指点着，一边向诸将介绍道："蜀将王平如今正盘踞在骆谷城，煽动陇西氐蛮东侵作乱，已经攻破了临水、洮东等三四个县城。凉州刺史孟建大人已经亲自赶到南安郡坐镇弹压。而陇西的蛮族寇贼之中，唯有氐酋苻双以武都境内的蛇盘山'四条洞'为巢穴，依恃地利之险作恶。这苻双来历不俗，素为陇西氐蛮名山名寨之共主，自号为'氐王'，颇有威望，且与蜀寇勾结最深，不可不谓我大魏陇西疆域的心腹之患！"

"赵军师言过了！想那区区氐蛮，有何能耐？"郭淮一脸的不以为然，双手一拱，傲然道，"太尉大人，淮甘愿身任先锋，只率数千儿郎前去，十日之内便可擒那符双来见诸君！"

赵俨直盯了他片刻，冷冷一笑："郭牧君千万不可小看此贼！孟建大人用兵之才与你相比如何？他已在南安郡坐镇指挥，与符双交锋了足足一月有余，仍是拿他不住！你想在十日之内便可手到擒来……嘿嘿嘿，恐怕这才是有些'言过'了！"

郭淮一听，不禁面色一滞，暗暗沉吟犹豫起来。那氐蛮贼兵伏于深山老林之中，彪壮凶悍，神出鬼没，自己用堂堂雄师前去讨伐，确是有些棘手。他们可聚可散、忽进忽退，我疲则来扰，我战则先逃，我弱则狂攻，要想铲除实为不易。而且，万一稍有失利，被这小小氐蛮损了自己的名头，那更是大大的不合算了！

场中其他诸将自然也是抱着他这同样的心思，一个个顿时缩了脖子，谁也不敢出头上去主动请缨了。

司马懿把这一切看在眼里，心底暗暗一笑，脸上却不动声色，只微微笑道："以本太尉之见，诸位将军和各营士卒，这几年和诸葛亮斗得也忒辛苦了，本太尉甚是不忍，你们该当返回关东'轮休省亲'的，还是安安心心地回去'轮休省亲'。至于剿灭武都郡内的氐蛮嘛——正所谓'杀鸡焉用牛刀'，就不必劳烦在座的列位将军了。司马昭——"

他这一声唤出，诸将都是一惊。司马昭更是暗暗大震：父帅竟然点了自己的将了！莫非父帅要派自己前去主持征剿氐蛮？念及此处，他心头不禁又是紧张又是兴奋，马上腰板一挺，双眉一立，凛凛然走到坝间抱拳而道："请太尉大人示下！"

司马懿深深地看着他，将手中铜杖向他迎面一指："本太尉在此任命你为镇西征氐特使，以太尉府参军之职衔前去南安郡协助凉州刺史孟建荡平氐蛮！"

司马昭心中大喜，正欲朗声而应，却听旁边席位上司马师一声大喊震动全场："父亲大人！孩儿也愿主动请缨，陪同子上一道前去征剿氐蛮！"

司马懿冷冷的目光一下直扫过来："司马师，本太尉另有要事交付于你。你暂时就不必前去南安郡了！"

司马师一跃而出，便要上前争辩——就在这时，一名亲兵侍从匆匆跑进场坝当中，径直向司马懿屈膝跪下急声禀道：

"太尉大人：朝廷钦差大臣、大司农桓范亲携圣旨已到营门之外，有请太尉大人移驾前去迎接！"

03　做臣子的太过爱惜自己的羽毛，便是私念！

"皇帝诏曰：兹因关东十余郡久旱无雨，数十万户士庶饥而无食，加之征辽军粮匮乏，势甚窘矣！着太尉司马懿暂镇关中，速筹粮粟三百万石以济国家之急！嗟乎，民之命脉已尽悬太尉之手矣！太尉仁厚德崇，必当竭力以成之，勿负朝野士庶嗷嗷待救之望！"

桓范一板一眼、字正腔圆地念完了这道圣旨，然后将它卷成了一束，双手高捧着向司马懿递了过来："仲达，你且接旨罢！"

他这番话说罢，全场顿时鸦雀无声，静如一潭死水。跪在司马懿身后的司马昭仿佛被一记"闷棍"打在天灵盖上，双耳"嗡嗡"作响，心头暗怒：这陛下莫不是疯了？为什么会猝然逼令父亲大人筹集如此之多的粮粟？而且通篇奏章的字里行间简直是"软中带硬、机关深伏"，一步一步直欲将父亲大人逼入绝境！父亲大人此番实是有些不利矣！他一念及此，不禁将双拳暗暗一捏，咬了咬牙，就想挺身而起、据理而辩！

这时，却见司马懿静静地看着桓范递将过来的那道圣旨，眼眶里竟慢慢盈起了灿亮的泪光："上有天降旱灾，下有燕贼叛乱，我大魏刚刚缓过一口气来却又内外遭难，何其不幸也！万千士庶又何其困厄也！唉……老臣只恨自己实乏擎天之能以解君父之大忧！"

桓范见他这般作态，微一沉吟正欲开口，那边司马师早已按捺不住，抢在司马昭前面一仰脖子抬起脸来直视着他，亢声嚷道："桓伯父，我有话要说！"

桓范脸上却是波澜不动："子元请讲。"

"朝廷让家父乍然一下急筹三百万石粮食，时间如此紧迫，任务如此繁重，岂不是太过强人所难？据朝廷的政情邮书所示，我大魏域内所有州郡三年来总共缴入太仓的粮粟也不过才二百多万石！"司马师两眼灼灼有神，忿忿而言，"试想我们关中在这短短数月之间怎么拿得出这么多的余粮供给朝廷？"

"子元所言不差。但你千万不可忘了'疾风知劲草，危难见忠臣'这段箴言啊！"桓范平日里对司马师这种明爽利落的个性甚是喜欢，今天虽被他当面顶撞，却并不显得恼怒，眼底里还浮起了幽幽的笑意，"司马太尉，您在雍、凉二州经营多年，关中粮丰粟足之名已是遍扬天下！朝廷值此内忧外患之际，若不向您关中求助，却又能向谁求去？您可是我大魏朝无危不济、无难不解、无敌不殄、无往不胜的'周公'啊！"

司马懿此刻却没有立即答话。他在脑中飞快地思考着：桓范今天突然带来的这道圣旨实在是太过蹊跷了！辛毗宣读了封赏诏才离去两三天，怎会又有桓范这道圣旨"从天而降"？尚书台和中书省为什么不能在事先挡住这道圣旨？难道说这道圣旨又是陛下绕过尚书台、中书省直接让桓范带来这里的？这样看来，尚书令司马孚、尚书仆射卢毓、中书令孙资、中书监刘放等已是难以制约陛下对自己的猝然发难了？……想到这里，他心头一震，定住了思绪，假意装出为难之相，沉沉地叹了一口气："桓大夫，您身为大司农，总不会真的以为三百万石的供粮之量在纸帛之上是一笔就可写成的罢？"

桓范当然听出了他话中所带的"尖刺"，心里也清楚了司马懿的言外之意：你桓范既敢搬来一道圣旨硬压自己，自己当然也可以动用在庙堂之上的党羽弄来一道圣旨否了此事！当下，他心念一动，目光一转，仿佛忽又想起了什么，淡淡然说道："仲达，我近来重读《史记》'周本纪'这一章，颇有感悟。尤其是那段'西伯乃献洛西之地，以请纣王去炮烙之刑。纣王许之'的内容，当真令我印象深刻：三代之际，封邑疆土，拥享世袭，可以传于后代而无穷，对每一个侯伯大夫而言，那可是'命根子'一样的珍贵！然而，西伯姬昌为了替天下百姓免除商之酷刑折磨，竟将六百里洛西封邑之地弃之若敝屣，这又是何等的德被八荒？仲达，你我皆是儒生出身，浸淫周孔之道已久，都应该对西伯姬昌这等舍私为公等仁重义之举追慕效法才是啊！"

司马昭在旁边听得分明，顿时心潮疾动：这桓范今日怎会莫名其妙地提到"西伯谋商"之史事呐？他……他莫非竟已觉察到了父亲大人胸中潜藏的雄心大志？而且，他这番话分明是针对父亲大人而使出的一招"激将法"啊！父亲大人可千万别中了招！他急欲起身暗暗去提醒父亲，却一转念，又想：但是父亲一向爱惜自己的"西伯"形象，只怕明知这是桓范设下的"圈套"也不会对他的刻意刺激而漠然置之吧？那样的话，父亲可就是在"引火烧身"了！父亲将来灭得了这股"阴火"吗？父亲大人应该能行罢？……就在他忐忑思虑之际，只听司马懿缓缓开了口："桓大夫，听你如此说来，朝野之望既是这等迫切，老臣不得已唯有暂且接下这道圣旨，竭诚尽力以解君父之忧、士庶之困！"

听到司马懿这话，桓范脸上立刻露出复杂的表情来：司马懿不愧是司马懿！纵然自己是这般苛刻地用名理大义来压他，他也深知其后果之严重吃力，但为了自己的"周文王"形象永远熠熠生辉，他还是坦坦荡荡、大大方方地硬接了下来！自己与他虽为政敌，此刻亦不得不暗暗敬佩三分！

就在他略一恍惚之际，司马懿双手一伸，极为郑重地从桓范掌中接过了那卷圣旨。

桓范顿觉双掌一空，这才回过神来，脸色变了几变，终于还是一咬牙，拱手而道："太尉大人接旨已毕，桓某便就此告辞了。"

"且慢！"司马懿右手托着那道圣旨，站起身来，左手往旁一引,满脸绽出真挚的笑容来,"元则(桓范的字为"元则")何必来去匆匆?咱们老同学之间可有很久没在一起聚过了,今夜我已吩咐下去摆了一席西域风味的'全羊大宴',就着筵间想和你聊一聊你近来所著的新书《世要论》呐!"

桓范正欲迈出的脚步猝然间僵了一下。他慢慢回转过身,似乎有些怀疑又有些茫然地盯了司马懿一眼,脸上的表情也蓦地露出了一丝隐隐的感动来。但那丝感动却转瞬即逝,被他微微痉挛的颊边肌肉压了下去。

他就那么默默地站了片刻,忽然悠悠讲道:"对了,仲达,我近日在《世要论》里写到了前汉贤相萧何……我对他的作为有一个别致的看法,不知仲达可否有意一听?"

"恭请元则指教。"司马懿的口吻仍是那般平和淡定。

"萧何于前汉一朝有抚关中、齐民心、筹粮饷、定律章、布仁政之大功,这都是大家有目共睹、赞不绝口的。但我最敬佩的是他在功成名就之际却能为了消除才识逼上、功勋盖主之嫌隙,而不惜纳贿自污、舍虚务实!"桓范抬起双眼,目光灼灼地直盯向司马懿,"仲达,像萧相国这样'身为大汉朝而荣、名为大汉朝而辱',才是真正令人难以企及的忠贞之臣啊!我们这些做臣子的,倘若太过爱惜自己的'羽毛',未免便有些流于私念了!仲达,你说是也不是?"

司马懿静静地听罢,在心底暗暗一叹,身形一低躬了下来,恰巧让桓范的灼灼目光从他头上直射而过。他的表情桓范未曾看见,但他那谦和平实的声音却被桓范清清楚楚地听到了:"闻君一席话,懿实是受教了。很好,很好。元则真不愧为懿之知己!"

桓范将袍角一甩,迈出步去,慨然说道:"仲达若是真能记得我刚才所言的萧何事君之道,我就太高兴了——这可比你今天请我吃几十席、卜百席的'全羊宴'还要惬意!"

说完,他哈哈笑着径自扬长而去了。

待他走到帐门,司马懿的身形才在他背后慢慢直了起来,他那目送着桓范离营而去的深沉眼神里竟掩不住透出来一抹刀锋般的森寒!

寝帐里烛光摇曳，将司马懿魁梧的身影朝着后面长长地投了出去，在那座楠木屏风上印出一座峭岩般的形状。

他正站在案后翻看着桓范带来的这道圣旨，眉目之际显得深有所思，却又是如同古潭幽湖一样沉沉地静默着。

"父亲大人，您一定要看清桓范的真面目！"侍立在他案前的司马昭终于找到了这个机会将胸中的思虑倾吐而出，"他终究是不顾您和他之间数十年的同窗交谊与相知之情，投到了曹家那一边了！此番他亲自携旨前来压您，可谓已是'图穷匕见'，您须得多加提防才是啊！"

司马懿没有答话，仍是将那道诏书举了起来，就着忽明忽暗的烛光细细地看着，仿佛在寻找里面有什么错字误词一般小心认真。

司马昭见父亲全无反应，便转过头来，悄悄向司马师递了个眼色。司马师会意，拉开了嗓门也进言道："父亲大人，您干吗要接下桓范带来的这道诏书啊？是明眼人都看得出来他们这是一记'逼良为娼'的刁毒之计，想要迫使您去完成一桩根本不可能完成的任务……"

听了他这话，司马懿的眉梢立时一跳，手中慢慢放下了诏书，转过身来，目光"嗖"地射向了司马昭："唔？一桩根本不可能完成的任务？子上，你和你大哥一样也是这么想的吗？"

司马昭自然对此早已盘算清楚，当下便侃侃言道："父亲大人，据孩儿所知，我关中各处军屯之田所剩的余粮总计只有一百三十多万石，那还是父亲大人您辛辛苦苦积攒下来准备在击败诸葛亮之后再分发赏赐给三军将士的……而今朝廷这道圣旨'从天而降'，丝毫不顾我关中将士的心底感受，就要硬夺他们的军粮以充国库之用，这可就太过蛮横了！父亲大人您忍心把这一百三十万石粮食硬生生地从为大魏朝浴血抗蜀了数年的关中将士们口中夺走吗？"

"那么，你的建议是……"司马懿神色若有所动，徐徐而问。

"没有什么可顾虑的！父亲大人就让赵军师拟奏向朝廷陈清关中余粮另有他用，把桓范带来的这道圣旨硬顶回去！尚书台、中书省，还有董司徒、崔司空那里都会帮着我们说话的！"

听罢司马昭的议论，司马懿深深地笑了，然后一撩袍角，就在那张楠木屏风之前沉沉稳稳地坐下了："按子上的说法，亦可算是为我关中上下想得周到了。那么，对关东十余郡的受灾士庶们，你俩就可以从此漠然置之、袖手旁观了？你俩既不忍从关中将士口中夺粮，又岂忍坐视关东灾民嗷嗷待哺？"

"这……"司马昭语塞了一下，终是不甚甘心，嗫嗫言道，"父亲大人，不管怎么说，这就是桓范他们利用您的仁心慈念而设下的一条奸计啊！"

"昭儿哪！你所说的这番情形，为父岂会不知？但古语有云：'不有所舍，则不可以得天下之势；不有所忍，则不可以揽天下之利。是故地有所不取，城有所不攻，胜有所不就，败有所不避，其来不惊，其去不忧，伺天下之所为，而徐制其后乃克有济。'尤其是'败有所不避'这五个字，你要好好体悟啊！算得太过精明，毫无把柄予人，正所谓'水至清则无鱼，人至聪则失机'啊！"司马懿面色肃然，目光炯炯地正视着司马昭，"所以，有时候你明明知道有些事儿做起来会吃亏，但你该做还得去做！以大义而言之，桓范则此番逼我关中如此供粮，虽有强压硬催之弊，但归根到底也是为了大魏万千受灾士庶在着想！朝廷上层若是稍有动荡还不打紧，但天下士庶却万万不可有乱啊！为父当日曾经亲眼目睹了大汉末年的情形……你们知道吗？大汉之亡，就亡于那些受灾深重而未得拯抚的遍地流民！"

说到这里，司马懿的声音低沉了下来，神情也仿佛沉浸到对昔日苦难往事的回忆当中而变得沉郁起来："这些流民为天灾人祸所迫而背井离乡，到了外地便大多依靠乞讨为生。如果乞讨不来就只能偷窃，偷窃不成便要抢劫，小股而为贼，大股则为寇！一旦聚成了流寇，他们便将蹂躏中原而搅乱天下！大汉就是这样走向覆亡的。所以，借古鉴今，对那关东十余郡受灾的士庶，我等实是不可不运粮以救！这可是大局！倘若曹家的江山就此坏掉了，我司马氏的千秋大业又将何以为基呐？"

听到后来，司马昭脸色已是渐渐红了："孩儿感谢父亲大人的深切教诲。您此番当仁不让、临义不苟，便是'败有所不避'的真谛——孩儿现在完全懂得了。"

司马师更是暗暗动容，"啪"地一拍膝盖，高声言道："父亲大人所言极是！古语有云'君王如舟，士庶如水；水能载舟，亦能覆舟'。不管曹睿和桓范他们怎样咄咄相逼，那关东十余郡的受灾士民我们也都只能救济到底了！咱们给三军将士讲清道理，反正诸葛亮已死，西线从此再无大的战事，大家就且缓过一口气来好好援助一下关东的同胞！我司马师愿意当众带头捐出自己全年的俸米来！"

司马懿听了，不由得莞尔一笑，微微点头，忽又转眼看向了司马昭："子上，你又有何意见呐？"

司马昭神情正自若有所思，闻得司马懿一问，急忙回过神来，正了正脸色，方才款款而道："父亲和大哥的话讲得很对。不过，倘若真要收缴我关中军粮而移送给关东灾民，那就在给三军将士晓以大义的同时，告诉他们，是关东吏士怠疏无能，不及我关中在父亲大人统率下吏士卿僚精敏勤笃，所以他们才连小小的旱灾亦无力应付！这样一来，也可将关中将士的怨气稍稍转移发泄到关东那边的无能吏士之上，免得都壅积在咱们这里不好化解。父亲大人，您以为如何？"

司马懿听罢，暗暗倒吸了一口冷气：这个昭儿，连"关东吏士抗旱不力"的说辞都被他拿来做了关中上下增光添彩的"文章"，这一份心计，实在是算得太精太深了！假以时日，他只怕连自己的水平都会迈越而过罢？于是，他面如止水微波不动，继续追问而道："昭儿，你对此事还有其他好的建议吗？"

司马昭早已成竹在胸，侃侃答道："依孩儿之见，此番为关东灾民拨粮捐助一事，我司马氏须得巧妙因应方为上上之策：其一，我司马家'以马代曹'、西伯谋商的大计决不能因筹粮救灾而受损，相反应该借势更上层楼；其二，您中正无瑕、爱民如子的'周文王'形象也不能因筹粮救灾之事而受污，相反亦应该乘机更进一步！曹家越是这么刻意刁难您，我司马家就越不能让他们得逞。"

话及此处，司马昭忽地微一皱眉："但筹粮救灾之事牵扯甚广，说不得亦要'劫富济贫'，得罪不少豪强权贵，所以父亲大人您也实在是不方便亲自出手正面处置此事。这筹粮事务，您就交给孩儿们站到台前去置办罢！这样吧，干脆就让孩儿留下来帮助您筹粮——大哥便代替孩儿去平定氐乱？"

司马师听得二弟如此成全自己独当一面领兵作战的夙愿，不禁大喜而道："对！对！对！二弟留下来征粮，孩儿就带兵前去平定氐乱！"

不料，司马懿却一摆手止住了他，目光深深地看了过来："子元莫争！这氐蛮还是交给子上他去征剿荡定。至于这筹粮之事，子元，为父相信你留在长安一定能够办好的。"

司马师闻言，满腔兴奋顿时化为乌有，神色立时冷了下来。他张了张口，正欲有所争辩，司马懿却自顾自讲道："子元，你此番留在关中筹粮的同时，还有一件要事须得办了。"

听了父亲这话，司马师木着脸，赌着气也不接话。司马昭见状，急忙从身后悄悄拉了拉他的衣角，他却仍是兀自不理。

司马懿对司马师的神情反应完全视而不见，道："前几日辛毗大人到为父帐中传旨之时，谈到了他有意做媒，欲将兖州泰山郡羊氏一族的淑女羊徽瑜嫁给子元你为妻。所以，子元你这段时间里不宜远赴陇西。倘若不出为父所料，他们泰山羊氏随时都会来人请见子元你的。"

司马师的前妻夏侯徽刚在三个月前亡于洛阳，他也是刚刚才从悲恸的阴影之中摆脱出来，此刻哪里还有什么心思来谈婚论嫁？加上父亲大人此时这般急迫地逼他再婚，他自然是猜出了父亲大人必定又与辛毗一门和羊氏一族在幕后结成了某种政治利益联盟。在微微反感之下，他拿出了冠冕堂皇的理由来推搪父亲："父亲大人，古人有云'匈奴未灭，何以家为'？我司马家正值乱世逐鹿之秋，孩儿哪里还顾得上去谈什么儿女私情？"

"师儿你这话可不对！家道内安而后方可开拓外业，你家室不安，又何以外出整齐四方？你瞧你母亲，她便是你眼前'家道内安'的一个好榜样！"司马懿轻轻抚着颌下须髯，徐徐言道，"兖州泰山郡羊氏之曾祖羊续与你们的叔祖父司马直一样，都是汉末之时的清流名臣。羊续当年'门庭悬鱼拒贿自清'之美事，至今于朝野之际传为佳话。

"而且，泰山羊氏素有'九世通儒、八代循吏'之盛誉，门生故吏遍布齐鲁，多年来在兖州一境积下了深厚人脉。这样的名门望族，我司马家若是与之联姻，也不算辱没门楣。加之泰山羊氏的姻亲辛毗一门，在冀州境内亦是甚有根基。这一切，对我司马家逐鹿移鼎之大业必能带来莫大助力啊！"

司马昭听得连连颔首，劝自己大哥道："大哥，父亲大人所言甚是，你便快快应承了罢！"

司马师却还是有些不甘："父亲大人！男儿须当凭恃功业自立门户，又何必非要依靠外家不可？孩儿不信离了辛毗一门、羊氏一族，我司马家便干不成大事！"

司马懿见他不愿，便端出一家之长的威仪来，双目一睁，精芒四射，如矢如电，瞪得司马师垂下头去："你这痴儿，莫非连你母亲的识鉴之力也不相信了吗？关于羊徽瑜此女，你母亲来函说已经数次亲自考察过她了。她认为羊徽瑜出身名门闺秀，实乃聪慧灵逸之淑女，虽是不及元姬精敏干练，但还当得起你司马子元的'贤内助'！既然你母亲都这么说了，你可以放心了罢？"

司马昭在旁再一次劝说司马师道："大哥！母亲大人乃是何等明澈的眼光？她为你精心选择的大嫂，绝对会符合你的心意的。"

司马师嗫嚅了几句，连他自己也不知道争辩了什么，最后只听父亲大手一挥彻底斩断了他的话头："好了，就这样罢。子元，你便留在后方一边专心筹粮，一边找个良辰吉日顺势把你的婚事办了。"

说罢，司马懿也不再管他，转过身来，深深地看向了司马昭，幽幽地说道："昭儿，你这一番前去武都郡平氏，一定要代为父向两个人问好。"

"是。"司马昭恭恭敬敬地答道,"请父亲大人示下他俩的尊姓大名。"

司马懿的表情忽地深沉起来,目光远远地投向了陇西秦岭所在的方向,缓缓而道:"费曜和戴凌他俩窝在南安郡那里有两三年了罢?恐怕也是时候该出来活动活动筋骨了……"

司马昭默默听着,心念暗动:父亲大人陡然提起费曜、戴凌这两个故大司马曹真生前的旧部干什么?他俩当年不就是因为冒犯父亲大人的军令才被父亲大人下命闲置到南安郡去的吗?倏地,他心头灵机一闪,莫非父亲大人此番派自己前去征氐平贼的背后还另外包藏着什么深远的用意?难道他刚才是暗示自己要注意费曜、戴凌等曹真旧部……他沉沉地思索着,双手一拱,道:"父亲大人请安心。孩儿一定会向费曜、戴凌两位将军转达您的深切问候。"

司马懿仿佛看出了司马昭已然明白自己的言外之意,微微点了点头,沉思着又道:"这一次为父放手让你俩各赴战场独当一面,会让你俩各带几个助手同去。师儿,你准备带谁同行?"

"子初兄(即司马懿之弟司马孚的长子司马望,字子初)曾经担任过渭南军屯列营的度支校尉,对筹粮事务颇有经验,孩儿想请他前来相助。"

"很好。昭儿,你呢?"

"孩儿近年来在军营之中结识了郭淮刺史的儿子郭统、胡遵将军的儿子胡奋,觉得他俩年纪虽少却智勇双全,孩儿想带他俩同去平氐。"

"不错。为父明天也给郭刺史和胡将军说一说。当前之下,是应该放手让你们这些娃儿出去历练一下了!"司马懿说到这里,忽又加重了语气,说道,"不过,为父也会帮你俩分别选配好得力干将的,梁机参军就帮昭儿你西去平氐,牛恒君便助师儿你赴东筹粮!"

苍苍青山的半山腰仿佛被天神一斧劈出了宽大的一片露天坝子,周围密密层层的竹浪松涛呼啸着、激荡着,似乎有千军万马奔腾而来。

大坝的西角高高地树着一面乌云般的黑旗,旗面中央绘着盘成一团的粗硕赤蟒，它挺身昂首，张开大口吐出一条长长的蛇信，犹如一条软枪当空而舞！

　　黑旗下面，氐王苻双头戴牛角冠，胸垂黑貂尾，铁塔一般魁梧敦实的身形，在竹台上傲然屹立。他远望着东边起伏绵延的山峦际线，冷声说道："这几个月来，我们氐人接连攻陷了武都郡境内四五个县城，杀伤魏国士卒数千人，立威陇西，声震凉州，也总算是不负诸葛丞相临终之重托了！"

　　他身旁并肩而站的正是氐帅强端。这强端生得却不似其他氐人那般黝黑粗糙，看起来纤眉细目，面皮白净，其实更像一个汉人。在处置氐族庶务之中，他素来是心计深沉、机变多端，也确实与普通氐人粗犷直爽之心性迥异。

　　此刻，听了苻双之言，强端并未显出喜悦应和之色，只沉沉而道："大王，我等为报诸葛丞相当初的厚遇之恩，所以才在陇西兴兵激战，歼敌数千。这本也不错。但是，而今诸葛丞相已然逝世，魏贼上下淫威正盛，只怕他们马上就会抽出手来调动大军对付咱们了……咱们日后若再出兵，可否更为慎重一些？小攻小打，就不必了罢……"

　　"怎么？强端，亏你还是咱们氐人中的'神将'！你竟也怕了这些魏贼前来攻袭？"苻双嘴角一翘，向他丢来一丝冷冷的嘲笑。

　　"不错。大王，强端我真的是有些怕了。"强端也不绕什么弯子，直言而道，"难道您还没有发觉季汉朝内的形势已然有所改变？季汉的那位皇帝陛下，在诸葛丞相一死之后便立刻下诏汉中各营坚守不出，不再主动挑战伪魏……季汉的征西将军姜维不是向来主张以战扬威于伪魏吗？最近也被汉廷从南郑召回了成都暂录尚书事——依强某看来，这也是季汉陛下不愿姜将军待在汉中挑起战端之举……"

　　"唔……你的意思是说连季汉陛下自己也怕了魏贼？"苻双蹙起双眉，面露不屑之色，"这可真厌！"

　　"他们怕的是魏贼主帅司马懿那个老匹夫！"强端咬着钢牙恨恨地说道，"那个老匹夫满肚子的阴谋诡计，连诸葛丞相都对他一筹莫展……只怕有他待在关中一天，季汉的千军万马便一天不敢再轻出汉中了！"

苻双细细想来，也觉得强端所言不差：这两个月来他们氐人连破了魏国几个县城，可谓是战绩不俗，但近在二百七十里外的骆谷城蜀军居然一次也没有发兵前来援助过！难道季汉真的是因为畏惧司马懿的报复而从此就闭关坚守不出了？如此说来，我们氐人再在陇西大唱"独角戏"，又有多大的意思？

他心念一定，便向强端肃然问道："既是如此，那么依强帅之见，咱们氐人自今而后应当如何应对这个时局才好？也来学他们汉兵当缩头乌龟？"

"那倒不是。但我们的确要谨防魏贼的大举报复。"强端显然对此早有熟虑，当下就和盘托出，"大王您请听强某慢慢说来，我们氐人部族是季汉的汉中要地西面最重要的藩屏，季汉无论将来是进攻魏国也罢，防守汉中也好，肯定还是会深深倚重我们的。诸葛丞相刚去世不久，季汉的新任尚书令蒋琬大人不是就发来了信函，重申了季汉与我们氐人永结骨肉联盟之交的诚意了吗？所以，我们背靠季汉立足陇西的大方略依然不能动摇。

"但是，为了抵抗魏贼前来扫荡，我们亦须当在战术战策之上有所调整。大王您率领一万儿郎坐镇蛇盘山，守好我们氐人的根本之地；强某再带剩下的八千儿郎前赴北边的鸡头岭，与蛇盘山遥相呼应，互为掎角之势，当好大王您的屏障！"

苻双抬起头来，望向北边遥远的天际线处露出的鸡头岭那尖尖小小的山头，沉思片刻，郑重地看着强端说道："强帅，你这番话大体上都讲得不错。但有一点你说得有些不对。"

强端一怔："强某哪个地方讲得不对？请大王指教。"

"鸡头岭的确是我蛇盘山大寨的最佳外援屏障，万万不可小看！"苻双用手捻着自己下巴的浓须缓缓说道，"这样罢——你率一万儿郎前去屯守鸡头岭，本王只留八千儿郎在蛇盘山亲自坐镇！"

"大王，这可如何使得？"强端大惊失色，"您只留八千儿郎如何够用？"

"这有什么不够用的？"苻双右掌一挥，不容辩驳地从半空中劈了下来，"强帅，本王今天就这么定下了！倘若有一天魏贼大举来袭，有你和更多的儿郎们在外面从鸡头岭呼应夹击，我这蛇盘山大寨才会像当年诸葛丞相经过时夸赞的那样——'固若金汤'啊！"

04　半信半疑，半遮半掩

刚入四月，暑热便似火盆一般笼罩住了渭南一带。郁郁的湿气从暴涨的渭河上空移动过来，非但不曾消暑降温，相反却加重了空气中的黏性和湿度，弄得人人皆似平空裹上了一层厚厚的棉袄，闷热得不得了。

筹粮署的营帐里，层层叠叠的征粮簿册堆得就像一座小山似的。司马师终于咬着牙将最后一卷簿册审阅完毕了，拿袖角擦了擦自己汗津津的脸庞，"哗"地一下将那卷簿册丢到了一边去，伸了伸懒腰，喃喃地自语道："这些粮粟图簿真是看得我头都晕了……"

坐在他右侧席位的司马望搁下了手中的笔，转过眼来看看司马师，语气里大是不屑："这点儿簿册就让你头晕了？你知道么？军屯这一块的筹粮事务倒还比较简单，真的到了州郡各处的民屯前去征粮，那才够你头晕的！"

司马师两手叉着腰，呵呵笑着对他讲道："子初大哥，只要有你前来帮我，我就轻松了许多嘛！这些日子可是累了你了，到完成任务的时候，我一定报你一个响当当的头功！不过，届时去州郡民屯征粮，你也和我一同……"

"你这个子元啊……"司马望摇着头向他嗟叹不已,"你真的不懂?伯父大人(指司马懿)这是在逼你历练治国庶务之能呐……你自己可要用心学着点儿才行!"

正在这时,司马懿的太尉府舍人牛恒一步迈了进来,扬声便问:"大公子,这几日你在关中军屯筹粮可还顺遂罢?"

看到牛恒这个府中的长辈,司马师自然免不了发上几句牢骚:"牛大伯您是打小就了解我的,我的性格一向是不屑细务、不拘小节的,父亲大人现在却硬要逼我来当一个征粮收粟的刀笔小吏,实在是逆我心性而动,做起来哪能那么顺遂呐?"

牛恒微微眯起了眼睛,抚须而笑:"孟子有云'天将降大任于斯人也,必先苦其心志,劳其筋骨,饿其体肤,空乏其身,行拂乱其所为。所以动心忍性,增益其所不能'。子元你今天吃的这点苦头,和你父亲大人在河内郡任上计掾、在丞相府任主簿之时的种种杂务相比,算得了什么?那个时候,太尉大人他每天夜里都是只能枕着各地的讯情简簿睡上一两个时辰,其余全部时间都拿来处置庶务了……"

"子元,牛大伯说得不错,你不是一向自命为雄豪伟杰吗?这些琐细杂务,你本不喜欢去做而最终又能桩桩做好,这才真正考验了你司马子元的雄杰韧性与英敏器识啊!"司马望在一旁替他鼓劲。

司马师听了他俩的话,坐回席位上去抱了头沉吟半响,终于长长叹出一口气来:"谢谢牛大伯和子初大哥的鼓励,我明白自己今后该怎么做了。我心底里明澈得很,就是有时候耐不住烦闷要发泄几句。父亲大人那一份百折不挠的定力,我司马师真不知道何时才能真正学到手来呐?"他自嘲式地笑了一下,定住心神就开始谈起了正事,"牛大伯、子初大哥,这几日我察看了军屯里的粮粟积蓄情形,亦是深有感触,父亲大人当年提出的这'军屯自足、兵不劳民'的雄图远略实在是高明之至!若不是他的这项方略高明有效,这一次我关中军营哪能为关东受灾士民一下捐得出一百三十多万斛("斛"是"石"的俗称)粮食?没有这一百三十多万斛粮粟垫底,关东这场旱灾饥祸谁见了不是惶惶大乱!"

"是啊！当年太尉大人力主在关中推行数万顷军屯田务之时，镇东将军王凌还嘲笑太尉大人这是在'舍本逐末'，丢了军务去抓农务！"牛恒深深叹道，"现在看来，太尉大人实在是高瞻远瞩、无人能及！"

司马师点了点头，心念一转之下，他的眉头忽又拧了起来："只不过，咱们关中各处军屯的将士们勒紧了裤腰带，也只能为国家节省出这一百三十多万斛粮粟了！还剩下一百六十多万斛没着落呐！这一个'缺口'，我们只有面向关中各郡民屯和士庶官绅们公开征粮来进行填补了！"

"朝廷给了太尉大人'持节统御关中军民筹粮'之权，这个权力该用起来还是得用！"司马望沉吟而道，"咱们现在也确实只能是'由军转民，另开其源'了！"

"事不宜迟——明天我就赶赴长安府署坐镇征粮。"司马师伸手一拍书案，意气风发地扬声而道。

牛恒沉吟了起来："大公子既是决定了即将前去长安府署处置征粮事务，那就非得觅揽到几个州郡衙门里的得力能吏协助不可！毕竟，民政庶务，您是第一次涉足其中啊！"

"得力能吏？我到了那里自然是一定要找的。子上那日临别之际就曾给我推荐了一个得力能吏……"

"谁？"牛恒诧然而问。

"去年子上陪同父亲大人在长安城军市坊里微服巡访时，碰到了长安郡原都尉颜斐。他看出颜斐此人清刚廉勤，可堪重用。本来，父亲大人是亲笔上书朝廷推荐他出任平原郡太守之职的。然而，颜斐当时在军市坊里秉公执法，冒犯了安西将军曹璠，后来只勉强升了半级，就地当了长安郡丞。我此番去长安府署坐镇筹办征粮事务，自然是会调他前来担任助手的。"

牛恒这时亦已忆了起来，颔首而道："二公子推荐得不错——颜斐这个人，牛某也素有耳闻，他确是一位忠勤干练之材，大公子你用起来自会是得心应手的。"

在十七岁的邓忠眼里，那位太尉府征氐参军司马昭大人虽然只是比自己大了七八岁，但他全身上下穿着一袭深色云纹锦绣长袍，胸腰之际虽并没有佩戴什么珠宝饰物，然而举手投足之间却似精芒闪耀、英气横溢，翩翩然宛若高士临尘，毫无人间烟火之相，仿佛上苍的所有钟爱都萃集在了他一身之上。

他又瞧了瞧自己的父亲——破虏将军邓艾。邓艾正握着铜匕，在那一大盘烧得吱吱冒油的牛肉上小心翼翼地切下了方方正正的一块，蘸了蘸旁边小瓮里的香酱，装在一只陶碟之上，恭恭敬敬地起身捧到了司马昭的面前："二公子，请享用！"

司马昭急忙站起身来，双手接过陶碟，满面愧色："邓将军如此多礼，昭实在是愧不敢当！"

邓艾垂着双臂退回了自己的席位之上，眉眼里尽是谦恭的笑意："艾……艾曾在太尉大人的府署中为掾作吏，正所谓'一朝为掾，终身为臣'，艾……艾自是永远不敢忘了这奉上致敬之道的！"

说着，他又转头吩咐邓忠道："忠儿——你还不快前去替为父为二公子执壶斟酒？"

司马昭听了，脸上笑得甜滋滋的，一摆手止住了邓忠，自己斟了一杯酒端起来向侍坐在自己身侧的郭统、胡奋慨然言道："郭君、胡君，瞧一瞧罢，这才是咱们关中一代名将邓将军的风仪！他不仅是智略超群、用兵不凡，便是这一份恭谨谦敬的事上之道亦是鲜有人及！来——咱们为我大魏有邓将军这样的'贤将'干杯致敬！"

郭统一边含笑称是，一边也举杯而敬。胡奋却自顾自拿刀切着牛肉大啃大吃，嘴里还含糊不清地嘟哝道："子上，我和邓艾将军一样，也是懂得恭谨谦敬之道的——到了武都，我帮你多砍几个氐蛮的头颅来立功就是了！"

那边，司马昭放下酒杯，从袍袖里拿出薄薄的一册绢书来，托在右掌之上，笑盈盈地说道："听闻邓将军再过三日便是四十大寿之吉辰了，父亲大人特意让我给您带了一件贺寿礼物，恳请笑纳。"

"哎呀——太尉大人真是太过礼待艾了！艾怎生受得起？"邓艾一边连声道谢，一边恭敬之极地接过了那册绢书，轻轻翻开一看，两眼顿时放出惊喜的光彩来，"这……这居然是诸葛亮的《将苑》？难为太尉大人至今还记得艾素来喜好收集各派兵书……"

司马昭淡淡笑道："邓将军，父亲大人还在送给您的这本《将苑》绢册后面亲自批了注语——父亲大人是想抛砖引玉，与邓将军您互相交流对兵法战策的心得体悟呐……"

"这……这如何当得起？太尉大人的这些批语，艾只能是叹为观止！您瞧他这段写得真好——'与敌交锋而求胜，不能夺势则须利器，不能利器则须运谋，不能运谋则须用忍。相持之际，困窘沓至，敌不能忍而我能忍，则后必伺隙可胜。'"邓艾读到后来，不禁击节赞叹不已，"好！好！好！太尉大人这份厚礼，实在令艾爱不释手啊！"

赞罢，他将这《将苑》绢册认真折好，递给了邓忠，吩咐道："忠儿，你且将这册绢书拿去我的寝室放好。同时你带出话去，不许任何闲杂人士前来打扰为父与司马公子的谈话。"

邓忠应了一声，接过《将苑》绢册疾步出门而去。

邓艾这时方才脸色一凝，肃然探身问向司马昭："二公子，艾……艾听得此番朝廷要逼太尉大人征收三百万石粮食献入国库以消关东饥旱之灾，这……这可实在是有些强人所难！我……我们见了都觉得甚是不平！"

司马昭听了，放下手中的筷箸，没有立即答话，而是将眼色往左右一去。郭统会意，拉了正在大啃羊腿的胡奋起身离席，立刻退出厅门去外边远远地把风守候了。

见得周遭无人，司马昭才长叹一声，向邓艾黯然言道："朝廷还不是瞧着太尉大人志虑志纯、一心为公便好将他摆弄？邓将军你又不是不清楚太尉大人的高风亮节，他们只要压下什么任务来，太尉大人何时又曾拒绝过？"

"关东州郡那些庸官自己无能抗灾，却把如此繁重的征粮任务推给太尉大人一肩独挑了！"邓艾用手拍着大腿连连摇头嗟叹，"二公子,不瞒你说,邓某近来一直在为他老人家忧心如焚啊!"

"多谢邓将军如此挂念太尉大人!"司马昭听了他这些话,煞是有些感动,"您不必这般焦虑。俗谚有云'车到山前必有路,船到桥头自然直'。昭相信太尉大人此番定能遇难呈祥、逢凶化吉的。"

邓艾还是不顾一切地凑了近来,在司马昭耳畔压低了声音讲道:"二公子您可别拿空话宽慰邓某了——您有所不知,这些年邓某未雨绸缪以防万一,暗地里为我雍凉大军在定额完成军屯收成任务之外还悄悄攒了三十六万石麦粟,就藏在祁山大寨的后山洞仓里。太尉大人若有需要,只须一声令下,邓某马上派人运送过来!这也勉强算是邓某为太尉大人竭尽所能而做出的一点儿心意了……"

听到此处,司马昭正握着酒杯的手指不禁倏地捏紧了,斜起眼角深深瞥了邓艾一下。父亲大人曾经多次在他和大哥面前称赞邓艾乃是关中诸将当中最为忠正方毅的一代贤材,如今在这关键时刻方才真正显出了邓艾对父亲大人的一片赤诚丹心!看来,父亲大人的确没有看错邓艾,他也的确不会有负父亲大人之鉴察。既然如此,我河内司马家日后必当善加重用邓艾才是!他心念转定之后,便向着邓艾轻轻欠身一礼,温声而道:"昭代太尉大人在此谢过邓将军您的美意了!这三十六万石麦粟暂且先在您这里暗暗存放着。您也切莫对外声张。而今征氐战事即将打响,说不定届时昭还要从您这里拨粮支用呐!至于太尉大人那边筹粮,他自有方略应付。您就放宽了心,不必再为此事太过忧虑了。"

"好!好!好!多谢二公子今天给邓某交了底儿!邓某真是心情大爽!"邓艾眉梢里的喜色都溢了出来,"只要太尉大人真能在朝廷的这次刁难中化险为夷,邓某愿到夫子祠和老君庙为他焚香祈祷!"

司马昭此刻既已将邓艾视为可信可重之人,自然也就不再和他半遮半掩了,在席位上挺了挺身,向他正色问道:"邓将军,您是关中宿将,在雍凉一带领兵征战可谓经验丰富。不知昭此番遵奉太尉大人之钧令前去武都主持征氐大事之际,您有何高见赐教于我?"

"邓某深受司马太尉破格提擢之恩,实是没齿难忘。所以,邓某诸事皆会对二公子你披肝沥胆、坦诚相告。"邓艾也敛紧了神色，肃然而答，"其实此番氐贼猖獗犯境、掠地害民一至于此，纯系南安郡不肯援救武都、坐观氐蛮成势所致！"

司马昭一听，便知这邓艾果然对自己是毫无讳隐地直言告诫了。他便点头说道："您这话说得有理。昭也颇为讶异：南安郡与武都郡接壤相邻，而且该郡屯兵一万有余，为何却在武都诸县遭袭之际居然一直袖手旁观、不加支援？"

邓艾屏住了呼吸，慢慢抬起脸来，深深盯了司马昭一眼："只因为南安郡的现任太守正是故大司马曹真之弟北中郎将曹彬的嗣子——曹寿！"

其实不需邓艾如此说明，司马昭也清楚南安郡太守曹寿的这一层关系。但他待人行事向来是"信中有疑，疑中有信"，所以故意抛出那些问题来试探邓艾敢不敢据实以答。毕竟曹寿是曹真的侄儿、魏室的宗亲，邓艾若敢在他面前直斥曹寿之非，则足以表明他的态度基本已然倾向司马氏一派；若是邓艾支支吾吾不敢正面针对曹寿，则他或许怀有游移观望之心亦未可知。如今邓艾回答了这些话，表明了他亲马疏曹的态度，司马昭自然是可以完全放心了。

当然，对曹寿近来的所作所为，司马昭亦是早已熟知其来龙去脉。父亲在秉钺关中的这几年里，除了与诸葛亮正面作战之外，暗中使尽心计、用尽手段，把故大司马曹真的旧部势力几乎分化瓦解得一干二净。但还有曹寿这样的曹氏"死硬分子"始终不肯彻底归服，还纠集了费曜、戴凌等一干曹真的亲信故吏盘踞在南安郡中妄自坐大，对司马懿的军令向来是"半推半从"，阳奉阴违，念念只以自保图存为意。所以，此番武都郡遭到氐蛮狙击，作为邻郡的南安郡府本当出兵援救，然而曹寿他们为了保存自己的实力，却是一直闭关不出、坐壁上观！他们如此行为，也实在是做得有些露骨了。

邓艾刚才说了那句话之后，便一直看着司马昭再不多言。司马昭却定住了心神，并不将自己的情感轻泄于外：他只是眉尖微微一挑，眸中寒芒一闪而逝，淡然又问："唔……对曹寿太守这样的宗室贵胄，他们能够自保安遂亦是朝廷之幸！朝廷还能指望他们去做什么？万一他们轻骑妄出有所失利，伤了这等的'金枝玉叶'，岂不是又为太尉大人无故添上了'看护不周'之罪名？罢了，也不去谈他们了。却不知依邓将军看来，在凉州诸将之中还有谁人可以倚而大用？"

邓艾低头沉思了一会儿，方才答道："天水郡太守鲁芝。"

"哦？昭听说这位鲁芝太守亦曾是故大司马曹真的旧部僚属。他为人究竟如何？"司马昭眼底波光微微闪动，面色显得有些狐疑。

"二公子你有所不知，这鲁芝虽然曾为故大司马曹真之旧部，但他和费曜、戴凌不同，为人最是公忠勤敏、守正不阿！"邓艾容色凝重，拱手向他认真讲道，"邓某希望二公子能敞开胸襟摒弃门户派别之见，对鲁太守信而任之、放手擢用，则必对此番征氐之役裨益非浅！"

司马昭慢慢地把玩着手里那只雕花锥底红泥陶杯，欣赏着杯面上刻绘的"关西农丁屯田种粮"图案，口里却幽幽地说道："邓将军，您说他'公忠勤敏、守正不阿'，可有事例为证？"

邓艾面容一正，侃侃而谈："太和六年，邓某与蜀将马岱、王平交兵于略阳，当时敌众我寡，危在旦夕。邓某急忙便向邻近各郡派出了亲兵前去报讯求救。近在咫尺的曹寿、费曜他们亦如今天这般作壁上观，不施援手，末了，只有鲁芝闻讯从三百多里外的天水郡连夜不眠不休疾驰而来，亲率兵马杀入重围，助邓某一臂之力，方才使得大军转危为安。其实，邓某平日又无甚恩惠礼数交结于鲁太守，能得他之鼎力救助真是意料不到！尤为难能可贵的是，他救了邓某之后从来口不宣言，更不曾据为己功而向上邀赏！邓某多次谢他，他只是回答：'同为国臣，见难不救，施而望报，岂系大丈夫之所为？'二公子，您听一听他这话说得……"

司马昭听了，深深颔首："很好，很好。如此看来，这位鲁芝大人不愧有国士之风！昭已铭记在心，此去必当察而用之。"说罢，他又正视着邓艾，郑重问道："据昭所知，蜀贼在陇西招揽呼应者，不过羌虏、氐蛮二丑类而已！近年来，羌虏连遭重挫，气焰大减，已然不足为虑。昭却没料到这氐蛮竟然乘隙坐大成势——不知邓将军对他们的情况了解多少？"

邓艾也不虚让，开门见山地讲道："启禀二公子，这武都氐蛮确是难灭。他们恃其深山沟壑之险，桀骜不驯，作乱已久，二公子虽拥强兵今日破之，而他们明日必会聚而复叛，实在是枭獍之性、难以救药！

"其次，司马太尉方当麾师以伐伪燕；若他一去，氐蛮再与汉中蜀寇狼狈为奸、东西呼应、构乱于后，怎可了结！然而二公子若欲大加屠戮铲尽丑类以绝后患，则又实非仁者之情，有伤天和！而且仓促之际，亦不易底定！"

说到这里，他忽又绽颜一笑："不过，邓某这些日子已是想出一计，二公子自可高枕无忧……"

就在此时，司马昭脸上浮起浅浅笑意，一抬手止住了邓艾继续说将下去，然后在邓艾略显讶异的目光中开口讲道："其实不瞒邓将军，昭今日前来，亦已思得一策，未知可否。这样罢，邓将军你且将你胸中之计以酒水写于案几之上，昭亦写于案上——大家一齐看看同也不同？"

"有趣！有趣！邓某就依了二公子所言！"邓艾哈哈而笑，提起筷子，在杯盏中蘸了酒水，飞快地在自己面前的案几上写了几个字。司马昭也随即提筷写了，然后二人一齐站起身来，将两张案几移靠在一起：只见邓艾的案几上写着"心战为上"四字，司马昭的案几上写着"攻心为上"四字！

司马昭看罢，不禁扬声笑了起来："果然是英雄所见略同！兵诀有云'夫用武之道，攻心为上，攻城为下；心战为上，兵战为下'。邓将军，你此番与昭殊言而同旨、殊道而同归，岂非太巧乎？"

"二公子天资过人、聪颖超凡，邓某佩服之至。"邓艾欠身向他拱手赞道，"邓某浅窥之见，与二公子高明之策，不过是偶中巧合罢了！"同时，他心底暗暗却想：看来这司马昭在自己面前故意炫示其智，还是有些脱离不了争强好胜的少年心性。

但司马昭接下来的话便让他凛然刮目相看了："昭哪有什么过人的天资、超凡的聪颖？这条计策也是昭这几日来反复研判而得的。依昭之见，此番南去征氐，攻心之策其实可以细分为二：一则令敌敬服，投诚而降；二则令敌畏服，束手而困。我司马子上对这些氐蛮，若能以仁德之师令其敬服，自然是最好；实在不行，再以深谋奇计而令其畏服，亦是可取之道。邓将军意下以为如何？"

邓艾急忙作揖恭然答道："二公子已然智珠在握，邓某岂敢妄议？在此番征氐之役当中，二公子但有用得着邓某之处，只管发号施令，邓某赴汤蹈火亦在所不辞！"

"好！"司马昭一正衣冠，学他的父亲司马懿一样敛容肃然言道，"昭近来筹思已久，欲平武都郡之氐蛮，必先斩断他们与骆谷城蜀寇之联系！氐酋苻双日常所用的食盐、茶砖、麦粟均由骆谷城之蜀将王平派人运输供应。正因如此，他们方能一东一西联系得十分紧密。邓将军，你可代昭率兵从东南驿道出发，前去亲自扼守骆谷城东进的关隘要塞——'狮子口'，从而拦腰切断王平通向氐蛮的粮食运输线与发兵驰援道，如何？"

邓艾知道，这"狮子口"虽然地势险要，位于氐蜀之间的交通线关键节点之上，但它那里驻兵太少，几乎就是一座"孤城"，勉可自保而难于出击，先前根本没有起到隔绝氐蜀的重要作用。而司马昭今日竟能一语道破"狮子口"的潜在妙用，亦可见他确实是通晓军机，目光如炬！他佩服之余，当场便一口应承了下来："这有何难？邓某马上调兵前去！"

"且慢！"司马昭缓缓摆头，"那倒暂时不用这么着急——待得明日昭前去南安郡与孟建刺史、曹寿太守等人商定大计之后，自会派人传令于邓将军。邓将军你且在此先行作好军务筹备，这几日内一接到昭发来的军令便即刻南下扼守'狮子口'！"

俗谚说："游关中不可缺长安，逛长安不可少西坊。"长安西市坊乃是魏国与西域各藩邦的商贸交易之所，亦为关中一带商旅物流最大的集散之地，常常是夜以继日而市不能闭、客不愿去。

漫步在西坊街头，随处可见西域的大宛、焉耆、龟兹、于阗等藩邦运来的琥珀、玉器、长旎、牦肉、羊皮、马酥、铁具等在摊铺店面之上堆积如山，丰盈无比。同样，中原出产的绢匹、漆器、陶具、翎扇、美酒、珠宝等货物亦是琳琅满目，美不胜收。游客和商贩们在七甬八巷就似蚂蚁一般往来如梭。猎猎西风荡起高一阵低一阵的叫卖声和讨价声，简直是喧嚣连天，震耳欲聋！

这片繁华闹市的形成，实在来之不易。这些年来，尽管魏、蜀两国在雍凉之际屡交刀兵，但司马懿和诸葛亮二人却都心照不宣，极有默契地对从西域通达长安的这条"商旅之路"给予了最大程度的保护和疏通。蜀国在陇西一带与西域各藩常有商贸交往，而魏国在长安一带与西域各藩也是贸易不绝，所以，蜀魏两国各取所需而互不相妨。可以这么说，长安城里的商贸繁荣景象，正是在司马懿、诸葛亮这两位卓荦不凡、襟度雄阔的大政治家心有灵犀之下联手营造而成的。

这有一个似真似假的故事可以作为佐证：蜀汉丞相府长史杨仪曾经劝说诸葛亮在天水郡多设暗岗陈兵封堵以断西域与关中之商贸交往，削弱曹魏关中民力，诸葛亮却恻然答道："吾与司马懿之战，只限于庙堂帷幄之间，而不可滥及无辜——彼之民亦即汉之民，伤彼之生息亦即伤我之生息，换言之隔绝商道而互致疲瘵，何苦为此损人误己之举耶？"于是便听任西域商道自通而不横加阻隔。司马懿听闻此事之后，亦笑道："诸葛孔明之言甚是。他既不伤我魏民之生息，吾又怎会伤他汉民之生息？魏汉终会归于一家，何必损此伤彼？"下令任由西域各邦自行与陇西蜀汉驻军交易互市而不妄生挠乱。这桩故事，一时在关中各郡传为美谈。

"赢了！赢了！又赢了！"山崩海啸的喝彩声从西市坊中央的"醉香楼"里奔涌而出，引得大街上的游客商贩们无不循声翘首望去，不知那楼里究竟发生了什么骇人听闻的大事！

就在此时，"醉香楼"里面第三层大堂当中，摆了八盘硕大如案的棋枰，围成了一圈——那大圈的中央竟坐着一个乌发披肩、长眉入鬓、清雅倜傥的魁梧青年。不过这魁梧青年虽然生得俊俏，却是头发蓬松，衣襟斜开，汗衫半露，一副不修边幅、衣冠凌乱的模样。他右手握着一只铜制的酒葫芦,一边眨动着微微迷离的醉眼四面打望着那八盘巨大的棋枰,一边不时地将铜葫芦伸到嘴边,给自己灌上一口美酒!

八盘棋枰的外围,各自坐了八个前来与这青年对弈赌博的顾客。他们和这青年是这样对弈而赌的:这青年"以一敌八",与对面那八个顾客各自同时对弈;那八个顾客当中若是有任何一人下赢了这青年,他便要给他们每人三千铢铜钱,等于为他们每人置办一桌上好的酒菜;而这青年若是把他们八个人全部下赢了,他们每人也要向他付给三千铢铜钱,由这"醉香楼"老板抽取十分之一的劳务钱,而后其余的十分之九全给这青年用来吃宴喝酒。多日以来,这青年在"醉香楼"里设下擂台,自号"打遍长安无敌手,对弈关中称第一",引来了许多棋客的围攻赌赛,但至今为止他还当真就从没输过!

听了场外顾客们的山呼喝彩,那青年不禁意气洋洋起来,把铜葫芦一举,脖子一仰,"咕嘟咕嘟"连喝了三四口,随后眉飞色舞地对那个为他执棋落子的店小二朗声吩咐道:"第三盘棋局,你把我的白棋放在东四南三之位上落子,打他一个'金角尽失'!"

"好呐!客官,您说落到哪儿小人就给您落到哪儿!"店小二一声答应,依言落棋。那第三局的对弈顾客立刻长叹一声,黯然而起,他的黑子顿时"哗啦啦"被扫落了一大片进那青年酒客的白钵里!

"第四盘棋局:我的白棋落到西九南十之位上,断了他这条'大龙'的气脉,让他一个子也存活不了!"

"哗啦啦!"又是一阵黑子被扫落棋钵之声!

"第五盘棋局:我的白棋落到东五北八之位,填实了这个'假眼',立刻收官清盘!"

"第六盘棋局:白棋落到东七南七之位,来它一个'玉龙摆尾',挡住黑棋的去路……"

"第七盘棋局:白棋落到西六北二方位,给它一个'白虎掏心'……"

一口气便接连下赢了七盘棋局,青年酒客大为得意,哈哈笑道:"我阮籍以黑白二子换来千钟美酒,不亦快哉?今日我很想再摆八十盘棋局,莫非整个长安数十万士庶就真的没人从我这铜葫芦里讨得一口酒水去喝?"

一听他这滔天狂言,在场顾客们立时哗然。

然而,这名叫"阮籍"的青年酒客却对场中的哗闹之声听若未闻,自顾自又叹了一口气:"那再不就是有隐于市井的异人高士以为阮某才疏学浅,不肯到此屈尊指教一番罢!"

他正嗟叹之际,最后剩下的第八盘棋局之旁,有一个看客却如潮水中的高礁一般显得异乎寻常的平静与沉默。这看客乃是一位绿袍儒生,正襟高冠,衣装谨严,清秀疏朗的相貌中隐隐似有一股安重浑厚之气溢然而出。阮籍的自吹自擂、观众的哗然喧闹,仿佛都没能扰动他的心境。他只是默默地观看着那眼下的第八盘棋局,忽然眸光微微一闪,似乎思有所通,唇角不由得露出了一丝淡淡的笑意。

青年酒客阮籍这时已将目光投向了这第八盘棋局上来,只略略看了一眼,便吩咐店小二道:"去,把白棋落到西十北六之位,挖了他这几条棋路的根本……好了!这位兄台,您也得掏三千铢钱给我了!"

第八局对弈的那个顾客瞧得白子落下,额上细汗立刻涔涔而出,伸手抹了几抹额头,喃喃说道:"这……这一步棋我咋没想到呐?公……公子,您可以让我再悔一步棋么?我……我刚才没有考虑周全……"

际籍听了他这句话,不禁"噗"地一笑差点儿把口中的酒都喷了出来:"兄台,'落子无反悔'可是对弈的规矩啊!不过,俗谚说'君子不为已甚',阮某自然也是可以让你悔上一步棋的。但是话要先讲明了,你每多走一步悔棋,如果末了仍是输局的话,那你可要再追加相应几倍的三千铢赌资哟!"

"这……这……这……"那顾客又心疼起自己的钱来,犹犹豫豫没有答话。

"罢了!罢了!没见过你这么磨磨叽叽的人!"阮籍右袖一挥,将面前叠起的那一小堆黑子"哗"地拂进了棋钵里,傲然笑道,"我实话告诉你罢:今天无论让你再悔上多少次棋,我都能在最后关头下赢你！"

旁边的听众听了，个个义愤交加，纷纷嚷道："这小子也太狂了！""这位大哥你就大起胆子和他赌上一次吓死他！""莫怕！莫怕！我们都来给你当参谋！"……

在这一片口诛声讨的风浪之中，那阮籍若无其事一般施施然坐了下来，将他们的激愤呼嚷全当成了耳边微风，自顾自从棋钵里摸起一枚白子，夹在指缝之间，嘻嘻笑着看向对面的赌客："怎么样？这么多的'参谋'愿意帮助你，你就干脆悔上一步棋，再继续和我下到底？"

却见那顾客一边拿着袖角不停地揩着脸庞的油汗，一边"吭哧"着犹豫不决。过了半晌，他才猛一咬牙，垂下头去，终于将手伸进钱袋去掏出钱来递给了店小二。

见了他这般孬样，四周的看客"哄"的一声嚷了开来！但谁也没有站出来公开声言接应他这一盘残局。阮籍倒是有些失望地叹了一口气，将手中的白子"当"地一下丢回了棋钵，便又抓过葫芦旁若无人地喝起酒来。

"对呐！客官，正所谓'愿赌服输，天经地义'！"店小二一边数着那顾客递过来的几串铢钱，一边嘻笑着劝慰他，"您回去且把这棋局细细地想清楚了，明儿再来和阮公子大战几十个回合——你们八个下他一个，总会找个破绽拉他下马的，是不是？明儿，您再来罢！"

正当他准备去收拾棋枰上的残局之时，刚才在边上一直站着默默观棋的那个绿袍儒生忽然开口了："这位小哥，且莫忙收拾这一盘棋——依在下看来，这一局棋黑子尚可应对几着，未必真的就是一定输了。"

他此话一出，全场顿时一片讶然，看客们一个个惊视着他，也有鼓动他接局的，也有嗤笑他过于托大的，更多的人对他是半信半疑、不知深浅。阮籍那边却似毫不在意，慢慢放下葫芦，淡淡说道："这几日来，你一直在边上也看了我不少棋局，今儿你总算是按捺不住了！很好，你若有意翻局，便上来替他在这盘棋上应上几着看看？"

"阮兄的棋艺的确精妙超凡，在下这几日也的确从你和各位前辈的

'手谈'之中学到了不少。今日便斗胆出来献丑了，阮兄勿笑才是！"绿袍儒生微微一笑，将袍角一撩，就势在那顾客起身让开的位置上坐了下来，郑重而道，"这盘棋局我若续输了，甘愿奉上六千铢敬酒于你！"说着一抬右手，拈起一枚黑子，轻轻放到棋盘右下方"东三南九"的位置之上。然后，他目光一仰，直盯向了阮籍！

"啊呀！这小子的这步棋不是把自己的一大片黑子都给'窒'死了吗！"

"唉……他这不是在自寻死路吗？"

"想不到来了一个根本不懂下棋的傻书生……"

看客们见了他这一着棋，都禁不住"叽叽喳喳"地大呼小叫起来。

然而，那阮籍看着他这一子落下，面色却是渐渐变了：绿袍书生这一步棋实乃"凭空兀出"的一记高招！他表面上看似自己窒死了自己这一片黑子，实际上却为自己将来的棋路腾挪转移而廓清了空间！这样一来，自己先前布下的严密阵局便被他一招就搅乱了！他猛一举手，大喝了一声："别吵！"随着他这晴空霹雳般的一声暴喝，那些七嘴八舌讥笑着绿袍书生的看客们一下全哑了。

他们竟然骇异地看到阮籍为了这一步"极笨极愚"的棋招足足思索了半炷香的工夫，最后才慢悠悠地在棋枰左下方的"西五南四"之位上应了一着。

绿袍儒生看了，亦是两眼一亮：好一记"狠招"——似攻非攻，似守非守，来意莫测，暗含后劲，与右半局整个棋势遥相呼应，足以内固而外扩！他思索许久，忽又悟到，阮籍乍出此招，攻我不得不救之处，深层次的用意还是为了引开自己在棋枰右下方的攻击，让自己掉到他铺设下的"口袋阵"里！于是，他心念一定，决然不顾阮籍的这些强力干扰，继续在棋枰的"东四南九"位上扎扎实实地补进了一着：他这是在右半局从"金角"要塞之处硬逼着阮籍和他做最终对决！

阮籍就像触了电似的一下从座位上弹跳而起，把半个身体不由自主地俯到了棋局上边紧盯着敌我双方的棋势。他一边举起葫芦往口中猛灌着酒，一边目光闪烁地紧张思索着！过了整整三刻钟，他白眼翻，把酒葫芦往棋枰上重重一放："和了！"

一时之间，楼堂里鸦雀无声！只剩下了外面街市上传进来的喧闹声在激荡震响着，每一个人都几乎听到了自己"咚咚咚"的心跳之声！每一个人都禁不住为之屏住了呼吸！像阮籍这样一位连下三百二十盘棋局至今从未失手过的棋弈高人，竟被这半途杀出的一个绿袍儒生给下成了平局！这可真是大大的异事！

阮籍慢慢抬起头来，正视着绿袍儒生，黑亮亮的瞳仁翻了出来，闪动着惊喜的光芒："过瘾！过瘾！今天终于碰到一个像模像样的高手了！来！来！来！咱俩再大战十八盘、痛饮三百杯！无论输赢都由我阮籍请你喝酒！"

绿袍儒生仿佛永远是那一副春风般温煦平和的表情："阮兄，你我皆是用心深密的棋手，真要对弈起来，只一盘局就足够下个一天半夜的。罢了，咱俩再下一局便停手，如何？"

阮籍向窗外瞧了一眼："哎呀！这不知不觉就怎么到了巳时了？好罢……今日我和你就暂下一局，他日有空咱们可得多多交流几盘。"

说着，他"哗哗"几下拂净了棋枰，向绿袍儒生双手一拱："请兄台执黑先行。"

绿袍儒生也不虚加推让，抬手就在棋盘右上角的"东三北三"之位落了一子，口中说道："阮兄，您可是来自豫州陈留的阮氏名门？这几日您在长安城里搅得风生水起，在下亦是不禁仰慕高风前来领教了。"

"你这几日在这里暗中观察阮某已久矣！阮某在明，而你在暗——只怕你对阮某的棋艺早已揣摩通透了罢？"阮籍呵呵一笑，也在棋枰左下角的"西四南四"之位落了一子，与绿袍儒生的棋势隔空遥对，"你莫管我姓哪个地方的'阮'，我也不管你是哪里来的官儿——你还别笑，阮某还真在你身上嗅出了一丝'官味儿'！咱俩手底下见真章，棋局里交朋友！"

"好！"绿袍儒生目光一闪，马上又在棋枰右下角"东五南三"之位落子；阮籍亦是动了少年心性，立刻针锋相对，在棋枰左上角

"西三北三"之位应了一子。

"东四北三。"绿袍儒生淡淡而道。

"东五北三。我堵。"阮籍喝了一口酒,大声而应。

"东三北五,我飞。"

"东四北四,我断。"

"东三北四,我接。"

"东二北三,我钻。"

"东五北四,我冲。"

"唉呀!你可真倔!东六北五,我拦!"

……

看客们正自瞧得眼花缭乱,渐渐却见那棋局上一片黑白混沌之中,末了竟隐隐走出一幅水墨渲染似的图画来:那黑子走势端方凝重、大气磅礴,叠起来有若一派巍巍峻岭;那白子走势蜿蜒灵动,千曲万折,漫开来恰如一脉浩浩长河!似他俩这般行棋对弈,当真比观看祠台里摆唱的大戏还引人入胜!

到了终局之际,绿袍儒生和阮籍同时将手一停,深深然对视一眼,不约而同齐声笑了起来:"和了!又和了!"

笑罢之后,阮籍看着绿袍儒生赞道:"好棋!好棋!你的棋弈路数雍容端重、堂皇正大、气象万千,不愧为清流大家出身!你叫什么名字?"

那绿袍的儒生拱袖微笑而答:"在下杨护,现在长安府署供职为吏,今日有缘结识阮君你这位文苑俊秀,并能得到你的正眼青睐,实在是荣幸之至。"

"你姓杨?难道你是关中弘农郡杨氏出身?弘农杨氏自当年的奇才杨修获罪身殁之后,一直沉潜韬晦,在儒林之中显得寂寂无闻。不过,阮某一向耳目灵通,倒也听得这杨门之中出了杨嚣(杨修的遗腹子)、杨炳、杨骏等四五个后起之秀,不知你可是他们其中之一么?"阮籍一边喝着酒,一边直视着他问道。

绿袍儒生杨护仍是微笑道:"阮君想得太远了。在下其实并非弘农杨氏出身，只是来自兖州杨姓寒门。只怕让出身文苑名门的阮君见笑了！"

"寒门？寒门怎么了？寒门里能出你这样的俊伟之材，更是该你自豪！"阮籍呵呵一笑，袍袖一扬，将那棋枰上的黑白棋子一下拂了个干净，递过一盏美酒给杨护道，"且莫说什么废话！先喝了这一大杯，我阮籍阮嗣宗和你杨护的金玉之交今日就算定下了！"

然后，他又一转身朝着那店小二吩咐道："你去告诉这楼上楼下在场的酒客们，就说我阮某人今天为了交到一个挚交感到高兴，特意与他们同乐。他们今天的酒菜吃喝，全算在我的账上！我请大家一齐为我高兴！"

瞧着阮籍这般挥金如土的豪放之气，杨护不禁在深深感动之余，亦是暗暗叹服。他其实也是知道这阮籍来历的：他本是"建安七子"之一、豫州陈留名士阮瑀之子，生来天资出众，长于诗赋，文才超群，且又喜好老庄清虚之学，年纪轻轻便久享盛誉，堪为当世文坛之翘楚。今天，他居然显得如此亲重自己，这让杨护实在也是感铭于心——于是，素来不喜饮酒的他便一下接过阮籍递过来的杯盏，将酒"咕嘟"一下全灌进了口里，也不顾得喉腔里火辣辣的炙痛，醉微微就道："嗣……嗣宗（阮籍的字为"嗣宗"）你久著诗名，今日杨某与……与你以弈相交，不知你……你可有什么佳诗即兴应景否？"

阮籍将肩上垂发往后一掠，眉目间溢出浓浓笑意，长吟而道："这样罢，今日你我相识，籍搜索枯肠，暂时也难觅佳句——不如来个'借花献佛'，就以陈思王（指曹植）的两篇遗诗相赠吧——第一首是《芙蓉池》：'逍遥芙蓉池，翩翩戏轻舟。南杨栖双鹄，北柳有鸣鸠。'"

杨护听了曹植这诗，只觉其情境清新恬淡，寥寥几笔已将一切意味勾描到位，不由得抚掌笑道："嗣宗果然高才——随手便拈来了这一首妙诗形容你我的友谊，委实巧妙！"

"你再听下面一首诗罢！"阮籍笑吟吟地又诵道，"这是陈思王的《言志》：'庆云未时兴，云龙潜作鱼。神鸾失其俦，还从燕雀居。'"

听罢此诗,杨护细细品了片刻,眉头微动,含笑而道:"哎呀——你这个阮嗣宗呐,当真是伶牙俐齿不肯饶人!你自诩为'云龙'、'神鸾'便也罢了,又何必拐弯抹角地讥讽别人为'燕雀'庸材呐!这可有失孔圣的'仁恕'之道哟!"

"杨君,这话你可真是讲错了!"阮籍这时却敛起了嘻嘻哈哈的笑容,正色而道,"依籍观之,杨君你身怀奇才、志气宏放,将来才定是腾云驾雾、高翔万里的'云龙'、'神鸾'!我阮籍才的的确确是那只逍遥度世、怡然自乐的小小燕雀啊!"

"嗣宗,你太高看我了,也太小看你自己了。不过,你向来高蹈出尘,不问俗事,今儿又讲这些事功之言作甚?"杨护眼底亮光隐隐一闪,便将话题转移了开去,急忙向阮籍敬了一杯酒过来,"来来来,为了庆贺你我今日有缘相交,杨某'舍出肚量陪君子'和你来个一醉方休罢!"

他俩正碰杯笑语之际,忽听得一个肃重沉凝的声音从旁插了进来:"好!好!好!阮君、杨君,一个是倜傥自在的风流名士,一个是儒雅清华的精干循吏,都可堪称'人中鸾凤'!却不知你俩把酒畅言之间,可否允我司马师跻身进来添一盏杯以沾风韵乎?"

"司马师?"杨护听到这个名字,不禁全身微微一震,急忙回过头来:只见一位身材高大的方脸青年正在六尺开外向他俩含笑而立。他身穿一袭玄豹纹锦正服,头戴一顶独梁进贤冠(魏国六百石以下官秩的僚吏头上进贤冠依律只能配有一根竹梁,故曰"独梁进贤冠"),顾盼举止之间自有一派英武雄浑之气挥洒而出。而就在这青年身后,站着自己的顶头上司、长安郡丞颜斐。

阮籍也看到了司马师,忽尔"呃"地打了一个酒嗝,翻了一下白眼:"管他什么'司马师'、'司马徒',咱们继续喝酒。"

杨护闻言,悄悄瞟了一下司马师的表情。却见司马师脸上只是淡淡一红,似乎也没有特别动气,朝向阮籍又道:"好你个阮嗣宗!当年师与夏侯太初、何平叔在洛阳东郊谈玄论道、挥斥方遒的时候,你阮嗣宗还在哪里埋首诗赋呐？！"

阮籍端着酒杯面不改色："司马君，籍也听你二弟司马子上讲过，你在洛阳东郊书院和夏侯太初、何平叔他们谈玄论道之际，一时辩他们不过，心底又不甘服输，就抡起宝刀凌空劈砍，舞得虎虎生威，这才重又振起了昂扬之气，再与他们展开论战！你哪里是什么风流名士，分明是一尊'凶神恶煞'！"

司马师哈哈大笑："没有我这般的'凶神恶煞'在关西抗击蜀寇、消灭羌氐，夏侯太初、何平叔和你阮嗣宗又岂有闲裕在后方优哉游哉地谈玄论道、吟诗作赋？"

"嗯……听你这么说，确也不无道理。"阮籍听了，徐徐点了点头，便举杯向他敬来，"不错，阮某倒真该为你这'凶神恶煞'之功敬你一杯！"

"这酒就且先莫急饮了。阮嗣宗，我问你：太尉大人前些日子特意聘辟你为文学掾，你为何辞而不居？"

阮籍眨了眨眼睛，狡黠地笑了："阮某不是已经给使者说了吗，阮某久处中原之温熙，不耐关西之枯寒，甘愿以养身全性为道，暂时无意出任。"

"这可就奇了，你既自称不耐关西枯寒，那你今天又是站在哪家地面之上了呐？"

阮籍把酒杯捏在手里，瞧着那杯面波光漾然，嘻嘻而笑："关西虽然枯寒，但多产美酒，阮某官儿是不当的，而这酒却是非喝不可的！"

司马师盯着他缓缓问道："你既到关西，有何见闻可以说来一听？"

"自然是酒美、肴佳——还有政通、人和、民安。"阮籍慢慢饮下了杯中之酒，"阮某也去过幽州、并州、青州、兖州、扬州、徐州，当真还是只有这雍、凉二州在战火之中竟能富庶丰乐。司马太尉分陕而治，建成升平之世，实在功莫大焉！"

司马师听他如此表明态度，也就不再过份，只淡笑而道："可惜子上去了陇西平定氐蛮，不然，子上若是知道了阮嗣宗你现在游历到长安，一定会万分高兴，也一定会抽空前来与你同游共娱的。"

阮籍听罢，沉默片刻，用手指在那只铜葫芦上"当"地弹了一声出来，斜眼间瞥到那颜斐正向杨护使着眼色，心下顿时一亮，淡淡说道："子上吗？阮某真也有些想念他了呐！不知道他近来那一笔书法可又精进了多少？"说到这里，他站起身来，转到杨护的座位旁边，在他肩上拍了一掌，低笑而道："杨君，看来你今日已有俗务上身了。罢了，你且和司马公子他们先忙着……我就不打扰你们了！"

杨护连忙站了起来，将他一拉："嗣宗，你在长安城里哪家客栈住宿？待得方便之时，杨某定来寻你把酒言欢！"

"不错。阮君，你且将你的住址告诉师，师亦会前去拜访你的。"司马师亦朗朗笑道，"到时候，师包管还会给你送去一坛你从未品尝过的西域葡萄美酒……"

阮籍挥了挥手，悠悠而道："不必，不必。有缘自当重逢，无缘擦肩错过。我这个人一向是醉到哪里就歇到哪里……你们不必来找我。还是届时我去找你们罢！"说罢，提着那只酒葫芦，一步一摇地吟着诗赋径自去了。

杨护和司马师目送着阮籍一直离门而去，方才彼此转过身来对视了一眼。司马师主动开口说道："其实师先前和这阮嗣宗是曾有相识的。他和师的二弟司马子上都是陆浑山胡昭先生门下的同窗，所以，我们和他谈话都有些随意不羁，只怕杨君你见了笑话！"

杨护却恭恭然向司马师施了一礼："阮君潇洒不羁、风姿夺人，司马公子您平易大度，能容方外之士，皆是护所衷心钦仰的。只是司马公子与颜郡丞此番移驾到此，有何要事相诲？"

"杨护，司马公子乃是太尉府派来长安督办征粮事务的特使大人。"颜斐在旁介绍道，"他今日刚到衙署，听闻你是长安郡府里最为干练的上计吏，而今正在休沐（古时官吏的休假，称为"休沐"）之期，便带了本郡丞特意前来寻你咨询征粮事宜。"

司马师瞧着杨护略显茫然的表情，爽朗一笑，唤过店小二，吩咐道："小二，你快给我们找一个清静的雅间，我们即刻就用！"

69

05 先敲山震虎，后虎口夺食

从"醉香楼"第四层西北角的雅间窗户望下去，市坊行间熙熙攘攘的人流仿佛永不停息，那一份实实在在、扑面而来的繁荣气象亦似亘古至今就不曾消退过——谁曾想到三四十年前的汉末董卓之乱险些将这天朝上都毁成了一片废墟！

"师数年来随同太尉大人在祁山、郿县一带东征西战，其实平时也很少回这长安城的。"司马师将目光从窗户外收了回来，正视着颜斐、杨护二人，徐徐慨叹而道，"这些天见了长安的市坊商铺，方才知道这里的繁华鼎盛竟是丝毫不减京师洛阳！太尉大人常说：'以前方战士风餐露宿、浴血奋战之苦，换来后方百姓安居乐业、雍雍熙熙之福，纵然身经百战，亦无以易之。'他讲得真是不错，只要能使后方州郡保得一片升平之景，太尉大人、师还有那千千万万将士们所有的牺牲也都值了！"

杨护听了这些话，心中忽地一动。司马师此言内容算是陈腔滥调的冠冕堂皇之辞，倘若从旁人口中说来，他定然是不胜其烦。然而，同样这段话，由司马师口中说来，却别有一番感人之处，他那被陇西灼烈的日光晒成了一片古铜色的"国"字形脸庞，他那由于握刀舞剑而生起了厚厚老茧的宽大手掌，都是他这些发自肺腑的堂皇之辞的佐证。司马师的确与其他一些骄奢淫逸的豪门子弟不同，他通体上下洋溢着勃勃锐气，犹如天生枭将一般，令人肃然起敬之余，又油然生出豁朗明澈之意！

司马师开诚布公地继续说道："当今公孙渊作乱燕辽，而关东十余郡又饥旱成灾，值此危急艰难之际，师奉太尉大人之钧令进驻长安督办粮粟事务，还望颜郡丞和杨吏君多多襄助才是！"

"这个自然。司马公子你未到之前，颜某便早已在全郡上下发动开展此项要务了。"颜斐拈着胡须淡然而笑，"至于杨君么，他也是早就造好了名簿让差役们去催征了……"

杨护却要讲得直白一些："征粮赈灾，利国利民，杨某自当效尽犬马之劳。只是此番征粮三百万石，数额太大，征收起来委实太过艰难！"

司马师又将目光缓缓移向了窗外，望着下面那人头攒动、人声鼎沸的繁荣市场，悠悠叹了一口气："颜郡丞、杨吏君，依师看来，这长安城中商贸交易如此兴隆，让那些商户富贾们捐出百十万石粮粟以解社稷之急，应该也不是什么难事吧？"

"这……"颜斐一时有些语塞。杨护却是抿嘴轻轻而笑，缓缓摇了摇头。

司马师不禁诧然："怎么？如此繁华鼎盛的长安之城，居然连百十万石的义粮都筹不出来么？"

杨护转眼瞧了瞧颜斐。颜斐眉宇间隐有一缕忧色掠过："司马公子不是通知了要在明天上午召开关中筹粮会议吗？听说您还请了长安首富池丘伯一同参会。届时，您便知道长安市场诸商的有关情形了。"

司马师点了点头，看向杨护："杨吏君，你应该比较熟悉长安下情。不知此番关中筹粮，你有何高见赐教？"

杨护面色一正，反向司马师肃然问道："司马公子此番既坦然接下这筹粮大任，想必胸中自有底气。您只须将筹粮方略纲要告知属下，属下自会斟酌时宜、择机而行。"

司马师一听，便知杨护此人尚在观望逡巡，也不和他计较什么，心念一转，将自己事先和司马望多次商讨研究的筹粮纲要和盘托出："此番前来长安征筹粮食，师已抱定'四管齐下'之方略：一是从官仓税谷那里收来一点儿；二是从民屯库存那里拨来一点儿；三是从诸侯邑户那里分来一点儿；四是从商户富贾那里募来一点儿。只要贵贱士庶、官农工商，他们个个都愿为国效力，这区区数百万石粮粟有何难筹？"

"唔……司马公子这'四管齐下'的筹粮方略确是想得周全。"杨护深深颔首而道，"在关中筹粮，也确实是只能从这四个渠道着手。但是，这其中有些渠道颇为壅塞，只怕不易打通呐！"

司马师慨然而道："在明天召开的筹粮会议上，安西将军曹璠、你们长安府的甄德太守、长安郡六部屯田校尉曹忠大人、长安郡首富池丘伯等重要人士均会到场表态。师相信，只要秉之以公、驭之以严、制之以方，没有什么渠道不能打通的。"

杨护和颜斐闻言，互相对视了一眼，脸上都刹时浮出了一丝莫名的笑意："司马公子既已决意敢行'虎口夺食'之壮举，我等自当唯君马首是瞻。"

司马师却将手一按腰间刀鞘，双目一立，扬声侃然而道："不错！你们用这'虎口夺食'四个字形容得好——这一次关中筹粮，咱们也的的确确是从'饿虎'口中夺粮济灾！不过，你们不要怕！你们只管在前边冲锋陷阵，师做你们的坚强后盾！你们在筹粮过程中若是遇到了什么难缠的主儿和难办的事儿，就给师禀告一声，师亲自出马替你们解决！"

长安郡府署议事堂上那座仙鹤形博山炉里最后的一块檀香木薰香屑红红地亮了一下，然后暗淡成了一抔细细的白灰，仿佛微风一吹那香灰便会飞扑入怀。

杨护将目光从那抔香灰上移了开来，心底暗暗一叹：仆役们已经往这只博山炉里添了三遍香饼了，大家都等了差不多一个半时辰了，但安西将军曹璠和关中首富池丘伯居然还没有来！

他把目光又投向了对面：那右边的长席之上，长安六部屯田校尉曹忠正优哉游哉、旁若无人地把玩着掌中一尊脂白莹润的于阗玉美人雕像，不时拿着那玉美人像直往自己胸前腹下挠来挠去，呲着嘴笑得十分暧昧。这曹忠是曹璠的儿子，一向喜好声色犬马，在长安城里早是臭名远扬，不过人们都瞧着他家老爷子的面子没敢过分和他认真计较罢了。

坐在曹忠左首的，却是不苟言笑、危襟正坐的长安郡太守甄德。这甄德生得眉目疏朗、面庞白净，实际年龄大概二十岁还不到，但已然是整个大魏朝最为年轻的真二千石官秩的郡守了，也是整个大魏朝最为年轻的一个挂职侯爷。

说起这甄德如此快捷的飞黄腾达来，就不能不谈到他的姓氏。他本来姓郭名德，是当今郭皇后的堂弟。而他为什么会改姓为"甄"，这来历就有些幽默了：太和六年之夏，也就是两年前的四月中旬，当今陛下曹睿的爱女曹淑暴病身亡。曹睿思念不已，非但追封加谥曹淑为平原懿公主，并立庙修祠予以纪念，还让故太后甄宓的已亡族孙甄黄与她结"冥婚"而合葬共墓。同时，曹睿又看中了郭德的清俊伶俐，便让他过继为平原懿公主曹淑的义子，改随甄黄的甄姓，并加封他为平原县侯，承袭了平原懿公主的爵位。所以，甄德虽然年纪轻轻的便身享列侯之荣，表面上看似风光异常，其实却是靠出卖自己的姓氏和族籍得来的，甚为儒林士族所不齿。甄德自己也很清楚这一点，便在职位上优游散淡、自给自乐，既不授人以口实，也从不主动攀附清流名门，以免自取其辱。

司马师坐在厅堂正中的书案后，脸色微微泛起了铁青。他右手一挥，仿佛一下做出了最后的决断："罢了！既然曹璠将军、池老先生都无暇前来参加这次筹粮会议，师就和在座诸君先行开议了罢！曹忠校尉，到时候麻烦你将会议有关内容转禀曹璠将军知晓吧！"

曹忠嘻嘻笑着只把那玉美人像在自己腋窝下捅得舒服："好的。家父可能确是公务繁忙。没关系，忠一定会将今天会议的所有内容转禀给他的。"

司马师转过头来问向甄德道："甄太守，如今征粮事急，您那里库存的盈余编户税谷可以划转过来多少石？"

甄德抬起脸来，正视着司马师，脸上露出一丝深深的苦笑："启禀司马参军：我们长安郡竭尽全力，恐怕也只能凑出一两万石编户税谷划转给司马参军。"

"一两万石？"司马师惊得那一对眼珠都险些跌出了眼眶，"长安郡在雍凉二州各郡之内可谓最为富庶，怎么会只有这点儿盈余税谷？"

甄德张了张嘴，但也似乎一向不喜与人争辩，便朝颜斐招手示意："颜郡丞，你且将有关具体情形好好向司马君陈述一下罢……"

颜斐点了点头，侧身向司马师拱手禀道："司马公子，甄太守所言确实不差。我长安郡从境内所辖编户庶民手中收到的税谷一年其实仅有十八万石，只能维持郡府上下、各个县衙所有官僚椽吏的生活开支。实不相瞒，能够不用麻烦朝廷从太仓里增拨粮款来补助我们，这已是我们为朝廷所做的最大贡献了！"

司马师粗黑的眉头紧紧拧了起来：他从昨天颜斐和杨护略显支吾回避的态度中已经隐隐猜出在长安郡内征粮情形可能不太乐观，但却委实没有料到他们郡仓里的存粮会窘乏到这般地步！唉！自己原本以为至少能够从雍凉二州十八郡里各自挤出十万石麦粟米完成任务，竟不料一下手就在长安郡这里卡了壳！然而，司马师终是疑虑难消，便向颜斐问道："颜郡丞，师从你们上计署交上来的账簿上看到，你们长安郡共有庶民十六万户、商社三百余家、六所军市民坊，怎又会在税谷粮赋收入上如此吃紧？"

"司马公子，您有所不知，我们长安郡的确是共有十六万户庶民，可是其中就有七八万家的户口属于朝廷所封诸侯卿士们的邑户。他们交纳的皇粮租税全部都拨转给了那些诸侯卿士们了……"

"不对啊！"听到这里，熟知朝廷政情制度的司马望也诧异了，"按照朝廷的规制，这七八万家邑户应该只拨皇粮租税的一半给诸侯卿士啊！"

颜斐黯然而道:"邑户税谷的一半付予诸侯卿士,剩下的一半纳入当地官府——这只是太祖武皇帝时期的规制。高祖文皇帝(指曹丕)代汉称帝的那年,为了宣示普天同庆、上下共乐,朝廷便决定将邑户税谷的十分之七拨付诸侯卿士,以求赢得他们的欢心。到了当今陛下登基之初,又为了宣示皇恩浩荡、国库充足,他就下诏把天下各地邑户的所有税谷粮赋全部赏赐给了邑户所属的那些诸侯卿士。这样一来,郡县官府就再也不能从各地邑户手中收到一斤一两的皇粮租税了。"

"那么,剩下的那八万多家编户庶民呢?他们应该都纳粮给你们郡府罢……"

"那八万多家编户当中有四万二千家属于自耕农,只有他们才向我们郡府交纳粮谷。"颜斐看了一眼曹忠,继续娓娓讲道,"剩下的四万家户口却是屯田客。他们皆由曹忠校尉统管,隶属于朝廷大司农署。所以,他们的租粮也不是属于我们郡府的。就着那四万家自耕编户,我长安郡一年能够收到不足二十万石麦谷,平均每户交粮五石,这已经是难能可贵了!"

听了他这么说,司马师微微缓过一口气来,脸上透出一丝笑意,向长安郡六部屯田校尉曹忠道:"曹校尉,您那里既有四万户屯田客,想必至少应该能够划拨十余万石麦谷以赈关东罢?"

曹忠哈哈一笑,将手中那尊玉人像往案几上轻轻一叩,道:"子元兄,你此番前来关中为国筹粮,我曹忠是一定会鼎力支持的!这还有二话可说吗?谁叫咱们是从小就好在一处的通家世谊呐!首先我曹忠在这里当众承诺表态,我愿将自己当这屯田校尉多年来从牙缝里攒下的二千四百石麦谷全部捐献出来,交给子元兄你拿去做为国解围的'义粮'!"

"好!"司马师大喜过望,击掌而赞,"曹校尉果然是忠君忧国,不愧为魏室宗亲的表率!那么,你辖下的四万户屯田客可以再多交一些'义粮'吗?"

"这个……"曹忠的脸色却倏地灰了下来,"子元兄,你有所不知啊,我这四万户屯田客家家租着朝廷的公田耕作收获,可不似自耕之农对待自家田地产业那般勤劳积极，一个个都是'浅耕辄止'、'小饱即安'，只求为自己图个一日三餐，根本不愿为朝廷多耕多种多收……所以，我那里的六部屯田最多也只能给朝廷献上三万石左右的余粮。"

"三万石余粮？"司马师犹如被人当头泼了一盆冷水，"你那六部公田里的屯田客不会这么懒罢？平均每户一年给你还交不到一石的谷租？"

"哎呀！子元兄你有所不知啊，这些屯田客个个刁钻暴悍，能给朝廷交上一石谷租就不错了！曹某若是将他们逼急了，他们铤而走险，说不得又会引爆第二次'吕并之乱'呐！'吕并之乱'，你知道罢？六年前，安定郡那个屯田客吕并就是借着'朝廷多征谷租，不堪重负'的幌子煽动其他屯田客揭竿作乱的。这样的暴乱，子元你可不希望它在今天又发生罢？"

司马师粗粗地吐了一口长气，没有答话。

曹忠偷偷瞟了一眼司马师，知道他一时不好硬逼自己，但也未必就肯放过自己辖下六部民屯粮仓的存粮，便来了一招"移祸江东"，按照先前谋划好的点子，假装为司马师同忧共虑，轻轻地将自己的一条诡计顺势带了出来："子元兄，依曹某之见，你不如还是转向'大块头'上着手征粮，长安郡不是还有八万诸侯邑户吗？那些诸侯大夫们当此社稷危急之际，就应该挺身而出为国分忧！这是天经地义、义不容辞的！子元兄，你须得向他们先行征缴'义粮'！从朝廷官吏的口袋中征粮，总比从屯田客的口中抢粮好罢？"

他这话一出，司马望、颜斐、杨护诸人立时都是目光闪动，各有所思。司马师此刻却沉静了下来，只皱着双眉一言不发。

颜斐咳嗽了一声，道："启禀司马公子：先前老夫已与杨护君商定，派人贴出告示通知了这八万诸侯邑户，让他们不再把今年的粮租依照旧例直接付送食邑之主，而是一律先行缴入官库再行分配。但这些食邑诸侯和邑户农民能不能够遵此执行，老夫心头亦无把握。"

司马师看了他一眼，沉吟着点了点头："颜郡丞你这道发给邑户们的缴粮告示写得不错。这样一来，咱们今后就可进可退了。"

说到此处，他忽地笑容一展，转脸向曹忠说道："曹校尉，你近来的庶务应该不太忙了罢？这样吧，师郑重邀请你进入这征粮署和师一道并肩为国效力，如何？"

"这……这……实在是多谢子元兄你看重曹某了！"曹忠脸色一变，有些慌张地摆了摆手，"曹某……曹某所辖的六部民屯之中，庶务其实颇为不少，只怕暂时不能去子元兄身边为你分忧了……"

"哎呀，这倒真是有些可惜了！曹校尉，你素来便有果敢刚毅之风，很为师所心仪。这一番面向关中诸侯邑户征粮，师实是有意要好好仰仗你像'倚天长剑'一样为国披荆斩棘呐！"司马师的话这时讲得不紧不慢、张弛适度，但却让曹忠额门上渗出了粒粒汗珠，"哎呀——曹君你既然建议师向诸侯邑户们'开刀'征粮，不惜为国尽忠而公开得罪各路诸侯大夫，那么师就拜托你'计出必践、放胆而行'，协助师并肩完成征粮大业——这不正是你心中所愿吗？"

听了司马师这番话，杨护暗暗吃惊：好个司马师！先前瞧他率性直爽、磊落坦然，说不定会遭人欺蔽，现在看来他却是"小事未必细，大事不糊涂"的高明之士，一眼便觑破了曹忠的阴险用意并予以巧妙回应，让这曹忠明白他自己的心计耍错了对象！这一份暗暗的警诫震慑，至少可以逼得曹忠日后在与司马师的交往之中"三思而行"，不敢公然使诈！

曹忠此刻已是一脸的窘相，嘴里嗫嚅说道："子元兄，你……你说笑了！征粮大任，乃是朝廷和太尉大人郑重托付给你的……曹某微末之能不足挂齿，岂敢拿到你的面前献丑？有你来长安坐镇指挥，再多的粮食也征收得起来！"

司马师"敲山震虎"的效果已经达到，也就不再逞显口舌之利了，面色一敛，向司马望、颜斐、杨护等转头说道："真要对这八万诸侯邑户'下刀'收粮，兹事体大，牵涉甚广，咱们也真应该找个万全之策才好施行。"

他正说之间，牛恒从厅堂外疾步匆匆而入，直奔他席前呈上一张纸条。

司马师从没见到牛恒这么紧张失态过，急忙接过那张纸条细细一阅，还没看罢，他的两眼就禁不住直了——那上面写着这样一个情报："近来长安各坊民间流传着一条谣言——'割了关中粮，去补关东疮；关中缺了粮，饿倒成饥荒。'来势汹汹，已经扰得人心浮动！"

从南安郡城楼上的堞口处眺望出去，远处的陇山山脉如同滚滚怒潮一般连绵起伏，仿佛一直延伸到天际尽头。

在被凛凛山风吹得猎猎作响的战旗之下，司马昭昂然端坐于城头瞭望台上，右手中指轻轻叩着桌案上铺开的那幅陇西军事地形帛图，略偏着头，神情似有所思。郭统、胡奋各按佩刀，在他身后守候而立。

他身边右首坐着的是凉州刺史孟建，近来正患着风寒之疾，似乎还动了痰喘，身体瘦得就像一支麻秆，空荡荡地挑着一袭官袍。

孟建的对面却是那个南安郡太守曹寿，胖敦敦的像个肉球似的，仿佛整日在酒池肉林里吃得脑满肠肥的，腆着个大肚子每走一步脸上的横肉就乱颤个不停。

两侧的长席之上，南安郡都尉费曜、典农中郎将戴凌、天水郡太守鲁芝、太尉府军谋掾梁机等人一个个面色凝重，敛襟而坐。

"孟牧君，在下只是奉了太尉大人的钧命来到您身边担任'征氐参军'的。"司马昭见时候差不多了，心念一定，开口言道，"既然此刻大家都已到场，您且将您的征氐方略讲出来为我等指示一番。"

孟建作为太尉司马懿多年的旧部僚属，其实对司马懿此番执意起兵灭氐的意图了如指掌：他就是要乘诸葛亮已死，蜀军进取之势大大受挫的时候，主动出击，伺机发难，将陇西一带的氐蛮余寇肃清净尽，巩固好武都郡、南安郡等魏军前沿阵地据点，以利于将来随时向蜀国发起大举反攻。他自然也是支持司马懿这一战略规划的，然而在凉州一境之内，他一直受到旁人掣肘甚多，自忖执行这一战略有些困难，便闷闷地咳了数声，来了个"投石问路"，将胸中所有忧思全盘端出。

"在座诸君，大家都多多少少和氐蛮、羌夷交过手，应该对如何征剿他们有所了解了。这武都郡境内群山萃立、沟壑纵横，而氐蛮隐匿其中，依仗地形之利狼奔豕突、鹰伏鹜击，实在是不易铲除。现在，氐王苻双、氐帅强端又分别盘踞在蛇盘山、鸡头岭作乱，左右呼应、东西掎角——我们若是攻击蛇盘山，则鸡头岭的氐蛮必会乘隙前来骚扰；我们若是攻击鸡头岭，则蛇盘山氐蛮又将杀来截阻；我们若是向蛇盘山、鸡头岭兵分两路同时进攻，则又恐军力不足，难以为继。况且，氐蛮潜藏在暗处，我们暴露在明处，他们以暗击明、以长击短，我大魏纵有数万劲旅亦是难以施展！今日司马参军既已到此，大家尽可畅所欲言，共谋征氐人计，本座亦是甘愿领教！"

说罢，他举目看向了司马昭，却见司马昭一脸平静地正盯着曹寿，而曹寿则是一副"事不关已，高高挂起"的表情，只顾低头摸着自己腰间的那块金穗玉佩怡然自得地玩耍着。孟建心念一动，便开口向曹寿直问过去："曹太守你久驻南安郡，与氐蛮周旋多年，想必已有破贼良策？就请当着司马参军的面向大家倾囊相告罢。"

曹寿没想到孟建一开口就把自己拽了进来。他懒懒地放下了手中捏来弄去的金穗玉佩，两道扫帚眉往上扬了起来，有些阴阳怪气地说道："孟牧君您这么说可就折杀曹某了！子上就在这里坐着呐——论起任劳任怨、兢兢业业为我魏室排忧解难来，这可是司马太尉一家人的拿手好戏啊！我曹寿一介小小的边郡太守，哪有什么'破贼良策'？太尉大人既是派了子上来当咱们的'征氐参军'，他自有太尉大人亲授的'锦囊妙计'在身——怎么着，子上啊，你就将你的'锦囊妙计'和盘托出罢？该怎么支唤我们，你尽管放手支唤就是！"

"松久（曹寿的字为"松久"）兄，你还是那么率直爽快啊！又像以前一样故意拿昭来取笑了！昭哪有什么'锦囊妙计'？昭到这里来是向在座诸君好好学习治军作战之能的。你可不要有意敷衍昭啊！"司马昭双眼微眯，淡淡地笑着说道。曹寿瞧着他这虚实难测的表情，冷不丁暗暗打了一个寒噤，感觉到他温和淡漠的笑容背后竟似包藏着一股刀锋般的锐利，仿佛一不小心，就会给自己割出一道痛彻心肺的伤口！一念方定，曹寿倒抽了一口凉气，急忙缓过神来，嘻嘻笑着答道："瞧你子上说的——你我兄弟之间还会分个什么彼此吗？你只要递一句话过来，曹某拼了这颗脑袋不要也当尽心效劳！"

"这一点，昭自然是相信松久你的。"司马昭朝他深深一笑，也不再与他多说，转脸向着费曜、戴凌，"费都尉、戴将军，对这征氐之役，你们有何高见？"

费曜、戴凌先前都曾是故大司马曹真麾下的部将，后来在与诸葛亮的对阵之中多有失利，因此才被司马懿从将军一级的职位上贬到了南安郡的。但戴凌素来性刚好战，听得司马昭如此之问，不禁血脉贲张，一掀须髯，慨然便道："想那区区氐蛮，不过小小蝼蚁而已！戴某以为……"

就在这时，曹寿重重一声咳嗽打断了他的话头："对了，戴将军您近来不是心疾发作正需要静养吗？您今天如此情绪激动，只怕说不定更会加重病情罢？"

戴凌听了，不禁微微一怔，瞥到曹寿正悄悄向自己使眼色，顿时明白过来，曹寿这是在暗示他缄默闭口，对司马昭主持的这场征氐之役"不出谋、不出力、不出声"。他略一犹豫，却见费曜也向自己轻轻摆了摆头，这才只得从了他俩，假装嘴角一歪，急忙伸手捂住了胸口，"呼哧呼哧"地喘起了粗气，向司马昭苦笑道："司马参军，您看，我这心病实在是烦人！您便恕了戴某这心激气动的妄言之过罢！那氐蛮……那氐蛮依山据险，确是难除。戴某刚才是口出狂言了……"

"戴将军何至如此？氐蛮之事不足为虑，倒是您这'心病'委实大是可虑。这样罢，昭下来后写信给洛阳太医署让他们派个'金针国手'过来给您好好医一医？"司马昭把这一切都瞧在眼里，仍是体贴无比地向戴凌关切而道，"您也不必在公务方面太过操劳啦！这样罢——您且回府好好静养着，您那个南安郡典农中郎将的职事暂时就先甩出来，昭可以建议太尉府让郭统君即日起代理此职位，如何？"

"这……这……这就用不着了吧？"戴凌慌忙推辞起来，"南安典农署的职事，戴……戴某似乎还撑得起……"

"哦？戴将军，您可不要勉强哟！刚才松久不是说您病情甚为严重吗？"司马昭笑微微地将目光往曹寿脸上一刮，刮得他脸皮隐隐作痛，"您瞧，松久可是那么关心您，生怕您连口气出重了都会加重病情，倘若您再忙于公务，万一有个意外，那可如何是好？"

曹寿窘迫之极，正自无言以对之际，费曜这时却开口了："司马参军如此体贴戴将军，费某亦是非常感动。这样罢，戴将军既是有病在身，他的典农署职事便由费某一力分担了吧！费某与戴将军情同手足，若是不能为他分忧，费某心头亦是寝食难安呐！此事还望司马参军允准！"

他猝然从旁这么横插一棒，倒堵得司马昭也不好再紧逼下去。司马昭眉头隐隐一皱，唇角的笑意却仍是淡淡而现："哦？费都尉既然这么侠烈仗义，由您来为戴将军分担职事，这自然是再好不过了。"

他这话一出，曹寿、戴凌、费曜三人这才不约而同地暗暗大松了一口长气。一松之余，他们三人的心又不由得渐渐提了起来！这司马昭谈吐之间，借力打力，机变多端，倒实是不可小觑！

这时，司马昭已将目光从他三人那里掠了开去，最后投在了鲁芝脸上："鲁太守，您对征氐之事可有什么高见？"

鲁芝似对戴凌的前扬后抑之举十分不悦，早已涨红了脸忿然作色，一听司马昭问话，便朗声而答："区区氐蛮，何患之有？若非他们依山傍崖、蛇伏兽窜、负隅顽抗，便有十万之众，芝自信亦能在平原旷野之上将其一举殄火！"

司马昭微微颔首，恳切而问："那么，依鲁太守看来，我等须当如何殄灭氐蛮贼众呐？"

鲁芝沉吟有顷，正欲开口答话，忽尔觉得自己左袖微微一动，斜眼看去，却是费曜将他拉了一下，正连使眼色暗示他不要应对司马昭提出的问题。他略一恍惚，又看到戴凌假装咳喘连连不胜其疲的模样，一下全明白了过来，原来南安郡这一簇人分明就是不想让司马昭的征氐大计取得成功，所以，他们才在这里东推西搪的！他暗一咬牙，拿定了决心，将费曜的手从自己衣袖上轻轻拂落，仰起了脸正视着司马昭，侃侃答道："司马参军，在鲁某看来，我等唯有巧施妙计，诱使符双、强端等脱离深山洞窟，弃其所长而曝其所短，成为'脱水之鱼'，掉入我军的'陷阱'方能一举捕之！"

"好！好！好！"司马昭的笑容越发变得亲切起来，"鲁太守讲得太好了！这可足见您素日里对征氏之事实是思虑极深！却不知您有何妙计可使符双、强端成为'脱水之鱼'而为我等所擒？"

"这……这个，还请司马参军恕罪，如何诱使氏贼脱窟而出，芝倒真没想出一个万全之策。"鲁芝脸上表情一滞，"他们生性狡如狐鼠，实在是不易引诱他们上当……"

听到这里，曹寿在一旁"噗哧"一声笑了出来："好你个鲁太守！敢情你在这里绕了半天口舌，落到实处还是等于什么也没说！你何苦这般逗得大家巴巴地听了你半天废话……"

"唔……松久兄你这话就不对了！鲁太守心系征氏之役，刚才所献之计大体也没错，只是尚未细化切实而已，这便难能可贵了。他总比那些闭目塞耳、文恬武嬉、无所事事、空食俸禄的庸材好得多罢？松久你说呢？"司马昭一抬手止住了曹寿的嘲讽，似笑非笑地看向他来。

曹寿心头暗暗一紧，嘴上却打起了哈哈："哎呀！子上，我这是在和鲁太守说笑呐！鲁太守，您没生我曹松久的气吧？曹某今儿在这里向你赔礼了……"

司马昭可不想让这场会议被曹寿东拉西拽、嘻嘻哈哈地搞岔了，笑容一敛，开口间淡淡的语气却透出一股不容违抗的刚硬来，一下镇住了全场："昭也认为，一味待在宅舍里枯坐穷思，那自然是想不出什么奇谋妙计的。孟牧君，依昭之见，不如将全州大军集结起来卷旗挟戈火速赴往蛇盘山这个氏蛮老巢，先以赫赫军威将其震慑，再随机设计以制之！诸君是否可以下去各做准备了？"

他话音一落，会场上蓦然沉沉地静了下来，仿佛一潭死水般风动无声。却见曹寿沉吟良久，终是将脸一侧避开了司马昭那两道凌厉目光的直视："司马参军你这道命令请恕曹某不能遵从——我南安郡中的一万三千将士可是负有守土勿失之重责的！你若要合兵前去征剿氐蛮，只管调用其他郡县的兵卒便是，请恕我南安郡爱莫能助！子上，你可一定要体谅曹某啊！"

"曹太守，你刚才不是说全郡人马任我刺史署支唤吗？"孟建见曹寿竟撕破脸皮，出尔反尔，不由得微微变了脸色，压住满腔怒气，一边激烈地咳喘着，一边厉声叱道，"你麾下一万三千兵卒尽是骁勇能战之士，为何竟要龟缩穷城而不向外出击立功？这岂不是辱没了我大魏将士的雄风？"

曹寿面色青了又红，红了又青，静了半晌才冷冷嗤笑一声出来："孟牧君你这话又说偏了！司马太尉当初与诸葛亮在关中对峙之际，不也是据城拥兵自守不敢向外出击吗？那又何尝不是在辱没我大魏将士之雄风？"说着，他将脸转向司马昭，呲牙一笑，"子上，你看，曹某今日的守土自保之举可是完全向司马太尉当年学来的！你说对也不对？"

司马昭脸上的笑容始终深如秋水，仿佛对曹寿的明讥暗讽全不在意。他正欲答话，孟建却猛地发作起来："曹松久，这区区氐蛮能与拥兵十万的诸葛孔明相提并论吗？你……你这是在胡搅蛮缠！"

曹寿嘴角一歪，毫不松口："寿已经说过了司马太尉当日之行与我曹寿今日之举乃是'事不同而理同'，孟牧君你若斥我今天有错，那就是在指斥司马太尉当日亦有错！罢了！罢了！我也不和你争吵——你尽可将我的态度上奏呈报给当今陛下，他来了诏书让我曹寿出兵，我曹寿便立刻出兵！"

说到这里，他还挑起眼角斜睨着司马昭，加重了语气一字一句地说道："我可是大魏宗室当中堂堂的二千石太守，不是谁人的僚属旧部，只有大魏天子才有权调遣我的兵马！其他任何人的话，我曹寿都可以一概不听！"

孟建听他越说越是傲慢，又欲开口喝叱，这时司马昭却伸手轻轻按住了他的肩头，淡淡笑着开口说道："松久你怕吃败仗就明说嘛！昭还不了解你？既然你愿在后方一尽守土之责，那也由你。你就不要再顶撞孟牧君了。"然后,又转头看向了鲁芝:"鲁太守,您的兵马可以调用吗?"

曹寿没想到司马昭将自己刚才蛮横反对的态度轻轻一笔就带过了,这让他一时惊讶得讲不出话来。那边,费曜已是悻悻然说道:"鲁太守的天水郡中只有六千战士,好像调去了也没什么大用场罢!"

鲁芝早对曹寿那一派阳奉阴违、明推暗阻的行为瞧得很不上眼,并不理睬费曜的阴阳怪气,面容一肃,拱袖硬声言道:"氐蛮多年作乱于武都,正仗着有诸葛亮的伪军在后面撑腰!今日不乘诸葛亮身殁、蜀军人心大乱之际而奇袭狙击、一举剿灭,放任他们缓过气来,日后定会酿成大患!古人有言'常思奋不顾身以徇国家之急',鲁某麾下虽然兵少械寡,却也甘愿倾尽全郡之众与司马参军一道合兵直取蛇盘山!"

06　围魏救赵，不动声色最有效

一只栩栩如生的青瓷蛙形水盂在红泥小炉上被蓝蓝的焰苗烧得"嗞嗞"作响，白汽从盂口处袅袅而升，绕空而起。

垂帘之外，竹林间和檐角上传来了淅淅沥沥的雨声，清清脆脆，仿佛就在耳畔一下下嘀响。

司马懿端起了那盏古色古香的紫陶高杯，慢慢往杯顶上吹了一口长气，一股沁人心脾的茶香随即飘溢而散，顿时弥漫了整个精舍。

然后，他将这紫陶茶杯平平端向前去，递给了在自己对面坐着的后将军牛金："来吧！尝一尝本太尉亲手为你煮的'七香回味茶'。"

"太尉大人如此盛意，牛某只得恭敬不如从命了。"牛金急忙直起身又恭肃地弯下了腰，用双手小心翼翼地接过了茶杯，轻轻呷了一口，深深叹道，"真香！太尉大人的茶艺当真越来越高妙了……"

"牛金，你也是我家旧仆了，何必去学那些外人一般有意奉承于我？"司马懿微微地笑了，"这是本太尉到这关中以来第一次煮茶取乐，在和诸葛孔明对峙的日子里，哪有闲情逸致来做这些风雅之事？"

牛金嘻嘻一笑，只顾埋下头去细细品着那茶，也不答话。

司马懿的目光凝注在那只青瓷蛙形水盂之上，悠悠而道："这只水盂你还记得吧？它还是本太尉持节坐镇荆州之时，江东那个'上大将军'陆逊派人渡江赠送过来的……"

牛金"噗哧"一笑，险些喷出了茶水来："太尉大人还有心记得这些？陆逊当时为什么赠送这样一只鸣蛙形状的青瓷水盂来？他是在暗暗讥讽您'口大气壮而浮夸无能'啊！这个寓意，牛某那时就懂得了。亏您还把它一直留到现在，依牛某说，您不如找个时间把它砸了解气！"

"他就是想用这只蛙形水盂来激怒我贸然出战嘛！"司马懿呵呵笑道，"本太尉若真是那容易动气，岂不是早就中了他的圈套？本太尉当然要把这水盂好好留存下来，当作铭训之物时时警醒自己。"

"唔……太尉大人这么说极有道理，金今日受教了！"牛金瞧着那只蛙形水盂被烧得青亮亮的，若有所悟地点了点头，又端起了紫陶杯慢慢呷饮起"七香茶"来。

司马懿用绢巾细细擦净了面前的乌漆案几，直揩得它面上锃亮亮的几乎可以映照出自己的面影来。然后，他拿出两张轻轻薄薄的白帛，极为小心地放在桌面上铺展开来。

牛金停住了饮茶，认真地看向他，司马太尉这又要开始挥毫练字了？司马太尉虽然以戎马征战为职，但终究掩没不了他出身名门雅士的风流气度啊……

司马懿右手那支狼毫大笔在银砚里缓缓蘸着墨汁，开口徐徐而道："牛金你现在的字儿练得怎么样了？"

牛金拿手搔了搔自己的脑袋，嘻嘻笑着说道："还……还算练得有些端正了罢？"

"还算练得有些端正？"司马懿哼了一声，"牛金，我多次给你说过了，虽然你战功赫赫、威震四方，但你若是不能工于书法、精于尺牍，这朝野之间的世家名门便始终会以'武夫莽汉'看待于你的！你难道不想涤清自己的寒门背景而攀升到三公台鼎之位上去吗？"

牛金不以为然地笑了："太尉大人您认为我牛金会稀罕那朝廷上的三公台鼎之位吗？只要能在太尉大人您的麾下征战立功，我牛金就心满意足了！我本就是一介武夫粗人，若无太尉大人您的破格擢拔，我哪能一路顺风顺水地做到今天的这个'后将军'？"

"那可不行！我可不想让你这个小兄弟做一辈子的武夫粗汉！"司马懿提起笔来，在白帛上慢慢写去，"你今后必须抽空好好练字！把字练好了，我向朝廷上表推荐你去当司隶校尉！"

牛金不好再行拒绝，便随口敷衍着道："既是如此，您便给我推荐几个善于书法的名师好手来，我去拜在他们门下好好习字……"

"善于书法的名师好手？那倒用不着。好好临帖，自然就能把字练好的。"司马懿慢慢沉吟着，"我朝故太傅钟繇的一笔隶书写得姿态横生、柔媚有骨，你若学隶书，便可以去临摹他的帖子；你若学草书，我朝故谏议大夫卫觊那一笔草书当真是龙翔凤舞、天马行空，你也可以去临摹他的帖子……"

"钟太傅、卫大夫都已经死了……"牛金低低地咕哝道，"我光临摹他们的字帖而不能得到他们的亲口指教，就算再用功好几年也定然是练不好的……"

"你又在借故推托了！哦，还有一位书法巨匠尚还在世。"司马懿忽地想了起来，"陆浑山灵龙谷紫渊学苑的胡昭先生，你也认识的，他是我的师兄，今年六十多岁了，精神还行。他的楷书写得很好，方正遒劲、铁骨铮铮！你去跟他学吧，我到时候给你写荐书……"

"只要有空，我当然可以去胡先生门下练字啊！"牛金吐了一下舌头，"不过，伐燕之役迫在眉睫，我哪有余暇远赴陆浑山练字？"

司马懿听到他谈起伐燕之役，手中毛笔立时一定。他慢慢抬起目光看向牛金："对了，这几日本太尉在筹思如何对付伪燕公孙渊时，想到了这一点，你下去后要马上落实：务必防止公孙渊和乌桓、鲜卑、肃慎等夷族联手作乱！你马上去函给毕轨和裴潜，让他们赶紧和乌桓、鲜卑、肃慎等诸部酋长取得联系，晓之以大利大害，赐之以重金厚赏，使他们站到我大魏一边，孤立公孙氏……还有高句丽，也要派人前去策动他们反对公孙氏。这样一来，公孙渊在辽东便会陷入'四面重围'、'孤立无援'的境地。但是，在拉拢这些北狄诸部的同时，建议他们可以和公孙渊虚与委蛇、假意俯从，待得我大魏王师一到就来个东西并举、里应外合！"

牛金听司马太尉将这针对公孙渊的"远交近攻"之策讲得如此明晰，不禁暗暗佩服，连连点头称是，忽又想起了什么，问道："太尉大人，毌丘俭那边已经送来八百里加急快骑求援讯报，请求您尽快发兵北上相救……您看此事应当如何回复？"

司马懿深深地看了他一眼，心想：假如我那昭儿在此侍奉，便决不会像牛金今日这般"多此一问"！他自然能够准确揣摩到我的心意，把我的复函写得漂漂亮亮、无疵可寻的。

静了片刻，司马懿才缓缓答道："毌丘俭不是喜欢打仗吗？既然他奉了皇命前去主动挑战公孙渊，就事先没有料到会碰上今天这样的困局？就让他先在幽州那里把公孙渊拖住一阵子罢……牛金，你就让秘书郎拟写这样一封复函发回去：待关中之粮筹足之后，本太尉定当北上相援，决不延滞！"

"好！"牛金朗声一应，看着司马懿，忽生慨叹，"对了，太尉大人，牛某觉得大公子近来是越发成熟稳重了！昨天他还专门来到我府中拜访，对我深入浅出地讲了一通忠君爱民的道理，请求我带个头先把自家的邑户供粮捐给国家呐……"

"他这么上门找你索粮，你可答应了？你享受的是八百户食邑，好像有一千九百石邑户纳粮吧？——你就真的舍得？"

"那有什么舍得不舍得的？大公子难得有这个机会在政界崭露头角，我牛金自当全力支持！别说区区一千多石粮食，就是想要我牛金的脑袋，也会毫不犹豫地双手奉上！"

司马懿胸中心弦微微一动，抬起眼来深深看着牛金："唉……假若全关中的食邑诸侯都能像牛金你这样深明大义、公忠体国，那么师儿他的征粮大事可就真是一路顺遂了！不过，只怕那些食邑诸侯未必都有牛金你这样的觉悟……"

"什……什么？大公子真要向全关中的食邑诸侯收粮捐国？"牛金大吃一惊，"这可是得罪人的苦差事啊！"

司马懿俯下了身，在案几上徐徐写着书幅。他的心潮一瞬间也澎湃起来：三日前，司马师从长安城连夜赶回渭南行营向他请示征粮机宜——如今长安城中谣言四起，倘若再以追租加赋之名向关中庶民先行征收粮粟，只怕会激起暴变之患！但若是不向庶民征粮，那就只有转向关中食邑诸侯"开刀"取粮！然而这关中食邑诸侯们多与司马懿素有交谊，真要对他们强行下刀，只怕又会影响司马家"收揽人心、以马代曹"的千秋大业！司马师左右为难之际，只得亲自赶来向父亲求教。司马懿沉吟许久，只送了他八个字：以义服众，遇难而上。司马师心领神会而去——果然一转头便向牛金劝说他捐粮为国了！

"得罪人的苦差事？是啊！这也是没办法的事儿。昭儿在武都那边征氐灭寇，听梁机派人来报，似乎也进行得不太顺遂呐！"司马懿终于提起了笔，望着案几上写好的那两幅字帛，"不过，若是事事皆顺、事事皆易，他俩又怎会得到百折千锤、脱胎换骨的淬炼和考验？师儿、昭儿这几年在我身边耳濡目染、参与机务，应该也学到了一些皮毛之技罢？拿来对付氐蛮、政敌，应当不成问题。牛金你说是也不是？"

牛金拱手而答："太尉大人说得是，大公子刚决果毅，二公子足智多谋，自然是能过关破难、所向无前的。"

"你又在谬赞他俩了！你看本太尉这两幅字儿。师儿素来秉性刚决，敢于破格，但亦有其弊：刚而不韧，则易弯易折，本太尉便送他'沉毅明敏'四个大字以调其心性之偏；昭儿则一向思虑缜密，步步深机，同样也有其弊：阴而太过则易近于险，本太尉就送他'质直公方'四个大字以拓其城府之阔。"

牛金瞧着那两张白帛上金钩银划、破风穿云的八个隶书大字，不禁深深叹服："属下一定谨遵太尉大人之钧命，派人将两幅绝妙好字及时给两位公子好好奉送过去！"

司马懿微微点头，转过脸来，冷不丁问牛金道："七年之前在长安郡、南安郡两处'棋眼'里埋下的那两枚'棋子'现在还好吧？"

"请太尉大人放心，一切都好。"牛金敛色答道，"这两枚'棋子'都已做好了一切准备。只待两位公子确有需要之时,他俩便可立即启动!"

在满城谣言传得风风雨雨的最高潮之际,太尉府征粮署特使司马师邀请了甄德、曹忠、池丘伯以及多位长安本地的郡望名士到自己所居的驿舍堂院里同宴聚欢。

这一次,池丘伯是如期赴约了。稳踞关中首富之位多年的他,本着"朝夕孜孜,只为求财"的准则,起初刚一听到太尉府将在关中二州筹粮赈灾的消息,立刻便敏锐地觉察到了这可能是自己大肆哄抬粮价、囤积居奇的大好机会。而且就在这时,一位与他关系极深的"幕后高人"也给他送来了秘密指示,让他放手炒热粮价以牟暴利,并明确表态会在适当时候暗中助他一臂之力。如此一来,池丘伯自然更是有恃无恐。于是,他立即派人四下里散出了"割了关中粮,去补'关东疮';关中缺了粮,饿倒成饥荒"的谣言在市坊间搅乱民心。很快,他的谣言造势就取得了明显的成效:市面上的米店存粮几乎被人们哄抢而光,城边各乡各亭的粮粟交易也显得非常火爆!经营着八家米店的池丘伯,在这短短的十余日里当然是大赚而特赚了。

然而,一向机敏成性的他,在这骤获暴利的关头,却隐隐嗅出了市坊之外透进来的一丝莫名的异样气息:太尉府征粮署竟在这一次粮价哄抬狂潮当中保持了惊人的沉默!他们居然什么招数都没有使出!这反而让池丘伯忐忑不安起来,以他多年的商战经验,他自然是清楚这一点的,表面上看起来越沉默、越冷静的对手,实际上往往是最可怕的、最难防的。所以,这一次司马师发帖前来邀请他参加宴会,他不再回避,立刻就摆好盛装礼仪亲自赴宴了。

到了驿舍后厅大院,司马师笑呵呵迎了上来,似乎对上次征粮部署大会上池丘伯的有意缺席毫不在意,彬彬有礼地引了池丘伯往东面长席首位上坐下。而在他的左手边,却已早就坐好了三位西夷商人,一个个高鼻深目、黄发黑肤,竟然都能讲着汉语与他交谈。

一声钟鸣之后,司马师见得诸席酒肴摆定,方才缓缓立席起身,向在座宾客介绍道:"今日本特使与诸君设宴欢聚,是为了恭贺太尉府近日做成了一桩大事。这里有几位西域番邦来的贵宾,本特使给大家介绍一下:这位大红胡子先生,是龟兹国的卜力奇先生;这位金黄须髯的先生,是于阗国的穆多提先生;这位绿眼睛的先生,是康居国来的高迪德先生。他们三位都是西域三国派驻我长安的通商使臣。"

池丘伯拿眼仔细看了那三个西夷商人一番,觉得他们居然有些陌生。作为长安城的首富,他不可能不清楚那些西域通商使臣的身份。但他确实认不出今天这三个西夷商人——但又想到自己获得消息声称太尉府一直在出面和西域各藩商人分帮结派进行交流协调,说不定他们也真是龟兹、丁阗、康居新近派来的通商使臣不假。他正忖虑之际,却见司马师一招手,向席外呼道:"来,来,来,礼以外宾为大;先为这些远方来的客人们送上咱们香甜可口的麦面饼。"

一排婢女流水似的端上一盘盘白腻厚实的面饼,一张张足有团扇般大小,暖暖的甜香顿时溢满了整个厅院的空间。

那龟兹商使卜力奇瞧着这些面饼,口水几乎都滴了下来:"这中原上国的麦面果然不错!你看这饼蒸得又白又嫩的,就像咱们白马山下的马奶汁,一掐都淌得出甜味来……"

于阗商使穆多提在面前的大饼上猛撕了一块丢进口里,咀嚼得津津有味:"是啊!天朝的面饼就是好吃,又香甜又细腻,不像咱们那里的饼子又干又硬!"

康居商使高迪德则兴高采烈地说道:"看来,咱们这一次从司马太尉大人这里交易到了几千石种麦回去,真不知是占了多大的便宜!国王们一定会好好奖赏咱们的!"

在座的魏国人士正听得云山雾罩之际,司马师笑吟吟地向大家讲道:"今天,师在这里给大家宣布一个好消息——昨日上午,师代表太尉府和这三位商使谈妥了一笔大生意:我关中驻军行营将用五千石上好种麦,和他们交换来一万匹羊皮毡,以备我征辽大军冬季防寒之用!"

他此话一出,池丘伯的脸色便渐渐变了:司马师此举分明是在向长安城各坊士庶昭示,关中数万顷军屯营出存粮丰盈有余,甚至还可与外夷交易货物，自然更是无须借民之粮赈灾！这样一来，池丘伯他自己哄抬粮价、囤积居奇的诡计就无从施展了！但是，司马师这究竟是不是在故意和这三个西域商使联起手来合演一出"双簧戏"迷惑大家？他们唱的是不是"空仓计"？……池丘伯内心疑虑重重，也只得继续观察下去。

"今日为了给在座诸君助兴，本特使还从长安悦乐坊请了一出'好戏'过来，与大家共赏！"司马师满脸红光地说着，往席前一指，"诸君请看！"

诸人顺势看去，只见席前的院坝当中不知何时已经搭起了一幕足有一屋多高的大红帷布。然而，鼓响三声之后，帷幕并不应声掀开，幕后是何人物也不现身。众人正在惊疑之间，帷幕后面忽然传来了一缕悠长细绵的琴鸣之音，韵律平起平伏，恍若涓涓清流缓缓淌过听众的心田，一派舒爽宜人之感溢然不止。

"好！好！这曲儿弹得好！"曹忠拍手赞了开来，"我瞧池翁名下的'天香阁'头牌艺伎似乎也没她弹奏得这般动听！池翁，您说是不是？"

池丘伯急忙谦逊不已："那是当然——我那'天香阁'都是些庸声俗曲，哪里能与司马特使大人请来的这'天籁之音'相提并论？"

司马师含笑而道："诸位且听将下去——更美妙的曲儿还在后面呐！"

他话犹未了，帷幕后面琴声渐低渐敛，猝然之间，恰似平空打了一个霹雳，"呜"的一声大吼，竟是活生生一头猛虎正自腾空一啸，来得浑厚沉实，余音久久不绝，震得在座诸人耳鼓隐隐发麻！

甄德"呀"的一声叫出，惊得手中杯盏"当啷"一声掉下地去，右掌捂着胸口，气咻咻直道："司……司马君，你……你……你从哪里找来了这一头猛虎？可……可曾在铁笼里将它锁好了么？你……你不怕它挣出来伤人？"

那卜力奇、穆多提、高迪德等西域宾客则兴奋地大呼小叫起来：

"那老虎就藏在这幕布后面么？快掀开来让我们瞧一瞧……"

"听一听它这吼声,倒像是咱们云顶山的大白虎……"

……

"甄太守勿惊勿惧,那虎被锁得紧紧的,是冲不出这层帷幕的。"司马师向甄德探过身去低声笑道,"你听……他们又放出鸟儿在鸣叫了……"

果然,一声声婉转流利的莺雀鸿鹄之声流漾而出,"叽叽啾啾"、"咿咿嘎嘎",汇成了一大片,仿佛整座森林的千雀百鸟都被搬到了这帷幕后面在齐声鸣唱。那鸣啼之声高高低低、远远近近、粗粗细细,竟是此起彼落、杂而不乱、各显其妙。

"他们这是从哪里弄来了这么多的鸟儿?"颜斐也忍不住讶然开口了,"听得我满耳朵里都是莺歌雀啼了……"

就在这时,满场的千鸟万啼之中,一声长鸣犹如一道闪电划空而起,格外的高亢清越,又格外的悠扬绵长,竟似九皋之上洒下的一串凤哕,倏地压住了全场其他的鸟啼之声——那些雀鸣、鸟啼在回旋激荡,久久萦绕在众人耳畔,让他们听得如醉如痴!

不知不觉之中,那帷幕已是徐徐拉开——众人急急望去,偌大的帷幕后面,竟是只有一人一席而已!那人亦不过一位文文弱弱的高瘦青年——原来,这动人琴声、骇人虎啸、百鸟齐鸣,居然全部都是他一人一口以三寸之舌演唱而出的!

刹那间,全场掌声雷动,喝彩连连!

司马师向曹忠、甄德、池丘伯等笑道:"这位乃是师特意请来为诸君助兴的口技高人田小玉,诸君听了他的演唱可还满意否?"

池丘伯一脸谄笑:"难为司马公子为我等想得如此周到,我等感激不尽。"

甄德亦是缓缓颔首:"过几日本座也请他到太守府去演上一段,让我府中人都听一听他还有多少'花样儿'……"

司马师又转向田小玉高声讲道:"田君,你今日这一番口技表演实在是令在座的列位大人、先生们听得高兴!你为本特使可算长了脸!本特使一定要重重赏你,怎么样,赏你四千铢大钱如何?"

"小玉不敢。"

"有什么不敢的？你莫非是嫌本特使赏少了？唔……近来长安城里最值钱的就是米粟了，而我关中镇西行营的军屯营库里恰恰却是米粟多得很！这样吧，我就赏你八百石上等精米！但不许你拿去高价转卖。明天一早，你多备几辆牛车拉它们回去，依着比往日的平价每斗低出六铢钱的价格卖出去！这样一来，你的米粟卖得必是很快，铢钱也回流得很快，等于本特使一下就赏了你七八千铢钱！如何？"

田小玉喜出望外，伏地叩头："多谢司马特使恩典。"

池丘伯这时却在心底暗暗长叹一声，与曹忠不动声色地交换了一下眼神，彼此一瞬间都已明白：司马师这是刻意借田小玉之手将那八百石大米尽行投入长安市坊间平抑被哄抬高涨的米价！他这招一出，直截了当地让长安士民看到了关中镇西行营军库里粮食储备绰绰有余，而市面上实则并无缺粮之忧，自然人人亦不用再去抢粮，而被自己蓄意炒热的米价迅速便会应声回落，而他池丘伯囤积起来的那些大米也就积压在仓底成了一笔外销不动的"呆货"了！司马师今晚演的这一出"鸿门宴"把自己这一边可真的是弄栽了！

曹忠也骇异地看着一脸微笑的司马师：此人粗中有细，刚而能柔，倒实在是不可小觑！他打着哈哈向司马师伸出手去："来，来，来，子元兄，曹某敬你一杯！今日你真还是请曹某看了一出精彩绝伦的'好戏'！曹某得回去好好准备一下，改天向你致谢！"

朔风习习，蛇盘山山口的寨楼空荡荡地立在那里，只剩下那面氐兵的鬼头旗在半空中虚张声势地迎风招展着。

司马昭站在空壳一般的氐兵寨楼顶上朝后直望上去，一片郁郁苍苍的松涛柏海密密层层地掩映着，整座蛇盘山便似一堆碧云般从半空中当头压来，煞是慑人心魄！

他收回了朝上仰视的目光，又往寨楼底下看去：一条八尺余宽的盘山小道一溜青烟儿般地蜿蜒而上，在那无比幽深的山林尽头隐没不见，仿佛是一头猛兽大大张开的血盆巨口里伸出来的长长一条毒舌……

"二公子，您这样暴露在明处可不好！"梁机在一旁向他小心地提醒道，"谨防氐蛮会从树林间发射暗箭偷袭！"

"梁大人这是'关心则乱'，有些过虑了。"郭统看了一圈这寨楼四周的地形，不以为然地摇了摇头，"既然氐蛮把山口寨楼都大胆放弃了，就说明他们已经退出了山脚一带的战略布局，收敛兵力撤到了山上老巢之中。这个时候，在这个地方，他们不会留人偷袭的。"

司马昭仿佛没听到他俩的争论，脚下却让人不易察觉地轻轻向左移了几步，正巧把自己的上半身站进城楼栅牌的掩蔽之后，这样一来氐蛮无论从哪一个方位发箭都射不到他全身上下的要害了。然后，他举手指着蛇盘山的山势，似笑非笑地说道："昭今天才算是弄明白这座大山为什么起名叫做'蛇盘山'了！你们瞧，这整座大山看起来就像盘卷成一堆的长蛇之身，那一柱奇峰高昂突兀，不正似蛇头一般仰天直伸吗？"

站在他左侧的孟建瞧了瞧他所指的那山峦顶上兀然冒起的一柱奇峰，开口介绍道："司马参军，那就是蛇盘山的主峰，'铁木崖'。"

"铁木崖？"司马昭遥遥盯向那一柱悬崖，双瞳一缩，忽然冷冷一笑，"说不定此刻氐酋符双也正站在那崖顶上观察我们呐！"

孟建眉宇间浮起了一抹忧色："司马参军，你也看到了，这蛇盘山地势险阻，与沓中、骆城、陇山等相互邻接，周旋通达八百余里，山谷千重万叠，洞窟不计其数。

"而氐蛮之俗好武习战，以械斗为尚，其升山赴险、抵突丛棘，犹如鱼之游渊、猿之窜林也，时观间隙而出为寇盗。每当州郡发兵征伐，寻其窟藏，他们战则蜂拥而至，败则如鸟四散，总是不能彻底荡定。况且此番南安郡更无援兵相助……"

司马昭默默地听着，冷不丁问他一句："孟牧君之意，是想让咱们这两万大军就此打道回府？"

孟建咬了咬嘴唇，终于直言而道："倘若氐蛮这一次弃寨而走，真的逃进了这绵绵陇山，我们也只能旋师而归。"

司马昭若有所思地点了点头，没有答话。忽然，他眼眸一亮，朝铁木崖那个方向伸手一指："孟牧君，你瞧，那里有几簇炊烟冒了起来。"

"炊烟？"孟建一愕，立刻反应过来，喏喏而道，"莫非……莫非这氐蛮并没有从这蛇盘山鸟散鼠窜远遁而出吗？"

"这还有什么可怀疑的？"鲁芝忿忿地说道，"他们燃起这么浓的炊烟，分明是在向咱们故意示威！这个符双，鲁某曾经和他交过手，他生性狂傲，自负为'氐族之王'，颇有妄自尊大之心，又怎会丢了蛇盘山似游魂一般逃窜而去呐？"

"好！好！好！本参军要的就是他这一份'妄自尊大'！"司马昭深深地笑了，双眸里寒芒闪动，"本参军怕的就是他避我锋芒、不战而逃，盼的就是他自命强悍、前来应战！正如孟牧君刚才所言，倘若他们真是逃进了那无边无际的绵绵陇山之中深藏不出，我们岂不是望山兴叹、大费周章？"

孟建淡淡一笑："司马参军你斗志已定，只怕符双他们若真是逃进了绵绵陇山，你也定会千方百计将他们引诱而出再加以剿灭！"说罢，他唤过鲁芝吩咐道："鲁太守，你挑选出一支熟悉此山上下四周地形的精兵暗探来，让他们潜入山中先去摸清氐蛮们据守的老巢究竟在哪里……"

司马昭也瞧出孟建战意终定，这才微微松了口气。孟建能够化消极为积极、变被动为主动地支持自己的灭氐大计，这自然是再好不过了。他也喊来郭统、胡奋，向鲁芝讲道："鲁太守，郭君、胡君都是身手精悍的鹰鹫之士，且让他俩随同这支暗探队伍进山实地探察一番虚实也好！郭君、胡君，你们二人可敢上山一试锋芒？"

"子上，瞧你这话问的——"胡奋吹了吹胡子，"去年家父前去偷袭诸葛亮的五丈原，就是我胡奋领兵打的前哨！"

郭统也不示弱，挽起袖子就说道："子上，你放心，郭某一定把氐蛮藏身的老巢给你探出一个清清楚楚的虚实底细回来！"

07　征服就是彻底畏服

"吏不烦民，民不求吏，各得其所，无为而治。"

司马师慢慢地念着郡丞署房里那根大柱上悬挂着的这张条幅，咂了一会儿味道，回过头来向颜斐说道："颜郡丞，你这幅箴言颇有意味，写得很好啊！它是出自哪本典籍的？"

"这个……实在让司马公子见笑了！"颜斐急忙解释道，"这幅箴言是杨护君自己思悟出来的……颜某也觉得它大有理趣，便提笔记下来以此警示自己……"

"杨君自己思悟出来的？"司马师眸中亮光闪动，看向了正在房中伏案理牍的杨护，"杨君，看来你果然是'身怀令器'的隐士高才！这等清虚通脱的玄门之理，你年纪轻轻竟能悟之，师实在是佩服！依师看来，以你这份学识，完全可以进宫担任议郎、御史了！怎么样，需不需要师给太尉大人说一声？太尉大人对你这样的少年英才向来都爱之如命，一定会向朝廷大力举荐你的。"

"司马公子过誉了！"杨护连忙搁笔站起身来，垂手谢道，"杨某身居郡县亲民之职，自是获益匪浅。至于入京为仕，实非所愿。"

"好！本公子就喜欢你这样爱做事而不爱做官的人！"司马师赞

了一声,走了过来,俯身瞧向那满案的文牍簿册,低声又向杨护道,"这一次你建议请出田小玉与本公子配合着演了那一出'双簧戏',巧妙地平抑了虚高浮涨的粮价,让长安士民大大减少了损失,实在是大智慧、大手笔!本公子自会铭记于心的。"

杨护却微微而笑:"司马公子请出三位西夷通商使臣合演了那一出以粮易毡的'空仓计'亦是高明之至,稳定了士民的浮躁之情,化解了士民的后顾之忧,这才是解决根本问题的妙招!杨某对司马公子此计也是佩服之极!"

"唉……本公子这一计背后有镇西行营的支持,算不得是本公子的真本事!"司马师爽爽朗朗地笑了,"你巧借重赏田小玉之手来向长安市坊输粮平价,这可真是我司马师所料不及的!你既有这等聪颖才智,只管为我此番征粮大业放手做来,本公子日后是绝对不会忘记你这些大贡献的。"

说着,他又从怀中掏出了一叠露布草纸,递给了杨护:"这是太史署与镇西都督府联合制发的安民告示,内容宣称今年乃是关中风调雨顺、五谷丰登之吉辰,大公垂青于关中,必是无旱无涝、家家满仓!这样一来,完全可以平息那些谣言蜚语,稳住民心不浮不乱,那些奸商也就再也抓不住机会大作哄抬囤积的文章了!"

"好!好!好!实在是太好了!"杨护急忙接过那叠露布草纸翻看了起来,"司马公子您果然是高瞻远瞩!有了这道安民告示,长安郡里的缺粮谣言自会不攻而破矣!杨某稍后就派人把它们贴往各坊路口大举宣传……"

"是啊!长安市坊终于被咱们稳定了下来!这一道难关,咱们算是有惊无险地闯了过来。"颜斐笑容方展而忧色又起,伸手指了指书案上那些名单簿册,"只是接下来向那些关中诸侯征收邑户义粮,那可是虎口夺食,恐怕比日前市面谣言浮情之事更要艰险十倍啊!"

司马师的眉头一下拧了起来:"唔……我记得面向关中诸侯征收邑户义粮的太尉手令已经下发六七日了,在雍、凉二州食邑的那些公卿侯爷们有谁捐上了自己的邑户之粮?"

"只有司马令君、王肃大人、牛金将军、何曾大人、高柔廷尉、王观大人等二三十位侯爷主动按时捐上了自己的邑户义粮。"杨护捧起一册簿本递了上来，"司马公子请看，这就是那些尚还拒不捐粮的公卿侯爷们的名册……"

司马师伸手接过，翻开仔细一看：原来，在雍凉二州有食邑户的诸侯达一百零六人，其中食邑五百户以上就有六十余人。而截至今日为止，却仅有二十八位诸侯上捐了邑户义粮！

他瞧了名册半晌，"砰"地一掌拍在案上，震得纸笔飞散："咦！怎么连这贾嗣也没捐邑户义粮？他一天到晚把自己养得脑满肠肥的，就是这样的'一毛不拔'？来！颜郡丞、杨吏君，稍后咱们便先去拿这贾嗣开刀取粮！"

谈起贾嗣，其实颜斐、杨护都不陌生，他是武威郡的护羌校尉，也曾是司马太尉先前帐下的旧将，屡有战功，但脾性刚倔，是出了名的"刺头"。司马师自然亦是与他颇为熟识。近年来，贾嗣在边关待得倦了，便上奏自称负伤归家治疗，实则是想安享清福了，故而他一回了长安城就再没上过疆场。颜斐前几日去他的府上找过，贾嗣愣是闭门不应。此刻，他听到司马师居然自愿前去贾府，自然是盼之不得："好！颜某马上便下去做好准备，随时奉陪司马公子前去贾府征粮！"

且说贾嗣其时正在府中吃着午饭，他津津有味地啃着一只烤猪蹄，面前大桌上的山珍海味还似流水般地直端上来。

就在这时，一名门仆慌慌张张地跑进来禀道："启禀侯爷，长安府又来催收义粮了！"

"这个颜斐！还让人活不活了？逼得人连一顿饭都吃不安生！"贾嗣正咽了一口猪蹄肉筋嚼在嘴里，竟一下被这门仆的禀报弄得噎住了，连捶了七八下胸口，才生生地咽了下去。他缓过气来，拿起那根还没啃光的猪蹄骨就往桌上重重一敲："你给本将军出去告诉他，本将军正在养病，谁也不见！叫他快快滚蛋！"

门仆哭丧着脸答道："侯爷，您听小人把话说完嘛，这一次来的不单是颜郡丞一个人，还有太尉府的大公子司马师大人！"

"司马子元？他也来帮长安府催粮了？哎呀！这个小煞星不好惹呀！"贾嗣的眼睛一下直了，顿时紧张起来。他揩了揩脑门上的油汗，沉吟片刻，急忙摆手让仆人们赶快将面前桌上的好酒好菜全部撤了下去，又吩咐府中的管事道，"你去把下人们在偏厢房里吃的那些粗面团和青菜汤端上来做个样子，差不多应该能够糊弄那个小煞星了……"

安排妥当之后，贾嗣整了整冠带就准备去迎接司马师，刚一迈步时又想起了什么——原来他手里还捏着那只被啃了大半筋肉的猪蹄！他像丢掉一个烫手的炭团似的慌不迭把那只猪蹄往饭桌底下一扔，扯过一块布巾擦了擦手，又抹了抹嘴，这才昂首挺胸地装得底气十足，去前院迎接司马师一行人等了。

不多时，司马师、颜斐、杨护等在那门仆的带领下走了进来。贾嗣斜着身子，假装成一跛一拐的，像一只横行的软脚螃蟹一般扭在司马师身畔，殷勤无比地邀请道："大公子，您瞧，我这腿自从那次武威平羌时被羌虏射了一箭之后回来就一直没好过！哎呀——走不快呀，只怕今天让您在外边久等了！您大驾光临，我贾嗣真是高兴得很！您还没吃午饭罢？先就和贾某一道吃了后再谈事儿吧……"

司马师也不理他，"噔噔噔"几步来到院里的那张饭桌旁看了下去，只见桌面上摆着一排装着灰扑扑粗面团的陶碗和一盆清得不现半点儿油星的菜汤。他微露讶异地盯着贾嗣："贾将军，你怎么也戒荤吃素了？我可记得你在军营里从来都是'大块吃肉、大碗喝酒'的呀！"

"哎呀！大公子，您是有所不知啊！我贾嗣这几年来为了治病疗伤，府中收来的所有邑户粮物都拿去请了医师开药诊治，没剩几铢钱了。现在，贾某是天天啃面团、喝菜汤，日子过得窘迫得很！哪里还吃得起什么大酒大肉哟！"

"真的？你别是编些瞎话在骗我罢？"司马师这时盯向贾嗣的目光变得又尖又厉，刺人生痛。

贾嗣暗暗一阵心跳，但也只能继续"演戏"下去了。他一把鼻涕一把眼泪地哭叫道："我怎敢欺骗大公子！大公子您一向严明如山，我也骗不了您啊！我现在府中真有这么穷——明天我还要辞退几个奴婢，他们的工钱我都付不起了……"

"原来贾校尉你是这么一个情形啊！"司马师有些相信他了，脸色明显地缓和了下来，也没有刚进门时那样凝肃严正了，"我正奇怪你为什么也会拒不捐粮呐……"

"是啊！是啊！我也想为朝廷分忧解难，可惜我心有余而力不足啊！这样罢，过几天我让下人把粮仓里垫底儿的那八担麦子给司马公子您挑去……"

"罢了！你的家境现在这么困难，这个……颜郡丞，"司马师最是面冷心热，喊过了颜斐，向他求情道，"可不可以先让贾校尉他暂缓一下？"

颜斐可不像司马师这么轻信贾嗣，但一时也找不出证据硬顶贾嗣，正自犹豫沉吟之际，却听杨护在一旁忽然开口呵呵笑道："呵呀！贾校尉，您这戒荤吃素、艰苦朴素的作风把您府中养的狗都感染了呀？司马公子，您瞧，这条狗把那么难吃的粗麦面团啃得真是有滋有味啊！"

司马师"哦"了一声，低头看了过去：只见那张饭桌底下"嗖"地窜出一条大黄狗来，嘴里却叼着一根油腻腻的烤猪蹄骨头！

刹那之间，全场一下静住了！贾嗣的脸庞就像被人狠狠地揍了一拳，顿时扭曲得鼻歪眼斜，说有多难看就有多难看！他恨恨地瞪着那个只用轻飘飘一句话就戳破了自己弥天大谎的杨护，真想把他一口吃了！

司马师亦已反应过来，他紧紧咬着钢牙，齿缝间却射出了丝丝冷笑："不错！不错！贾嗣！你这护羌校尉府的日子果然过得窘迫，人在嚼麦团，狗却啃猪蹄！——嘿！我刚才真是看走了眼，瞧一瞧你这衣袍襟角上的油渍都还没干呐！"

贾嗣的胖脸渐渐涨成了猪肝色，但他似乎毫无愧意，反倒是变得恼羞成怒起来，咬着腮帮不说话。

颜斐在一旁瞧见他面色不善，急忙上前转圜道："贾校尉，这样看来你家境也并不差嘛！您便下去早早筹齐了义粮捐纳过来，颜某和司马公子且先回长安府征粮署去恭候着，如何？"

贾嗣咬了咬牙，把心一横，索性来个"一不做二不休"，摆了一副"死猪不怕开水烫"的模样："实话告诉你颜文林（颜斐的字为"文林"），老子就是不想捐纳这劳什子的'义粮'！老子名下的这八百家邑户供粮是老子当年一刀一枪真劈实砍地挣出来的，他关东老百姓遇上旱灾没饭吃，那是关东各郡的大官小官们抚恤不力！凭什么硬要拿老子的邑粮去补贴他们？"

颜斐听罢，义愤填膺，正欲发言叱责于他，杨护已经站出来侃侃训道："贾校尉，您这话说得就差了！关东也罢，关西也罢，正所谓'普天之下，莫非王土'，都是我大魏朝的疆土！又所谓'一方有难，八方支援'，您莫非当真还要分个你我彼此而不肯捐粮相助？

"这样吧——我们换一个角度说，您的这八百家邑户现在是住在关西无灾无厄万事如意，倘若有朝一日关西也发生了旱灾，您那八百家邑户自己都收不到粮食喂不活自己，哪里还有什么'供粮'给您享受哟！那个时候，您定然也是盼着朝廷拨粮救济他们吧？所以，在下官看来，您今日开仓捐助关东灾农，其实也是为他日您这关西几百家邑户万一遇灾得济而张本啊！"

司马师听这杨护所言，初似迂远而终则尽合于理，字字句句植根于公理大义，不禁暗暗叹服：这杨君之器识明睿，果然非同常人！自己日后须当以师友之道而倾诚结纳之！

"这护羌校尉府里哪有你一个小小僚佐开口说话的份儿？你算什么东西，居然敢教训贾某？便是你们长安太守甄德见了我贾某，只怕大气也不敢吭一声！罢了，罢了！我堂堂护羌校尉要与你这班刀笔文吏嚼舌头做甚？"贾嗣干脆使上泼性，越发的不顾脸皮起来，"我贾嗣就是不捐'义粮'，你们又敢拿我怎地？你尽可上书朝廷参我一本啊！我正好要找尚书令、中书省讨个说法：老子为大魏朝浴血奋战了这么多年，刚在府中养伤休息了没几天，就该被削粮夺食、卸磨杀驴？"

"贾嗣！你且睁大了眼睛瞧一瞧！你有什么资格在我司马师面前

如此张狂？"司马师实在是忍无可忍，脸色一沉，"哗"地一下扯掉自己身上的衣袍，露出胸前背后块块肌肉上那横一道竖一道的新伤旧疤来，铁像一般挺立着，目光凛凛地正视着贾嗣，厉声喝道，"不错，你是真刀实枪地给自己挣来了邑户供粮，但我司马师满身上下为大魏朝所负的伤疤也未见得就比你少！太和二年，我在荆州沔阳城斩杀吴贼三千七百余人；太和五年，我又在祁山诛取蜀寇四千二百八十六颗首级；去年六月，在上方谷我与蜀将魏延迎面拼死力战，杀退蜀军二万余人，救得大魏三军脱险而去……论起这战功，你自以为我可比你少了些许么？可是我又向朝廷讨要了多少邑户供粮来？时至今日，我仍是官秩一千石的参军偏将！然而，我把自己全年的俸米都捐了出来，你贾嗣又凭什么不该捐献出来？"

贾嗣被司马师这一顿话训得脸上青一阵红一阵的，把牙齿咬得"格格"直响，半晌过后猛一跺脚，将袍角一提，纵身跳到了院坝当中，双手一张就摆开了架式，两眼直瞪着司马师："司马大公子！我贾嗣也知道你是一条响当当的好汉，但你非要盯着我不放，我也没办法了！多余的话就不讲了，你与我在这场上一拳一脚拼个分晓出来，只要赢了我便可将一千六百石'义粮'马上搬走！若是没赢，你今儿个到我贾府也只当是白来一趟！"

"贾嗣！你把我关中将士的脸还要丢到什么时候？"司马师这一吼当真是震天动地，一下将贾嗣的话头气势压了下去！只见他眉发皆张、煞气四溢，整个人仿佛暴长了许多，骤然变得异常高大起来，"当今之际，逆贼作乱于燕辽，百姓饥困于关东，你身为堂堂亭侯，不思捐粮救国，反倒与我等斤斤计较于一得一失！我司马师怎会和你为这等卑琐的原因而比试身手？倘若真要比划，倒还不如届时到辽东战场上我俩比一比谁砍的逆贼首级更多！"

他高声说着，右手解下腰间的佩刀，连刀鞘也不脱，反手将那刀往地上狠狠一掷——"嚓"的一响，那刀连着鞘儿一下笔直地钉进了坚厚结实的黄土地坝足足三寸有余！

看到司马师激愤之下露出的这一手真功夫，贾嗣的瞳孔蓦地缩紧了：这小煞星果然厉害！他这一份劲道来得好生刚猛，自己也只怕是望尘莫及！

就这样，那柄深插在地坝上的佩刀，犹如一杆无比锐利的长矛，一下便戳破了贾嗣所有的骄狂和所有的浮妄！他看着威若雄狮的司马师，身子顿时仿佛变得矮了几分，神情也如同遭到严霜打过的茄子一般蔫了下来。他的嘴唇哆嗦了好一阵，终于抖落出几句话来："对、对、对！大……大公子，我……我和您到时候就比在辽东战场上谁砍的燕贼首级更多！不……不比这武……武艺身手了！那……那一千六百石粮食，我……我明天一早就派人给您送……送去！"

"你们可探明氐蛮的巢穴情形了？"

望着郭统、胡奋两人胡须满腮、风尘仆仆的面容，司马昭顾不上有失仪态，一下席位跑上前便握住了他二人的手，左看右瞧，嗟叹道，"这趟可真是辛苦你们了！"

胡奋大咧咧地踞坐在榻席上，摸了摸自己的脸颊边一道鲜红的伤疤，大声道："这一次深入蛇盘山探察氐蛮的巢穴实在是危险极了！咱们那日上山不过百十里，便遭到了氐蛮伏兵的六次狙击……"

郭统却不愿他这么唠叨下去，开门见山向司马昭禀报道："子上，我们当初在蛇盘山探察敌情也是颇有一番曲折的，我们在山腰里接连转悠了七八日，那一片树林简直看不到边，更别说找到氐蛮的老巢了！后来，一直绕到了蛇盘山的后山，我们才找到了一个羌人聚居的小村落……"

"羌夷？"司马昭微微一愕，"他们没和你们交手？"

"没有。他们对我们可没有什么恶意。说起来，还是这些羌人帮助了我们——他们在四年前为争夺山中的水源曾和氐蛮干了一仗，被氐蛮仗着人多势众打败了，所以这些羌人对氐蛮十分敌视。这一次，就是那个羌人的酋长索勒自告奋勇当了我们的向导，带着我们去探清了氐蛮的巢穴底细……"

司马昭不禁兴奋起来："太好了！你可对这些羌人明言了我大魏

将有重金酬谢？他们可不可以拉拢过来为我大魏所用？"

"他们好像不愿归附我大魏，只愿帮我们探路，却不愿参与魏氐之战当中。他们说了：魏人与氐人之间的矛盾只能由这两方自行了断，羌人是决不会帮魏人去攻打氐人的。"

"呵呵呵，这些羌人是在耍猾头呐！"孟建在一旁抚须叹道，"他们心底害怕我们魏军万一击溃不了氐蛮，撤出蛇盘山之后，氐人会抽出身来和他们结成世仇死战不休！所以，他们也不想太过露骨地支持我们攻打氐人……"

"这个自然是可以理解的。孟牧君，依昭之见，还是可以多送些米肉钱粮去先笼络住这一支羌人，暂时也不要强逼他们与我们联手。"司马昭思忖着言道，"现在，就让这些羌人暂时当一阵'墙头草'吧！用不了多久，当他们看氐蛮最终臣伏在我大魏雄师的脚下之时，自然就会乖乖前来归附的。"

然后，他转过话头向郭统问道："现在，你们就开始禀报氐蛮巢穴的详细情形罢。一个细节也不要漏掉！"

郭统应了一声，细细禀道："这蛇盘山最重要的氐兵据点是'铁木崖'。铁木崖山势险峻，猿猴难攀。它的山腰有'四象洞'、'铜坑洞'、'龙鼻洞'三个洞窟，里面皆是可容数千人，氐兵们便是藏身其中。三洞之中，'四象洞'是主洞，由氐王符双亲自坐镇，里边屯有六千氐兵；'铜坑洞'、'龙鼻洞'则是两个偏洞，各自驻扎了两千氐兵。

"它们这三个洞窟内部是相互连通的，犹如'狡兔之三窟'，我们只要进攻其中任何一洞，其他两洞便可左右呼应、内外合力前来援助；但是，我们若要将兵力一分为三，向这三个洞窟同时发兵猛攻，一则那里山势狭促，战线难以全面铺开，二则他们死守洞门占尽地利不宜强攻……"

司马昭静静地听完后，垂眉思虑了片刻，慢慢将目光转向了孟建和鲁芝，谦逊地问："孟牧君、鲁太守，氐蛮巢穴的情形底细既已探明，您二位可有高见赐教？"

孟建是何等精明老练之人，早已揣知到司马懿专门调派自己的儿子司马昭过来是为立功树威、扬名于外做铺垫。而孟建他自己，只能在这次"征氐之役"中当好"绿叶"，为司马昭这朵"红花"做最好的陪衬。于是，他微一沉吟，便将问题推给了鲁芝："这个……鲁太守曾和氐蛮交战数次，应当算是经验丰富，还是请他先谈谈高见吧！"

　　鲁芝从来都是直爽明快的性格，听孟建这么说，也不推让，敛容侃然而道："其实往年我们与氐蛮作战虽初胜而不得其终的原因，就在于我们从战略上忽视了氐蛮，认为他们只是蜀寇偏师，只要将他们打退驱跑就够了，从来没有集中全力对他们予以剿除。

　　"但是，这一次孟牧君从凉州带了一万两千精兵，司马参军从关中大营带了三千劲卒一齐过来，再加上本人从天水郡带来的六千儿郎，合起来共计两万一千人马，对这蛇盘山氐蛮可谓在兵力上大占优势。现在我众敌寡，完全可以采用'先斩敌之双臂，后取敌之首级'之计而行……"

　　"哦……昭明白了，鲁太守，你的意思是先打掉氐蛮的那两个偏洞，再集中兵力直取苻双所在的主洞——'四象洞'？"司马昭若有所思地问道。

　　"不错。鲁某就用六千儿郎佯装去正面攻击'四象洞'以吸引苻双的注意力，司马参军和孟牧君却可率一万主力军队绕到侧面去奇袭'铜坑洞'，不管付出多大的代价，先把它拿将下来！然后，咱们便放火将那'铜坑洞'烧毁，再以巨岩封死，堵住他们这一条退路。取了'铜坑洞'之后，我们再用同样的计策也将'龙鼻洞'一举夺下，仍是将它烧毁、封死……最后，我们再集中兵力，在'四象洞'外与苻双一决雌雄！"

　　孟建听得鲁芝讲完，缓缓捋了捋颔下须髯，沉吟而道："这个计策好是好，就怕我们在与苻双交战之际，氐帅强端会从附近的鸡头岭赶来抄袭我们大魏王师的后路！"

　　"唔……这一点鲁某已经想到了，咱们手头不是还剩有五千精兵吗？咱们就把这五千精兵摆放在这个蛇盘山入口寨楼里面严防死守……氐蛮把这里的军事设施修建得还是蛮牢固的，咱们现在拿来就可使用了！有了它，挡住强端前来抄袭应该不在话下！"

孟建听罢，抚须沉思片刻，将询问的目光转向了司马昭："司马参军，您看鲁太守的这条计策如何？"

司马昭眼里精光闪闪，双眉却渐渐拧了起来："鲁太守这'先斩敌之两臂，后取敌方首级'的计策确也精妙——只是，昭却总是隐隐觉得有些不妥，氐蛮就真的会有这么愚笨，故意敞开自己的胸膛任由我们的利刀刺将进去？照鲁太守这计策，咱们岂不是七八日内便可得胜凯旋了？"

孟建面色一变，觉得司马昭所言甚是，便低头暗暗思索起来。郭统看了一眼鲁芝，犹豫着说道："可……可是，司马参军，要剿灭蛇盘山上的氐蛮，这一仗应该也只能这样打啊！"

司马昭缓缓站起身来，在议事房内负手踱了几圈，忽地走到北壁那边，伸手将两扇竹窗"哗"地一下推了开来，遥望着寨楼后面的山林景色，徐徐问道："在这寨楼后面，诸君看到了什么？"

胡奋嘻嘻一笑："天很蓝，山很高，树很多啊……"

司马昭不动声色地问道："还有什么？"

郭统补充道："水很清，路很窄……"

司马昭一抬手："停！你最后一句说的是什么？"

郭统摸了摸自己的后脑勺："路很窄啊……"

司马昭又身形一转，伸手指向了议事房竹门之外："在这寨楼前面，诸君又看到了什么？"

孟建听着司马昭的话，拿眼往那竹门外细细一看，心底忽然暗暗一动，顿也明白了过来，不禁深深暗赞：这司马昭当真是如他父亲一般智略超人，那些氐蛮的小小伎俩哪里就瞒得了他去？但他此刻自然不能公开挑破，便由着司马昭在此当众继续将他自己的非凡才识漂漂亮亮地展示下去。

司马昭看到在座诸人仍是一副不知所云的神态，只得由自己来开口揭示谜底了："其实，这寨前寨后的种种情景，已经向我们昭示了一点，氐蛮故意给咱们摆了一个陷阱在脚底下，就等着咱们自己在骄狂浮躁之下一脚踏将下去！"

"陷阱？什么陷阱？"鲁芝一愕，"它设在哪里？"

"昭已经说过了：这个陷阱就埋设在咱们现在的脚下！"司马昭用脚踩了踩这议事房的方竹地板，脸上露出了深深的笑意，"鲁太守、孟牧君，你们好好想一想，这氐蛮既然已经决定不再逃避我大魏王师之锋芒要和咱们正面决战，却又为何凭空放弃了这座山口寨楼任由我们前来占领？他们难道就想不到这座山口寨楼正是保卫'四象洞'主洞的重要外围屏障而不可轻易失守？所以，他们为什么会拱手让出这座山口寨楼就显得十分蹊跷了！"

胡奋若有所思地说道："胡某也认为咱们轻轻松松就得到了这个山口寨楼实在是占了大大的便宜……"

鲁芝额角上的汗珠一下就冒了出来："这……这……司马参军，您是说氐蛮让出这座山口寨楼其实是另有险恶用心的？"

"不错。"司马昭微微笑着往竹门口外一努嘴，"你们看这山口寨楼前后左右的地形山势，可是发现了什么微妙之处吗？"

鲁芝有些丈二金刚摸不着头脑："这……这山寨地势险要，确是易守难攻的好据点啊……"

这时，孟建却含笑摇头说道："鲁太守，您是还没听懂司马参军的高明指点啊！司马参军，孟某现在是明白了，这山口寨楼的地势是前宽后窄——寨前的空坝太过宽阔，而寨后的进深又太过狭窄……本座还真没想到氐蛮会使来这么阴险的一手！"

司马昭淡淡一笑："孟牧君果然目光如炬。这样吧，您就代昭向鲁太守解析一番？"

迎视着鲁芝惊疑不解的目光，孟建向他细细讲道："氐蛮拱手让出的这个山口寨楼，表面上看似将一座要塞据点白白抛出，而实质上却是他们暗暗丢在我们脚下的一个陷阱。你看这山口寨楼的地势是前宽后窄。'前宽'就意味着当氐蛮前来偷袭时他们可以在前面的地坝上摆下大量人马，利于布阵齐攻；'后窄'就意味着如果我们派兵从山上下来从寨后增援，运兵行军的渠道会十分狭促而不畅……

"当然，倘若我们在山口寨楼上留下足够的兵力应该也不怕氐蛮从寨前宽地上大举进攻，但在我们的全盘战略中，这里的计划是只放五千劲卒的！然而，氐蛮在鸡头岭据守的兵力却不会少于他们全部兵员的一半，那就会有一万余人！以五千之众敌一万之寇，而寨前地形又如此有利于他们摆开阵势……届时，我军岂不危哉？"

"这……这……"鲁芝顿时语塞了。

司马昭这时接上来点明道："但是，倘若我们调整战略，在这山口寨楼增派到一万人马屯扎驻守，那么我们只剩下一万一千劲卒，和苻双留在铁木崖的兵力相比似乎又占不了多大的优势了……"

鲁芝一听，这才完全明白过来："不错！不错！想不到这氐蛮竟也如此狡诈……"

胡奋却一脸的不以为然："区区蛮夷而已，他们哪里懂得如此使计弄诈？子上，说不定是你把他们的手段想得太高了……"

"胡君你这话就讲偏了！"司马昭满面肃然地说道，"兵诀有云'不求敌之可乘，但求我之不可胜'，我们把敌人想得更厉害，把局势想得更复杂些，把处境想得更困难些，总是能够帮我们把自身的防备做得更扎实些，更周全些。本座身为征氐参军，倘若对敌人的异动稍有麻痹，就是对三军将士的性命安危不负责任。这岂是我司马昭之所为？"

胡奋被他这通话训得默默无言，略低了头服软道："子上，胡某确是讲得有些错了。你批评得是。"

鲁芝也在一旁慨然叹道："司马君年纪轻轻便有良将之材、大将之风，鲁某实在是佩服。"

司马昭听到鲁芝如此赞他，心底暗暗高兴之极，眉梢间都差点儿带出笑意来。但他一咬嘴唇终于忍住了自己的失态，假装面如止水，悠然说道："鲁太守您过誉了。既然氐蛮的诡计已被本参军识破，一切便可峰回路转。郭统、胡奋，你们再到山上这条要道间去仔细打探，寻到一个前窄后宽的地形要塞，便拆了这座山口寨楼整个搬迁上去……那个时候,咱们就可实施鲁太守您所说的'先斩敌之两臂,后取敌之首级'的妙计了……"

鸡公岭山寨前的大坝上,赤足跣臂的氐族汉子站成一排,正在疯狂地擂着牛皮鼓,那"咚咚咚"沉闷有力的鼓声直震得人们耳膜生疼。

大坝当中,四五个氐兵野蛮地合力压倒了一头大牛,拉在人群里你一刀我一匕地拼命宰杀着。大牛的阵阵哀嚎淹没在氐人们兴奋而狂热的呼喊声中几乎听不见了;滚烫的牛血被无数双粗黑的手掌一抔抔地抢过来分着涂抹在了各自的脸上、额上、颈上,透出无比暴戾而又生猛的原始气息。

氐帅强端却几乎是这场血腥的狂欢活动中唯一一个冷静的人。他坐在一块盖了豹皮的石床上,眼睛虽然直盯着场中氐兵们的亢奋举动一眨没眨,耳朵却竖起来仔细倾听着那个氐兵探子符阿保的禀报:

"……魏贼已经拆了蛇盘山的山口寨楼,把它搬到了半山腰的牛角坡上。而且,这几日魏贼一直在用最精锐的骑兵护送着昼夜不停地运输粮草,他们防范得十分严密,简直找不到什么漏洞……"

"什么,他们居然主动放弃了那个山口寨楼?"强端的目光蓦地一厉,锐利得仿佛能把符阿保的脸皮割裂,"我们留给他们现成的偌大一座寨楼,他们居然没要?还自己煞费功夫地跑到牛角坡去修建了一座新寨楼?"

"不错。"符阿保撇了撇嘴,"魏贼可真傻!放着那好好的山口寨楼不住,自讨苦吃去牛角坡那里重修营寨……大帅您当初真不该把山口寨楼白白丢给他们!"

强端的脸色却渐渐变得十分难看,一对眼珠都快凸出来了:"糟了!这魏贼当中一定有鬼巫一样可以未卜先知的妖人!他们居然在千里之外一眼就看穿了我和大王苦心商定的大计!你懂什么?咱们给他们设下的这个'大陷阱'这一次真的是遭落空了!

"魏贼把屯守的营地搬迁到牛角坡那里,实在是狡猾啊!首先,牛角坡那里有三汪清泉和一口大塘,供水十分充足,魏兵们煮饭烧菜就有了着落；其次，牛角坡那个地形是前窄后宽，就像一只牛角那样，他们在那里扎寨，扼住了朝下的狭窄山道，咱们再从山脚下杀上去仰攻他们，可是有些绊手绊脚地拉不开阵仗啊……"

"原来咱们突然撤出山口寨楼是这么一回事啊！大帅和大王你们设的计谋可真高！我们可都没想到这一步……"苻阿保有些傻气地说了几句，忽又记起了什么，有些惊慌地说道，"不过，据弟兄们前去打探回来的消息，那些魏贼一旦在牛角坡扎稳营盘之后，就会开始围攻'铁木崖'和'四象洞'了！"

强端在石台上急促地踱了几步，重重地一跺脚，道："没有办法了！既然用计斗不过他们，咱们该硬拼就硬拼！尽管牛角坡不好攻打，但大王身在危境，咱们到时候就算拼了性命也只有前去援救了——对了，你们还探察到魏贼的其他情况了么？"

"大帅，我们在回来的路上，还看到了从祁山方向来的魏贼正一队队驰往'狮子口'去增守那里……"

"什么？魏贼在往'狮子口'处增兵？哎呀！他们这是要把我们和骆谷城的汉兵拦腰隔断开来呀！"强端把牙齿咬得"格格"直响，"魏贼这是在布设他们'瓮中捉鳖'的毒计呐……现在魏贼调去'狮子口'处的守将是谁？"

"好……好像是那个祁山大营的邓艾'邓结巴'！"

"'邓结巴'？怎么会是这个'煞星'？"强端长长地叹了一口气，"倘若换成了是别的什么庸才、蠢才，我们赶紧前去偷袭，或许还有一线胜机；现在既然是邓艾这样的厉害角色，我们要想从背后偷袭'狮子口'也是无处下手了！"

"那……那……咱们现在该怎么办？"

强端坐到了豹皮石床上，用手慢慢地揉着自己的太阳穴，隔了半晌才沉沉地说道："前几日不是从骆谷城那边来了一位季汉的韦将军吗？他当时提出来的那条计策虽然听起来是有些不太光明磊落，但现在咱们和大王都是身处困境，也只有请他出来将那条计策拿去蛇盘山试一试了……"

"嗖嗖嗖！"一柄柄氐兵的飞刀如雪片般散射而来，其势如光如电，锐不可当！

鲁芝疾速舞起盾牌在身前一挡，"叮叮叮"磕飞了几柄飞刀，拧紧眉头，一脸肃容，向身后的传讯兵下了一个硬邦邦的命令："传令下去，弓弩齐射，打掉氐蛮的气焰！"

随着他这一声令下，在"哗哗哗"的响亮步伐声中，魏军前阵的弓弩手们一队队呈偃月形排了开来，每个人手上都端了一架宽大的弩机——这赫然正是司马懿让魏国军械师仿照诸葛亮手法所制的"连弩"！

不到两刻钟，魏军弓弩手便站稳了阵脚，齐齐将"连弩"中腹部位的牛筋皮绳一拉一放，"飒飒"之声顿时破空大作，一枝枝利箭犹如电蛇狂舞，在天幕上划过千百道凌厉的明亮弧线，又恰似一场从空而降的"银雨"，"唰唰啦啦"地泼在了"铜坑洞"前氐兵们据守顽抗的垒台上。

这真是一场无比惨烈的大屠杀！三轮"连弩"箭雨扫过，"铜坑洞"垒台上仅靠藤牌、木板遮蔽的氐兵们立刻就倒下了一批又一批。纵然他们有鹰隼一般敏捷的身手，也不得不折翼在这几乎无与伦比的奇门利器之下！

望着这一幕魏军占了压倒性优势的血腥场景，鲁芝的眼前不禁浮现出了数日之前自己与司马昭交谈的情形——

当时，他这么问司马昭："我收到邓艾将军来信，他在信中说司马参军您是要学习伪汉诸葛亮当年'七纵七擒服孟获'的法子有意降服氐蛮之心？"

司马昭深沉地笑了："邓将军言过了。倘若昭现在手上执有诸葛亮那时的权柄，或许还可举三军之力玩一出'七纵七擒服氐蛮'的大戏！可是，现在昭没有。所以，昭这一次征氐的目标是这样的，只要打得氐蛮他们彻底畏服就够了，不必为图虚名而谋取他们对诸葛亮那样的敬服。昭有自知之明，昭现在还不是诸葛亮！"

鲁芝一想：司马昭手上只有两万余人马，与氐蛮的兵力相比仅是略有优势而已，倘若再加上南安郡曹寿的一万劲旅协助，或许他真能玩出一幕"七纵七擒服氐蛮"的大戏亦未可知！然而，曹寿终是拥兵不出，司马昭手头兵力有限，也只得随机应变而妥为谋算了，不好再行"破格之计"。他禁不住又追问道："司马参军您有何手段能令氐蛮畏服？"

"兵诀有云：兵若相当，则械优者为胜。伪汉的'木牛流马'能为我魏军运粮顺畅不绝；伪汉的'连弩'能助我魏军发箭连环不息。有了这两样利器强械，单靠蛮力死斗的氐蛮如何能在正面交锋中取得优势？"司马昭呵呵的冷笑之声让鲁芝感到了一股说不出的惊惧和钦服，"我们只要尽量做到'以己之长击敌之短'，让氐蛮缓不过气来，迟早会逼得他们束手臣服的。"

看来，这位司马参军只要假以时日，今后也必能成为他父亲司马懿一样精谋明断、算无遗策的旷世枭将的！鲁芝正在这么思忖着，"轰"的一声震天价巨响将他的思绪一下打断了！

"鲁太守，氐蛮们抵挡不住咱们的弩箭射击，便仓皇逃回了洞巢里。为了防止我军追杀进去，他们现在将洞顶的'断龙岩'放了下来，自己封死了自己的洞门！"一个步兵百夫长从前线飞也似的跑回来，向他禀道。

鲁芝心神一定，伸手抹了一把脸上的汗珠，朗声下令道："很好！咱们也放火将他们的垒台全部烧了！清扫了这里的战场后，咱们再转过去协助司马参军、孟牧君把那个'龙鼻洞'也拿下来！"

08 维稳第一，攘外必先安内

碎银似的光斑从空而洒，散在杯盏的酒面上跳动着，映得司马昭的面庞犹如镀上了一层浅浅的白光。

寨楼下远处的竹涛在轻轻地涌动着，缓缓拂来了若有似无的低低潮音。司马昭倚栏而坐，只觉说不出的心旷神怡，恍然便似在无声无息之中与这月华竹涛融为一体了。

梁机在他右侧负手而立，与他一同仰望夜空，神色肃然，却不多言。

司马昭高高举起了酒杯敬向半空那一轮皎洁的明月，悠悠地吟道："人在深山中，邀月为伴侣。你我齐坐饮，取影可为三。顾盼自得乐，虚实共相生。——梁叔，您看这远山旷野中的月华山色，果然是引人入胜罢？"

梁机颇有感触地答道："不错。身处此山此景，的确令人尘襟顿爽。"

"有时候，昭可真想在这青山碧野之间修得竹庐一座，居此逍遥度日，不亦乐乎？"

梁机一听，急忙变色而道："二公子你一身担负着太尉大人的千秋伟业，岂可有此潇洒出世之念耶？"

"当年父亲大人在河内郡尚未入仕之前，不也曾想在浑山栖影林下，修身全真，以求逍遥长寿吗？昭十五岁时从师傅孔明先生（指胡昭，胡昭字"孔明"）学道，仰见孔明先生亦是恬淡高洁、潇洒出尘，便不禁心向神往，胸萌高世君子之志，欲与阮嗣宗、夏侯太初等神游太虚！然而，确如梁叔您方才所言，我司马家的千秋伟业，实是容不得我游离于世——昭也只有锐意入世进取不已！可惜，这样的月华竹涛，昭亦仅能偶一赏之而已！"

"二公子此刻坐此饮酒赏月，便不当再系心于军务琐事，暂时寄情于月华山色就可。"

"不再系心于军务琐事？昭如何能做得到啊？"司马昭的眉头慢慢皱了起来，将手中酒杯送到唇边缓缓饮下，"前日大哥来信，虽然在信中没有谈到他关中征粮之事进展如何，但一问及昭的征氐之役，意下颇为关切。可是昭从侧面打探到，大哥现在正面向关中诸侯强征邑户义粮，这其间的艰难困苦，自是局外之人难以想象的。只是他为了不让昭担心，便对此一概隐而不言了。

"梁叔，您返过来看昭的这场征氐之役：战火一开，这些征氐兵马每人每天都要比平时多耗粮食一斤左右；两万人马一日便共多耗军粮两万斤，也就是两百石军粮。算起来，他们一个月合计就会多用去六千石粮食！这可都是加在父亲大人和大哥他们身上的负担啊！昭只要一想到这些，就禁不住暗暗焦急……"

"二公子，您不必如此过虑。"梁机见状，便款言开慰他道，"氐王符双和他手下的氐兵们都已被我军困在了'四象洞'中，可以说是插翅也难飞了！只要假以时日，他们必溃无疑！"

"假以时日？可是现在老天爷就是故意不肯假借给我们多余的'时日'啊！据闻氐蛮在'四象洞'中藏粮颇丰，他们应该耗得起。然而，昭和孟牧君在这里却实在耗不起啊！"

"这怎么说？"梁机一愕。

"从洛阳传来了一些消息，据说曹爽、夏侯玄、何晏等人纷纷上奏陛下，声称父亲大人派昭与孟牧君率兵深入武都郡征氐平寇是'鸡肋'之举——事繁而功少，劳师而疲众！他们认为，氐蛮反正不过是'疥癣之疾'，且又不易根除，倒不如撤回征氐人马，以免虚耗军粮、空度时日！"

"他们简直是一派书生之见嘛！难道他们不清楚这氐蛮多年来潜伏在我边关之内与蜀寇里应外合、兴风作浪，给我大魏军民造成了多少损失？莫非我们又要效仿当年的曹真任其坐大、养虎为患吗？"

"不错。父亲大人和昭都已认定，只有将这些氐蛮彻底收拾干净，才能真正做到靖边安民！唉……昭只恨我大魏诸军不能身生双翼飞入'四象洞'中，将那氐蛮一击而溃……"司马昭口里这么说着，心底却暗暗想道：这一番征氐之役，其实是父亲大人交给自己办理的"一箭双雕"之计。氐蛮自然是要根除的，这样才能真正肃清边关，再无隐患。但肃清了氐蛮的同时，也就彻底拿掉了曹寿在南安郡故意保存曹氏势力的依据。氐蛮既已肃清，边关既已安定，到时候父亲大人再以堂堂正正之名义抽调走南安郡里的曹系残余人马另作他用，自然便是顺理成章，无人敢阻了。然而，曹爽、夏侯玄他们似乎也觉察到了这一点，所以近来才会上奏要求撤兵武都。对此，自己一定要加快征氐进度，快刀斩乱麻，赶在他们喧嚣成势之前取得对氐作战的实质性胜利，借此狠狠挫败他们的阴谋！

瞧着司马昭凝眉沉思的表情，梁机以为他忧心甚重，就开口宽慰道："二公子莫要心急。他们就是想要干扰咱们征氐平寇，你一着急正中了他们的下怀。稳住心神，对策总会慢慢想出来的。"

"谢谢梁叔的宽解了！"司马昭点了点头，忽又心念一转，假意装出勃然激怒的样子，重重地将掌中酒杯往地下一掷，"可恨那曹寿拥兵自重，竟对我们的征氐之役坐观成败，漠不相助！倘若昭能让他南安郡那一万劲旅作为多出来备用的一支偏师伏于半途邀击氐帅强端，则自然是奇功须臾可定！他这一念之私，竟使得我等在此不得不与氐蛮对峙迁延！想来实是殊为可恨！"

梁机咬了咬牙，恨恨而道："梁某就不信曹寿他此生竟无一日求人相助之时么？到时候，也休怪我等坐视不理！"

"罢了！也不去说他了！"司马昭沉静下来，徐徐开口道，"这几日昭一直思考这个问题，'四象洞'固然是氐蛮的主巢不假，但它决不会仅有'铜坑洞'、'龙鼻洞'这两个偏洞出口……应该还会有一个不为外人所知的秘密出口，咱们须得再去后山好好探寻一下！"

"好！这事儿就交给梁某下来办理罢！"梁机应声而答，"一切便请二公子放心就是！"

他俩正说着，远处传来了胡奋兴奋之极的呼喊声："子上！子上！你还不快回屋来！我给你带'战利品'过来了！你还是来亲自验看一下罢！"

司马昭走近寨楼后侧自己的寝室门口，便见胡奋搓着双手笑嘻嘻地迎了上来。他也不待胡奋多说什么，一摆手就淡淡然地说道："什么'战利品'？你替我拿下去分发给诸位将士了罢……"

胡奋的笑容里透着一股古怪："子上，你自己还是先进去看一下罢，你这件'战利品'似乎不宜与人分享哟……"

"哦，那究竟是什么东西？"司马昭一愕，便推了门进去，却见竹屋正亭亭站着一个身材十分高挑的氐族女子，通体上下肤色润如蜜蜡，一头乌亮的长发像布匹一般披垂到膝间，一双美目犹若点漆，黑深深的瞳眸大得出奇。在明亮的烛火中，她的神态举止仿佛丝毫没有寻常女子的羞涩，双目直向司马昭正视过来，眼神大胆而又锐利，居然有些咄咄逼人。高而挺直的琼鼻，丰满的两瓣红唇，每一处都透出一股狂放的野性之美。

更令人吃惊的是她身上的装束：她曲线分明的上身仅仅束着一条鲜艳的红巾，丰挺的乳峰高高耸起，胸腹间露出大片琥珀般明润的肌肤。腰身系着的豹皮裙下，裸露着的大腿两侧却是深青色的游蛇状纹身，它们吐着红信一直蜿蜒盘绕到她诱人的双股间去，又显出了一种说不出的妖艳之异。

司马昭瞧到这里，心神一荡之余，急忙屏息敛神，身形一转，便欲退将出去。胡奋却从后面将他一拦："子上你别走啊。这便是咱们这次攻陷'龙鼻洞'后为你抢到的'战利品'……"

"胡闹！"司马昭叱了一声，却暗自斜眼看去，这才见到这高挑氐女双手被反缚在背后，就连一双脚踝也被系上了牛皮筋索。她雌豹一般凌厉的目光正盯着自己，仿佛稍一松缚便会扑上前来狠咬自己一口。

胡奋继续介绍道："这个氐蛮女子漂亮是漂亮，但也厉害着呐！她一个人在'龙鼻洞'口拿着刀砍伤了咱们好几个兄弟，我可是费了好大的功夫才将她擒下的！我寻思着子上你在这军营里白天都忙着出谋划策，煞是辛苦，晚上可不能再缺个温床侍寝的了，所以就给你送来啦……"

"胡奋你把我看成什么人了？"司马昭把手一挥，"你把她赶紧给我送回去……"

"送……送回去？你让我把她往哪里送？那几个前锋校尉倒是一门心思惦记着她呐，我送去不是白白便宜了他们么？子上，这氐蛮女子虽是不及元姬嫂嫂温雅大方，但她看起来也别有一番风味啊！子上你就收了罢！"

司马昭听到这里，心头不禁暗暗一动，便又抬眼看向了那氐族女子。胡奋凑过来在他身边低声说道："子上可是害怕外边有人非议你么？唉，不过是一个氐蛮女子罢了。听那几个前锋校尉说，他们还准备给孟牧君也送一个氐女过去，这都是军中惯例了！你不用害怕……"

"不行！不行！"司马昭终于心念一定，做出了决断，"昭不能在此放纵自己施行这淫逸之事。此番征氐之役，昭也不许留下些许的瑕疵！"说罢，拂袖欲去。

正在这时，那氐蛮女子秀眉一动，微垂下脸，低低叹了一句："白璧蒙难堕红尘，但恐玉身污成泥！"

司马昭一听，讶然回首："你……你刚才吟诵的是什么？你……你会说我中华语言？"

氐蛮女子见问，长发一甩，把高耸的胸脯挺了一挺，冷面如霜，傲然看着马司昭，冷冷而道："当年姜维姜将军到蛇盘山来送了我们好几箱典籍诗册，我强华也读了一些。本以为中华人士皆是书中所写的文质彬彬之正人君子，现在看来亦不过都是荒淫贪婪的衣冠禽兽了，连我们氐人汉子也丝毫不如！他们攻陷了你们的县城，可没有欺侮过你们魏人的女子！"

司马昭脸上微微一红，咬了咬钢牙，正色答道："随你怎么贬斥罢，既然你也读过中华典籍的，我在这里可以把《左传》里一句话讲给你：'居利思义，在约思纯，有守心而无淫行。'这十五个字，我自信可以在你面前做得到！我大魏王师到这里是讨伐你们的'不臣之罪'，可决不是来向你们烧杀淫掠的！"说罢，他一转身，昂然掷门而出。

那名为"强华"的氐族女子愕然注视着司马昭伟岸的背影，明亮的眼神里竟然溢出几分复杂而莫名的意味来。

"哎哎哎……"胡奋急忙跑着追了出来。

司马昭将他一把拉上前来，吩咐道："你马上给我传令下去，我征氐三军之中对氐族男女的掳掠淫虐一律停止，人人不得妄为。你把这话讲给他们听：我大魏王师若想真正底定收服这些氐蛮，也只有这唯一正确的仁义之路可走！"

胡奋叹了口气："是。我下去传令就是。"

司马昭回身深深看了那寝室门口一眼，又向胡奋说道："今晚我到梁叔房里去休息了。屋里这个氐人女子虽然出身蛮夷，但还颇知文理，实是难能可贵。她姓'强'，在氐蛮中来历应当不小。你下去好好查一查——这段日子，暂时就交由侍卫队这边好好看管着。你若胆敢对她妄图不轨，我可饶不了你！"

胡奋吓得舌头一伸："子上，你这可是'重色轻义'了哈！早知道是这样，还不如当初把她留在我帐里'侍寝'了呐……"

蛇盘山丛林里的野草如同一片辽阔的绿湖般漫在了眼前，行走在里面几乎是深可没腰。树枝缝隙间透射下来的块块光斑，在草地上面幻变成各种各样狰狞古怪的形态，让人望而心惊。

走在这草野之中的司马昭却显得悠然自得，毫无惧色。他今日亲自带了梁机、郭统和三十名亲兵侍卫，正沿着"铁木崖"的后山搜寻"四象洞"其他出口。

　　"二公子，您这是在亲身涉险呐！"梁机在他身畔一边机警地观察着周围的情况，一边忧心忡忡地劝道，"咱们就此回营了罢，再往前去万一碰上了氐兵伏击可怎么办？"

　　司马昭若无其事地摇了摇头："梁叔你真是过虑了。氐酋苻双和他的大部分蛮兵都被我军围困在了'四象洞'中。这外面的丛林之间纵使有些氐蛮，应该也不过是散卒游寇，不足为患的。"

　　梁机早年一直担任司马懿的亲兵侍卫队长，安全保卫意识早已是根深蒂固。所以，他仍是向司马昭不依不饶地劝道："话虽如此，但还是不可不防。古语有云：'白龙鱼服，困于豫且。白蛇自放，刘季害之。'伪吴先主孙策，那是何等的英勇神武？在疆场上连太祖武皇帝都忌惮他三分！他只因爱好微服私游，竟在草野之间为仇敌许贡门下三名刺客猝然发难暗害而死！这样深刻的教训，二公子您不可不汲取啊！"

　　"多谢梁叔拳拳爱护之情。只不过昭而今既然身为掌麾主将，与敌对垒之际，又怎可不亲自巡察地形险要以明大计？"

　　"二公子，这等巡察刺探之事，尽可交给梁某与郭君等用心办理，又何劳您在这深山丛林之间轻动尊驾？"

　　"太尉大人常常教导昭：'纸上得来终觉浅，深明事理须躬行。'只有亲自沉心巡察，探知虚实，我等才可做到对这里山前山后的地势形便了如指掌，才会使自己'算无遗策、机不虚发'！"

　　梁机还是毫不松口："梁某并非反对二公子您亲察地形以制氐蛮，而是希望您要多加注意安全自护！"

　　司马昭脚下一停，回头看向他来："那么，梁叔，你以为昭此刻应当怎样去做才算是'安然而行'呢？"

　　梁机身形一躬，向他抱拳而道："请二公子与梁某即刻易冠换服而后前行，大约可以稍为安全。"

司马昭盯了他片刻，见他一脸认真毫不退让，只得叹了一口气："也罢，今日就依了梁叔罢！"

一阵山风拂开了遮掩在岩石前面的那幕藤萝，露出二十余名披发饰羽的氐族汉子。他们个个都赤着黑黝黝的脊背，腰里系着一块鹿皮裙，脚踝上套了两个铜环，手里执着一柄短戟，背上背着一张短弓，纷纷往四下里窥望着。

在他们中间，却有一名蜀将打扮的中年汉人，满面精悍之气，一双锐目滴溜溜地转动着，直向前山绕过来的那条小径盯去。

"来了！来了！"他忽然一伸手指向前去——随着"窸窸窣窣"的分枝拂叶之声，梁机、司马昭、郭统等一行人从丛林间的绿影里东眺西望地冒了出来！

那中年蜀将朝这些氐兵汉子们压低了声音说道："你们看见那领头的戴着亮银盔的魏贼没有？他就是此番攻破了你们'铜坑洞'、'龙鼻洞'的魏贼主谋司马昭！只要你们今天将他刺死，魏贼一定会群龙无首，大溃而退的……"

听着他的话，那领头的氐兵汉子两眼登时涨得血红，也不管三七二十一，"嚯"的一声长长的呼哨脱口而出，扑喇喇惊起了一群雀鸟，便带着那些氐兵汉子跳出岩林杀将上去！

"哎哎哎……"那蜀将在后面不禁气得直瞪眼，"你……你们好歹也等他们走得再近一些动手嘛……"

这边，领头的梁机一听到岩林间传来的异响，便马上大喝一声："大家小心！有寇来袭！"

"呼"地一下，那三十名魏兵死士瞬间便组成了两圈肉墙，环护在梁机、司马昭和郭统的周围，团团疾转起来。

氐兵头领扑近前来，定睛看去，却被他们团团飞转的阵形弄得眼花脑涨，便杀气腾腾地抡起一根粗大的狼牙棒，"呼"的一响，直往里边那戴着亮银盔的梁机当头打去："兀那魏贼，你拿命来！"

只听"当"的一声，震耳欲聋！氐兵头领的狼牙棒在半空中倏地被三柄魏兵死士的长刀硬生生地拦腰架住了,一时竟是打不进去!

"呀呀呀!"氐兵头领一阵狂嗥,犹如一头疯牛般双手抱起狼牙棒拼命往前一冲!那三名魏兵死士似是抵挡不住他这般蛮劲,全被他连人带刀逼得连连后退!

就在这一刹那,"铮"的一响,一团寒光飞舞而来,在那根狼牙棒棒顶上一挡!火星四溅之中,氐兵头领那野牛一般直冲上前的身躯竟被震得凭空一滞,随即跟跟跄跄倒退开去四五步远。

这汉人的手劲真是不小!居然用一柄利刀就撞退了自己!氐兵头领愕然站定了脚跟,捏了捏自己被震得发麻的右腕,抬眼一瞧,正是那头戴亮银盔的魏兵首领一刀挡了过来!

远处,那块岩石上飞身跳下那员中年蜀将,用手直指着戴上了司马昭银盔的梁机,大声呼道:"沙柯赤!你带着弟兄们一齐上啊!赶紧杀了这个戴亮银头盔的魏贼!杀了他,你们就算是为苻双大王立下奇功一桩了!"

听到这蜀将的喊声,早已换成了一身普通魏卒装束的司马昭不禁剑眉一扬,立刻便紧紧盯向了那员蜀将,同时身形一闪退到了魏军死士圆环之阵的内圈里去了。郭统飞快地跨了上来,非常知趣地掩护在了他的身前。

这边,其余那二十名氐兵汉子一个个像红了眼睛的苍狼一般呐喊着向梁机蜂拥而来!一时之间,竟有四五个魏军死士被他们砍倒砍伤,阵形也被突出了一个大大的缺口!

"你们杀一边去!"那名叫"沙柯赤"的氐兵头领却出人意料地厉喝一声止住了他们,手中狼牙棒向梁机一指,"他——是我的!"

说完,他右手一挥,狼牙棒又挟着呼呼劲风朝梁机直击过去!

梁机呵呵一笑,手中那把轻灵的长刀凌空一舞,"轰轰隆隆"的风雷之声隐隐而作,居然带出了开山神斧一般刚猛绝伦的劲道——"当"的一声巨响,他这一刀迎来,竟再一次将那狼牙棒身上七八枚尖利的"铜牙"劈得四散飞去!

"好!汉人中的好汉子!我就喜欢和你这样的人拼仗!"沙柯赤

乐得像捡了什么宝贝似的，扯开虎皮短衫一丢，裸着一身坚硬如铁的肌肉，把狼牙棒舞得就像一团旋风似的与梁机拼在一起！

这时，那蜀将已杀近前来，一定眼看清了梁机从银盔下露出的面貌，顿时大吃一惊，叫出声来："哎呀！沙柯赤！我们上当了——他、他不是司马昭……"

他一边叫着，一边游目四顾，一眼又看到了退在众魏兵掩护之下的司马昭，禁不住大叫道："这……这个人才是……"拔开脚步带了四五个氐兵便飞也似的冲杀过来。

司马昭察觉到这蜀将似乎才是此番氐兵狙杀行动的幕后指挥，就向郭统丢眼色，郭统立刻带了五六名魏兵死士朝那蜀将截击上来。

那蜀将一边招架着郭统他们，一边从羊皮腰袋中摸出几柄飞刀，左手一扬，"刷刷刷"直向司马昭劈面疾射而至！

正在一旁与沙柯赤激战的梁机看得分明，一刀架住了沙柯赤的狼牙棒，同时大喝一声，一手扯下自己腰间的刀鞘，脱手飞掷而出。那刀鞘划起一道长虹似的弧线，"当当当"几声响过，将那蜀将的三柄飞刀悉数凌空挡落——而且，那弯长的刀鞘余势未衰，"飒"的一响飞旋过来，重重一下猛击在了那蜀将的腰腹之上！

在忽明忽灭的灯光照射之下，司马昭那俊朗的面庞一半敞露在光线里映得莹然如玉，另一半却隐没在黑暗中显出无限的幽深和神秘。

那蜀将被捆得像个粽子似的跪在地下，站立在一旁的胡奋用钢刀刀背压在了他肩头上，压得他几乎动弹不得。蜀将咬着牙恨恨地盯着司马昭。这一次狙击行动，他们算是彻底失败了，二十多名氐兵兄弟在死斗中被杀，只有沙柯赤和自己被活捉了！而现在，自己还不知道沙柯赤被他们关押在了哪里……

"你不是伪汉那边派过来的人。"司马昭缓缓开口了，目光凌厉如箭，仿佛直射进了他心底深处来。

"老子当年跟着诸葛丞相在渭河边打得你老爹司马懿那个老乌龟缩头不出的时候，你这小子也不过是躲在他屁股后面一道空口骂天！"那蜀将把脖子一梗，冷冷地说道，"司马小儿！老子是堂堂大汉志士，既已落在了你手里，要杀要剐随你的便！"

司马昭慢慢从灯影里挺起了上身来，满脸的笑容显得浅浅淡淡如一泓秋水，却在不知不觉中浸染给了那蜀将一股莫名的寒意，似乎有一蓬蓬冰针砭刺进了他全身的肌骨："杀你也罢，剐你也罢，当然只在本座一念之间耳！自然，本座能让你死得痛快，也能让你死得难受，而且会难受得让你连死也不如——这，就要看你的态度了。"

刹那间，那蜀将脊背上的鸡皮疙瘩不觉一粒粒冒了起来！他喘了一口粗气，不敢答话。

"话又说回来，本座为人行事一向是非公明、从不含糊，杀人也须杀得明白，剐人也要剐个清楚！其实你咬紧了牙根不说，本座对你的来历大约也能猜出一二。"

司马昭将身子一歪，半靠在那张胡床上，整个脸庞又隐没在了那黑洞洞的灯影里，他那无波无动的声音仿佛从一口极深极远的古井中冷飕飕直吹过来："这位将军，你本也算是一员精明干练之材，为何却要投在曹寿的门下奔走效命？本座真是为你感到惋惜了……将军既有这等的机敏巧智，曹寿那厮不知对你大加重用，反而却把你置于偏裨微末之职，岂非识人不明、用贤不力乎？"

听到此处，那"蜀将"顿时浑身一个激灵，脸色骤变："你在说什么？我可听不懂。"

司马昭的声音平平缓缓如一股暗潮席卷而来，令人挡无可挡："你可真小瞧了本座知人料事、溯本探源的功夫了！你且听着，本座说你乃是曹寿门下之人，理由有三——

"其一，据我大魏斥候来报，伪汉近来已经暗暗放弃了'联氐制魏'之策，施行的是'闭关自守、保境图存'之略，所以基本上不会主动派出什么将领来到蛇盘山正面支援氐蛮的；

"其二，我大魏邓艾将军已在狮子口处封堵了蜀军来路，以他的缜密务实之才，若是真有什么蜀兵蜀将，一时也只怕很难潜入进来！"

说到这里，司马昭的声音蓦地一下变得尖利如矛，直刺而至：

"最重要的是这第三个理由：我大魏此番征氐之役对外名义上的主帅仍是本朝凉州刺史孟建大人，而本座仅是一名协助他的'参军'！

"你和这些氐兵蛮子煞费苦心潜伏过来，处心积虑谋划了好些日子，居然不去刺杀我军的主帅孟刺史，却一味来刺杀本座这个偏裨将军，这本身不就显得十分蹊跷吗？也就是说，实际上你带了这些氐兵蛮子来蛇盘山是专门刺杀本座的！"

那"蜀将"哈哈一笑："这算什么理由？孟建老儿那里戒备森严，我们逮不着机会，所以暂时没动他。而你司马小儿虽然刻意居于偏裨之位，但你毕竟是司马仲达那老贼的儿子，我和氐兵兄弟们只要杀了你，就会扰得你们魏军人心大乱、不战自退的！这，就是我们狙杀你的真正目的！"

"呵呵呵，你可真是能言善辩啊！"司马昭轻轻地笑了，"可惜，那个氐兵蛮子沙柯赤可没有你这么'嘴严'。他可是在刚才的拷问中把什么话都乱骂出来了呐！听他骂的内容，好像你对这些氐兵蛮子只说的是我司马昭实为攻陷'铜坑洞'、'龙鼻洞'的幕后主谋，所以务必除之……这个就有些怪了，假定你是一个刚刚从汉中奉命过来支援氐人的汉将，又怎么会对我大魏王师最近的军机密情知晓得这么清楚？除非是我魏军高层有人透露于你，否则你永远也无法自圆其说！至于能够知道这些军机密情并与你暗通消息的人，本座只要屈指一算便可数得出究竟会是哪几个……"

那"蜀将"听了，懊恼得直咬牙：这些氐兵蛮子当真是愚笨之极！只怕自己的许多事情都被他们傻呼呼地不自觉泄露出去了……

司马昭这时又淡淡地说道："自然，本座还可以考虑放你回去，而且是由本座亲自护送着将你带到曹寿那里去，当众交给他……呵呵呵，阁下猜一猜曹寿大人应该怎样对待你呢？他是兴高采烈地欢迎你还是千方百计将你灭口？我俩可以赌一赌么？"

他这话一出，那"蜀将"全身似遭电击般微微一颤，眉角倏地低了下去：是啊！司马昭只要一使出这一招，心浮计浅的曹寿便定然会派人来杀自己灭口，就坐实了司马昭对他是"幕后黑手"的推断——他曹寿自己都暴露了，我替他死守机密又还有什么用处？司马昭这一招真是又刁又毒啊……他在心底深处暗暗一叹，缓缓闭上了双眼："司马昭，你不必再拿什么话来套我了！大不了我来个一死方休，你也玩不了什么花招！"

"哦？何至于此？你现在很安全啊，何必闹着去寻死自尽？今天我所带的这些侍卫全是我司马府蓄养多年的死士，他们对今天发生的事儿是决不会向外泄露一丝一毫的。你被我擒下的消息，曹寿那里也绝对不会知道的。"司马昭捕捉到了那蜀将心底深处极细极微的异动，暗暗捏准了火候，不再继续穷逼于他，而是转换了语气悠悠言道，"将军你可别紧张呢！这样罢，你这几日就先待在这里好好想一想，等稍后有闲了我再请你看一出好戏——那时候，你大概就会懂得自己究竟应当何去何从了……"

走出牢房，司马昭仰望着满天的星斗，原来若无其事的恬淡表情一下变得极为凝重。他长长地呼出了一口气来，眼眸之中杀机隐现。自己没有料错，曹寿他们果然已对我司马家视为仇敌，先行下手来暗害自己了！也好，今后对曹寿再怎么施为，也不用背上什么"道德包袱"了！先前还苦恼着该从哪里实现对曹寿他们的"突破"，他们却将刺客主动"送"到了自己的手上！自己可要好好利用这个刺客的"楔子"作用来个将计就计，反手还他一记硬招，让他吃不了兜着走才是！对！就按照已经谋划好的那个方略好好做下去，一定要让曹寿"搬起石头砸自己的脚"！

他正思忖之间，胡奋却一出牢门就破口大骂起来："他娘的！曹寿这小子真不是个好东西！他居然敢勾结氐蛮对咱们下'黑手'！他究竟想干什么？惹毛了老子，老子马上提刀去南安郡砍下他……"

"嘘！噤声！"司马昭急忙伸手捂住了他的嘴巴，把他拉到屋角蹲下，同时往四下里打望了好一阵，见到周围并无他人，这才放了手，训斥他道，"你这么乱嚷什么？要当心咱们身边有他们的'耳目'！无论如何，咱们都要先咽下这一口恶气后再说……"

"子上！你咋这么怕事儿呐？人家把刺客都派到你门口边了，亏你还忍得住！"

司马昭眸中精芒隐隐一闪："他曹寿乃是皇亲国戚出身，就算他是摆明了要陷害我们，我们又能把他咋办？陛下都是站在他那一边说话的，谁还能给咱们主持公道？他不就是瞧着咱们在蛇盘山立了头功眼红得紧吗？明天我让孟牧君先发一道请功表的草稿送到他那里去联署，在那奏稿里把他的功劳摆在头一名，稳住了他再说。日后，咱们在阵前营后多加提防也就是了……"

这些话语，若是换成孟建、梁机等宿将老手听了，早为他司马昭这般的隐忍伺伏暗暗心惊折服了，偏这胡奋却是直肠子、一根筋，竟丝毫没听出他话中的深切意味来，不由得埋怨道："子上！你在战场上临机决断时那是何等的刚锐凌厉，而今碰上这曹家的小人作梗，你倒成了畏手畏脚的懦夫了！我刚才是为你打抱不平，既然你自己都觉得不痛不痒的，我还有什么话可说的？"

"呵呵呵，那就谢谢胡奋兄弟的'打抱不平'了，不过今天你的慷慨陈词就到此为止了罢！"司马昭淡淡而笑，"你是清楚我的为人的，对于内耗内斗之事，我司马昭一向主张镇之以静、息事宁人，一切以顾全大局为重。不过，对于外寇来犯，我却是一定会坚持'迎头痛击、毫不手软'的——胡奋，你稍后且去恭请孟牧君、鲁太守他们到我的议事室中来……"

"又要商议什么大事？"

司马昭的脸色一下变得十分沉肃："倘若本座揣测得不差，这几日内，鸡头岭的氐蛮们会前来偷袭我们在牛角坡的营寨，企图为困在'四象洞'里的符双杀一条血路解困。咱们要及时做好打硬仗的准备！"

"嗯。我待会儿就去请他们过来。"胡奋一听说又有硬仗要打，顿时便激奋了起来，一副摩拳擦掌的模样。他刚要跑步而去，忽又想起了什么，向司马昭禀道："对了，子上，我已经在其他氐人的口里审问出来了，那个氐蛮女子果然是氐帅强端的亲妹妹强华，而且她从小已经许给了符双为妃妾的，只是目前还没有正式举行婚纳仪式。"

"唔……她是强端的妹妹、苻双的妃妾？"司马昭心底的念头早已风车轮儿般转动了开来：既是如此，她的这个身份倒是可以拿来好好利用一番……

自从那天司马师收拾了强横一时的护羌校尉贾嗣之后，没过半个月，在雍凉二州境内食邑的大部分侯伯卿士都送来了足额的"义粮"。

这一日，翻开颜斐呈上的欠粮名册，那上面一个朱笔勾出的名字却让司马师见了有些为难——冯翊郡太守羊耽竟然一直未曾缴纳"义粮"过来。

这要换成别的卿僚大夫倒也罢了，司马师不过又如对付贾嗣一般索上门去。但是这个羊耽，来历并不简单：一则是他父亲司马懿的同僚好友、侍中辛毗大人的女婿；二则他又是自己那位未婚妻羊徽瑜的亲叔父；三则羊耽一向持身清素，在关中久著嘉誉。因了这三层缘故，司马师委实不敢造次行事。

他左思右想之后，便让颜斐备了一份礼物携着，亲自单身前往羊耽在长安城南坊所建的外邸登门谒见。

所谓的"外邸"，便是指朝中达官贵人在自己的京师正邸之外于其他大郡要邑建造的临时住所。羊耽在雍州冯翊郡任职，从仕之所距离长安郡较近，故尔便在长安城中为自己置办了一处外邸，让家属搬了过来居住。

但羊耽本人又是非常清廉的循吏，所以他的外邸在长安城中简朴得远近闻名：薄瓦土砖、茅檐竹柱、门不涂漆、阶不砌石！司马师初来一看，还以为是一个普通书塾夫子所居的家院呢！

这羊宅外观溢露出来的清俭之风，让司马师不禁对羊府中人刮目相看。于是，他敛住了心神，整好了衣冠，上前轻轻地敲了敲那两扇朴旧木门。

过不多时，木门"吱呀"一声开了，里面正扶框站着一位腰系粗布旧裙，手拿干草扫帚的中年妇女，仰面含笑看着他。尽管这妇女发髻上插着的是木簪荆钗，手腕上戴着的是铜环石镯，打扮如一介仆婢，但全身上下却透给人一种清清爽爽、大大方方的感觉。

司马师把她当成了羊耽府中的主事婢仆，随口便问："贵府主人羊耽太守可在？"

那妇女轻轻放下了扫帚，拍了拍双掌上的些许灰尘，拿眼直视着司马师，淡然答道："羊太守一直在冯翊郡里忙着征收'义粮'呐！好多天都没回来了。"

"哦？今……今天不是官府'休沐'（指官府放休息假）的日子么？"司马师眼中掠过一丝怀疑，不禁下意识地往府门深处探望了一下，"那……那他什么时候回来？烦请这位主事告知。"

"'休沐'？"那妇女看着他微微笑了，"我家羊大人一忙起公事来，哪里顾得上什么'休沐'不'休沐'的……"

司马师听了，脸上不觉一热："既是如此，我只有赶到冯翊郡府去叨扰他了……"

他说罢，转身便欲离去，忽却听那妇女在他身后款款言道："尊客倒不必如此行色匆匆的。您若有什么重要事情，也可以让妾身转告给外子。"

"您……您就是羊夫人？"司马师耳朵里"嗡"的轻轻一响，惊得他面色微变，不禁倒退一步，急忙拿正眼认真打量起这妇女来。当今京师洛阳城中，有三位名门慧妇以聪颖才智而蜚声遐迩：第一位便是司马师的母亲、宜阳乡君张春华，第二位乃是吏部侍郎许允的正室妻子阮德春，第三位就是这位辛毗大人曾有"我诸儿皆不知"之叹的爱女、羊耽太守的夫人辛宪英。传说辛宪英是自幼聪慧好学、博览群书，她的见识才智已然堪称"女中博士"、"巾帼英杰"了！

此刻，她瞧着惊得张大了嘴巴的司马师，神色淡然依旧："怎么，尊客居然不敢相信吗？"

司马师慌忙摆手："哪里！哪里！晚辈司马师，见过……见过辛叔母！还请叔母宽恕晚辈适才的唐突失礼。"

辛宪英听了，目光流转，上上下下打量了司马师一番，眼角里渐渐泛出了暖暖的笑意来："原来公子便是子元君啊。好，好，好，你且随我入院坐一坐罢?"说着,将两扇木门尽行推开,又朝院里远远呼唤了一声:"辉儿,你煮一壶茶来,司马师公子驾临来访了。"

司马师推辞不过,只得随她进了院坝。他举目一望,但见那干干净净的青石板地坝上,摊晒着一篇篇的竹简,一直铺开来足有三四间房屋般宽大的面积。

一路浏览过去,司马师发现那些竹简不仅是孔孟典籍、老庄文章,其外竟然还有不少记载了朝廷内外讯报的邮书(古代公文简报的一种,相当于后世的"邸报")。难道这位辛夫人平素深居宅中之时亦在暗暗关注朝廷时局政事动态?

他又抬眼一看,迎面而来的却是院坝南面客厅廊柱上镌着的两幅小篆箴言:

风声、雨声、民呼声,声声在耳,何敢怠忽?
家事、朝事、社稷事,事事系心,怎不勤励?

读罢这两幅箴言,他不禁深深叹服:这泰山羊氏果然不愧为兖州清流之冠!这样的门风,"九世通儒、八代循吏"之佳话出自此府,倒真不令人意外。

他感慨之余,一瞥眼间见到厅廊那里款款走下一个风采翩翩的白衣美少年,眉若墨画,眸似秋水,整个人便如粉妆玉琢一般玲珑秀逸,直让人看得眼睛发亮、心头生甜。这大概就是辛宪英刚才口中所唤的"辉儿"了。他端着一方乌漆木盘,上面托着几杯茶汤,自己却似有些羞涩一般侧身而立,只脉脉地看着辛宪英领了司马师过来一起坐了。

辛宪英握起茶盏饮了一口,含笑淡淡而问:"子元君今日为何而来?"

司马师满脸涨得通红,额角都滴下了汗来,踟蹰着说道:"羊叔父的'义粮'想必早已备齐了罢?晚辈今日是专程过来帮忙运送到征粮署那边去的……"

辛宪英仍是笑微微地看着他:"原来子元君初次登门就是为了催

粮……"

司马师神色大窘，又嗫嚅着不好多说什么。

但辛宪英却似并未生气："子元君，你有所不知，我羊家去年就把压仓底的存粮全部捐给了朝廷用来御蜀。今年年初，我们又把新收的邑户麦粟供粮捐了一半给渭南行营——赵俨长史那里还给开出了收据的。你别笑话我羊氏一家直到现在还过着紧巴巴的日子——羊耽他又是两袖清风，不料这六七月间朝廷竟又开展了强征硬收'义粮'，这可真是难为我等了！"说至此处，她眼波一转，向司马师浅笑而道，"我羊府年初所捐给渭南行营的六百石麦粟只怕可以抵得了这些'义粮'罢？不然，朝廷这次强征，我们一家数十口人该以何充饥度日？"

"这个……原来里边有这样一个缘故啊！"司马师表情一僵，没料到羊府捐粮之事当中竟有这些情节，不禁皱紧眉头沉吟起来。

这时，那个"辉儿"瞧了他这副窘样儿，竟"噗哧"一声笑了出来，弄得司马师更是面红耳赤。过了半晌，他终于还是一咬钢牙，起身一揖，恭然而言："听叔母所言，贵府今年年初自愿捐助了六百石麦粟给渭南行营，本亦可以抵得朝廷的'义粮'征额。但是，如今朝廷的强征令是'一刀切下'，不讲特殊原因，只管当期所捐为准，师也实在是难以更改。况且，此番捐粮之事为众目所注，还请羊叔母做个'为国捐粮'的表率，再行捐献一次'义粮'，师定当上报朝廷陈清本末以为褒奖！"

他这话一出，院中的空气一下顿时凝固了——辛宪英虽然还是微微笑着，眉宇间的神色却已透出了一丝不自在来。那"辉儿"的眉峰也隐隐一蹙，正欲开口，忽听司马师又徐徐而道："不过，羊叔母勿忧，您一家人的用粮问题，就由师来解决罢。"

"你来解决？你怎么个解决法？"辛宪英诧异地问道，"我听闻你早就将自己今年的俸米捐给了朝廷。你手头其实也没什么余粮补助我们了，是也不是？"

"这个……师还可以从子上他那里给你们借支一些粮粟过来的。"司马师犹豫了片刻，才涨红着脸说道，"若是还不够补足羊府的家用，我……我可以在农忙时节带几个已经成年了的弟弟，比如子臧（司马骏）、子将（司马伷）、子翼（司马亮）他们一道过来帮辛叔母家耕田种粮……其实辛叔母您不知道，我和我的弟弟们可都是栽稻的一把好手！"

场中顿时深深地静了下来。许久过后，辛宪英的眉角才如涟漪一般泛开一缕缕的笑纹："唔……很好，很好。子元你能有这样一份心意，你辛叔母就很感动了！你的难处，我也多少有些知晓——你若不能从我们这里取粮回去以示'大公无私'，还不知道那些小人又会造出什么样的流言蜚语来中伤咱们呐？"说着，她伸手指了指大院那边的西厢房，"不过，哪能真让子元和你弟兄们帮我羊家耕作劳苦？哎呀，你瞧我这记性——辉儿，家里好像还存放着我这几个月来织成的彩锦、绢缎……也有三四十匹了罢？拿去西市坊大约还可以换得几百石粮食吧……"

"不错。叔母，西厢房里确还存放着三十六匹锦缎。"辉儿轻轻答道，目光朝司马师瞬间一掠，带出了一缕淡淡的笑意，竟已是绕得司马师满面绯红。

"唔，这样罢：辉儿，你且去西厢房里收拾好了那些锦缎，让子元带人一齐陪你到西市坊去售卖。你平时也晓得的，那个刘豹最是欣赏我织的这些锦缎，他是汾西养马场场主，也出得起价钱，你们最好就卖给他。"

"嗯。"辉儿款款应了一声，留下一个玉柳临风的俊秀背影在司马师的眼里，直往西厢房悠悠而去。

辛宪英从石几旁的竹编筛箕里拿了一把雪白的蚕茧在手，慢慢地抽着那细如发丝的茧丝，若有心又似无意地问道："子元近来办理征粮事务，可还觉得顺利？"

司马师叹了一口气："东拆西补，焦头烂额，一言难尽。"

"是啊！我也觉得朝廷故意借着太尉大人的威望和子元你的刚严来逼卿士大夫们自损邑粮救国济民，恐怕只可收得一时之成效，日后终是难以为继。"

司马师深深点头："辛叔母，师又何尝不明此理？本来此番救济关东灾民，征粮实有两大来源：一是关中军屯之余粮，二是关中民屯之供粮。不料师一进长安，典农部那边就告知关中民屯竟已是坐吃山空……这才当真是弄得师左支右绌，焦头烂额。"

"哦？民屯各部竟已坐吃山空，毫无余粮？"辛宪英双眸之中波光一漾，神情若有所思，"子元你只是单听别人说起的还是自己亲眼察看到的？"

"典农校尉曹忠他们送了簿册给师查看过的。"

辛宪英听到这里，神色微微一动，停了片刻，又道："既然民屯各部如此不济，你这一次征粮自然是艰难得很了！"

司马师双眸一凝，咬了咬钢牙，答道："待得晚辈此番先挺过这一道'难关'之后，必当禀明太尉大人对这亏空缺粮的民屯各部全面彻查，大加整顿！"

"关中民屯各部可一向都是安西将军曹璠主管的。子元你这么做不怕得罪了他么？"

"关中民屯各部供粮亏空欠缺，是昭昭可见的事实。某人在某职之上而不能善其事，本就难辞其咎——公理如此，还怕有什么得罪不得罪的？好好一桩'民屯固国'之策，竟在关中被某人弄得一塌糊涂，师其实早就为此感到痛心不已了！"

辛宪英听了司马师这一番慷慨激烈之词，顿时肃然变色，颔首而赞："想不到子元为人竟是这般刚健中正！老身失敬、失敬了！"

司马师也一瞬间清醒过来：天啊！我……我怎么当着辛夫人的面评议起曹氏宗亲的是非长短来了？这若是被那些无耻小人听到了还不知道又会添油加醋酿出什么样的谣言蜚语来攻击我司马家呐！看来我对曹璠他们的隐隐不满已经压抑得太久了，今日被辛夫人一"套"便爆发而出了！但愿这辛夫人千万不要外传才好。于是，他心神一定，向辛宪英正色而道："辛叔母，晚辈刚才一时情绪激动，讲了几句言辞过激的话，算不得什么'刚健中正'。还望辛叔母听罢之后，一笑而忘之即可！"

辛宪英脸上笑意一溢："哦？我一介机杼女流而已，哪里懂得什么民屯啊、军屯啊，你的那些话，我刚才根本就没有听懂，只见得子元你一派凛然正气，我倒很是欣赏呐！"说着，她将话题顺势转了开去，"对了！我听闻子元你当年也曾精研玄学义理，却不知你怎么看老庄易理玄学？"

"老庄易理玄学？唔……那是师年少轻狂时爱玩的清谈之戏。这几年来，师戎马倥偬，早已将它们忘得差不多了……"

辛宪英用手指缠着那细细的蚕丝慢慢地抽取着，淡然道："我倒以为，一个人在少年时代用心学过的知识，其实对他一辈子都是有影响的。这也不是你说忘记就忘得了的……"

司马师心头一凛，倒不好再随意敷衍辛宪英了，连忙认真地答道："实不相瞒，师现在对《易经》还有印象，对《老子》《庄子》记得不是很清楚了。"

"哦？"辛宪英继续追问了过来，"那么，你喜欢《易经》里的哪些铭训？"

司马师略一沉思，徐徐答道："《易经》'系辞'里有一段铭训：'君子见几而作，不俟终日。《易》曰："介于石，不俟终日，贞吉。"介如焉，宁用终日，断可识矣。君子知微知彰，知柔知刚，万夫之望。'师对此是奉为圭臬，谨遵而行的。"

辛宪英听得微微颔首，将抽好的蚕丝一缕缕地挂在石几角上，又望了望那边正曝晒着的竹简篇章，悠悠而道："我近日观阅朝廷寄来的邮书，竟然看到了你二弟子上在蛇盘山中大败氐蛮的消息，他这一次真是威名远扬、光彩夺目！"话说至此，她的目光忽地游离起来："我想，倘若此番征氐之役换成子元你前去，应该也不比你二弟差罢？"

司马师面色一滞，一时不知怎样回答才好。

"以我站在局外来看，当初朝廷让你办这征粮事务，让子上去办征氐事务，似乎有些不公——毕竟氐蛮易征而皇粮难收啊！子元你可听到一些异样的风声了？据说不少骄奢自大的豪强大族正准备串联着到洛阳去诬告你粗蛮逼征、刚愎刻薄呐……"

司马师听到此处，面色微变，拿眼在辛宪英脸上平平一横，带着淡淡愠怒的语气说道："辛叔母您怎出此言？其实无论是征粮也罢，征氐也罢，我与子上都是'殊途而同归'，都是为国效力而已！子上能够独挡一面击溃氐蛮，我也为他甚是高兴！我在这边征粮遭到阻绊，子上也常来信函多次建言献策，殷殷忧虑溢于尺牍！我兄弟二人异体同心，各司其职，效力于国，怎么又会有参差不平之感呢？"

"不错。我也早已看出，以子元你磊落正大的个性，怎会与自家兄弟计较长短得失呢？"辛宪英毕竟能言善道，立刻又将话头圆了转来，"司马府'孝悌传家，同气连枝'的门风，委实令人敬佩。"

她止说之间，辉儿已是带着两个仆人抬了一口装满锦匹的大木箱走了进来："叔母，厢房里的锦匹我已经收拾出来了。"

"好！"辛宪英点了点头，"你此刻便与子元一道上西市坊找刘豹卖锦匹罢！子元，你今日征粮事急，叔母我就不耽搁你了。"

司马师早就被辛宪英刚才东一句西一语绕得思潮起伏，不得平静，这时听了她的"送客之话"，不禁大感轻松，道："辛叔母，既是如此，师今日就别过了。这区区一份薄礼，请您收下。他日有闲，师定当再到府上受教。"

目送着司马师和辉儿并肩离去，辛宪英的神情慢慢沉静了下来。过了片刻，她若有所思地平空问了一句："祜儿，你刚才可都听到了？"

东厢一间小屋的木门缓缓开了，一身儒服的杨护徐步而出，下了台阶，一直走到辛宪英身前五尺之外站住，深深躬身施了一礼："叔母，祜儿在里边将您和子元兄交谈的话都听到了。"

原来，这杨护的真实身份便是辛宪英的侄儿、羊徽瑜的弟弟——羊祜！

辛宪英放下了手中的那几枚蚕茧，直视着羊祜道："祜儿，你改名换姓在长安府从事冗杂细务，不会有'大材小用'之叹罢？"

羊祜面色淡然："天下大事，无不起于细务。"

"唔。这话也对。"辛宪英缓声而道，"你近来隐在司马子元身边，可曾发觉他嗜好饮酒么？"

"子元兄从来不好饮酒。"

"可曾发觉他贪恋声色么?"

"子元兄从来不好声色。"

"那么,他究竟嗜好什么?"

"依祜之见,子元兄一向自负不凡,好立功业。"

辛宪英听了,目光陡然一利:"哦?好立功业?这么看来,祜儿你对司马子元果然是知之颇深了?"

羊祜再一次深深鞠躬:"叔母今日对他已然有所观察,自有明鉴在胸——小侄恳请赐教。"

"你这个'小猾头'!不过就是想套出你叔母的看法来和你自己的意见相印证罢?"辛宪英嗔笑道,"好,我就告诉你罢,从司马子元刚才评议曹瑶、叙及兄弟之义等事儿来看,此人是非分明,果决善断,自立有本,倒真不愧是当今世家子弟之中难得的佼佼者!曹忠、曹寿甚至曹爽之流与他相比,有若豚狗之于彪豹,相差实有丘壑之别!"

羊祜听了,两眼微微一亮,却又故意说道:"叔母莫非是因我大姐之缘故而'爱屋及乌',对他滥加谬赞乎?"

"你叔母岂是喜好夸大其词之人?以子元今日潜质,他日只要假以风云,必能大展鸿图的!"辛宪英瞪了他一眼,"司马子元不愧为太尉大人、宜阳乡君一手调教出来的好'麟儿'!祜儿你不是一直在苦心寻觅你的'英主明君'吗?正所谓'天赐奇缘',他便确是无疑了——你还犹豫什么?尽早与他定下鱼水之交,祜儿你这样做不会有错的。"

"叔母大人的指教,侄儿下来之后定当认真考虑的。"羊祜面无异色,只是恭恭然答道。

09 下沉到民间，一步就是真相

马车车厢的菱花镂空侧窗敞开着，一束柔和明亮的阳光照射进来，映在羊辉那宛然便似一块无瑕美玉般洁白莹润的脸庞之上，透出粉色水晶样的色泽，让坐在他对面的司马师看得暗暗嗟叹：世间男子竟有这等风流俊逸的容貌气宇！美得倒近似一位倾城佳人了！

他敛起了心神，将贪看得有些失礼的目光转向了羊辉膝盖下铺着的那一匹锦缎。只见那锦缎上绣着一头金灿灿的豹子，在苍木高枝之上盘踞顾望，张牙舞爪，双睛放光，好不威风，几欲从缎面上一跃而出！

司马师一看之下，不禁伸手轻轻抚了上去："好漂亮的豹子！辛叔母的手艺真好！"

羊辉却仿佛没有听到他这句话一般，托腮正望着窗外远逝的街景，忽然淡淡地说了一句话："子元兄这些年在关中追随太尉大人南征北战，一定杀了不少人吧？"

司马师一怔："不错。可……可他们都是该死的敌寇！"

"那么，子元你的心一定是已经被那些敌寇的鲜血凝固得比铁石还坚硬了吧？我……我可是连踩死一只蟑螂都害怕呐……"

"这……这没办法啊！为了本朝'总齐八荒、肃清吴蜀'的千秋大业，师……师也只有这么去做了！就算我们不去讨伐他们，他们也会杀气腾腾地前来侵犯我们的。因此，我们只能挺身而上，义无反顾！"

"唉……如果没有这些战争该多好啊！子元兄，你大概不知道，当年我的大姨蔡昭姬（蔡昭姬便是后世所称的"蔡文姬"，晋时为避司马昭之讳，改字为"文姬"）就是当年董卓、李傕之乱而流落到匈奴大漠去的……那种颠沛流离之苦，恐怕不是你所能想象得出来的……"

"蔡昭姬？是不是前朝鸿儒蔡邕的那个写出《胡笳十八拍》的大女儿？她……她竟是你大姨？"司马师惊得舌头都快掉了下来。

"是的。我的母亲正是蔡昭姬的小妹，名叫蔡明君。她很小的时候，我的外祖父蔡邕就被王司徒（指王允）滥害了。这些年，我母亲和我大姨尝尽人间百苦，可以说都是这乱世战祸所致。唉……普天之下，若是再无战争，人们该会过得多么幸福啊！"

司马师的目光一下变得深沉而凝亮："羊君，你真是一位胸怀仁德的君子啊！其实，我司马师虽然随同父亲大人多年东征西战，出生入死，百难皆历，但和你一样，我也不喜欢战争。不过，我也并不害怕战争。我觉得，在这纷纭乱世之中，我们只有通过战争来彻底终结战争——倘若我们实现了'总齐八荒、肃清吴蜀'的大志，天下九州归于一家，四海六合风平浪静，我们就可以放马南山，偃武修文，还天下百姓一份升平盛世！这一点，我们是应该有决心，有毅力去做到的！"

羊辉静静地聆听着他这番滚烫的话语，深深地凝视着他慷慨激昂的面容，眼眸深处闪烁出了晶亮的光芒。过了良久，他慢慢低下头来，看着膝盖上的绣豹锦匹，将话头引了开去："看来，子元兄你好像也蛮喜欢这样的绸缎？我什么时候请叔母也给你织一匹罢……"

司马师大喜："那真是谢谢你了。"

羊辉还是那么斯斯文文地问道："不知道子元兄想在这锦面上绣什么鸟兽景物？"

司马师沉吟片刻，慢慢说道："就绣上一匹凌空踏云而行的天马罢！我最喜欢骏马了。"

"嗯……我记住了。"羊辉笑了笑说道，"这匹锦缎上的豹子也是那个叫刘豹的匈奴人专门请求叔母绣的。他说他姓名里有一个'豹'字，所以要叔母绣一头豹子给他。子元兄，你的姓氏中有一个'马'字，所以你才要叔母绣上一匹天马的？"

"是的。"司马师憨憨一笑。他又静了片刻，才犹犹豫豫地问道："辉……辉弟，你……你那个徽瑜姐姐近来可好么？"

羊辉听了嘻嘻笑了："你想问徽瑜姐姐哪里好？是身体好，还是心情好？告诉你罢，她近来心情实在有些不好，连带着她身体也有些不好起来……"

"为……为什么？"

"因为她的夫君竟然是子元兄你这个不解儿女心事，只知为国效力的笨男子啊！她的心情怎么会好？"

司马师知道羊辉在取笑他，也不好正面回答，便自顾自说道："其实辉弟你不知道：两三年前，在一次徽儿（指司马师的亡妻夏侯徽）主持的名门闺秀聚会上，我曾经听过你徽瑜姐姐抚奏的琴曲……当时她隐在垂帘之后，我没见到她的面容，但她的琴声清柔流丽，婉转动听，令我听得如醉如痴。能够奏出那般清旷飘逸之琴曲的女孩子，想来她的德行才识都必定是'人中奇葩'吧？"

羊辉这时却沉静下来，双眸晶光忽闪忽闪的，只悠悠地说了一句："原来你早就对徽瑜姐姐心仪神往了？我听徽瑜姐姐谈起过，她也素闻你子元兄是一代人杰，刚明豪爽，英逸磊落，日后若是亲眼看到了你，想来她不会失望的罢？"

马车驶到了西市坊正北角上一家胡人酒垆前停了下来。羊辉和司马师下了马车站定。那车夫已是扬声向屋里直唤道："刘部帅，羊府送锦缎来了！"

"刘部帅？"司马师一诧。

只见房门开处，一个碧眼黄须、身材魁梧、年约四旬的匈奴汉子大步而出，朗朗笑道："羊公子，怎得劳你大驾光临？辛夫人只须派人来说一声，刘某便当亲登羊府去取！"

羊辉淡然一笑："刘部帅您客气了！以您的真二千石之尊，那才是'大驾'呢！我家叔母自是不敢妄扰的。"

司马师一听，顿时明白了：这刘豹不是普通的匈奴男子，竟是匈奴某部的酋帅，难怪羊辉称他有"真二千石"之尊！

原来，这匈奴人本是冒顿后裔，因汉高祖刘邦以宗女为公主嫁与冒顿和亲，并相约为兄弟，所以冒顿子孙皆冒姓为刘氏。东汉建武初年，一部分匈奴民众南迁归附了汉朝，迁居在西河美稷之境。东汉中平年间，黄巾军扰乱天下，西河匈奴单于羌渠奉钦旨派其长子於扶罗率兵助汉征讨黄巾军。不久，西河匈奴本部爆发内乱，羌渠遇刺身亡，於扶罗只得携众留于中原，并自立为单于，屯守在河东、河内一带。他在建安六年左右病死，临终传单于之位给弟弟呼厨泉，同时给自己的长子取了汉名为"刘豹"，封他为左贤王，让他们率众归心于许都。当时的汉相曹操、汉尚书令荀彧遂加意纳之，分其部众为左、右、南、北、中等五部建制，设单于之位等同列侯，五部酋帅秩同真二千石，仍以呼厨泉为单于，刘豹为左部帅，而将他们迁于并州汾河之滨，以藩卫中原，抵御外胡。而且，曹操还颁下峻令，由北中郎将负责监管，严禁匈奴人氏擅离其境。所以，司马师今日见到刘豹以真二千石的左部帅之尊竟来长安游宿，自然不由得心生疑虑。

刘豹接过那锦缎，只略略看了一番，便将它递给了身边的仆从，吩咐道："去后院牵三十匹马驹来，稍后交与羊公子带将回去。"

"这如何使得？"羊辉一摆手，浅浅笑道，"我叔母说了，刘部帅只用四百石粟米就可换取这三十匹锦缎了！"

"羊公子莫非不知道？我家部帅的这三十匹马驹可在西市坊交换到两三千石粟米呐！"刘豹手下的那个仆从不禁怔住了。

羊辉仍是不为所动："我叔母的三十匹锦缎以公价而论之，只值这四百石粟米足矣。多余的那些粟米有请刘部帅自行收回。"

司马师暗暗佩服羊辉这"知足而止"的识度，也在旁笑道："辉弟你义不贪多，财不滥取，委实极有君子之风，师敬佩不已！"

刘豹亦扬声而笑："羊公子既是不肯多领马匹，刘某亦不多言，只成全你的君子之体便是了。呼延彪，你且牵六匹马驹给羊公子就是了。"

说着，他一伸手便邀司马师、羊辉进了酒垆内坐下。

在三尺枰上刚一落座，刘豹便目视司马师向羊辉问道："这位兄台是？"

"这位兄台姓'马'名'斯'。"羊辉款款答道，"他现在任职于司马太尉府的秘书署。"

"哦？原来马小弟乃是太尉府的人？"刘豹露出惊喜万分的表情来，"多谢辛夫人、羊公子，难得你们费尽心思给刘某引见太尉府的马小弟！我匈奴部众终于冤屈可伸了！"

司马师听到这里，目光不由一厉，倏地投向了羊辉：他再迟钝，这个时候也明白自己被辛夫人和羊辉引到一个莫名其妙的"套子"里了！

羊辉若无其事地盈盈一笑，将他袖角暗暗一牵，随后站了起来，向刘豹道："刘部帅您且在前厅稍待片刻。我和马公子到后院去说几句话再过来。"

进了后院一角，羊辉牵着司马师在墙根树荫下站定，当下便欠身一礼："子元兄，刘部帅稍后有一事求助于你，还望子元兄加意成全。"

"哦？辉弟何时也当起了别人的'捐客'了？"司马师的笑容冷冰冰的，"刚才一进这酒垆里，我就觉着蹊跷，你叔母为这刘豹所绣的豹子那么精致亮丽，可是方才你交给刘豹之时他竟不加欣赏就慷慨高价买入，可见他一味只想送出那三十匹马驹的重礼而不是真的想买这些锦缎……匈奴人也学会了这种方式走朝中贵人的'后门'吗？"

羊辉听他这话说得尖刻，眼圈红了一红，声音虽然变得有些酸楚，却仍是不失平静："子……子元兄可真是误会羊某了！念着子元兄乃是我家徽瑜姐姐的未婚夫婿，我和叔母又怎会有什么污贿之行而牵扯于你？我们是决不会误你的。

"这刘豹确实是有事情请托于我羊府。毕竟我大姨蔡昭姬嫁给过他们西河匈奴的右贤王，也为右贤王育有一子一女，而这刘豹便是西河匈奴右贤王的宗亲，那么自然也和我母亲这边有了亲戚关系……他来找到我羊府，我羊府也的确不能推避啊！"

司马师仍是冷着脸问道："他究竟有何事体请托于你们？为公乎，为私乎？若是为私，则一切免谈。"

羊辉坦然而道："他们所请托的事儿，确是关系着靖边的大局，但寻常官吏都不敢过问——刘豹是想通过我家叔母向侍中大人（指辛毗）举报北中郎将曹彬滥用职权，竟向匈奴各部强行征取三千名胡人为自家私奴！曹彬此事，在匈奴五部当中激起了极大的民愤，闹得沸沸扬扬，说不定还有可能酿成并州匈奴之乱呐！"

"哦？竟有这等事？"司马师一听，不禁眉峰一蹙，"曹彬倘若果真如此胡来，太尉府倒确是不可坐视了！这样罢，我且进去细细核问这刘豹一番……"

金亮的阳光照在夏侯霸一身鲜明的铠甲之上，宛然便似一尊高大的铜像坐在那里，一股威猛刚严之气溢然而出。

他慢慢地呷饮着陶杯中的温茶，向侍坐在一侧的女婿羊祜瞟了一眼，很不以为然地说道："这些日子，你在长安郡府里改名换姓做一个小小的上计吏，也未免太自拘了！你不想沾我夏侯家的光依靠什么背景关系上位，这想法本也不错，老夫也没有说你什么。只是，你一介清流望族之俊才，却为此而委身于偏裨小吏，以至与像颜文林这样的酷吏为伍，这也太不应该了！日后众人若是得知你的真实身份，岂不讪笑我夏侯家？岂不讥笑你泰山羊氏？你让老夫这张脸往哪里搁？！"

羊祜面若止水，淡然言道："岳父大人，古语有云'宰相必发于州郡，猛将必起自行伍'。小婿居此僚吏之职，亦是为自己积蓄阅历，多加锻炼而已。当年太祖武皇帝龙潜之时不也做过洛阳北部都尉吗？大汉敬侯、一代完人荀令君未显之时不也屈居下僚做过守宫令吗？当今的司马太尉隐微之时亦曾做过河内郡的上计掾……"

"好！好！好！好志气！"夏侯霸把陶杯往桌几上重重一搁，发出"砰"的一声响，脸上的笑容却冷若寒霜，"那你一辈子就在这四百石官秩的上计吏上待着呗！上边没有背景关系，你以为靠你的真才实学真能成为荀令君一流的社稷之臣、朝野之望？"

他此话一出，羊祜的脸色便微微白了，他的妻子、夏侯霸的女儿夏侯菁不禁在旁娇叱而道："父亲，您……您怎么这样说话？！"

夏侯霸一怔，被他的女儿叱得回过神来，顿时也知道自己刚才说得有些过分了，便缓和了语气说道："叔子（羊祜字叔子），老夫不是质疑你的德识才器，只是你在这长安郡府当一个四百石官秩的上计吏，而且还要听那个司马子元趾高气扬的摆布——老夫一想起来就禁不住怒气勃勃！你还不如到你的四叔曹璠那里去当一个比千石官秩的仓曹掾！而且，仓曹掾这个职位上的'油水'也很是不少……"

"岳父大人的意思其实就是想把小婿调离长安郡府的征粮署，不在司马子元手下替他办事罢？"

夏侯霸听羊祜如此直截了当地拆穿他，不禁被呛得白眼一翻，急忙咳嗽了几声，才重新端起了架子训道："不错。老夫就是这个意思，怎的了？贤婿你可看到近来朝廷传下的几道邮书了？大司衣署一直在行文指责太尉府参军司马师征粮不力、办事迂缓、久拖不进，准备呈请廷尉署大加督责……你跟着司马师那小子一道去征粮，去得罪那些豪门大族们，不会有什么'好果子'吃的！为父劝你还是从司马师身边辞职另谋出路算了……"

羊祜徐徐摇头，深深而道："岳父大人此言差矣。据小婿这段日子随同司马子元征粮救灾来看，司马子元可谓'负重济民、实心为国'，一丝一毫没有推诿卸责之念、懈怠延误之举——桓大司农如此苛责于他，未免太过严酷了！这会让天下有志有为之士见了寒心的！"

"你……你说什么？你居然说他司马家是'负重济民、实心为国'的模范？"夏侯霸仿佛听到了这世上最大的笑话一般，脸上露出了说不出的复杂之色，"老夫一向以为你聪颖明悟，竟不料你对当今时事看得如此迷乱！他司马家今日的'精忠为国'，焉知不是当年王莽篡汉之前收买人心的故作伪态？而且，而且，你可知道老夫眼下为何会猝然秘密赴长安而来？据绝密细作来报，他司马家并非你所想象的那般是'一尘不染、完璧无瑕'的清贞之臣……哼！哼！哼！说不定反是藏污纳垢、贪赃枉法的窃国大盗……"

讲到这里，他忽然意识到自己不知不觉中泄露了一些口风，急忙把后边一些不该讲的话硬生生咽了回去，摆了摆手，冷冷而道："我和你在这里空争论什么？罢了，罢了，你愿待在司马小儿身边，你就去罢！只是将来跟着他栽一个筋斗跌得重了，莫要怪老夫没有提醒你过！来人——"

随着他一声呼唤，守在门外的几名贴身家丁急忙跑入，垂手而问："将军有何吩咐？"

"去——从我的马车里拿一升珍珠来给你们小姐和姑爷！"夏侯霸吩咐他们完毕之后，又侧过脸来，将那陶杯用手指了又指，"叔子，你虽是泰山郡羊氏出身，大概祖祖辈辈都习惯了清苦固穷之风，但你可不该让我女儿跟着你一起吃苦受罪啊！你瞧一瞧，你府中居然还用的是陶杯、泥碗！我夏侯家乃是宗室贵胄、富甲京师，最差的夏侯太初府中也用的是金碗、玉杯嘛！你俩把那升珍珠拿去卖了，多置办一些珠宝器皿、绫罗服饰，不要再弄得这么寒酸了！你俩丢得起这个脸，我堂堂偏将军夏侯霸可丢不起啊！"

说罢，他站起身来往外便走："好了！老夫还有要事前去办理，今日就此别过了罢……叔子，你好好待我菁儿，有什么需要的只派人往京师那边吱应一声，菁儿她娘会给你俩安排妥当的……"

送走了夏侯霸后，羊祜斜睨着桌上那一升璀璨夺目的珍珠，不禁沉沉叹了口气："菁儿，你瞧岳父大人这般举动……"

夏侯菁慢慢地在竹席上俯跪了下来，眼眶里晶光流转："夫君……父亲大人这么做，大概是有些粗疏蛮横了，说不得会伤了夫君一意保持清贞之节的美意——妾身代父亲大人向夫君您赔礼道歉了！"

羊祜慌忙离席将夏侯菁扶了起来："菁儿，你可别这般自责了！也罢，岳父大人既然送来了这升珍珠，你便拿去置办一些珠宝服饰打扮好自己罢……我的菁儿自到我身边来一直是荆钗布裙、粗妆淡抹，倒真被我羊家的清苦门风弄成了一个乡妇村姑了耶！"

"用不着！用不着！这世上哪有'夫清于外，而妻艳于内'的咄咄怪事？只有'夫唱妇和、上清下秀'的正理儿……"夏侯菁连连摆头，"我还是将这一升珍珠拿去市场卖了，折成粟米，作为'义粮'捐献到你们征粮署去，如何？父亲大人那里若有责怪，我自去解释便是了……"

羊祜的眼圈顿时渐渐红了："菁儿，难为你如此理解为夫，真是苦了你了……"

    醉月清露滴，香透绯纱来。
    珠花叠叠开，不入不尽怀！

  自从被东市坊天香阁拿来标在自己的红绫艳帜之上，这一首诗便被一帮风流子弟歪解成了寻花问柳、饮酒作乐的口头禅，时常用来呼朋引伴、招蜂诱蝶。但不能不说这样一首艳诗，其实也间接地扩大了天香阁的名气，使之成为长安城中无人不知的"极乐胜境"。

  此刻，天香阁的雅厅里灯烛灿然，百十盏青铜高架宝树枝灯伸开了交错横生的灯盘，摇曳着明灭不定的簇簇光影，映得楼阁里绚彩浮动、芳色四溢。

  衣衫轻薄的侍女们纷纷扭着绵软的腰肢在灯光烛焰里似金鲤银鱼一般穿梭席间，一个个眼送秋波，面带暧昧，招摇之间竟是勾得席上的男人们神魂颠倒。

  "子元兄，你这段时间忙于征粮之事，曹某来了好几次都寻不着你。"曹忠笑吟吟地将一盏青铜酒爵敬了过来，"今天终于能够请动你大驾光临鄙席，曹某实在是感激不尽啊！就借着池翁这个天香阁，咱俩好好亲近亲近！"

  司马师自然是懂得曹忠这"无事献殷勤，非奸即为盗"之举动用意的，一边暗暗提防着他使诈弄计，一边也在口头上虚与委蛇："曹校尉多礼了！其实是师绊于冗务而未曾登门请教曹校尉，师实在是惭愧汗颜啊！"

  曹忠干干地笑着，一手罩住了自己面前桌上的酒爵，说道："哎呀！子元兄，你能够谅解我长安郡民屯此番无法供粮的过失，我真的已是非常感激了！在我看来，子元兄连贾嗣将军和羊耽太守府中的'义粮'都强征了来，却对我曹忠这边特意宽容，这说明子元兄你还是给了曹某很大的面子的。来，来，来——姑娘们替我好好向子元兄敬酒！"

司马师脸上不动声色，话语间却渐渐变得犀利起来："曹校尉，师强行征收了贾嗣将军的'义粮'，也从他那儿听说了一件事儿：你们长安屯田部似乎并不怎么缺粮！师对他这样说：曹忠校尉与我司马师可谓有手足之交、骨肉之谊，他又怎会骗我呢？但贾嗣就硬是咬着你不放了——他甚至愿意带领我们征粮署的人到长安屯田部去现场查看对质！曹校尉，你也是晓得贾嗣这厮的那个坏脾气，硬拗起来实在是让人头痛啊……"

曹忠听罢，闷了一会儿，阴阴地笑了："贾嗣这蛮夫居然还会这么胡说乱咬？不会罢？子元兄，曹某与他远日无冤近日无仇的，他怎会攀咬上曹某的长安屯田部呢？"

司马师朗朗一笑："是啊！我也非常纳闷，据曹君你的禀报，你们长安屯田部这几年来一直是收成不好、缺粮少粟的，贾嗣又凭什么说你们长安屯田部'暗藏粮粟而对外假装歉收'呢？他可是口口声声说要与你们现场查看对质啊！"

曹忠也不是傻子，揣测贾嗣应该不会在司马师面前捅自己的娄子，说自己的坏话，这些话语内容大约是司马师编造出来借机套弄自己底细的！但他又心怀疑忌，不敢在明面上硬接司马师这一招，只得假意作怒而道："贾嗣真要这么胡说八道，我明天就去给他塞上一嘴的马粪，看他还乱不乱说了！"

司马师呵呵笑着，话锋却毫不手软地直逼过来："不用曹校尉你明天移驾跑路去塞他的马粪，明天我便亲自送他到长安郡屯田部你营门前领受你的教训！"

曹忠听司马师这话来得有些刚硬了，脸色微微一变：这司马师的语气居然如此笃定，莫非贾嗣真向他泄露了自己的机密底细？可是我的长安屯田部一向收拾得干干净净，应该没有落下什么漏洞啊……他司马师步步紧逼，莫非真的又在我长安屯田部察觉到了什么？不行！今天我要连夜赶回去再细细搜查一番，千万不能遗漏下什么蛛丝马迹被他司马师逮住了！但他又不敢硬起底气和司马师当场截挡，急忙打了一个哈哈把话题转移了开去："哎呀！子元兄难得来我这天香阁和我一聚，我却和你一直扯贾嗣这泼皮做什么？来，来，来！喝酒！喝酒——来啊！青雀儿、巧妹儿、金二娘，上来给司马公子敬酒啊！"

司马师还未及答话，一阵柔柔的香风已是迎面拂来。只见一排婀娜多姿的美姬各自手持金壶银瓶，轻移莲步，向自己翩然走近。

他立刻明白曹忠终于从自己的穷追逼问之下脱身而去了——这个狡猾非常的花花公子！他正沉吟之间，一个宛如滴露桃花般鲜艳的侍姬已在他面前伏下身来，双手托着一具银盘，盘上放着一盏青铜酒爵，款款言道："司马公子，请饮下这盏西域葡萄酒吧！"那声音甜腻得几乎让人的整个心都酥化了。

司马师看着那杯中蜂蜜一般亮晶晶的酒液，嗅了一嗅，便含笑接了过来，一口饮下，只觉齿颊生芳，清甜之极。

那侍姬见了，又笑眯眯地再次斟了一杯上来："恭请司马公子再饮一杯！"

司马师推辞不过，只得又接连饮了两三杯。这些酒液下肚，他渐渐地觉得有些头重脚轻起来，心头不禁一凛：不好！今日我在这曹忠的酒席上贪杯作甚？若在后边生醉误了大事怎好？于是，他面色一正，向那侍姬肃然答道："多谢曹君的美意和姑娘的殷殷相劝！师而今已是醉意来袭，请恕不能再喝了！"

那侍姬听了他这话，脸上竟是一白，慌忙怯生生地回过头去看向曹忠。曹忠这时正用银筷夹起了一块烤羊肉往自己嘴里送去，听到司马师这么说，却一边咀嚼着那块烤羊肉，一边漫不经意地说道："青雀儿，你也是这阁中训练已久的旧人了……这司马公子是你们天香阁何等尊贵的客人，你既然不能让他尽兴而醉，按着你们阁中的规矩，你该怎么着就怎么着罢！"

那被唤作"青雀儿"的侍姬脸色顿时变得青惨惨的。她颤声向曹忠应道："曹……曹大人……奴婢知道自己该怎么做了！"同时，又转过身来向司马师深深一拜："司马公子您真的不肯赏脸再饮一杯？"

"师真的已经醉了，请姑娘谅解。"司马师摆了摆手，仍是不肯。

却见那青雀儿一咬贝齿，从腰间取下一柄银匕，握在手上，直往自己右颊上猛地一划——刹那之间，血光迸现，一道深深的伤痕已在白玉般莹洁的脸颊上斜掠而下！

"你……你……"饶是司马师素来胆大如斗，但见到这佳人自残的情形，他还是忍不住吃了一惊——他目光一厉，倏地扫向了曹忠，"曹校尉，你让她这是干什么？怎么，想用这种方法逼我喝酒吗？"

曹忠轻飘飘地递过来一句话："司马公子你有所不知，这是她们天香阁自己定的规矩，她既是劝客饮酒不成，就当自受其罚！这可与曹某毫无关系啊！"

说话之间，青雀儿又将银匕贴放在了自己的左颊之上，忍着剧痛仰视着司马师，凄然问道："司马公子还是不肯赏脸饮酒吗？"

匕首锋刃上的森森寒芒映衬着青雀儿眼底深处的隐隐泪光，让司马师原来坚如精钢的心弦也微微颤动了！"罢！罢！罢！"他探过身来，大手一伸，接去了她右掌盘上的酒杯，将酒"咕嘟"一声一仰而尽，慨然而道，"曹兄，你给池翁转告一声，他这天香阁里定的这个规矩太严苛了！像她这样的劝酒方法可实在令人难拒！这是在利用咱们的恻隐之心使诈呐！何必非要逼得佳人在前自残自伤来劝客饮酒？他自己没有姐妹么？他自己的姐妹也来尝一尝这滋味试试？碎娇醉酒，未免太煞风景了！"

曹忠把嘴一撇，冷冷而笑："子元兄你太怜香惜玉了！依忠看来，色既不能醉人，则又留此色何用？碎了便碎了罢！有甚可惜可叹？只要子元你玩得尽兴，就把她脱了衣裳一刀一刀划破了那雪肤玉肌给你赏玩又如何？那一日有个尊客来这天香阁饮酒，硬是欣赏着一个美姬在胸前背后自割自划了七七四十九刀后才一醉方休……你是何等刚毅果决的铁血之士,我以为你应该是胆色不差他分毫的……"

司马师在心底暗暗骂了一声"畜生",却将话锋转了开去,点到了另外一个不合礼仪的"漏洞"上:"哎呀!曹君,这筵席、筵席,本就该是'酒肴双全',你不能光是让客人只饮美酒而不吃佳肴罢?师倒是想成全你的美意多喝些酒,可是你让师饿着肚子醉倒在座,似乎对身体亦不太好罢?"

曹忠被他这么一说,倒还真是不好再催着这些侍女们硬逼劝酒了。他哈哈笑道:"子元兄说得是,说得是!既然上了美酒,那佳肴自然也是必不可少的!——来人啊!把那'乳蒸灵龟肉'端上来!"

随着他这一声呼喝,一尊锃亮的青铜方鼎被两个健仆小心翼翼地抬了进来,在雅厅当中放下。

司马师瞧见这方鼎式样奇古、质地珍稀,料来决非凡品,不禁失声叹道:"好一尊宝鼎!这上面的篆文和花纹似乎雕刻得甚为精美啊!"

"喏——将这方鼎给司马公子再拿近些,让他好好欣赏一下!"曹忠得意非凡,眼睛都笑得眯成了一条线,"不瞒子元兄,这尊宝鼎可是正正宗宗的周时奇珍!曹某不知是费了多少功夫,花了多少铢钱才把它搞到手寄放在这天香阁里的!"

司马师仔细观看鼎身上镌刻的图像花纹,却发觉并非龟龙麟凤之类的珍禽吉兽,居然是一幅幅宫廷君臣欢歌醉舞、歌伎乐女搔首弄姿的浮雕!他惊愕之下,这才看清了鼎腹上铭刻着一排犹如花鸟虫鱼之状的篆文,便慢慢念了出来:"三年仲夏,王赐上卿虢石父,以嘉其忠。"他心底暗暗一想:这虢石父不正是西周末年周幽王在位时那个著名的贪佞之臣吗?据说当年他用一个月的时间就贪墨了周室国库积年以来四分之一的财帛珍宝!那么,这鼎上所刻的这个"王"便应该是那个为了博取自己的宠妃褒姒倾城一笑而不惜以烽火戏诸侯的周朝昏君周幽王了?想来也是,也只有周幽王这样的昏君才会为了虢石父这样的佞臣而铸赐这等淫靡奢丽的宝鼎!想到这儿,他又不禁暗暗莞尔一笑,曹忠能够搜集到这样的宝物,这大概亦是上天对他冥冥之中的一种嘲讽罢?!

这边，曹忠有意炫耀地将手一拍，一个仆人应声上前把方鼎顶上的虎头圆钮鼎盖轻轻揭了开来——刹那之间，一股浓郁得近乎醉人的甜甜乳香随着腾腾蒸汽倏地弥漫了整个厅室！

司马师往鼎里看去，只见其中满满地盛了一汪纯白的奶液，恰似豆腐一般白嫩嫩、滑腻腻的。上面还浮着一只蒸得熟透了的脸盆般大小的白龟，那龟伸出来的脑袋便足有拳头般大。他嗅了嗅那香气，有些讶异地说道："这蒸炖灵龟的事儿，你曹松久也竟敢做出来？"

"这有什么不敢的？"曹忠拿起长勺在鼎中搅弄了一下，掀起滚滚的奶液甜香来，笑嘻嘻地说道："子元，你闻一闻这鼎里的奶水香不香？你猜一猜它是什么奶？"

"羊奶？马奶？"

曹忠摇了摇头："都错了。子元你平素不是自命'见多识广'吗？怎么竟猜不出来？"

司马师再次沉吟道："莫非是草原鲜卑部族送来的花牛奶？"

"呵呵呵，那牛马畜生的奶汁哪有这样鲜美芬香？"曹忠眨巴了几下眼睛，凑过来低声笑道，"实不相瞒，这可是我专门雇来的三十八个初生娃儿的奶娘那白馒头一样的地方挤出来的鲜奶！"

司马师听了，脸色顿时便暗暗变了：久闻曹忠自恃宗室贵胄而骄奢淫逸之极，今日自己耳闻目睹了他这种种胡作非为，果然是流言不虚！真是想不到他荒淫纵欲竟然一至于斯！念及此处，司马师险些禁不住就要拍案发作起来——就在这一刹那，父亲赠给自己的"沉毅明敏"四字箴言恰似一线灵光，照亮了他的脑际！他一咬牙根又暗暗忍了下来，只是若无其事地佯笑道："松久你可真会享福！像你这样用人奶蒸煮龟肉的做法，我司马师可是平生第一次见到呐！"

曹忠伸出手中的紫竹筷隔空点着"虢石父之鼎"里那白花花的龟肉，暧昧地笑道："子元，你有所不知呐！你吃了这用人奶蒸熟的龟肉，绝对是大滋大补！哥哥我包管你吃上一块，夜里可御十女而不疲乏！你今儿吃了，就能亲身体味到它的功效了！"

司马师什么场面没有见过，和什么人物没有打过交道？此刻岂会应付不来这曹忠？他当下笑吟吟地用双筷夹起一块龟肉往口一送，顿觉得那龟肉鲜嫩得如同一泡奶花，他用牙轻轻一咬就溅成甜甜的一蓬香汁顺喉而下了……

"好！好！好！"司马师咂了半晌的味儿，连连点头称赞着，又将筷子伸向了那鼎中，"这龟肉吃起来当真可口！——松久，你今夜不会只安排了这样一道好菜吧？后边还有什么佳肴美味，你便让下人们一并端了上来吧。"

"那是自然——好菜马上就上来！"曹忠脸上的笑容变得越发暧昧迷离，"这席上的侍女由你子元随意挑去'吃'了！你愿挑谁就是谁，你愿挑多少就多少！"

"真的？"司马师醉眼蒙眬地往场内看了一圈，举起筷子指向跪坐在堂角掩面不起的那个青雀儿，"就是那个婢女了……"

"可是她的脸被划破了……"曹忠迟疑着说道，"你还是选别的侍女罢？"

"脸划破了又怎的？"司马师哈哈一笑，"这婢女身材其实真的不错，你瞧她前凸后翘的体态，床上功夫想来定然了得！就是她了！"

"子元果然是行家！高见！高见！"曹忠听罢，色眯眯地笑着向他竖起了大拇指。

红红亮亮的沉香木屑在银炉中静静地燃烧着，腾起了<u>丝丝缕缕</u>的淡紫色香烟，犹如窈窕淑女的纤纤秀发一匝一匝地轻轻缠绕在男人的心尖儿上，撩拨得男人心痒痒的，让你欲挣不脱，欲逃不得！

青雀儿全身上下早已收拾得干干净净，她右颊上的那道刀疤也用一条细长的花钿巧妙地粘掩住了，远远看去便似一瓣梨花贴面而开。

她望着榻床上向里侧卧着的司马师，在心底里幽幽地叹了一口气：原来这就是司马公子了！既然别人都传言他"刚正不阿，一清如水"，却不知他为何竟也在这天香阁中与曹忠这样的淫贼称兄道弟，推盏过杯？看来，这天底下的男人都似从一个模子里铸出来的。他毕竟和曹忠一样，本就是豪门望族出身的公子哥儿啊！哪里又会是咱们穷苦庶民的指望？那位"阮客官"只怕是在糊弄自己了……她一想到这里，心中便如钢针扎了一下，剧痛之后复又归于麻木，就那么毫无表情地随手扯开了自己身上披着的那一层薄薄的罗衫，让自己的整个胴体如同初放的白莲一般徐徐绽露开来——她就要和其他天香阁的侍女所曾遭遇过的经历一般，用她的身子来侍奉和取悦这个被曹大人交代了一定要侍奉好的贵宾。

司马师的脑后仿佛长了眼睛一般，在她脱掉罗衫的一刹那之间开口了，声音沉缓而清晰："你还是穿上衣衫罢！今夜本公子不用服侍……"

他这话一出，那青雀儿顿时面色一白，全身似遭电击般颤抖了一下，却又腰脊一挺，柳眉一扬，冷声而道："这位公子，您何必这般折磨奴婢？您若是要杀要剐，痛痛快快一刀斩下来就是了……"

司马师一下翻过身来，她那玉雕般圆润光洁的胴体虽然落在他眼里，他却竟是视若无物一般坦然而道："你怎么这么去想了？本公子是瞧着你有几分骨气，才不愿以淫邪之心亵渎于你的。"

青雀儿微微红了脸颊，伸手拿起罗衫挡在了自己胸前，话语之间仍是冷冷嘲讽着："你们这些大老爷、大主子，何必这般口是心非、忸怩作态？我们这里有一个姐妹，上一个月去侍候一位从洛阳那边来的夏侯老爷……那位夏侯老爷也真是鬼迷了心窍，竟然喜欢在女人身上扎针刺青为乐……"

司马师听到这里不禁微微皱了皱眉，心中暗道：这样的胡作非为，实在是给我大魏卿士丢脸！

青雀儿看了他一眼，自顾自继续讲了下去："他要这么玩，我那个姐妹有什么办法？只得咬牙忍了，然而在受针过程当中她痛得实在受不起——公子你想，拿那么尖利的银针刺在那么柔嫩的一些地方，不痛得要命才是大怪事呐！她就那么扭了一下身子，让那个夏侯老爷扎在她背上的刺青图出了一点儿瑕疵，惹恼了他……结果，曹大人为了给夏侯老爷解气，硬是派人把那姐妹绑在榻席上，找……找来屯田部里的十几个兵爷一连轮奸了两天两夜，折磨得她只想一头撞死算了……"

她一边断断续续地说着，一边泪落如珠。司马师早是听得心头火起，一把暗暗抓住了榻角的竹席捏得"啪啪"轻响，寸寸欲裂，想要开口痛骂，又觉此处不宜轻泄怒气，便一咬钢牙忍住了，只淡淡吐了一口长气出来："罢了！你不必担忧，我稍后出去在曹忠面前只会为你叫好，不会告你刁状的。你且披上衣衫在那边休息去吧！"

青雀儿泪光莹莹地看着司马师："公子既是这般温存体贴，小女子倒是手足无措了。公子莫非是嫌小女子生得丑吗？"

司马师定定地正视着她："这与你的美丑无关。我司马子元虽也不厌饮酒取乐，但尚还不至视尔等如玩物一般戏之弃之。'天地之性，惟人为贵'，你与本公子皆是同秉天地之气而生，既为同类，本公子岂能以禽兽玩物之意待你？本公子若有此意，岂不是也自贱于禽兽玩物一流了？你且休息去，日后本公子会想办法将你赎出天香阁的。"

听了这些话，青雀儿莹白的脸颊上泛起了一脉深深的笑意——她缓缓伏下身去，口里却淡淡吟道：

夜中不能寐，起坐弹鸣琴。
薄帷鉴明月，清风吹我襟。
孤鸿号外野，翔鸟鸣北林。
徘徊将何见，忧思伤我心。

司马师的脸色不由得慢慢凝肃起来："你……你怎会吟得这首诗的？"

"启禀司马公子，这首诗是前不久一位名叫阮籍的酒客教给小女子的。"青雀儿含泪而道，"他临别时对小女子讲，日后若是遇到有姓'司马'的客官，可以将此诗吟诵给他听……"

司马师盯着青雀儿的眼神不禁变得越来越亮。

青雀儿继续款款而道："那位阮公子还对小女子说，姓'司马'的公子乃是近日在关中整肃纲纪、禁贪治污的一员'虎将'，扳倒了不少豪强奸贼，小女子若有什么冤屈事儿上告于他，应该也会得到昭雪的……"

她说到这里，忽地语塞了一下：原来，此刻坐在她对面的司马师那两道目光倏然变得如同刀锋般锐利，仿佛要直插进自己的心底深处来——他同时徐徐开口了："不错。我便是那位教你吟诗的阮客官口中所言的'司马公子'了。既然他能教你这首诗，并当面给你提起了本公子，想来，你应该也是一个值得信任的人。"讲至此处，司马师抬眼扫了一下这间雅室的门口，声音压得极低极低："这里是否方便你我深谈下去？"

青雀儿慢慢倒退了过去，将室门和厢窗都紧紧关死，然后又缓缓膝行而前，径自来到司马师的榻下，亦是低声而道："公子您若要在这里听得安全，恐怕只有允许小女子上得榻来与您附耳交语。"

司马师微微踌躇了一下，无言地点了点头。

青雀儿这才小心翼翼地爬上了他的榻床，将顶上的金钩一扯，四面紫纱如同轻烟一般笼罩而下，将他俩遮掩在一片朦胧之中令外人看不明切了。

然后，她侧身轻轻卧了下来，朝着向里卧下的司马师耳背后低低说道："您可以为小女子乃是这天香阁里的艺妓吗？"

司马师面朝着榻里，只轻轻点了点头。

"那么，您可知道这天香阁幕后的老板其实便是曹忠？"

司马师这一下惊得几乎跳了起来：原来如此！池丘伯看来只是曹忠推到前台为自己掩蔽身份的一个傀儡！那么，这青雀儿就应该是他从市场中买进这里为他赚钱的私婢了！于是，他低低回了一句："你是私婢？"

"不是。"

"你是他衙中的官奴？"他又沉吟道。

"不是。"

司马师这时大感不解了，瞧着曹忠那样肆无忌惮地折磨这女孩，这女孩居然还不是奴婢？他几乎要讶然回首了："总不成你还是良家儿女罢？"

青雀儿的声音在他背后抽泣起来："小女子的父母其实是长安郡附近的屯田客。"

"屯田客？"司马师大吃一惊，面色立刻变得沉峻凝重了。屯田客乃是魏朝各地官府招募到民屯官田中为国耕作的雇农，全家都是列名在大司农署下的编户庶民身份，怎么到了曹忠这里竟然成了他呼来唤去、赏罚如意、招嫖敛财的私奴艺妓？

"司马公子，您怎么也想不到我们这些姐妹都是正正经经的屯田客出身罢？"

"那你们怎么会落到这般境地？"司马师皱紧了眉头，低声而问，"曹忠纵然贵为宗室皇亲，却也不可违逆朝廷的律法将你们这些编户庶民纳为私奴啊！你们莫非是自卖为婢于他的？"

"自卖？说起来，我们亦是被逼得等同于'自卖为奴'了！"青雀儿在他身后苦苦一笑，含泪低声娓娓讲了起来，"司马公子，您且听小女子道来：我们的父母族人先前乃是荆州长沙郡的流民，因遭黄巾军之乱而逃到中原，于前朝建安末年被招募到民屯官田里当了'屯田客'。那个时候，我们和屯田部的租税数额是将全年的种粮收成与官府'五五对分'，一年结束之后全家上下还能求得一个温饱。到了本朝黄初年间，屯田部借口文皇帝（指魏文帝曹丕）要用兵江南，便将田租比例越提越高，竟然达到了'官七民三'！我们交不起这么高的田租，就只得向屯田部欠着……

"没想到，这些田租税粮越欠越多，就像滚雪球一样，末了简直是压得我们无法翻身！最后，这个曹忠大人便出面找到我父母下了严令：要么他就以'欠税不缴'之罪将我们全家抄为官奴流放边塞，要么我们全家就从此依附为他名下的'隐户'，给他府中为奴为婢，这两条出路只能任选其一！我的父母族人抵挡不住，为了避免家中男丁世世沦为官奴，就只得做了他府中的'隐户'……而我，因为是女儿出身，就作为私婢被送到他开办的天香阁为他招嫖赚钱……"

司马师听到后来，已是暗自心惊不已，长安郡屯田部的田租比例居然达到了"官七民三"？父亲大人当年就是察觉民屯之制未免伤农太甚，才在四方军镇大兴军屯之业以解民困的。按理说，朝廷自黄初三年军屯之制大行以后，就不应该再有什么借口在民屯之部增加他们屯田客的租税负担了呀！他们的田租比例怎么还会从五成逐渐上升到七成？难道是曹忠他们背着朝廷擅自加重了这些屯田客的租税？想到此处，他心念一动，忽然开口问道："去年和今年你们家的粮食收成如何？有没有欠收？"

"近几年光景还不算太坏。去年我们全家上缴的田租税粮是一百六十余石。"青雀儿哀哀而道，"今年我们家又交给了曹忠一百八十余石……屯田部来人催收田租，反正都是由他们随口说了就算，又没什么定数。他们每年留给我们一家老小糊口的粮食，大约只有六七十石……"

司马师一听，心底暗暗震怒，却不露在脸上："那么，你们长安郡屯田部有多少户屯田客？"

青雀儿思索片刻，低低答道："我们长安郡民屯部共有一千三百户屯田客。"

司马师在胸中暗暗盘算了一会儿，照青雀儿的说法，仅是曹忠所辖的屯田部就收取了屯田客至少二十三万石田租！但曹忠居然还向自己谎称他辖下的屯田客困窘之极，无粮上缴！这当真是欺上瞒下，窃取民脂民膏！

就在这时，他忽觉背心一热，青雀儿那丰润柔美的胴体不觉已贴了上来——他正自惊愕之间，耳根处一阵香甜的气息轻轻掠过，传来了她那细细的声音："公子小心！室外有人来了！"

还没等他反应过来，青雀儿已是装成情欲勃发一般从朱唇间淌出了一串柔腻动人的娇喘呻吟，声音顿时便似一泓春水般荡漾在整个雅室的空间里。

司马师立刻明白了这是青雀儿在演戏给外面监视他俩的人看，就也佯装着出声喝斥道："你这小淫妇！手上轻着点儿！掐痛本公子的臂膀了……"

他俩就这么一喝一和地演了近三刻钟的"双簧戏"才停了下

来——外面在门窗边附耳窃听的人也终于走了。

室内一片寂静之中，青雀儿低低地道："公子，真是难为你了……"

司马师面朝着榻床里边摆了摆手："事急从权，也是迫不得已。不过，本公子还有疑问：你们如果觉得在屯田部里的租税太重，完全可以自行退出嘛，何必非受他们的束缚不可？太祖武皇帝当年不是也有过这样的诏令，'屯田之客，乐为国劳者乃取，不欲者勿强'吗？曹忠他若逼迫你们为奴为婢，你们还可以向御史台举告他呀？！"

青雀儿笑得十分心酸："司马公子您这话便是说笑了！我们自行退出了民屯，又敢往哪里去？国家对我们这些失地流民又没有分过田地！更何况曹忠他们为了榨取我们的血汗和劳力，根本就不会让我们自行退出！至于您说的要我们去洛阳举告他，那更是不可思议——这曹忠乃是宗室皇亲，我们区区草民如何举告得了他？我们是告也无门，退也无路，就只得任他宰割了！"

听到这里，司马师又暗暗动了无明业火。照她这么说来，就真的无人制约曹忠这厮祸国殃民、损公肥私的倒行逆施了？魏朝十余年之煌煌盛世基业，完全是由我父亲大人一手打造而来，怎能轮到曹忠这等的"蛀虫"来妄加毁坏？我司马师焉能对此事坐视不理？

他正欲开口，却听背后青雀儿的声音倏又热了起来："不过，皇天不负苦心人——司马公子，阮籍老师向我们谈起了您是刚正不阿、执法如山的青天大老爷，我们可算把您盼来了……"

司马师听罢，心头顿时如电流一般涌过一阵深深的感动，张了张唇，最后只低低吐出了这一段话："夜深了，你先睡了罢。那些事儿，总是能破解得去的……"

10　谋定而后动，走一步看三步

方菱形的窗口那里，火光仿佛一直烧到了眉睫处，映得人满面彤红。震耳欲聋的杀声破空传来，可见下面战事正酣。

司马昭现在便是身处蛇盘山牛角坡魏军寨楼东北角的这个瞭望室中。这间密室隐蔽之极，位置也选得十分巧妙——室内之人可以从它的窗口清清楚楚地俯瞰到寨下一切人物的动静情形，而下边的人却很难察觉到这个瞭望室的存在。

那名"蜀军"刺客就被绑在他身侧的木柱上，他和司马昭也一样定睛望着窗外，一副难以置信的表情："这……这……这怎么会？强端大帅他自己也是懂得这样发兵硬攻牛角坡是要吃大亏的呀！他怎么这么糊涂？"

"他哪里糊涂了？"司马昭淡然笑道："他不是有四象洞的氐王苻双在呼应他吗？他在这里正面直击我魏军之腹，而苻双则与之响应在后面奇袭我魏军之背——这样一来，我魏军便不得不腹背受敌，似乎会落入他们设下的'左支右绌'之圈套……他这条计策其实盘算得不错……"

"呸！你也不用这么嘲讽他！"那"蜀军"刺客恨恨地往地下唾

了一口，"我曾和强端交谈过，他可没有你说得那么傻——你以为他真不知道？你在牛角坡寨楼这里居高临下占尽了地利之险，他用再多的氐兵前来硬攻，也只会是白白牺牲！四象洞中的苻双若想冲出来和他里应外合，大举反攻，不正是落入你'引蛾扑火'、'以饵诱鱼'的毒计之中了吗？"

"'引蛾扑火'、'以饵诱鱼'？唔……你总结得还不错嘛！"司马昭听罢，深深看了他一眼，"你当刺客真是有些可惜了，倒还有些见识！正如你之所料，本座已让鲁芝将军在四象洞前摆下了一万五千名精兵，苻双哪里能够杀得出来？他越是冒险反扑，他的兵力损失就会越多！"

那"蜀军"刺客的双瞳不禁暗了下来："强端大帅怎会如此轻举妄动？唉……"

司马昭从窗口里遥望着氐兵们密密叠叠前仆后继地冲杀上来，又一批接一批被魏军的"连弩"射倒在血泊之中，唇角微微挑起，露出一丝冷冷的阴笑："氐蛮果然是逞强好斗啊！被本座略施小计就挑引而来了……"

"挑……挑引？"那"蜀军"刺客的两眼一下瞪得如同铜铃般大，"你……你说什么？"

"哦？你自然是不知道的了：三日之前，本座派人给那个氐帅强端送去了挑战书，同时还顺便在书函中夹带了几件'礼物'过去……本座在想：强端必是见到了那几件'礼物'才忍不住亲身率兵前来这里'登门拜谢'的。"

"什……什么'礼物'？"

"不过就是几件他们氐族女子平日所穿的鹿皮兜肚、豹皮短裙，还有氐族小孩素爱玩耍的骨笛、银环罢了！"

那"蜀军"刺客顿时面色惨青："你……你这是拿这些氐族的女人和小孩作为人质在要挟他吗？"

"呵呵呵……你把本座想得太邪恶了。那些氐族的女子和孩子被本座安顿得好好的。"司马昭缓缓摇了摇头，"本座这么做，其实是有两层用意的：第一，本座把这些氐族女人服饰和小孩的玩具送去，是羞辱他强端身为堂堂氐帅却不能捍卫自己近在咫尺的家园和儿女；

"第二，本座也是借此在暗暗讥讽他强端空有壮勇之名却实如妇孺一般怯懦畏缩……这对于好斗成性的氐蛮而言，恐怕是他们所不能承受的奇耻大辱吧？"

"你……你真阴险！""蜀军"刺客狠狠地盯着司马昭，只恨得几乎把满口的钢牙都咬碎了。

"我阴险？这样的招数，你们的诸葛丞相当年又何尝不是也对本座的父亲大人使用过？"司马昭的笑意冷若秋水，只浸得那"蜀军"刺客全身暗暗发寒，"他送来的那一套漂亮的蜀锦巾帼服饰，险些引爆了我魏军当中的一场内乱！胡遵、魏平、黄华那些蛮夫，若非我父亲大人以极大的定力弹压住了，他们不也是差点儿和今天的这些氐蛮一样受不了刺激便去自投罗网了吗？说起来，本座这一招可都是向你们的诸葛丞相认真学来的……"

他正说之间，忽然看到那"蜀军"刺客正直直地盯着窗口外边，眼神里隐有喜色——他循着那个方向看去，只见八九十个氐兵此刻正如狸猫一般举着火把从寨楼的东面飞快地攀爬了上来！他们手足并用，来势极速，一瞬间已爬到了五六丈高！

"好敏捷的身手！"司马昭淡淡地赞了一声，"只可惜……"

他话犹未了，东面寨楼上一直守候着的郭统一个呼哨打将下来，木墙后边应声齐刷刷冒起了一排魏兵，将一锅锅沸水凌空直泼下去——在"嗞嗞嗞"的白汽升腾之中，那些本来就是赤身露体的氐兵顿时被烫得连连惨嚎，如同一只只熟透了的赤虾般纷纷滚落而下……

"唉……""蜀军"刺客悲鸣一声，紧紧闭上了双眼，不忍也不愿再看下去！

外面的杀声终于静了下来，硝烟正在慢慢消散而尽。

梁机健步如飞，走进了瞭望室，向司马昭抱拳禀道："禀告二公子，此番氐帅强端率兵来攻，遭到我军猛力还击，已是大败而逃。"

司马昭眼皮也没抬："他们折损了多少兵卒？"

"从现场他们留下的氐兵尸体和我们追捕到的俘虏来看，氐贼此番总计折损了一千八百六十五名兵卒。"

"四象洞那边的战况呢？"

"鲁芝将军来报：氐王符双亦被打得龟缩而退，氐兵伤亡共七百余人。"

司马昭微笑着点了点头，抬起两道犀利之极的目光盯向了那一脸黯然的"蜀军"刺客，仿佛要将他心底最后一线希望也寸寸割碎："这位兄台，今夜的这场'好戏'你也看完了，此刻心中可有什么感想？讲来让本座听一听。"

那"蜀军"刺客脸色青红不定地剧烈变了几变，最后缓缓垂下了头，待了半晌，突然迸出一句话来："我本是大汉征西将军、南郑侯魏延魏文长麾下的亲兵校尉韦方。"

司马昭听了，微一点头，脸上仍然挂着莫名的深沉笑容，似乎早已料到他会说出这话一般，只低低逼问了一句："韦校尉，那么你现在可服了？"

韦方直愣愣地盯着自己脚下的那块地板，沉沉而答："韦某今夜彻底服了司马公子你的手段。韦某也看清楚了，符双也罢，强端也罢，曹寿也罢，甚至我们季汉的姜维将军，都不是你司马公子的对手。在这乱世之中，你终会成为最后的也是最大的赢家。"

"你所说的前面三个人，的确算不上本座的敌手。但是，姜维将军素有'诸葛孔明真传弟子'之称，想来必有高明之处。本座还没和他交过手，你这话可有些言之过早了，要等某一天我和他一决雌雄之后方能判明论定。"司马昭眉角里尽是清冽而淡漠的笑意，"你还是谈一谈你怎么会从魏延的亲兵校尉摇身一变成了曹寿手下的'细作'罢？"

韦方的神情立刻变得沉痛起来，仿佛被他揭开了心灵深处好大一块伤疤，苦涩地开口讲来："去年八月诸葛丞相病故于五丈原，汉军上下大乱，文长将军挺身而出，本欲总齐三军有序撤回汉中，不料却被奸贼杨仪以阴谋所害。杨仪还罔顾姜维将军之苦谏，将我等诬为逆贼，布告汉中全境，想对我等赶尽杀绝。

"韦某既是文长将军所信任的亲兵校尉，自然也就成了他杨仪的'眼中钉'，所以被他列名缉拿，再也返不得蜀境了。归汉无路，前途渺茫。韦某不得已便遁来凉州，以求苟存于世。后来巧遇曹寿收用，他就让韦某做了细作，专门帮他刺探蜀中军情。"

讲到这里，他顿了一顿，深深而道："其实，这几个月来，韦某瞧着这曹寿并非贤士良材，也成不得令器，早欲脱身而去……这次韦某奉他之命前来刺杀司马公子你，也是韦某为了报答他当初的收用之恩而替他所做的最后一件事儿！如今韦某既是落入司马公子之手，生死尽系于君，夫复何言？"

司马昭听罢，唇角的笑纹透出一丝隐隐的得意之色："本座早就看出韦君你决非碌碌之辈，原来你竟是蜀汉征西将军魏延手下的得力干将！佩服！佩服！难怪氐帅强端竟会奉你为上宾！有你这样既熟悉蜀情又谙知氐情的人才做细作，何事不能顺遂？只可惜曹寿这厮大材小用，反倒拿你来对付本国之人！"

说至此处，他又不禁想起了曹寿此番派韦方对自己的狙杀行刺，便暗暗切齿不已，自己早晚得要设计收拾了这个卑鄙小人！静了一会儿，他才若无其事地继续说道："很好！韦君，你便留在本座身边效力吧！你放心，本座为人别无他长，但'不拘一格，唯才是举'却是做得到的。你看这位梁参军，他当初亦是士卒出身，我司马家却破格擢升，让他做到了今日这般官秩一千石、品阶正四品的副将之职！此番征氐成功回去后，我父帅便要外放他为一方郡守了！所以，只要你肯为我司马家尽心竭诚效力，你将来登坛拜将、晋爵封侯都是不在话下的！"

韦方面容深深一动，沉吟片刻，俯首而道："韦某在此立誓此生唯以司马公子之马首是瞻！"

司马昭闻言，在榻位上倏地直起了身形，炯炯目光凌厉如箭射了过来："你说得很好——但本座凭什么相信你这番誓言是始终如一、永不变迁的？"

"韦某以一腔碧血来保证韦某的誓言，定会恪守终身、永不变迁！"

司马昭没有立即答话，只是沉吟不语。梁机上前来为韦方松了绑，在他身旁冷冷开口了："韦方，不管你讲得如何信誓旦旦，你都须经得起我们的严格考验才好！"

韦方将头重重叩下："司马公子若有什么考验之方，尽管使在韦某身上便是！"

"好！"司马昭双掌一拍，大喝了一声彩，侧头向梁机示了示意。

梁机会意，闪身出室而去。过了半盏茶功夫，他便托着一张乌漆木盘疾步而回，递到了司马昭手上。

韦方抬头看去，只见那张乌漆木盘之上放了八九个煮熟了的剥壳鸡蛋，热气腾腾的。司马昭这时却在胸襟处摸出一方玛瑙雕成的小盒，从里边拿出了一颗大如雀卵、殷红如血的丹丸来，用手指捏着，在韦方眼前一晃："韦君你可知道这是什么丹药吗？"

韦方茫然地摇了摇头。

司马昭的声音里透出森森然的冷气来："这是我魏朝精通玄异之术的太史令周宣大夫和他的高徒管辂合力苦心炼制而成的一枚奇丹。你瞧……"说着，他把那颗赤丹轻轻放在了木盘中那一堆熟鸡蛋的顶上。

过了片刻，热气渐渐散去，那丹丸变得越发红润起来，在白生生的鸡蛋衬托之下，宛然便似一颗鸡血玛瑙般鲜艳夺目，流溢出一股说不出的诡异之美。

梁机取出一柄银匕，将盘中的鸡蛋一个接一个地剖了开来。那些熟鸡蛋里的所有蛋黄，不知何时居然都已变得乌黑如炭、臭味刺鼻！

韦方见了，额上冷汗顿时涔涔而下！这颗赤丹当真是奇毒无比！毒性渗透之力亦是令人匪夷所思！

司马昭拈起了那颗丹丸，注视着韦方，缓缓言道："这颗奇丹名叫'蚀心丸'——'腐蚀'的'蚀'，心脏的'心'。它可是天地间一大异毒，服食了它的人不会当场毒发身亡；它的毒性会在人的体内潜伏下来，在十日之后方才骤然发作。自然，此丸毒性发作之际，就是无药可救之时。但是，在这十日之内，我若给了你独门解药，你尽可安枕无忧。"

韦方死死地直盯着司马昭："司马公子莫非是要用它来考验韦某的忠心？"

司马昭徐徐点头，指上拈着的那颗"蚀心丸"在灯影下透着一股幽幽的血红："本座需要你在这十日之内给本座办成一件大事。不过，你此刻只有服下了这颗'蚀心丸'，本座才能告诉你这桩任务的具体内容。"

望着司马昭眸中越来越深的凛冽寒意，韦方把心一横，咬了咬牙，一伸手便将那颗"蚀心丸"接了过来，猛地往口里一塞，径自把它吞进了腹中，也顾不得拭去额上的密密细汗，正视着司马昭，沉声而道："司马公子，现在你可以告诉韦某是何任务了罢？韦某的这条性命已完全捏在你手心里了，自当效尽犬马之劳，不敢稍存异心！"

看到韦方一口吞服了"蚀心丸"的一刹那，司马昭的脸色才真正变得轻松了起来。他含笑立起了身，踱到韦方面前，拿手在他肩上轻轻一拍，道："很好。你既有这份赤胆忠心，本座就将一桩大事交给你去做：你稍后休息一下便赶回南安郡去，向曹寿传送一个情报，就说氐帅强端前来袭击我的牛角坡大寨，损兵折将退了回去，龟缩在鸡头岭洞穴之中已是锐气大丧，惊魂难定，可谓不堪一击。你要挑动起曹寿的虚妄争功之心，引诱他出城来个'渔翁逐利'，最好说服他亲自率兵倾巢而去，到鸡头岭乘隙偷袭强端……"

"这个任务，韦某可以办到。"

"其次，你在说服曹寿出城之后，再以前去刺探氐蛮虚实为由，抢先奔去鸡头岭向强端透露曹寿这边的军情。这样一来，强端便会率领他手下的氐兵对曹寿来个半途伏击，打得他落花流水……"司马昭讲这些话的时候，眼睛深处闪动着寒森森的光芒，令人不敢对视，"你可知道自己应该建议强端在中途的哪个地方伏击曹寿么？"

韦方双目疾转，思忖着回答："南安郡城到鸡头岭之间的路途中有一处必经之地，就是那个'两山夹一谷，甬道窄如肠'的长风谷。强端他们在那里伏击曹寿，是最为便利可行的。"

司马昭满意地点了点头："不错。只要将曹寿引进氐蛮设在长风谷处的伏击圈，你便尽可抽身遁来，后边剩下的一切事宜就不用再劳你履危涉险了。"

韦方低下了身子，情不自禁地叹服道："原来司马公子早将曹寿算计在指掌之间而天衣无缝，韦某实在佩服之至。"

他略一沉吟，似又想起了什么，径向司马昭坦然而告："不过，司马公子，韦某有话在先，曹寿此人庸碌无为、胆怯才疏，只怕韦某此去未必能够说服得了他前赴鸡头岭偷袭争功……"

"这个你只管放心。曹寿虽然看似胆怯才疏、庸沓无能，但他心性深处的另一面却又喜欢贪小利而昧大略，恃众强而凌寡弱。他以为氐帅强端既已在牛角坡被本座迎头痛击铩羽而归，则必然锐气大伤，易于对付，正是他'坐收渔翁之利'的绝佳机会！再加上他也实在瞧不得本座在他眼皮底下再立新功了，所以一定会萌生贪功争胜之念，得意忘形而贸然出击的。"司马昭侃侃谈道，"更何况你到了南安郡城，本座自有'内线'在曹寿府中与你唱和呼应，联手挑动曹寿落入我们的谋算之中的。"

韦方听到这里，才知司马昭早有细作潜伏在曹寿身边——难怪自己这一次对他的秘密狙刺竟会失手，原来他事先已得到了有关情报！而且，此番自己返回南安城，一举一动也自将落在司马昭的耳目之中了！自己哪有机会玩别的"花样"？他暗暗一叹，抱拳而道："司马公子果然是处处算在人先，韦某自当尽心完成这桩任务。不过，依韦某之见，此时韦某最是应当先行返回鸡头岭去见强端，须得稳住了他，并和他敲定长风谷伏击之计后才可前往南安城挑诱曹寿……您看如何？"

司马昭略一思忖，大喜而道："唔，你这个想法倒还更为周全一些，就依你所言去办罢。你还有什么建议尽管直说，本座自会妥善权衡。"

"请司马公子设个机会让韦某和沙柯赤一道逃出监牢,这样韦某回到鸡头岭后才不会让强端心生怀疑。"

"好。你继续说。"

"韦某先去鸡头岭说动强端实施长风谷伏击之策,可能还要回一趟牛角坡来。您要给韦某一个魏军校尉的首级,让韦某带回去向曹寿交差。否则,曹寿是不会相信韦某的话的。"

"你到时候是应该回来牛角坡一趟,本座会把'蚀心丸'的临时解药让你服下,你便再有十天的时间去南安郡城挑动曹寿了。"司马昭目光沉沉地说道,"不过,你要的这个首级实在是不好找!首先,他的秩级不可太低;其次,他应该是先前曾经热络于曹寿而后又投诚于本座的凉州将士。但这样的人才,本座却是不忍妄加割舍啊!"

"不错。只是司马公子您要三思,为了您的大计终获成功,这个首级还望司马公子割爱相授!"

司马昭负起手来,在室内缓缓踱了几个来回,沉吟良久,终是长长一叹:"本座岂可将帐下僚属的生命视为草芥也?此事断断不可滥行。我另有一计,大约可以替代而行:将曹寿曾经亲眼见过的本座平素爱穿的那件锦衫削下一片衣幅,再染上一些鲜血,交给你罢!对了,我的那顶亮银盔你也拿去——就当是你在行刺本座之际一把夺下的!这两样东西,够你去交差了。曹寿见了这血衫、头盔,必定会认为是你此番行刺有成而不会再加怀疑了。"

韦方细思了片刻,觉得司马昭所言亦是可行,点了点头便向他恭然答道:"难得司马公子您竟有这样一份亲贤爱士的赤诚之心,韦某深感敬服。您请放心,韦某此去必当殚精竭虑、多方谋成,一定不负您之期望!"

夜幕沉沉,遥望着韦方和沙柯赤的身影在魏兵们的追逐下蹿入丛林之间越去越远,一直隐身于寨楼暗角的司马昭这才悠悠叹出一口气来。

"该射出去的箭终于还是射出去了!父亲大人,为了我殷国司马氏独霸关中的大略,孩儿不得不对这些曹家庸郎痛下杀手了!这也是

'以彼之道还施彼身'——孩儿是迫而后应的。"

梁机站在他身畔蹙眉而道："二公子，你觉得这个韦方真的可靠吗？真的能够帮助我们完成肃清曹氏余党的大计吗？"

司马昭没有立刻回答，而是沉静了好一会儿，才缓缓开口讲道："本公子是这么想的：这个韦方既然敢当着本公子的面服下'蚀心丸'，这就至少说明他愿以必死之心向本公子立誓效忠。当然，他也有可能会以必死之心来蒙蔽本公子而效忠曹寿——可惜，这样的举动只有像梁叔您这样和我司马家有通家旧谊之士才做得出来！韦方毕竟是从蜀国叛归到曹寿手下的，曹寿对他并无素蓄久积之恩，亦未以国士之礼待他，他又怎会向曹寿如此效忠尽力呢？

"假设万一韦方回到了南安郡而猝生异动，他终究已服了本公子的'蚀心丸'，性命只可维持十日而已！那么，在这短短的十日之内，他就算捅破了这些'内情'又能搅得起什么风浪来？他本来就是曹寿私自收用的蜀国降将，本公子还可借他之死攻击曹寿'私纳蜀寇'、包藏祸心、事迹败露而杀人灭口！"

梁机听得司马昭竟将这整桩事情算计到如此严密精细的地步，不禁暗暗惊服：这位二公子遇事思虑之深、谋划之精、研判之明，几乎已与司马太尉不相上下矣！殷国司马氏之大业委实可谓"薪火相传、后继有人"了！

司马昭却并未注意到梁机的反应变化，而是沉浸到自己深深的思绪中去了，继续娓娓言道：

"本公子并不仅仅满足于只对曹寿一人予以'文攻笔伐'——真要除去他也很简单，一颗'蚀心丸'就够了！本公子的最终目标是要将曹氏余党的残存势力在凉州境内彻底连根拔除！而在此过程之中，本公子先前所缺的只是一根小小的'楔子'罢了！

"然而，上苍待我司马家乃是何其之厚也！恰在此时，这个韦方却自动送上了门来！他本是曹寿的细作、氐蛮的'内线'，现在又成了我司马家用以反戈一击的'死间'！这样一个'三面细作'，本公子可要好好运用，让他把陇西这盘棋局搅得风生水起、乱中生利、尽归我手！"

当强华这一次被押送上来时，司马昭尽管早有心理准备，见到她还是禁不住心头怦然一动。

温融融的阳光照射下，身材纤长的强华站在那里，宛若一只高傲的鹄鹤，气宇超然而又高华。她那乌云般的秀发已经用一根簪子绾了起来，盘成一座高高的青螺髻，摇曳生姿；她那先前已经习惯了裸露或是裹着皮甲的玉体而今也披上了一层素雅的银色绸衫，领口滚着两弧鲜红的细边，衬托着她颈下蜜蜡色的肌肤，诱人心动。下身换了一袭翠绿的长裙，已将那腿间蛇形的纹身掩去，就连她的双脚也穿上了绣着牡丹花纹的布鞋。

虽然这全身上下的装束都变了，但强华那丹珠般的红唇依然紧紧抿着，秋潭一般的双眸依然透着清凌凌的寒芒，始终流露出来的是一股冷艳夺人之气。

近来心情大好的司马昭放下了酒盏，遥遥把手一招。侍卫放开了强华，任她自己走了过去。

"换上我们汉族女子的衣裳，应该比你先前的打扮好看吧？"司马昭淡淡含笑着说道，"女子赤身露体，在我们汉人看来，可是与山野禽兽之行无异哟！"

强华毫不示弱地盯视着他："我们氐人赤身露体，是因为我们的心灵和身体一样坦诚；你们汉人穿衣着裳，却是因为你们的心灵和衣裳一样让人觉得虚伪！"

司马昭轻轻笑了："我大魏沛郡名士刘伶某日纵酒行乐，脱衣裸形醉卧于空房之中，外人见而讥之。他却反唇而答：'我以天地为屋宇，以屋宇为衣裤，而你等为何却钻进我裤裆之中叽叽喳喳个不休？'——他这话，倒比你刚才所言更有理趣多了！"

"我强华可不听你那些花言巧语——你把我先前身上穿戴的红束巾和豹皮裙还给我……"

"你的红束巾、豹皮裙，我暂时借去做了其他用处。总有一天会还给你的。"司马昭怎好给她明说自己是拿那些东西去刺激和挑引强端了呢？他面不改色，继续笑吟吟地说道："你今天居然能答应穿上汉女的衣裳来见我，一定有什么要求吧？说来听一听。"

强华美目中晶光流转，遥遥望向牛角坡寨楼那个方向，冷冷言道："几日前我的族人们来夜袭了这里……不消说，他们一定又惨败在了你们的手下……"

司马昭深深地看着她，双眸一转不转。

"我……我只求你对我那些被俘的族人们稍稍好一些……我真不希望我的族人们再流这些无谓的鲜血了！"她伸出玉手去慢慢抚摸着自己臂膀上那道被连弩之箭擦破的伤疤，"你们有那么厉害的弩箭和火石，我的族人只能是来送死……"

司马昭的眼中微微泛起了波澜，同时将手高高一举。

胡奋立刻走了进来，垂手问道："二公子有何吩咐？"

"那天夜里咱们擒获了多少氐人俘虏？"

"大概有五六百人吧！"

"准备如何处置这些俘虏的方案报上来了吗？"

"据那些老校尉们讲，依照以前的惯例，应该把他们全部卖去长安做奴隶……"

"你去给孟牧君说，暂时先将这些俘虏关押起来，一个也不许贩卖出去！"

"关押起来？"胡奋忍不住嚷了起来，"可是咱们还有多少剩余的粮食来供养这些氐蛮俘虏？咱们的战士都还没吃饱肚子呐……"

司马昭双目精芒直射："胡奋！你那么多废话干什么？你将来也是要持节掌旌、领兵作战的，本座送你一段话要记着：对抓住了的敌人，咱们能够尽量怀柔收服的，还是要千方百计把他们怀柔收服！咱们来这里是彻底消除氐蛮隐患的，而不是来这里播撒仇恨，循环报复的！至于支用氐人俘虏粮食的问题，我下来会写一封亲笔信给邓艾将军，他会有办法帮咱们解决的。"

说到这里，他语气一顿，抬起眼来看向鸡头岭的方向，淡然道：

"没关系的。其实他们也耗不了我们多少粮食了——战事很快就会结束了……"

胡奋恨恨地剜了强华一眼,以为又是这个氐女给司马昭灌了什么"迷魂汤",就冷冷哼道:"二公子你一世聪明,可不要中了别人的媚惑,让人耻笑!"

他这话一出,强华的脸色顿时变得苍白如纸。

司马昭冷声喝道:"本参军行事自有权衡决断。你去办吧!"

胡奋"咚咚咚"的脚步声渐渐远去了。他走得很用力,仿佛每一脚都要在地上踩出个小坑——这是他通常向司马昭示怒的表达方式。但司马昭却仍是面若止水,对他的泄怒不理不睬。

场中终于静了下来,似乎什么事情都没有发生过。

一阵凉风掠过,有些茫然的强华一个激灵清醒了过来。她咬了咬银牙,终于第一次当着外人的面跪了下来,在铺满了松针和落叶的松软土地上膝行着走到司马昭的席前。

司马昭微低头呷饮着杯中的酒,看也没看她。

在离司马昭还有一尺左右的地方,她停住了身形,抓住自己绸衫两边衣领的手指激烈地颤抖着,许久,许久,猛然用力一分——"嗤"的一声,银白的绸衫如刀劈般一裂而开,高挺而圆润的双峰倏地弹跳而出,一下敞露在了司马昭的眼前!

"你……"司马昭怔住了。

强华脸上露出深深的羞耻与无奈:"这是我对您宽待我们族人的报……报答。您……您尽管享用吧……"她说不下去了,猛地转过头不愿和他正视,而两串珠泪却从她腮边直落而下……

过了一会儿,一双温柔的大手慢慢伸了过来,将她的胸衣轻轻拉上,掩住了她那诱人的胴体。同时,她耳畔传来了司马昭清清朗朗的声音:"不必,真的不必。还是你提醒本座要善待你们氐人俘虏的。该是本座感谢你才对!"

他正掩着强华的衣衫之际,忽觉双腕一麻,原来竟是被强华伸出两手紧紧抓住了,按在她胸前不肯放松。

"你……你……"司马昭使劲挣了几挣,只觉她的纤纤玉手便似铁钳一般难以挣脱,心底顿时暗暗一震:这氐女素来身手高超,难道这时她竟想对自己有所不利?

强华紧抓着他的双手,脸庞却侧了开去,眼睛直盯着他处,声音犹如冰块一般又冷又硬:"怎么?你是嫌我丑,还是怕我真的就媚惑了你?"

司马昭脑里"嗡"地一响,双掌被她紧紧压在了她的胸脯上,虽然隔着一层绸衫,但也能感觉到掌下乳峰的温热与弹性——一刹那之间他浑身体内的血液都似燃烧了起来!

然而,司马昭不愧是司马昭,心念一荡之下,暗感不妥,便猛地一咬舌尖,以剧烈的疼痛保住了自己灵台的那一片清明:"强华,你放手!君子爱美,但却求之有道。我可不希望在你心中留下恃强凌弱、仗势欺人的印象!"

听了司马昭从胸腔深处蹦出来的这番话,强华蓦地呆住了,转过眼来深深凝视着他,双手也终于渐渐松了开去。

司马昭替她挽好了绸衫上最后一个扣结,然后退回了席位上,用一支竹筷轻轻敲着碗边,慢声吟了起来。

　　西方有佳人,皎若白日光。
　　被服纤罗衣,左右佩双璜。
　　修容耀姿美,顺风振微芳。
　　登高眺所思,举袂当朝阳。
　　寄颜云霄间,挥袖凌虚翔。
　　飘忽恍惚中,流眄顾我傍。
　　悦怿未交接,晤言用感伤。

强华默默地听着,虽然并不全懂这些诗句的意思,但双颊之上还是不知不觉浮起了一片淡淡的红晕。

夕阳宛若一团温暖而浑圆的红球，徐徐沉入了远方的天际线。深蓝色的天幕一角，柔白的月亮正悄悄露了上来，像银盘一般高高悬着。

长安城东郊外的虎头丘上，羊祜席地而坐，抱着双膝仰望着黄昏时分独有的美景，眉目间流露出无限的依恋来。

正在这时，他身后的丛林之间蓦然传来一声长啸，犹如龙吟沧海、凤鸣九霄，清越入云，余音袅袅，绕耳不绝。

但羊祜仍如一座石像般兀自寂然而坐，似乎全然不为这清啸之声所动。

啸音渐息，岩石后面绕出一个衣衫不整、散发蓬须的青年儒士来。羊祜这时才回头看去，只见来人正是阮籍。

阮籍哈哈笑道："叔子闻我龙吟之啸而不动心，涵养修为实在了得。"

羊祜依然安坐如树，微微一笑："嗣宗之啸，已得世外超然脱俗之真意，非天纵异士而不能共鸣相和！祜系心于尘世俗务，岂有这等清旷之趣可以与君分享？"

"尘世俗吏会到这丘林之间逍遥独坐吗？"阮籍笑眯眯地在他身畔坐了下来，"你若真是俗吏，阮某今晚便决不会到你身边来了。"

"谢谢嗣宗你如此青睐于我！"羊祜诚恳地说道。

阮籍拿起腰间葫芦喝了一大口酒，举目往四面打望了一下，忽然问道："叔子，你坐在这里潜观冥思可有什么感悟？"

羊祜沉沉而叹："我想到了，这眼底下的长安城在千万年前或许还是一片汪洋，而你我此刻所在的这座百仞之丘，在千万年前可能还是一个凹谷。我又想到了，千万年后，那长安城说不定又会变成一片汪洋；而你我眼下所在的这座百仞之丘，也许终将又回复为深深的沟壑。白云苍狗、沧海桑田，连金汤之城、凌云之峰尚且不能常存于世，又何况你我的肉身之躯乎？"

"是呵——你家乡的泰山虽然号为五岳之首，说不定在黄帝之时亦不过只是若你我身下的这座小丘一般而已！"阮籍显然早就察知了羊祜的来历，脸上笑意深如秋水，"不少士人，比如何晏大夫，他便认为，肉身之躯既然不能常存，就莫若及时行乐道遥度世！"

羊祜却灼灼然看向他来："其实何大夫说得有些不对，在这古往今来的千万年间，还是有些东西是永存不朽的。"

"哪些东西？"

"往远了说，孔圣之仁、孟子之义、荀卿之智、老君之道、管仲之术、庄周之逸，皆可流转千载而不朽！往近了说，太祖武皇帝之功、大汉敬侯荀令君之德、当今司马太尉之能，亦是可以光耀千秋而永存的。"

阮籍呷了一口美酒，悠悠问道："那么，叔子你现在所追求的又是哪一样东西呢？"

"大汉敬侯荀彧荀令君之巍巍功德！"羊祜肃然而答，"他是羊某毕生心慕足追的楷模。"

"好，好，好。"阮籍嘻嘻笑道，"叔子笃志力行、勤砺身心，日后定能成为大汉敬侯荀令君那样的一代圣贤！"

羊祜瞧着他双眼的那两道目光忽地一定："莫非嗣宗不信？"

"哪里，哪里！"阮籍急忙敛起了嘻笑之色，正容而道，"阮某真心相信叔子你一定能功德圆满如荀令君！"

羊祜这才缓和了颜色，只深深一叹："此事谈何容易？荀令君固然智谋盖世、贤德超人，但他也须得遇上太祖武皇帝这样的英主明君方能一展所长，名留青史啊！"

阮籍听了，目光电转，沉吟许久，正视着他说道："叔子你既为夏侯氏之姻亲，何愁不能借得东风而一展所长？"

羊祜眸中精芒一闪："谁是东风，谁是西风，嗣宗你这几日在长安城中亦当看得分明了罢？"

阮籍何等聪明，一下明白了他心意所指，只淡淡说道："可惜你心驰于岸而身在舟中，实在是牵绊太多……"

羊祜的神情微微僵住了："嗣宗果然明察秋毫！"

阮籍马上又逼上来一句："你若秉之以公、守之以义，任何牵绊亦当不足为虑！"

"秉之以公、守之以义?"羊祜若有所悟,双眸顿时粲然一亮,"多谢嗣宗指教,祜受用不尽!"

阮籍这时才抬起头来望向那变得愈加明亮的一轮皓月,缓缓而言:"司马子元虽然此时还未必有太祖武皇帝那般的雄才大略,但他丝毫不缺太祖武皇帝那样的刚明磊落。凭此一点,他已值得有识之士为之效忠矣!而他的弟弟司马子上,自然更是不用说了,忠肃宽明、乐善好施,尽得司马太尉之长……"

羊祜重重地点了一下头:"祜知道自己应当何去何从了。"

阮籍不再多言,将话题移了开去:"听说这一个月来叔子随同司马子元东催西逼,不惜冲撞了许多世家、豪门,终于还是筹到了七十万石粮粟——然而,似乎离三百万石征粮任务还差着一百万石呐……这些虽是尘世俗务,也够让叔子你烦心了吧?"

羊祜心底一动,故意试探他道:"嗣宗你既已灼知此情,可有锦囊妙计相授?"

阮籍托起了葫芦在掌上,对着那月轮仰头痴痴看着:"阮某哪有什么锦囊妙计?阮某只知道这长安城里的美酒既好喝又好多,不像洛阳那里……弄得阮某都舍不得离开这里了……"

"你……你……"羊祜顿了一下双脚,正欲出言规劝他少饮酒莫误事,蓦地脑中灵光一亮,闪过了那个"酒"字!他不禁停住了动作,倏一转念,心头立时豁然开朗,脸上喜色大绽:"原来嗣宗你果然是'揣着明白装疏狂'啊!你为何不去告诉司马参军呢?"

"你又何尝不是对这些事儿'心如明镜'?竟还拿话来试探我!"阮籍歪歪倒倒地站起了身,头也不回,径自扬长而去,只丢下一段话来,"阮某无志于做荀令君那样的一代圣贤。那些俗务琐事,还是让你这'心系社稷、志存天下'的圣贤之士向别人说去……"

炎夏六月,长安城竟似成了一座大蒸笼,热得让人几乎喘不过气来。

司马师坐在绿荫掩映下的院角精舍里,虽不如外厢的人被热得坐卧不安，但双眉间也不禁蹙起了一个深深的"川"字，直把手里一纸书函捏得"沙沙"作响！

桓范这个老家伙！又发来书函催促自己尽快完成征粮任务了！他这十余日来竟已一连发了三道催函，一次比一次逼压得紧！而且，听说他还去了亲笔文牍指责父亲大人"居功不虔、办事不敏、迂缓迟滞、误国殃民"！这对父亲大人的声誉也实在是颇有暗损！

"砰"地一响，司马师将桓范那道催办函一下拍在案几之上，恨恨地自语道："大司农署也太严苛了，简直是无理取闹……你桓大夫有本事，怎么自己不去别的地方'挤'出一百万石粮粟来？只知道咬着父亲大人不放……"

他正在暗暗生怒之际，室门"吱呀"一声被推开了。只见司马望和他的老朋友关中监盐谒者罗杰正抬着一大筐西瓜走了进来："子元，你且先吃几个西瓜解一解渴吧！"

司马师的自制之力立刻便表现了出来，他不动声色将桓范的那道催办函一下拨拉到文牍堆里去掩盖住了，脸上也随即绽现了笑容："好！好！好！师正渴得有些冒火呐！子初兄你把那裁简截绢的钢匕拿过来，我切几个和大家一齐尝尝！"

"司马参军，这西瓜可是我们监盐署'孝敬'您的。哪里便要您亲自动手呐？"罗杰从旁一伸手抢过了司马望手中的钢匕，拿去就开始切起了西瓜，"您等着稍会儿大享口福罢！"

司马师知道这罗杰乃是父亲司马懿当年麾下的僚属故吏，在太和初年推荐到时任度支尚书的叔父司马孚手下做了监盐谒者，和自己司马家有着非同寻常的关系，便和他开玩笑道："罗君，你的'监盐署'可是关中肥得流油的地方，今儿也显得太小气了，只送一筐西瓜来！本参军还以为你要装一筐'金瓜'来呢！"

罗杰一听司马师这话，立刻放下了手中的钢匕，垂着双手弯下了腰，恭恭敬敬地说道："司马参军，您这是在取笑罗某了！罗某一向谨遵太尉'清以修身、廉以守职、俭以养德'的教诲，从来不敢在盐务之上稍存贪墨滥取之念！"

"好了，好了！"司马师呵呵一笑，挥手止住了他的话语，"本参军这是在和你开玩笑呐！你还是切开了瓜来尝尝罢！"

碧绿如玉的瓜皮被晶亮的钢匕轻轻一划就迸裂开来，红脆脆、粉嘟嘟的瓜瓤"哗"地一下冒到了眼前，只引得司马师恨不能立刻上去便大咬一口！

司马望拿了一片西瓜递了过来："子元，这可是罗谒者苦心寻觅而来的极品甜瓜——比'金瓜'还珍贵呐！据说，它可是秦朝'东陵侯'召平的后人遵照祖传秘方种出来的'东陵瓜'……"

"这是'东陵瓜'？"司马师猛咬了一口，只觉此瓜清甜无比，味美如蜜，不禁"呵呀"一声大赞出来，"好甜！好甜！实在好吃！"

他吃了几口，忽然停了下来，向罗杰道："你把这瓜给太尉大人和子上也送几筐过去，让他们也尝尝鲜！"

罗杰笑得脸颊边的肉都挤成了一团："罗某早已让下人给太尉大人和子上公子准备好了……"

司马师略一转念，又吩咐司马望道："子初大哥，待会儿你亲自下去挑选几筐上好的'东陵瓜'，以征粮署的名义给甄德太守和曹忠校尉送过去，就说是本参军为他们精心准备的一份心意，请他俩务必笑纳！"

"好。"司马望点头而道。

司马师吃了两个"东陵瓜"后，拍了拍自己那鼓了起来的肚子，揩净了满手满嘴的瓜汁，向司马望、罗杰道："今儿真是谢谢你俩了，你俩自己去忙罢。顺便帮我把牛恒大伯招呼进来，我有要事与他相商！"

过不多时，牛恒风风火火地赶了过来。司马师让他闭了室门，从案上文牍堆中找出那份桓范的催粮函，捏在手里卷了几卷，徐步踱到牛恒身边，在他眼下翻开看了，叹息道："如今大司农署逼得太紧了，牛大伯您看咱们是不是应该'另谋巧径'了？"

"大公子的意见是……"牛恒盯着他沉吟而问。

"牛伯父，师近来听到一些风声，据称长安民屯部的存粮并不匮乏，是被曹忠刻意隐瞒了没有上报……"

牛恒听到此处，眼波不由微微一动：这位大公子，他终于还是依靠着自己的耳目见闻触摸到了一些真相的内核！自己正发着愁什么时候才该从旁巧妙地点拨一下他呐，没料到现在他本人却先察觉出来了。于是，牛恒压低了声音向司马师道："大公子果然高见，牛某也怀疑到这一点了。只不过，曹忠既已刻意将民屯存粮隐瞒不报，我们去他们的屯田部现场搜检也未必能够查获到什么。"

"不错，您现在去屯田部搜查自然是查不到什么。说不定那些民屯存粮早被曹忠他们转移到隐蔽的地方深藏起来了。"司马师亦是天资颖悟之人，被牛恒一语点通，便马上想出了对策，"但俗谚有云'雁过留声，云过留影'，他曹忠既然已有隐瞒匿粮之举，就必定会多多少少留下一些蛛丝马迹。您让咱们设在长安郡的'细作'尽行出动，布下天罗地网予以搜检，一有消息就立刻前来禀报于我……"

牛恒听罢，迟疑了一下："大公子你真的决定和曹忠他们彻底'摊牌'了？太尉大人那里要不要先去请示一下？"

司马师拿起桓范寄来的催粮函"哗"地又抖了开来，忿然而道："您刚才也看到了，桓范这老倔头天天发来这些'催命符'硬逼咱们，咱们也是退无可退了！咱们就差去长安街坊里向百姓抢粮、偷粮了！难道还真瞧着曹家这些'大蛀虫'白白贪粮不管？大魏还有没有纲纪了？"

他讲到这里，心神定了一下，把桓范的催粮函又紧紧卷了起来，肃然吩咐道："牛大伯，您先下去搜集到曹忠他们私窃民屯存粮的真情实况再说！太尉大人那里，待到时机成熟之后，我和您一齐去向他当面禀报请示！"

"好，牛某立刻遵命去办！"牛恒做事一向是明敏快捷，马上行了一礼便出室而去了。

待他走得远了，司马师才轻叹一声，缓缓坐回到了榻席上，目光一下变得异常深沉起来：这些曹氏宗亲贵胄们只恃着父辈当年从龙沛郡的勋旧关系便躺在后方骄奢淫逸、作威作福、窃国殃民，从今天起他们在关中二千六百里之域的"好日子"就算是过到头了！而这一切，都该当仁不让地由我司马家来终结！

他正暗暗思虑之间，室门被人从外面轻轻地敲了几下。

"进来！"司马师急忙敛回了思绪，定住了心神，向门口处肃然望去。

随着一阵淡淡的熏香轻风，白袍如云的羊祜缓缓走了进来。

司马师一见是羊祜，便松弛了面容，用袍袖拂了拂自己左侧空席上的灰尘，招了招手，含笑而道："杨君，来，来，来，刚才子初送了一筐'东陵瓜'来，你也吃几块解解暑吧！"

羊祜淡笑着谢过了，顺势坐在了他左侧，一开口就谈起了公事："司马参军，如今咱们从关中诸侯邑户那里征收义粮也差不多都征齐了，您接下来可是要准备动那些商户富贾了？"

"商户富贾？一个多月前咱们不是才在征粮署后院借了卜力奇、穆多提等西域商人之口演了一出'绝妙好戏'，稳住了关中市场吗？怎么，依杨君之见，你也觉得咱们该对这些关中富贵们'开刀硬动'了？"

羊祜目光一闪，寒若冰芒："司马参军，正所谓'此一时，彼一时'也。那个时候我们要稳住关中市场，所以对他们不得不曲意周旋；而今，我们已然征了不少粮粟垫底，也就不怕他们此刻生事作乱了。这也没有什么妥当不妥当的——商贾素为贱民末业，汉武帝之时便经常拿他们'开刀'以补军国之用。司马参军你真要对他们下手，似乎也不算授人口实。"

司马师听了他这番话，不禁沉默了下来，思忖良久，方才肃容而道："杨君，师本敬你为一介仁人君子，所盼者在你以刚健中正之道教我诲我。却不料你也和那些庸士匹夫一般授我'阳予阴取、欲擒故纵、勾心斗角'之诡诈小术！师虽不才，焉能行此不仁不义、无诚无信之妄举乎？

"况且，商贾亦为国之庶民也，只不过所操之业与众不同而已！他们中间大多数人亦是如同范蠡、白圭那样依靠自己的艰辛经营而获得财富的，这和我们儒林文士阅经习典而获取义理知识没什么两样。人家可以自愿捐粮，但我们官府却不能以权势威逼和压迫人家纳粮，否则，这与盗贼又有何异？"

听了司马师这一番义正辞严的反驳言语，羊祜丝毫没有羞恼之色，白皙的面庞上却渐渐泛起了深深的笑意："好！好！好！杨某适才出言无状，动了刻薄寡恩之念，还请司马参军见谅！司马参军方才这一席话，足可称为经纶世务之至理名言，你实不愧为义利分明、是非分明的真君子！"

司马师盯了他一眼，缓声而道："杨君，你我之交，贵在知心，到了今日今时，你居然还拿这些似是而非的话语来试探本座吗？本座胸中装着的可不是一时一事之功利，而是千秋万代之公义！本座希望这长安城中的父老百姓在百十年后对本座此番所作所为亦无异议歧念方才心满意足！"

羊祜敛容颔首，躬身行了一礼："司马参军能有此志此愿，实乃关中父老百姓之幸！不错，杨某也赞成你这种不能对商户富贾肆行'开刀拔毛'的想法，不过俗谚有云，'事有两极，情可两分'，那些遵纪守法、经营有道的商户富贾，我们可以不去动他；但倘若遇上一些依恃豪门霸权、吸食民脂民膏的奸商恶贾，似乎还是可以开刀一试的。"

"奸商恶贾？杨君此话怎讲？"

"司马参军，你应该察觉到了，我长安市坊与西域各邦贸易往来的最大一桩生意就是美酒售买！西域各邦最喜欢的就是我们中原的美酒佳酿，为此他们不惜以珠玉宝器、牛羊皮货来大量购换。你去西坊里边的'售酒一条街'逛一逛就知道了，在整个西坊对外交易市场的份额当中，光这酒水生意一项至少便占了十之五六！也正因如此，我们这里的酒肆、酒商特别多……"

司马师听到这里，不禁心神一震，立时明白过来：杨护（羊祜）这话里透出的意味实在是大有蹊跷——按照魏朝的律法规定，由于酿酒耗谷伤农，所以国内美酒的酿造和销售只能由官府垄断，断断不许私人染指，而且官府售酒所得的全部收入都要归于国库，郡县府衙均不得截留挪用。因此，"酒商"一说，本来是不能成立的。于是，他"咦"了一声，诧异而道："你说得也是，这里的酒店、酒商如此之多，难道都是你们长安郡府治酒曹下的产业？那么，你们治酒曹的售酒收入岂不是很好？"

羊祜慢慢低下头去，却不与他正视，而是将自己衣袍上的褶皱徐徐理平，款款言道："司马参军你有所不知，在我长安城内，原本该与其他州郡一样，所有的酒店都当由郡府的治酒曹予以管理。但我们长安城的情形有些不同，长安城里除了治酒曹之外，还有钦旨特批的几家酒庄可以酿酒！"

"哪几家？"

"故大司马曹真当年在世之时颇好饮酒，便以辅政大臣的身份压着尚书台批下了一道圣旨，允许曹真和他的兄弟，即曹璠、曹彬等人建庄造池自行酿酒食用，并赐名为'丰沛酒庄'。为什么会赐'丰沛'之名呢？由于曹氏祖籍宗祠是在沛郡丰县，所以才有'丰沛'一名。而全国各州，也只有我们长安城的曹氏宗亲可以享有酿造私酒之权。"

司马师鼻孔里冷冷哼了一声出来：这曹真打仗虽然不怎么出色，但以权谋私倒是一等一的好手！

羊祜顿了一下，有些诧异地瞧了反应过激的司马师一眼，又继续说道："如果丰沛酒庄酿造私酒单单是为供应曹真兄弟饮用也就罢了，然而曹璠、曹彬他们还把这些酒拿出去与西域客商做生意，用来交易金银珠宝、绫罗绸缎、牛羊马匹……"

听到这里，司马师便打断了羊祜的话："我懂得你的意思了，这长安西坊'售酒一条街'上的酒店、酒社其实都是曹家以'丰沛酒庄'的名义卖酒给他们的……"

"不错。司马参军你果然颖悟过人！"羊祜双眸一亮，看向司马师的目光里又多了几分佩服，"朝廷的旨意本是只让他们酿酒自饮而已，但他们拿来售卖以谋私利，又有谁敢过问？颜郡丞先前去函质询过几次，也拿他们无可奈何。其实，本来我们长安府的治酒曹也能售酒以成公益，不会眼红他们'与官争利'，但说来蹊跷，在这长安城中，曹氏丰沛酒庄的售卖一直红红火火，炙手可热；可是我们治酒曹却是冷冷清清，几乎关门大吉！更谈不上为国家开源增收了……"

"怎么会有这等情形？"司马师惊疑不定，"难道是你们治酒曹的人不懂售酒之道？"

这个时候，羊祜却静默了下来，许久没有开口。在司马师一再催问之下，他才徐徐答道："其实这里边的缘由也非常简单：因为丰沛酒庄不知为何总有那么多的粮食拿来酿酒销售，而长安府治酒曹却因税谷征收不足而始终无法酿酒销售！"

司马师一怔：对啊！酿酒是需要粮粟的啊！一斤酒液酿将出来，至少需要耗掉三四斤的谷米！他大吃一惊："如此说来，丰沛酒庄的酿酒之粮竟会囤积得比你们官仓里的还多？这……这是什么缘故？"

突然间，他脑中灵光一闪，联想起了曹忠治下的那些民屯公田里被隐瞒上报的粮谷收成……它们难道便是流入了丰沛酒庄的酿酒池窖里？

司马师的目光一下变得犀利异常，笔直地射向了羊祜："杨君，原来你弯弯折折说了这么久，最后就是想告诉本参军这些机密底细啊！你难道就不怕曹璠、曹忠他们会疯狂报复于你吗？还有，你为何竟肯如此死心踏地地帮助本参军和他们一决雌雄？"

11　捉贼捉赃，硕鼠一锅端！

这一场下了整整一夜的透雨，在仲夏季节里可以算得是贵如油脂了。它把庄园里的花卉杨柳全部洗得干干净净、清清爽爽的。

碧空无波，游云似鱼，白日高照。远处的那些青山绿野、曲桥清流一下变得近了许多，仿佛化成了一幅清新鲜丽的山水彩画悬在眼前，几乎触手可及。

张春华坐在司马府后院假山的"凌空亭"上，倚着白柏木的栏杆，遥遥眺望着亭外的风景，只觉一阵阵带着泥土芬芳的微风吹拂而来，全身上下竟是说不出的凉爽舒畅。

洛阳的朝局近段日子里虽然风生浪起、纷纷扰扰，但自己终于还是替夫君稳住了场面，没有让桓范、何晏他们坐大成势；自己也该好好休息一下，这也算是对自己劳苦功高的一个补偿了！她唇角微微露出了笑意，慢慢回过头来，看着在亭中侧席端坐着的儿媳王元姬，轻轻问道：

"元姬，你今日陪为娘出来散心可还惬意？"

"谢谢母亲大人。孩儿今日陪您出来散步，觉得心旷神怡，全身舒泰，实在是惬意。"王元姬垂低了柳眉，右手轻轻放在了自己隆起的小腹上，双颊边现出了一丝甜甜的笑纹来。

"昨日为娘进宫去见到了郭贵嫔，"张春华向自己的侍婢鹊儿招了招手，"前几天她的侄儿甄德遭到了曹璠、曹忠从关中呈上来的弹劾书诬告指控，是你的父亲王大夫和卢毓大人出面帮他挡下来的。郭贵嫔托为娘转送给你一匣产自江东的五色珍珠，以示她的谢意。鹊儿，你且拿来给少夫人瞧一瞧……"

"不……不用了。"王元姬连忙止住鹊儿，"帮助甄德化解弹劾之厄一事，其实完全出自母亲大人您在朝中元老大臣们之间的穿针引线之功。这一盒珍珠，孩儿如何受得？还请母亲大人收下罢。"

张春华又劝了几句，见她执意不肯，就只得罢了。她的目光缓缓掠过王元姬的腰腹，又颇为关切地说道："昨晚子上从凉州送回了八盒鲜牛奶酥，稍后为娘让下人都送到你室中去。你吃了也好养身宁胎。"

王元姬慌忙扶着自己的腰背半跪在席上，谢道："母亲大人待孩儿实在太厚了——子上也让人给孩儿捎了六盒鲜牛奶酥回来，孩儿够吃了。那八盒还是您留着享用罢……"

"元姬你不必再推辞了。这件事儿，就这样定下了。"张春华摆了摆手，语气里柔中带刚，不容违逆。王元姬低下了头，只得允了。她这才又绽颜笑道："元姬啊！你知道这鲜牛奶酥怎样吃效果才是最好的么？先用银匕切下一块，放在热水里化开，再泡上一些菊花屑和蜂蜜，你便可以慢慢饮服了——这样既能养身补胎，又可清热去火。"

"孩儿谨记母亲大人的吩咐。"

张春华又道："这段日子里，你闲暇无事之际也可以多抄多诵一些《孝经》《老子》《庄子》等高明中正、典雅潇逸的书籍篇章，用来安心澄神。不宜用脑太过，亦切勿用情太甚。这其实对你养身护胎是最有益处的。为娘当年怀上子元、子上之时，就是照着这些方法去做的。"

"母亲大人说得极是。"王元姬含笑点了点头，也款款进言道，"母亲大人亦是劳苦功高，总也要常常注意怡神养身才好！"

张春华听了这话，只淡然而笑，并不回答。是呵！王元姬虽是这样劝着，但司马府内内外外一桩桩、一件件的大事儿压将上来，为娘又哪里轻松得起来？而这些事情，暂时又不是元姬你所能分担的。为了元姬你的身安神怡，为娘不就是特意把子上在蛇盘山遭遇刺客伏击一事全然隐瞒了下来不让你知晓后担心吗？"

王元姬见张春华没有答话，以为自己方才那话讲得不够妥当，便又敛色道："母亲大人为本府之事如此劳累，孩儿自恨怀有身孕而不能分劳，实在是惭愧之极。"说着，眼角竟是滴下泪来，一颗颗泪湿了衣襟。

张春华急忙伸手递去了一方丝帕让她自己拭泪，同时宽颜温慰道："元姬你不必如此自责——辛夫人来函称她侄女羊徽瑜已经见过了子元，并对子元的种种表现十分满意。可能在此番征粮之事毕之后，他俩便会择个吉日成亲了。

"羊徽瑜这女孩，你应该也熟悉吧？她是你的一个远房表姐，你母亲算起来也是她的一个姑母呢！有了她这个好姐妹进得我司马府来，你应该会高兴吧？"

王元姬的母亲羊夫人确是羊徽瑜的远房姑母，她自己从小也和羊徽瑜同窗玩耍，所以确是非常熟悉。听到张春华如此问起，她就含笑答道："徽瑜表姐素来知书达礼、聪敏多才，过得我家府门来后应该是能为母亲大人您分担一些内外杂务的。"

"所以，元姬，你便大可不必为府中那些琐事萦怀乱神了，只管养身宁胎就是。"张春华悠悠笑着又让鹊儿给她递了一盘朱红李子过来，"你尝尝这些水果罢……"

吃过几道果点之后，王元姬觑了个空隙，又微笑着开口言道："对了，孩儿听闻母亲大人您现在已决定让三弟（指司马昭的三弟司马干）随同寅管家锻炼才能了？三弟个性外清旷而内缜密，倒是真可为我司马家又树一栋梁以广基业了！"

张春华放下了手中正吃着的甜饼，抬眼直视着她，淡淡说道："子元、子上这些年陪伴他们父亲在外边大显身手，立功拓业，我这子良（司马干字子良）也确实该在内务方面助我一臂之力——有些事情，还是同胞兄弟办得更要尽心一些。"

王元姬自是点头叫好，沉思了一会儿，讲道："母亲大人，孩儿胸中有些看法，不知当讲不当讲？"

"但讲无妨。"

"依孩儿之见，伏二娘膝下的亮弟、伷弟、骏弟都是颇具才干，可以如三弟一样为我司马府分忧解难的。"

她口中所说的"伏二娘"是指司马懿所纳的妾室伏夫人，"亮弟"指的是伏夫人所生的司马亮，"伷弟"指的是伏夫人所生的司马伷，"骏弟"指的是伏夫人所生的司马骏。伏夫人出身于兖州琅邪郡久享盛誉的伏氏一门之后，其先祖曾为前汉名臣晁错的授业师傅伏生，其堂姐为汉献帝故皇后伏寿。因遭当年曹操屠戮伏氏一族之余殃，伏夫人窃归乡里，于黄初年间法网稍弛之后才由司徒王朗（王元姬的祖父）介绍给司马懿为妾。伏夫人素来多才多艺，嫁入司马府之后，自知己为魏室仇家后裔，为免厄难而从不抛头露面，一意以训导抚育诸子为本业，所以，她的儿子司马亮、司马伷、司马骏等个个堪称聪敏善学，声誉几乎不在司马师、司马昭之下！

张春华听了王元姬这番进言，半晌没有应答，而是慢慢拿起一枚龙眼剥去了皮壳往口里咽了，再向鹊儿伸来的掌心里吐了果核出来，淡然而道："不错——这几日亮儿、伷儿、骏儿到为娘这里请安问候得倒比平常真是殷勤了许多。为娘瞧着他们个个出落得一表人材、英华毕露，也很高兴。不过，元姬，你现在便这般垂青于他们，就不怕将来他们名声大噪之后夺了你家子上的风头？"

她这话来得太沉重了，压得王元姬慌忙伏下身子："母亲大人此语分明是让孩儿手足无措了！俗谚讲'独木难成林，单丝不成线'，孩儿以为亮弟、伷弟、骏弟他们将来有朝一日头角崭露，对我司马家的雄图伟业终会是有所裨益的。"

张春华幽幽地看着她的后颈，心念如闪电般疾转起来，这伏夫人一向与王元姬所属的山东王氏一脉渊源极深，王朗、王肃都是伏生一派前汉儒学的推广者，所以，伏氏与王家的关系也一直十分密切——而据传伏夫人在当年隐居避难之时就是王元姬幼年的闺门教师。那么，她此刻意欲引入司马亮、司马伷、司马骏参与府务，便单单是为了世交通家之谊而向伏夫人示好吗？又或许是，她王元姬有意拉拢伏夫人和司马亮三兄弟为己所用？这样看来，王元姬年纪轻轻，却已懂得在司马府中暗暗培植人脉势力，倒真是不可小觑！唉……这些小辈当真是越来越厉害了！话又说回来，既有这般心计深沉的儿媳，对我司马家应该算是一桩幸事吧？子上若能得她内助，岂不是"后顾无忧"？说起来，我司马家意欲成就"扭转乾坤、以马代曹"的大业，还真缺不了王元姬这样的"贤内助"！于是，张春华放宽了心，也搁下了素日与伏夫人之间隐怀的妻妾正偏之歧见，雍容而道："很好！很好！元姬，你能这么想，自然是我司马家之福。稍后为娘便让寅管家去吏部说一声，找个职事先让亮儿、伷儿历练着。至于骏儿嘛，年纪还小，不如且送到陆浑山胡昭高士那里储学养才罢！"

王元姬大喜道："孩儿代亮弟、伷弟、骏弟他们谢过母亲大人了！"

张春华把手轻轻一摆，似有心又若无意地问了一句："对了，元姬，为娘听说你和昭儿曾经私下约定，你俩成婚之后，昭儿便永不纳妾了？"

"是的。"王元姬郑重答道。

"你是用什么理由使昭儿心甘情愿地做出了'永不纳妾'的决定了呢？"张春华似乎对这一问题显得颇有兴致，继续追问了下来。

王元姬恬静地笑了，语气和缓而坚定："孩儿在新婚之夜对子上说：'我王元姬这一生必定能够做成子上君最好的妻子，好到让他不再为其他任何女子动心。'我会竭尽所能帮助子上君一步一步最终达到他的雄图伟业。而对我这些艰辛奉献的回报，就是子上君永远不能再纳侧妾。"

"呵呵呵……"张春华笑了，眼角边都笑出了晶莹的泪花，"元姬你好大的口气！好好好！为娘当年嫁给子上父亲的时候就没有你这般信心勃勃过！看来，你今后在我司马家的作为一定会远远胜过为娘的了！子上能有你这样的妻子，实在是他莫大的福份！"

这时，她心底却想，从梁机那里传回的消息，据说司马昭在蛇盘山和一个氐族女子关系暧昧迷离，自己原本还为王元姬暗暗捏了一把冷汗。然而，既然她话语中如此信心笃定，那个氐女就应该在司马昭那里占不到什么优势去！自己当然也可为王元姬放心了。

　　听得张春华这些言语，王元姬脸颊上已是绯云轻扬，显出了几分忸怩来。

　　张春华此刻却转换了话题，肃然道："对了！你日前曾言做过一个异梦：一轮红日从天而降，坠入你的怀中隐没不见。这可是大大的吉兆啊！为娘已经将这一情形禀告子上的父亲知道了。他来了复函，说：如果元姬此番诞下的是孙儿，便为我司马家的长孙了，因有日胎之祥，特赐其名为'炎'，蕴含'炎火从此大'之意。同时，给他取字为'安世'，寄望于这孙儿将来具有'安世济民'之才略！"

　　王元姬何等聪明，如何不知婆婆这番话语的"言外之意"？她这是表明了父亲大人对自己和子上的格外看重啊！自己若是能够为司马家诞下长孙，那么自己和子上的地位便会在司马氏一族之中赫然凸显的！子上在司马府里发挥的作用将会更加举足轻重！于是，她顾不得有孕在身，欣然以额触地深施一礼："孩儿与子上多谢父亲大人、母亲大人的深恩厚宠。孩儿恭祝父亲大人、母亲大人千秋万岁、长乐无极！"

　　听她居然喊出了"千秋万岁、长乐无极"的贺语，张春华立时就懂了她的灵机巧变之处，便抬了抬手让她平身："起来罢。都是一家人，你再这么重礼重仪，倒有些违了中庸了。"

　　从那日在长安郡都尉署突然接到牛恒派人送来的密函起，王羕就知道自己"优游度日、闲逸无聊"的那些日子算是一去不复返了。

　　这一次，牛恒要他一举动用布设在长安郡内外各处的所有死士去干一桩"大事"，分明就意味着司马家开始向关中曹氏余党发起最后的"雷霆一击"了！王羕不敢怠慢，连夜便带了两名心腹亲兵队长成倅、成济两兄弟，赶往郊外密林深处谒见牛恒。

　　到了约会地点，只见深黑浓郁的树荫深处，青巾蒙面、劲装打扮的牛恒早在那里等候了。一见之下，王羡便带着成倅、成济两兄弟急忙拜倒："王某携弟子拜见牛爷。"

牛恒却不理他，双目灼灼闪光，只往成倅兄弟二人全身上下扫视过去。王羡起身介绍道："这两兄弟乃是下走（古代下属见了长官时的自称）这几年来在长安郡都尉署栽培的两员得力猛士。哥哥的名字叫成倅，弟弟的名字叫成济，都是关东孤寒人氏出身，因避灾荒逃到关中为卒，被下走收于帐下多方调教，可以一用。"

牛恒自然事前已派"眼线"对成倅兄弟进行了明察暗访，知道他俩早被王羡训练得忠勤精敏，现在又亲眼目睹了他兄弟二人的相貌举止，更是加深了自己心目中对他俩"忠勤精敏"这一状语的印象。特别是成济左脸颊上一道紫蚯蚓似的刀疤，尤为衬托出他的满面煞气，完全是一副"拼命三郎"的模样。

然而，多年的潜伏生活和细作阅历，早已让牛恒养成了从来不以表面印象评判人性本质的习惯了。他不露声色，双手负背，缓步走到成倅兄弟面前，突然似雷鸣一般厉声喝道："成倅！"

成倅全身一个震颤，倏地站了起来："诺！"

牛恒又炸雷般喊了一声："成济！"

成济将胸膛一挺："诺！"

牛恒在他身前停了下来，语气里不带丝毫波动："成济，本座已经派人查清，你大哥成倅乃是曹氏一派混入我们之中的奸细——你还不快快将他拿下！"

听了他这话，王羡就似触电般身形一旋，闪了过来，一手按着腰间佩刀，站到了成倅身旁将他盯住了。

成倅满脸的惘然："牛……牛爷，成……成某冤枉啊！成某真的冤枉啊！"

"牛……牛爷，您……您弄错了吧？"成济暴吃一惊，"我……我大哥他不是奸细……我……我俩整天都在一起……他没时间干那些勾结外敌的坏事儿。"

"本座只问你，你到底抓还是不抓你大哥？"牛恒双眸冰芒一闪,一字一顿地向他逼了过来!

成济满脸青了又红,红了又青,一手把腰间刀柄捏得紧紧的,额角细汗密密地渗了出来。过了半响,他终于一转身扭住了自己大哥的臂膀,嘶声喊道:"大哥,你莫怪小弟,上峰让小弟抓你,小弟只有抓你!咱们都发誓把命交给上峰了,只有听他们的命令才是唯一的正路!"

成倅将两眼一闭,泪珠滚滚而下:"我真的是冤枉的啊!你们就是杀了我,我还是冤枉的!"

成济噙着眼泪拿绳索捆紧了成倅的双臂,将他一把按在地下,俯身向牛恒禀道:"牛爷,下走已将成倅拿下,请您发落!"

牛恒"唰"地一下抽出刀来,持在手中,一步一步走近了成倅。

成济转过头,闭上了眼睛,不忍睁开。

只听"嗤"地一响,成倅一声刺耳的惊呼过后,场中竟是一片死寂。

"大哥——"成济心头"突"地一跳,慌忙张开双眼,转头来看——却见成倅木鸡一般地跪在那里,身上绳索已被牛恒当头一刀劈断,竟是毫发无伤!

在他俩骇异莫名的目光中,冷峻如铁的牛恒缓缓开口了:"成倅、成济,你俩通过本座的考验了!王羕,下来后奖给他俩一人一个美婢压压惊!"

"啊——"成倅、成济两兄弟还没听牛恒把话说完,已是抱在一堆又哭又笑起来。

牛恒等他俩发泄完了胸中郁情安静下来之后,才开始进入正题。他开门见山地问王羕道:"这些年王羕你隐在长安都尉署已经把曹璠、曹忠那些见不得光的勾当查得差不多了罢?"

王羕躬身而答:"禀告牛爷,他们的所有罪行,王羕不敢保证已经查获了十分之十,但其中十之六七却自信一定是有的。"

"长安民屯部里的'猫腻'你也探到了吧?"

"下走了然于胸。"

"那么，丰沛酒庄的藏粮之处究竟在哪里？"

王羕脸上的神色一下变得异常凝重了："太尉大人对丰沛酒庄一事的钧旨究竟是怎样说的？"

牛恒深深地看了他一眼："我和大公子一齐去当面请示过了太尉大人。太尉大人的钧旨原话是这样说的：'长安民屯部的那个"脓疮"也是到了该挤破流尽的时候了！'——你可听好了！"

王羕马上毫不迟滞地回答道："丰沛酒庄的藏粮之处就在陛下的骊山行宫后院里！"

"骊山行宫？"这一下轮到牛恒大惊失色了。难怪王羕在这个问题上显得如此郑重，难怪司马师派了那么多人手四处到曹璠、曹忠的府邸别院去寻查，愣是找不到他们把屯田积粮藏在了哪里，原来，曹璠竟将存粮全部藏在了由他自己直辖掌管的皇室禁地——骊山行宫里！

本来，骊山行宫是陛下曹睿平日巡视关中之时的寝居禁地，应该由长安郡府直辖。但先前的长安郡太守乃是牛金将军，曹睿因忌惮他与司马懿关系密切，便特意下旨将骊山行宫划拨给宗室贵胄曹璠掌管，这样他自觉可以放心一些。然而，他只怕也没料到胆大妄为的曹璠竟敢在他的骊山行宫里窝藏赃粮！

牛恒定下了心神，沉吟了许久，问王羕："王君，你可真是查实了丰沛酒庄的酿酒之粮藏在那里？"

"千真万确，就藏在那里。"王羕肃然颔首，"据王某设在曹璠身边的'眼线'来报，丰沛酒庄在骊山行宫里藏了不少于六十余万石的粮粟。"

牛恒微微眯起了眼："六十万石？他们吞了这么多粮食也不怕被胀破了肚皮？！不过，骊山行宫属于皇室禁地，擅闯私入者依律杀无赦。我们怎么敢进去查抄那些赃粮？"

王羕听罢，犹豫了片刻，向牛恒拱手而道："这个……其实想要闯进骊山行宫搜粮，并非无计可施。只要太尉大人和大公子下定了向曹璠、曹忠他们开铡问罪的决心，就什么都不用怕了。"

牛恒双目亮光一闪："这是自然。你也无须再存迟疑，曹璠、曹忠他们正暗地里准备向大公子伺机发难！太尉大人和大公子都下定决心给他们来个'先发制人'！"

"既是如此，王某便可将拙计献上了。"王羕沉沉一笑。

"这事儿咱们稍后再议。"牛恒一摆手止住了他，同时将目光投向了静立一旁的成倅、成济二人，"成倅、成济，你们可有信心将这桩大事干成么？"

成倅将身一躬："愿为牛爷效尽犬马之劳！"

成济却浓眉一扬，昂然答道："不管是谁挡了太尉大人和大公子的道儿，哪怕他是天王老子，成某也敢将他劈下马来！"

骊山行宫的偏殿里，拳头般粗细的银烛"毕毕剥剥"地燃烧着，照得厅室里亮如白昼。

曹璠府中的旧仆、行宫禁军队长曹丙和丰沛酒庄的大掌柜余克正就着筵席你一杯我一盏地喝酒作乐。

"老余，近段时间里酒坊里酿的酒怎么越来越少了？"曹丙夹了一块烤牛肉吞进了嘴里，"怎么？不做酒水生意了？"

余克抿了一口美酒，两眼半睁不闭，似醉非醉的样子："我的丙二爷呐！眼下是什么光景你还不警醒？司马师那小子近日在外边搜粮搜得那么紧，我们怎么还敢拿粮食去多酿美酒？这酒水生意一直旺下去，会引起司马师的疑心的！"

"去他娘的！怕他司马师作甚？咱们丰沛酒庄是奉旨酿酒自用的，有皇命金牌在那里镇着，谁敢乱来搜查？你只管让酿酒师们多多地酿，都运来这里好好地存放着！只要司马师一退出长安郡，咱们再拿出来大卖热卖，说不定会赚得更多！"

"这酒当然一直是在悄悄地酿着，从来没有停过。但在店肆铺面上却真的不能摆卖得太多……让这生意暂时冷一冷也好，到时候一上柜便可为曹将军他们赚个钵满盆满！"

"你可别说，曹将军待咱们也真是没的说。你知道我们当下正在喝酒作乐的地方是哪里？是煌煌大魏的骊山行宫偏殿，这可是皇后和太子才有资格休憩的地方，没想到你我两个不入流的小角色竟能在这里饮酒作乐！你别看司马家那小崽子在外面耍横，他可是一辈子也不会像你我这么有福气在这行宫偏殿里好吃好耍地过日子！"

余克抬起头来，醉眼蒙眬地看向了殿顶上的五爪虬龙藻井，打着嗝儿说道："话……话是这么说，余某还是感觉就像在做梦一样！咱们这是僭越啊！只怕要折自己的阳寿呐……"

"别管什么僭越不僭越的——你丙二爷给你说个事儿：曹忠大人怕余掌柜你这些日子为酒庄操劳过度了，不正是让我把天香阁的一个奴婢，就是那个叫青雀儿的，送来在后边的内室里凤床上绑好了，好好让她犒劳犒劳你！"

"真的？"

"这还有假？曹大人说了：'青雀儿这奴婢在天香阁里好像有些魂不守舍了，先由着余掌柜你好好调教个十天半月。磨去了她的野性后，再送回天香阁为曹府多挣钱。'——余掌柜，你这些日子可有艳福了！"

曹丙口里的话是这么说，其实他也隐隐懂得这是曹忠为了防备万一，特意让余克到这骊山行宫里潜藏起来躲避风头了。从征粮署里透出来的风声来看，司马师他们好像已经盯上了丰沛酒庄。没奈何，曹璠、曹忠只有把余克送到这里暂时"安身"了。余克自己又何尝不明白这一点？只要曹璠、曹忠没有把他来个"暗杀灭口"，他就谢天谢地了！

这时，他俩正你一言我一语地说着，猝然听见外面"咚"的一响直传进来！

不知怎的，听了这"咚"的一声，余克手中持着的酒盏不禁猛地一晃，盏中的酒水都泼了出来！他连酒水打湿了衣裳也不管，愕然看向殿门外："这……这是什么声音？怎的像是有人在撞宫门？"

"老余你在说醉话罢——谁吃了熊心豹子胆敢撞这骊山行宫的宫门？他不想活了么？"曹丙用力摆了摆手，又去端那酒樽，"大概是那些下人把什么弄倒了罢……"

他俩正说之间，一串急促的脚步声飞奔过来。紧接着"哐"地一响，殿门被人蓦地推开，一个曹府亲兵直跌进来，一头趴到他们席前，像被火烧了屁股一样慌慌张张地禀道："丙二爷、余掌柜，外边有长安郡府的官兵闯进来了……"

"什……什么？谁……谁敢擅闯行宫禁地？"曹丙的眼睛一下直了，"你们还不快把门挡住？"

"丙二爷你不用派人来挡了！王羡亲自到这厢来赔礼了！"

就在这时，殿门外一个洪亮的声音已是乍然响起。

曹丙脸色一僵，急忙循声望去：只见长安郡丞颜斐、长安郡都尉王羡并肩长身而入，竟是站在门口炯炯然盯向他来！

曹丙缓过了一口气，大声叱道："你……你们竟敢带人擅闯行宫禁地！曹某要马上禀告安西将军治你们的罪……"

颜斐毫无惧色，走近前来，侃然而道："曹君，你且听本郡丞细细道来：方才我们长安郡府的士卒正一路追着七八名盗窃税谷的贼子而来，不曾想追到骊山脚下却失了他们的踪影！颜某与王都尉生怕这些贼子闯进行宫毁坏圣迹，便奋不顾身追捕进来，务要将他们擒拿归案！曹君，我们是为了维护行宫的安全清静才不得已而入的，还望你们立刻予以配合，帮我们将这混入宫中的贼子拿住！"

"哪来的什么贼子？"曹丙勃然大怒，"这骊山行宫自有卫兵守护，何用你们闯来乱搜？你们马上给我退出去！否则，休怪曹某依律行事了！"

"丙二爷，您动这么大的肝火干吗？王某与颜郡丞追捕贼子而致贼子遁入行宫，这说起来也有我们的些许过错！我们愿帮您把贼子拿住，以此将功补过，您还不愿意？"王羡把手一拍，凑了进来，向他嬉皮笑脸地说道。

"你……你少来这套！"曹丙见他一意胡搅蛮缠，顿时气得张口结舌。

这时，那个曹府亲兵喏喏地说道："丙……丙二爷，他们带来的郡卒们已经闯进来满宫里乱搜了！"

余克大惊失色:"什……什么?丙二爷,他们这是另有用心啊!赶……赶快命令卫兵们把他们驱逐出去……"

那个曹府亲兵哭丧着脸:"他……他们来的人太多了……"

曹丙"咣"地一脚踢翻了酒桌,怒道:"何三!快去屯田部急请曹忠校尉过来!让他多带些弟兄过来!"

王羕随即向外边咳嗽了一声,成济应声闪身而出,手按腰刀,用他魁梧的身形堵住了殿门口,让那个名叫"何三"的曹府亲兵出去不得。

余克满头汗出,忽然问了何三一句:"他们可往山顶去了么?"

何三一脸无奈地点了点头。

余克的脸一下白了。颜斐却冷冷地看向他来:"余掌柜居然也会过问行宫禁地里的内部事务?丙二爷,行宫里什么时候竟能放进庶民白丁了?"

余克顾不得颜斐对他的暗加抨击,急忙拉了一下曹丙的衣角,向他连使眼色。

曹丙心头之急何亚于他?但门口有身高力大的成济堵在那里,何三和自己都是闯不出,再恼恨也是一筹莫展。

就这样推推搡搡了一阵儿,成倅匆匆从殿门外飞步而入,向颜斐、王羕禀道:"启禀颜郡丞、王都尉,我等追那贼子一直追到骊山顶上,不料却被那贼子乘隙逃了,但是,我等竟在那山顶上搜到了七座粮仓……骊山行宫本是陛下御驾行游之所,怎会有这么多粮粟?难不成竟是贼子偷来放在那里的?"

"哦,七座粮仓?"颜斐深深一笑,脸色这才放松了下来——丰沛酒庄的藏粮罪证终于找到了!他面向曹丙,正色而问:"这个事儿,曹君你有何解释?"

曹丙咬着牙狠狠地说道:"曹某只有请曹忠校尉、曹璠将军来向你解释了——只怕你今日这般胡来,实在是自寻死路!"

王羕此刻却收起了诙谐之色,凛然而道:"这七座粮仓来历甚是蹊跷。成倅,你马上出去派人通知司马公子,就说我们今夜在骊山行宫擒到'窃粮大盗'了!"

"诺！"成倅将身一躬，立刻退了出去。

何三急了，跟在他后边也欲奔出，被成倅一把抓住衣领又倒提了回来。曹丙大怒："怎么，你们胆敢私禁行宫卫士？"

颜斐这时淡然开口了："成君，请让开一些，由他们去请曹忠校尉、曹璠将军过来，叫外边的弟兄也不得阻拦！这些事儿也须得有人前来说明一番。"说着，他又看了一眼余克，声音忽地冷了下来："至于这位余掌柜，你可要喊来兄弟们把他看好了。他可是咱们进来抓贼拿赃的'见证人'呐！"

成济斜眼看到王羕也在颔首示意，方才旋身一让，把门口放了开来。何三慌忙跑将上来，一不小心蓦地被门槛绊了一跤，急又爬起了身，像被一棍打晕了头的癞皮狗一般仓皇而去了。

在骊山山顶的那七座高耸如丘的粮仓前，颜斐和王羕带着郡卒们按刀排列肃然而立。在火把照耀下，库门开处，一囤囤粟堆赫然入目！

而曹丙和他手下的行宫卫兵则是木然地呆在那里，也不知该如何应付才好。刚才一些行宫卫兵和那些长安郡卒交过手了，一个个竟被揍得鼻青脸肿、灰头土脸的，现在也只能乖乖地束手而立，不敢再讨苦吃了。

"呸！"曹丙恨恨地往地下唾了一口，转过身往山脚下张望过去。突然他拉过了一个卫兵，往下一指，颤声道："陈五，你眼神比我好，你瞧一瞧那是不是校尉大人赶到了？"

陈五定睛一看，静了片刻，陡地疯了似的拍掌大叫起来："丙二爷，真的是曹校尉的队伍！曹校尉他们举的就是平常爱用的'桐油松明把子'错不了！"

成济循声望去，果然看到山腰径道上一条火龙正蜿蜒而来。他心下暗暗一紧，便将询问的目光投向了王羕。王羕自然也是瞧见了这幕情形，脸上却无怯色，只冷冷向众郡卒训示道："我等为捕盗擒贼而入，现又将赃粮现场查获，怕他谁来？司马参军稍后便到！"

颜斐待他讲罢，才深深一笑，朝王羕竖起了大拇指："颜某与王君在郡府内外周旋交游近五载，今日今夜始知王君实乃铮铮铁骨的大义之士！颜某当真敬服！"

他正说之间，成济轻声禀道："颜郡丞、王都尉，司马参军似乎带着弟兄们也赶来了！"众郡卒往山下一望，顿时俱是脸色一松。随着一派喧哗之声隔空传来，另有一条火龙也从山脚下游升而起，正一路直追上来！

但还是曹忠带着屯田兵们先行扑到——他人在数丈开外，声已如雷吼来："谁敢擅闯行宫禁地？立斩无赦！"就这么嚷嚷着，他冲到山顶上青石坝中停下，也不多说什么，上气还没接下气，挥着手臂就吩咐自己手下的屯田兵们："去！把他们都绑了！敢有反抗者，当场格杀勿论！乖乖束手就擒者，罪减一等！"

他这一吼，场中曹丙那批行宫卫兵和他带来的屯田兵仗着人多势众，就要扑杀过来！

"慢！"颜斐厉声喝道，"颜某已在这里查获了'窃粮大盗'的窝点，正在封存现场，并将上报朝廷知晓。曹忠校尉你此来意欲何为？"

"我可听不懂你在胡扯什么，我只知道你们是擅闯行宫的乱贼！儿郎们！都给我把他们拿下了！谁拿的人多，我就赏谁越多！"

王崟面色一沉，右手一举，他带来的那五百郡卒立刻围成四圈，宛若铜墙铁壁一般挡护在他和颜斐的身前。

"呵，想不到你这老小子竟还懂得摆设'盘蛇阵'？"曹忠吃了一惊，马上又冷冷而笑，"儿郎们！不要怕！咱们人多，耗死他们！"

眼看着双方剑拔弩张，战势一触即发，这时一个冷峻有力的声音破空而至："住手！"

众人齐齐回头望去，原来竟是司马师、司马望二人带着一批劲卒赶到了！

颜斐其实手心里早就捏了一把冷汗，此刻看到司马师、司马望赶了过来，悬在嗓子眼处的那一颗心才稳稳地放了下来。

曹忠见了司马师，颊边的肌肉不禁暗暗抽动了几下。司马师就在那边冷冷地站着，方正的面庞上两道浓浓的凤尾眉斜斜上扬，三角眼中漆黑的瞳眸在火把下灼亮地闪着精光，紧抿的双唇如同刀片一般透出凌厉的煞气，令人感到威严异常。曹忠终是压不过他这副容貌气质，只得暗暗按捺住心头的忿怒，换上一脸灿烂的笑容，向他迎了上去："子元，子元，你可来了——你瞧一瞧这王源长（王羕的字为源长）和颜文林办的好事！他俩胡说捉什么盗贼，竟擅自闯进这行宫禁地了！这样罢，既然子元你都到场了，曹某也就不再深究了，只要你带着他们退出宫去，则今夜之事尽可一笔掩过！曹某就当他们从来没有来过这里，如何？"

司马师听罢，仍是面色严止，肃然言道："师听得他俩差人来报，说这骊山行宫之中竟有'窃粮大盗'的踪迹！如今关东旱饥成灾，那粮食乃是何等珍贵，岂容宵小鲸吞？曹兄，你一向爱国如家、助人为乐，不可不助师一臂之力——来啊！将你们查获的被盗粮粟给我看看！"

王羕一个箭步上前向司马师屈膝跪下，恭然禀道："启禀司马特使，这几个粮仓之内，便藏着那些'大盗'窃来的数十万石粮粟！"

"呵呵呵，王源长你手脚够麻利，这么快就查到被盗的粮粟啦！"司马望眉开眼笑地去拉了他起来，"你们还不快去通知府衙，多调一些牛车来把它们运走！"

"谁……谁敢？"曹忠再也忍不住了，张开双手慌忙来拦，"这是我骊山行宫的存粮……谁也不能运走！"

"骊山行宫的存粮？你在胡说什么？"司马师凌厉的目光倏然扫了过来，"骊山行宫乃是御驾休憩之所，何时成了存粮之所了？而且粮粟还藏了这么多！"

曹忠被他眼光一扫，身形禁不住矮了几分，嗫嗫地说道："我……我们把这些粮食存放在这里，是……是为了替皇宫大内存粮应急……"

"为皇宫大内存粮应急？"司马望在一旁笑眯眯地看着他，"我等已从少府寺取得了复函回来，他们说皇宫大内可没在这里设有什么存粮之所啊！曹兄，你愿不愿瞧一瞧这少府寺的复函？"

就像被闪电劈了一下似的，曹忠浑身一颤，顿时口吃起来："这个……这个……这个事儿是……是曹某的父亲曹璠将军前不久才……才定下的……"

"哦？这事儿是曹璠将军前不久才定下的？"司马师严峻的面色这时才松了下来，深深地笑了，"那可真难为曹璠将军替陛下，替朝廷想得如此周到了！眼下关东十余郡士庶饥旱成灾，陛下正为此事焦虑之极——曹兄，那你瞒着我们作甚？想要给我们一个惊喜吗？你且回去给曹璠将军转告一声，就说我等事急从权，先行将这些粮粟取回长安郡府，择日发往关东赈灾去……"

司马望还没等司马师说完，就一迭声吩咐王羕、颜斐道："听见特使大人的话了吗？你们还不派人回去多调派些牛车过来……"

曹忠呆了一下，退了两步，低头想了片刻，咬了咬牙，终于还是舍不得这偌大一块"肥肉"就这样白白让出。他横下心来，撕破脸皮，冲到司马望身前，厉声阻拦道："不行！不行！子初、子元，你们还是先退出行宫去，这些存粮还是该由我父亲前来裁处才可！"

司马师见他依然是一头蛮劲不肯让步，便冷冷一笑："曹兄，你一意只想等到你父亲前来裁断作甚？你存粮到底是何来历，你自己心底还不清楚吗？你非要也塞给你父亲一个大大的难堪不可吗？"

"你……你在说什么？"曹忠脸色一青，"曹某可是一句话也没听懂！"

司马师也懒得再和他弯弯绕了，右手一挥，帐下亲兵立即推搡着几个胥吏打扮的人走了上来。他指着他们对曹忠冷冷说道："这是你们长安屯田部的几个仓曹僚吏，他们大概可以证明这些粮食到底是从哪里运来的吧？"

曹忠全身一下就僵住了，张口结舌地说不出话来。

司马师冷睨着他，又一招手，几个酒师模样的人被带了过来。他似笑非笑地言道："松久兄，这是你的丰沛酒庄里刚刚罢老退休居家的几个酿酒师。他们写了证词交代，证明丰沛酒庄用以酿酒的粮粟就是从……"说到这时,却将目光向那七座粮仓投了过去,声音也悠然了起来,"你真要我当众明说吗?"

"司马子元!看来你果然是处心积虑有备而来!枉我还与你多年称兄道弟,你原来如此狠辣!"曹忠眼底都冒出了火星来,牙齿咬得"格格"直响,"你……你休想搬走这里的一粒粮粟!来啊!关上宫门,不许放走他们一人。对这些擅闯行宫禁地的乱臣贼子一律格杀勿论!"

他同时又给自己手下打气道:"儿郎们不要怕!只要咱们撑个一时半刻,我父亲曹璠将军的援兵就会到了……"

他这话一出,行宫卫兵和他自己带来的屯田卒顿时都跃跃欲起,一个个持刀舞戈地围了上来。曹丙一边催促着,一边还嚷着:"是啊,咱们可别给曹校尉丢脸!"

王羕瞧着情形有些不对,急忙上前护在司马师身畔,低声说道:"司马公子,曹忠这时的人手要多一些,您不如先回避,免得待会儿双方交战之际误伤了您!"

司马望也劝道:"子元,待会儿,一有空隙你便径自冲出。有我留在这里指挥他们,也吃不了什么大亏的。"

司马师双眉一竖,凛然而道:"岂有此理!师身为你们的主事之人,怎可为了一己之安危而弃你们于不顾?无论前方是凶是吉,师都会与你们同进同退!"

"好你个司马师!你到这时候了还在逞英雄!"曹忠恨得牙痒痒的,"待会儿我抓住了你非剥光你的皮不可!"

就在这时,场外"轰"地一响,曹忠的那一队屯田卒便鸡飞狗跳地突然被撞开了一个大口子,太尉府舍人牛恒悠悠然徐步上来,身后两排劲卒笔直而列,早将曹忠一伙儿围了个水泄不通!而那跳得最起劲的曹丙却已不知被谁踢飞在角落里趴着直叫唤!

"曹校尉准备剥谁的皮呢?怎么这么大的火气?"牛恒手卜托着一具黄澄澄的绸绫包袱,笑微微地走近了曹忠。曹忠先前曾经听到过关于这个牛恒的无数血淋淋的传说,顿时不由自主地感到自己两条腿肚子在暗暗地剧烈抽筋。

牛恒转过身来，朝着那些全部傻了的行宫卫兵和屯田卒们，倏地将那黄绫包袱"刷啦"一下打开，一柄金光灿灿的短斧犹如半轮朝阳一般赫然而现！他将那斧高高举起，厉声喝道："御赐黄钺在此，何人敢不下跪？"

这金斧正是魏帝曹睿赐给司马懿的"黄钺"，持它可有"如朕亲临"之威、"先斩后奏"之权。曹忠再不满，也只得纳头下拜。

牛恒朗声宣道："奉御赐黄钺以传司马太尉之钧令：即刻将骊山行宫所搜出的粮粟尽行运走，上缴朝廷，并由长安郡府行文陈清事实本末，一同送往京城大司农署裁断！"

司马师、司马望、颜斐、王羕等齐齐叩谢："我等接令。"

只有曹忠仍是不服，那张嘴一直硬撑着："骊山行宫一向由曹璠将军掌管，他也是奉了皇帝特旨而守宫有责。不见他的手令，谁也休想运走一粒粮粟！"

他话音未落，却见曹璠府中的长史陈衡匆匆跑来，满头满脸都是大汗。曹忠顿时大喜，上前一把迎住，道："陈长史，你可来了！父亲大人……曹璠将军他可派兵过来保卫行宫了么？"

陈衡喘了一口气，扶着自己的腰，半晌才调匀了呼吸，只摆手道："曹……曹校尉！什么也别说了，把全部仓门打开，让他们把粮运走！"

"什……什么？"曹忠简直不敢相信自己的耳朵，怔怔地看着陈衡，"你莫非是得了'失心疯'么？这个时候怎能将这些粮粟白白让他们带走？"

"你才'失心疯'了呢！喏，你自己看一看，这是不是安西将军的亲笔手令？"陈衡本就抱了一肚子气恼而来，哪里还按捺得住，从袍袖中甩出一条绢幅径直便塞在了曹忠手里。

曹忠扯开那绢书看了一遍，神色顿时蔫了，喃喃道："这……这……这不是真的！父亲他怎会如此怯懦？怎会下了这道手令？不行——我要去找他……"

陈衡冷冷道："曹校尉，您就按照安西将军的手令办吧！现在，太尉府军师赵俨大人正在安西将军府中等着陈某回去复命呢。他还拿了丰沛酒庄在雍州十三郡的各个分店掌柜就锁在安西将军府门外陪他一同等着呐……"

"他……他们好……"曹忠就像被人当头打了重重一棒，在满眼金星中摇摇晃晃倒了下去！

12 该打则打，不可在落水狗面前装君子

"唉！你没能刺杀了司马昭这小子，实在是太可惜了！"曹寿看着那片熟悉的司马昭锦衫衣幅上的点点血斑，不胜懊恼地连声叹气，"他这一次既然遭你刺伤，日后再下手除他就更难了！"

韦方跪在地下，重重叩头道："属下无能，没有完成太守大人您给的任务，请您重重责罚，属下甘愿领罪！"

"罢了，罢了！"曹寿摆了摆手，一把将那片锦衫衣幅丢进了桌旁的灯碟里，盯着它被"蓬"地一声烧成了一团火光，悠悠地说道，"人家的命硬啊！你找来的那些氐人杀手也实在不顶用，枉费了本座在你们身上投了这么多血本，都喂了猪了！只不过幸好的是司马昭还没怀疑到本座这里来……"

他这话来得太过尖刻刺耳了，在一旁听着的戴凌、费曜都不禁暗暗皱了皱眉。韦方的心头一凉，满脸红得就像火烧似的，只伏在地板上把脑门沉沉一磕，道："太守大人杀了属下罢！属下实在罪该万死……"

曹寿摸着下巴想了片刻，兀然又问："对了，你方才禀报说强端在蛇盘山吃了大亏，伤亡竟达四五千人，已经逃回鸡头岭去了？你这消息确是属实？"

"启禀太守大人：属下探来的这个消息实是千真万确。"韦方还是不敢抬起头来，怯怯而道，"其实，依……依属下之见，太守大人您完全可以乘此良机雷霆出击，一举擒下强端，立下平氏之役的首功！"

曹寿低眉沉吟了半晌，忽地冷冷一笑："要你这小厮多嘴？哪有如此轻易的'良机'？他司马昭既已在蛇盘山击败了强端，却为何不乘胜而上一鼓夺得鸡头岭？莫非他就没有看到这样的'良机'，还须待你来给本座言明？"

"是，是，是。属下确是多嘴了。但属下也是想将功补过啊！"韦方连连磕头道，"其实，那司马昭自然也是看到了这 良机的，但他此刻没有乘胜追击，非不愿也，实不能矣！您听属下细细道来：其一，司马昭被属下率人狙击刺伤，卧疗在床，暂时也难以轻举妄动；其二，他好不容易在四象洞堵住了氐王，手头军力有限，怎会分兵抽身前去鸡头岭奔袭作战？所以，他暂时只有白白看着强端逃回鸡头岭苟延残喘而鞭长莫及……"

"你翻来覆去就想替你自己表功！罢了，本座也不惩罚你行刺失手之过了。"曹寿先是抢白了他几句，然后起身在密室里慢慢踱了起来，"不过，你这番话说得倒也在理。打鸡头岭这事儿，且让本座好好考虑考虑……"

昨夜，他收到了叔父曹瑶从长安城发来的密函，声称丰沛酒庄被司马懿派人暂时查封了，骊山行宫的酿酒存粮也被司马师尽行抄没了，看来司马氏在关中那边已经对咱们曹家开刀下手了。为了替叔父他们转移压力，自己也该当在陇西这边烧起一把旺旺的烈火来"一炮打响"！那么，立下平氏之役的首功，就是自己的当务之急！只要自己立下平氏首功，陛下和曹爽大哥在朝廷上就有了挺起腰杆说话的底气，就可以扭转因曹瑶叔父耗粮酿酒损公牟利而被揭露所带来的被动局面！所以，在鸡头岭和强端的这一仗是必须要打的，也是自己难以回避的！可……可是自己有这份能耐"吃"下强端吗？

他正犹豫之际，却听韦方在地下又轻轻加上了一句来："太守人人，韦某一直熟谙鸡头岭一带的地形要塞，愿为大军之向导，在前边带路深入鸡头岭！"

曹寿不由自主地停下了脚步，回过身来看着费曜、戴凌二人："两位将军以为如何？"

费曜是个火爆脾气，当下开口就道："阿寿，近来看那司马二郎风头如此之健，老夫倒是憋了一肚子的闷气！铲除这区区氐蛮，本就不在老夫话下！既然兄弟探来消息说强端这氐贼有隙可乘，那还有什么别的废话可说？你只管下令，老夫前去将他首级给你提来！"

曹寿点了点头，又将目光转向戴凌。戴凌却要沉稳一些，只郑重地道："乘隙出击鸡头岭，以我南安郡一万精兵对他数千蛮卒，本也可行。但是战场兵机倏息万变，不可等闲视之，我们切要谨慎行事，小心应对！"

听到戴凌也这么表态了，曹寿最后才将目光投向了一直端坐长席下首而沉默不语的南安郡主簿杨炳："文宗（杨炳字为'文宗'），你在司马昭小子那边安插的细作有何可说？"

韦方心头顿时一阵紧张：原来曹寿这厮也在司马昭那边设了"眼线"？他们的这些"眼线"可曾探出了什么？会不会查到自己和司马昭的那些事儿？情不自禁中，他暗暗捏紧了自己的拳头。

杨炳看上去年纪也不过二十四五岁，但一双眼睛似黑豆一般圆活闪光，整个人显得精敏异常。他目光灼灼地盯着韦方："从蛇盘山那边送回来的消息禀报说，司马昭这段时间里的确是少于公开露面了，偶尔那两三次露面，他的气色看上去也不是太好。他应该真的遇刺受伤了，不然怎会有这些异样？不过，韦君，杨某有话要问你，你须得老实回答。"

韦方的心一下高高地提了起来，脸上却不动声色："杨主簿但问无妨。"

杨炳的目光越发凌厉起来："据杨某手下的细作来报，强端在蛇盘山那里受了折损不假，但韦君你似乎过于夸大了他的败绩……"

韦方的声音变得有些吞吞吐吐："他们折损四五千人是韦某的目

测，可能难免会有些夸大……"

杨炳面无表情地说道："据杨某手下的细作禀报，强端其实是折损了三千六百余名氐兵，没有多到四千这个数。"

他这话一出，费曜便喊了起来："哎呀！杨文宗你这个书呆子，三千六百多人和四千人差不了多少嘛，韦兄弟他哪里夸大强端的败绩了？"同时转头看着曹寿，"阿寿，现在强端的确是被伤了元气，我们应该乘此机会狠狠打掉他来立功扬威！"

韦方瞧着杨炳那一副高深莫测的模样，心底却是思潮翻滚：其实，在蛇盘山牛角坡处，强端手下只折损了一千八百名氐兵！而司马昭对外散布出去的消息是氐兵折损了四五千人。那么，杨炳既然声称他有细作在司马昭军中探知虚实，又怎会向曹寿报上"三千六百余名氐兵"这个数字？难道他的细作向他报错了？又或许是他也故意蒙蔽曹寿？还有这一切又是不是他在怀疑自己叛变了之后而暗暗施出的"欲擒故纵"之计？但韦方此刻也只能是左思右想而无法判断。

就在他紧张思虑之际，杨炳又转换了语气，似有所思地说道："不错，费将军说得也是。这伤亡人数多四百与少四百似乎都不能影响强端已遭重创这个事实，杨某也实在是有些刻板了。

"太守大人，如今这也确是一个难得的大好机会。您不是一直企望能在凉州亲自取得一份骄人的战绩以抗衡司马氏党羽的排抑吗？眼下便是您的不世良机了，切莫轻易放过！"

说到这时，他忽地转过眼来，深深盯了韦方一下："如果司马昭伤愈之后缓过气来，七日之外一切就不好说了！是也不是，韦君？"

一听杨炳之话，韦方如中电击，不禁全身一颤。他抬起头来迎视着杨炳大有深意的目光，心头刹那间一片豁亮："七日之外"这四个字当真是一语点破了玄机——他前日才服了司马昭的临时解药从蛇盘山赶回来，距自己体内"蚀心丹"之毒发作的十日之期恰巧还有七天！而这个绝大的秘密，应该只有司马昭派出来帮助自己的"内应"才知道！杨炳显然就是在用这"七日"二字向自己暗示他的"内应"

身份呐……也正因如此，杨炳才会劝说曹寿亲自领兵去攻袭鸡头岭，推着他往虎穴里钻！韦方一边这么想着，一边却恭恭然答道："杨主簿说得不错，只怕再拖七天，司马昭的伤说不定就会好了，他若是想法从雍州那边调兵去突袭强端……"

他还没说完，曹寿已是踌躇满志地打断了他："哪里还能再拖七天？杨主薄你马上下去筹备，本座决定亲自领兵尽快乘隙出击，把鸡头岭的氐蛮们一网打尽，拿下这一份偌大的功劳给司马子上那小子好好瞧一瞧！"

他此言一出，韦方心头一块大石终于落下，曹寿终究还是中计了！自己接下来就得赶快找个机会放出信鸽去通知强端在长风谷一带做好准备了……

那边，杨炳转动着黑溜溜的眼珠，已在向曹寿胸有成竹地禀报了："……粮草都是现成的，马匹也养得肥，士卒们明后两天之内就可以出发了……咱们就是要争分夺秒、潜行狙击，打他强端一个措手不及！"

白花花的粟米一筐筐地在院坝里摆放着，远远看去便似一簇簇冒着尖儿的雪堆。

董昭半躺在乌漆座辇上，被两个仆人极为小心地从精舍里抬了出来，明晃晃的阳光照射在他枯瘦的脸庞上，刺得他那早已如同坑坳般凹陷下去的昏花老眼一阵剧烈的酸痛，险些还流出了一缕泪水来。他慌忙举起袍袖掩在脸前，不让那灼亮的阳光直射双眼，同时闷闷地咳嗽了起来。

"父亲大人……"董胄一见，急忙吩咐道，"快……快……快去拿伞盖来，为司徒大人遮阳挡光……"

一张青布伞盖举过来，遮了董昭的头上，将他全身都罩在了深深的阴影之中。他这才止住了咳嗽，慢慢放下了袍袖，伸出枯枝般干瘦的手指向那些米筐遥遥一指："胄儿，你去取一碗粟米，给为父看看。"

董胄不敢怠慢，趋步上前舀了一碗白白的精米捧呈了过来。董昭细细地抚摸着那羊脂玉一般莹白的米粒,脸上皱纹笑得堆成了一层层的老树皮:"好!好!好!这可是'圆如珠、白如玉'的上好精米啊!看来,咱们名下的那些关中邑户收成还是不错的……"

董胄不知道自己这个年近八旬的父亲究竟是真的老糊涂了还是故意装糊涂,心头又好气又好笑,提高了声音对他喊道:"父亲大人!咱们董府在关中的那些邑户之粮早就全部捐给了国库输到关东去赈灾了……"

"是啊!为父也记得好像是这样,陛下还发了诏书褒奖为父'公忠体国'呐……"

"父亲大人,陛下也只是发一道褒奖诏而已。"

董昭的样子一下又似糊涂了起来,把掌中的那把粟米猛地捏紧了:"陛下……我董家'公忠体国'是应尽之责嘛。对了,胄儿,为父险些忘了问你了,这些粟米又是从哪里得来的?"

听到父亲这么问,董胄却没有立刻答话,而是侧身向旁边一让。他身后一个一直沉默不语的灰衣老者躬身向前,朝董昭恭然而道:"司徒大人,这些粟米是本府司马太尉和宜阳乡君奉送给您的。司马太尉和宜阳乡君说了:董司徒一生清廉,府中全靠邑户之粮来周济三亲六戚,若是捐了国库,只怕难免有些困窘。于是,他们便责成在下筹了一些粮粟给您送来……"

"原来是寅管家啊。"董昭没有抬头,但已听出了是司马府总管司马寅的声音,眯着双眼微微笑了,"难为司马太尉和宜阳乡君想得周到……"

董胄急忙又插话说道:"父亲大人,司马太尉、宜阳乡君这一次赠送的粮粟比咱们从关中邑户那里应该收缴上来的份量足足多了两倍呐!"

董昭这时才把那紧捏着的手掌慢慢松了开来:"很好!很好!胄儿哪,为父早就说过,司马太尉有朝一日执掌大权,自然是会让咱们的日子变得越来越好的,他怎么会忍心让咱们吃苦受难呐?"

"是啊,父亲大人。司马太尉可不像有些人,吃香的喝辣的,炖着猪髈啃光光的了，最后不要说骨头，连一碗汤也不给别人尝一尝！"董胄话里有话地重重点了一下。董昭显然明白他说的那"有些人"是谁，只沉下了脸不言声了。

司马寅走近前来，微微笑道："对了，启禀司徒大人：咱们大公子在长安郡为国征粮，那都是被桓大司农在上边逼着去做的。太尉大人和宜阳乡君说了，请董司徒等诸位大人对大公子的年少气盛之举切勿见怪，我司马府决不会对不起诸位大人一分一毫的。"

说着，他身子一低，附在董昭耳边轻声说道："前几日太尉大人让在下送了一封密函给中书令孙姿大人，董胄公子出任巨鹿郡太守的任命书应该很快就会批准下来了！"

董昭却仿佛没有听到他后边这段话一般，摊开了手掌细细瞧着那白润如玉的粟米，喃喃地自语道："这么好的粟米，亏他们还舍得拿来酿酒？这真真正正是暴殄天物啊！吴贼灭了吗？蜀寇灭了吗？大敌环伺之下，他们居然还敢如此骄奢淫逸！像这样的酒囊饭袋，和当年的袁绍、袁术两个蠢材有什么两样？大魏的社稷，落到他们的手上，没几天就会被吃垮了罢？"

司马寅待他悠悠说完，才轻轻插了一句："董司徒当真是深明大义的社稷之臣。"

董昭摹地抬起两道亮利的目光，直盯向司马寅："深明大义的社稷之臣？这顶'高冠'应当戴到桓大司农的头上。司马大公子查获的这七十余万石被曹忠他们侵吞的民屯积粮，正够桓大司农缓出了一阵子的劲儿了！他不也是为大司农署下的各处民屯贪墨情形大吃一惊了吗？昨天就上奏朝廷请旨暂停了曹忠的长安郡屯田校尉之职了。听说曹爽亲自登门找他求情宽免，他硬是没买曹爽的账！寅管家，你说桓大司农这算不算'深明大义'的社稷之臣？"

司马寅笑着答道："桓大司农事先的确也没有料到居然会逼着我家大公子从他的治下查出了这样的'硕鼠'！"

"不错。司马太尉和司马大公子这一记'斗转星移'确实使得高妙。"董昭连连点头，又正色而道，"不过，你回去转禀司马太尉、司马大公子：安西将军曹瑶联合一批官吏已经递入了一道弹劾表，攻击司马大公子在关中犯下两大罪行：一是克剥诸卿、苛细琐碎、扰官劳民；二是擅闯行宫禁地，目无君上。你可记住了！"

"在下记清了。"司马寅笑容可掬地说道，"御史台不正是在司徒府直辖之下吗？司徒大人一定不会坐视这些宵小之徒'狂犬吠日'而不顾的。"

董昭淡淡一笑，将手掌一张，任那珠粒般的粟米纷纷散落在董胄托着的那只陶碗里，看着它慢慢堆成了一个锥形："曹瑶、曹爽、何晏他们想推荐沛郡出身的丁谧去查处司马大公子，但被本座和崔司空联手挡下了来。不过，陛下也没有采用本座建议的人选。他自己定了让在朝中素有'无朋无党'之誉的议郎钟毓去调查司马大公子。"

"这……"司马寅不禁微微一怔。

董昭这时已经毫无昏聩老迈之相了，他抬眼看着司马寅，意味深长地说道："钟毓虽是'无朋无党'，但他也还分得清是非曲直。你放心，冤枉不了你家大公子的！"

夕阳斜照，凉州大地一片昏黄。飒飒的朔风像鹰一样卷着堆堆残云在半空中飞旋。

曹寿、费曜、戴凌率着一万余名精兵疾驰三日两夜，来到了离鸡头岭还有四百里远的长风谷。

前去探路的韦方早已在这谷口石碣上留下了寓意为"安全无忧"的标志。但曹寿却在谷口处停下了马，有些踌躇起来：这长风谷他以前来过，自是知道里边的地势险要之极，倘若暗中设有伏兵，则必是有进无退！

费曜从后边赶上了前，见他如此情形，顿时觑破了他的心思，大咧咧地说道："强端只怕早被司马昭打破了胆，自保尚且不暇，哪里还有余力敢来这里设兵伏击？曹太守莫要徘徊，快马加鞭地杀过去——什么事儿也不会有的！"

曹寿看了看戴凌。戴凌沉吟了一下，道："韦方不是进去探路了吗？等他亲自回来禀明了情形，咱们再进去也不晚。"

费曜横了他一眼："戴凌你就是胆儿太小！"

"好！"曹寿点了点头，"就先照戴将军说的这么办。"

他们停在谷口等了几刻的工夫，只听得马蹄"得得"声响，一个随同韦方一道进去探路的曹府亲兵打马飞驰而出，远远地便喊道："太守大人！两位将军！韦大人让卑职前来带话，这长风谷中安全无险，你们尽管放心进去，他和其他弟兄已赶去山谷那边的出口处等待接应你们！"

费曜一听，就嚷了起来："怎样，怎样？你们是自己吓自己吧？氐蛮算什么？再给他十个脑袋，他也不会设计伏击！你俩啊，实在是高看他们了！"

曹寿、戴凌此刻自然是戒心尽消，当下便领着南安郡的兵马冲进谷去。

那山谷通道竟是狭长如蛇身，两边山梁上树木茂密、藤蔓横垂，犹如乌云遍地，举目幽黑！

越往里边走去，戴凌身上的鸡皮疙瘩就越生越多，这里边太寂静了，连一声鸟叫兽鸣都没有，静得简直让人恐惧！以他多年征战的经验来看，这隐隐是"清谷而伏兵"的征兆啊！不行！先要稳住一下再看！他心念一转，急忙唤来那个方才报讯的曹府亲兵，沉声问道："你刚才是和韦方他们一道穿过了这长风谷看过一遭的？真的前边就没有什么疑点？"

那亲兵不明所以，答道："卑职是随韦大人走到这谷中半道上被他吩咐回来报讯给太守大人和将军们的……"

曹寿一旁也是听得紧张之极，急声直问："怎么了？怎么了？韦方这小子不会骗本座吧……"

他们正说之间，"轰"的一声巨响猝然从天而降，将他们的声音冲得无影无踪！周围骑兵座下的战马都被惊得一窝蜂地嘶鸣起来！

曹寿骇然回顾，只见磨盘大的石块似急雨般从两边悬崖上滚压下来，恰似雷公震怒之下砸来的千斤重锤，转瞬间便将他们身后的山谷入口堵了个严严实实!

"果然有埋伏!"戴凌一惊之余,却是最先冷静下来,"弟兄们!赶快靠向两边的崖脚,免得被他们的滚石砸中!"

然而,挤在狭窄谷道里的南安郡兵早乱成了一锅粥,冲的冲,退的退,躲的躲,闪的闪,全都没了章法。只听到费曜在前边扯破了嗓子大喊:"弟兄们!不要慌!不要乱!咱们和他们拼了——"

一群疯了一般往前急窜的曹兵还没冲去几步,猝然迎面撞上了一阵密集的箭雨,顿时被射得纷纷倒下!

曹寿通红着眼睛大吼道:"韦方!韦方!你死到哪里去了?戴将军,他不是说这里面没有伏兵吗?本座见到他一定立刻就砍了他!"

戴凌瞧着他一脸的傻气,想说什么又没说出来,只苦苦一笑,又忙着去指挥手下骑兵尽量寻往崖底洞穴里逃跑躲避了。

"嗖"的一声锐响,一支弩箭暴射过来,正中曹寿胯下所乘的黄斑马。那马往前一扑,把他从马鞍上重重地摔了下来,跌了一个"嘴啃泥"。

他的头盔飞了出去,落在地上。一块巨石飞来,"当"地一响,霎时把它砸成了扁扁的一张铜饼!

在长风谷的崖顶上,韦方和强端乘马并肩而立,遥望着谷底的曹兵被杀得鬼哭神嚎,眉梢间都不禁露出了隐隐的喜色。

强端手扬马鞭指着谷底,笑呵呵地对韦方说道:"韦将军,真是多谢您深入虎穴诱敌而来,这才让我们氐人在对付魏贼的恶战中扳回了一局!如今这南安郡的曹兵已被困在这长风谷中成了'釜中之鳖',本帅真是大大的高兴啊!"

韦方敛起喜色,拱手而赞:"这一切还是强帅您指挥有方,韦某只是从旁襄助而成,何功之有?"

"怎么能这么说?若不是您韦将军装成'反间'诱得敌来,本帅在这里岂能设下伏兵困住曹寿他们?"强端哈哈大笑,"您就不要推功辞让了!这该是您的功劳,就是您的功劳!我们氐人一定会重重谢您的！"

韦方在两日前先行出城为曹寿"探路"之际，杨炳便在私下里暗暗找到了他，有意拨了几个隐在南安郡军营的司马府死士扮成斥候归他指挥，同时还给了一枚短期解药让他服下，可保他十六日内身体无恙。这也让韦方明白了：司马昭已经准备要用这十六日的时间来彻底解决曹寿这些异己势力的问题。

于是，他试探着问强端道："强帅，咱们今晚既已困住了这些曹兵，您打算怎样解决掉他们？"

强端眉头一挤，有些狡黠地说道："对这支南安郡来的曹兵，本帅就用六个字来对付他们——'紧紧围，慢慢打'！"

"'紧紧围，慢慢打'？这是何意？"

"本帅已经想好了，一定要借这支曹兵来个'调虎离山'，以解蛇盘山苻双大王之围！司马昭得知他的友军居然被本帅困在了这长风谷，总不会见死不救罢？他若是分出一部分兵力来救曹寿，那么蛇盘山之围便会松弛下来——这样的话，我们的苻双大王就可以在压力大减之下乘隙从后山的'天眼洞'中杀出重围，安然而归了！"

"天眼洞？"韦方有些疑惑不解，"这可让韦某有些奇怪了：既然苻双大王在后山有这天眼洞可以抽身而退，为什么前段日子里却不疾速撤出，反而任由魏兵围困？"

强端深深叹了一口气："韦君你不晓得，那天眼洞穴口太小，一次只能容得四五个人通行。苻双大王若是想自己一个人抽身而退，自然是安全无忧的，可是苻双大王重情重义，念念不忘带着四象洞中几千个兄弟一齐撤离。这样一来，他们的目标太大，动静也太过明显，若被魏兵斥候察觉，岂不是自投罗网？所以，这便是前段日子苻双大王迟迟不肯撤离蛇盘山的原因。"

说到这里，他望着谷底那冲天的火光和喋血的战场，望着那些挣扎呼号的曹兵，撇起嘴冷冷地笑了："而今本帅已将这南安郡的曹兵尽行困在了长风谷，就一定能逼得司马昭那小子调出蛇盘山的部分兵力前来驰援。如此一来，蛇盘山那里魏贼的围困线便会因兵力减少而出现空隙，那么这个时候岂不是突围而出的大好机会？"

韦方眼底深处亮光隐隐一闪，脸上却显得钦佩之极，俯身抱拳深深赞道："强帅老谋深算、见机而作，定能将符双大王顺利策应而出，同时把这曹兵打得落花流水、永不敢战！"

钟毓一进天香阁里的这间"壬"字号雅室，便不禁深深呼吸了一下；那甜甜的异香悠悠飘荡，只让人觉得神清气爽！

"好香！好香！"钟毓转过身来对甄德赞不绝口，"这等的异香，实是闻所未闻的珍物！"

甄德笑吟吟地说道："罢了，这等异香别说你钟议郎闻所未闻，只怕在当今陛下的御书房里也未必就有如此的妙物！钟君，你且答是也不是？"

钟毓老老实实答道："不错。钟某出入禁苑这些年，确也未曾闻到过这等的异香！"

"你可知道这香料是怎么制成的吗？你不知道？那就让甄某给你细细道来。"甄德款款而道，"这香料乃是用上等的象牙、犀角以白玉杵研磨成粉，然后再混和着沉香木屑、五色花瓣、八宝珠砂等珍物调剂压干，不知费尽多少人力工夫，方才炼制而成。平时只需燃得小小一片，便已花去黄金百两、明珠一斛矣！"

"啧啧啧……"钟毓惊得一下从席位上跳了起来，"怎有这等奢华糜费？来人！快将这燃香速速浇熄！钟某无意之间闻此奇香，耗此重费，实在是罪过，罪过！"

甄德瞧着他惊慌失措的模样，不禁"吃吃"一笑："钟君何必这般俭约？你可知道，那曹璠将军、曹忠校尉整日整夜里都燃着此香寻欢作乐，肆无忌惮，任黄金白银似干柴烈火一般烧掉，他们可是连眉头都不会稍稍皱一下的！"

"曹将军和曹校尉父子二人竟是真有这般骄奢糜费？甄太守，您可千万不能失实啊，陛下最信任的重镇大吏就是您了！"钟毓双眉一动，深深地看着甄德。他此番前来长安调查曹璠、曹忠与司马师互劾交攻之事，先前便被魏帝曹睿召入禁宫单独面谕：在这一次调查过程中，他必须严守中立、不偏不倚，对曹、马两家都要据实而查，不可枉屈。但同时曹睿也告诉他：来了长安，他只可与国戚出身的甄德有所交往，其他人士则一律不许，否则严惩不贷。那么，既然连曹睿都认定了甄德是他自己在长安最可信任的"眼线"，钟毓自然也就不得不以甄德这个当地要员为自己的行动伙伴。而甄德与他见面后不过数日，就莫名其妙地以"同饮共乐"为由带他来了这天香阁，现在又剑锋直指曹璠、曹忠的骄奢糜费，显然是拥马反曹的态度了，只是却不知他依据何在？所以，钟毓才不得不认真向他点明，他甄德既是陛下的心腹"眼线"，就一定要自省身份，千万不可欺君、蔽君！一旦失实妄言，后果必是极其严重！

甄德当然也是明白了他的这一番言下之意的，坦坦然迎视他的目光，只淡淡笑道："他俩骄不骄奢、糜不糜费，钟议郎你稍后自可去调证人证言的卷宗来看，甄某在此不会多言。不过甄某要告诉你的是，甄某既为陛下倾心亲任，必定竭诚尽力而不负陛下之信任！心中但有所知，必不会隐蔽于上。比如说，据甄某所查，这栋天香阁其实一直就是曹璠、曹忠假借他人之名而开办起来经营赚钱的。依我看来，他们也不光是借此赚钱，更多的时候是用这纸醉金迷来收买各地的民屯之官吏……"

钟毓默然不语，半晌才道："甄太守您讲的这个情况，钟某记住了。"他一抬头，看到那雅室南壁上悬挂着一幅《百梅花开图》，顿时触动了心底的雅兴，便慢慢踱了过去细细欣赏。

但见那图中梅枝一根根由水墨画得遒劲夭矫、姿态横生，刚猛如蛟龙搅云，柔美似灵蛇盘伏，甚是奇妙。而那枝头处的朵朵梅花，却不知是用何等朱砂颜料绘成，显得尤为殷红夺目、如血如丹，浓艳得几乎可从画面之上一滴滴淌将下来！

"甄君，你看——好画！好画！"钟毓含笑赞道，"这梅枝画得骨力峻壮，这梅花更是画得鲜艳夺目！甄君，能在这等骄奢浮华之所，目睹到这'梅艳清扬'的秀逸之景，钟某实在是不胜快哉！"

甄德循着他的目光向那《百梅花开图》看去，眼波忽地一动，沉默了片刻，忽又伸手指向那书案上放着的纸墨笔砚，道："钟议郎既然有此雅意，何不取笔赋诗一首即兴宣泄一番！"

"呵呵呵，钟某怎敢在此献丑，贻笑大方？"钟毓口里推辞着，却还是忍不住提起了那支玉管细毫毛笔，用手指在笔毫上摸了一摸，只觉一股说不出的细腻柔嫩，不禁愕然道，"这笔毫好生奇怪，柔腻细润，非常轻灵——既非羊毫，又非狼毫……"

"罢了！"甄德拍了拍手掌，忽然朝雅室里那一幕青帘背后说道，"吕姑娘，你可以出来向这位天子特使钟议郎解释一切了！"

在钟毓诧异莫名的目光中，青雀儿袅袅而出，满颊泪光，向他深深拜倒。

"这……这是怎么回事？"钟毓骇然不已。

"她是曹忠强行霸占的一个婢女，名叫吕青雀。"甄德平静地说道，"关于曹瑶、曹忠的一些事情，她或许能向钟议郎你告知一二。"

"婢女？"钟毓面色一正，"甄太守，您莫非忘了，依《魏律》之规定，奴婢非因谋逆之事而不得妄告其主，若行强告，则先以其所告之罪而反坐之。这位婢女若是真想举告曹瑶、曹忠什么歹事，则固已先是有罪在身矣！她可不惧？"

"钟大人！"青雀儿悲怆而道，"小女子本系长安郡东郊屯田客之后，乃是庶民自由之身，并非那曹忠府上的什么奴婢！"

"哦？"钟毓又是一惊，将询问的目光投向了甄德。

"哎呀！甄某真是记错了耶。这位姑娘的身份，让甄某联想起一本史书上写的典故。"甄德却没有正面回答，而是将话题莫名其妙地扯了开去。

"什么史书？什么典故？"

"它就是由前朝宿儒刘珍、蔡邕、卢植、杨彪等共同编撰的《东观记》——这本书可是把自前朝光武帝直至献帝（指汉献帝刘协）之间这两百年的历史，写得清清楚楚、一丝不乱！"

"《东观记》啊，钟某自然也是研读过的。"钟毓不知道甄德为什么要提起这本史书，"它确实写得不错。"

甄德深深一笑："甄某记得其中一段典故，是这样描绘一代权臣梁冀的：'梁冀辄起别第于京邑，殚极土木，富丽绝伦，并逼取庶民良人入其内，悉为奴婢，至数千人，名曰"自卖人"。'——依钟议郎之锐目，今日在这天香阁中对照《东观记》这段典故是否觉着眼熟呢？"

钟毓这时才恍然明白过来，看看青雀儿，便就着案旁坐了下来，换上了和颜悦色，道："这位姑娘，曹璠、曹忠有何骄奢淫逸、违律乱纪之举？你尽管讲来。"

青雀儿自那日在骊山行宫被司马师、王羕救出了之后，便已决定与曹府彻底决裂。她定住心神，用手指着壁上那幅《百梅花开图》，双颊通红，颤声言道："小女子适才听得钟大人在称赞这幅画上的梅花绘得鲜红夺目、非同寻常，那么，您可知道这梅花是用何等样的朱砂颜料涂抹而成？"

"不错，这梅花的红艳之色确实画得别致。它用的是何朱砂颜料？你说。"

青雀儿一双明眸渐渐湿红，眼眶也是晶光流动："钟大人，您有所不知，曹忠那恶贼让画师描绘此图，哪里用了什么朱砂颜料？这些梅花，全是他用自己施暴淫虐了的女孩子身下流出的鲜血蘸上去涂抹而红的……画上绘了多少朵红梅花，就说明在这间阁室里曾有多少个纯洁无瑕的女孩被他疯狂玷污过了……"

"什……什么？"一向浸润诗书礼乐以自修身心的钟毓何曾听过如此荒淫暴虐的罪行，不禁惊得连眼珠都快弹了出来！

而青雀儿说到这里，也是悲愤交加，一手掩住了面庞，伏下娇躯，哽咽着讲不下去了。

"啪"地一响，钟毓将手中那支玉管毛笔一下掷在了地上，两眼瞪得几乎要喷出火来，厉声喝道："自作大孽，骄淫难言，神人共愤，天理不容！钟某要立刻上奏陛下，重重参劾这些祸国殃民之淫徒！"

"孟牧君、司马参军：末将代曹太守、魏将军、费将军恳求你们快快发兵驰援长风谷！南安郡全体兄弟都在那里拼死等救呐！"

曹寿派来的亲兵信使夏侯澄在书案前的黄土地上把头磕得"咚咚"直响，力气用得又大又猛，仿佛一直要磕到孟建和司马昭开腔应答为止。他是那夜从长风谷中拼命乘隙闯出来的，满脸厚厚的血垢，左肩窝还胡乱扎着一条被鲜血染得通红的绷带，看上去情状悲惨之极。

司马昭坐在书案右侧席位之上，目光里尽是不忍之色，只沉吟着没有开口。

孟建面色铁青，问道："曹太守他们目前的伤亡情形究竟如何？"

"那氐蛮占了地利，把咱们的弟兄全困在了谷底，实在是有劲使不上，只有白白挨打的份儿！末将冲出来的那天晚上，咱们就已经折损了两三千人！孟牧君、司马参军，赶快去援救他们吧！这事儿可拖不得呀！否则，曹太守他们的损失就更为严重了……"

孟建将目光转向了司马昭，迟疑着问道："司马参军，依您之见，此事该当如何？"

"这还有什么'该当如何'的？"这时，鲁芝却风风火火地插话进来，"孟牧君、司马参军，请拨鲁某六千兵卒去救援曹太守他们！"

"那可真是多谢鲁太守了！"夏侯澄大喜道，只恨不得爬到鲁芝脚边叩头深谢。

孟建却似乎没有听到鲁芝的话一般，仍是拿眼直直地盯着司马昭的反应。

司马昭却显得煞是爽快，立刻便答道："是啊！曹太守与南安郡的兄弟被困长风谷，是该马上调兵驰援！不过——"他倏地口风一转，沉吟了起来："鲁太守、夏侯兄弟，本参军想救曹太守他们的心思自然是和你们一样焦急的。但是，如今我等攻取氐酋苻双所在的四象洞已达紧要关头，如何分得出兵力来援助曹太守他们？强端那奸贼在长风谷困住曹太守他们，用的就是'围魏救赵'之计，说不定他们就在半途中某个险要之处设下了陷阱正等着我们伸头去钻呢——鲁太守，您是军中少有的老成宿将，氐蛮的这小小诡计应该骗不了您吧？！"

鲁芝搔了搔脑袋，又觉着司马昭言之有理，也不好反驳。他犹豫片刻，喃喃道："只怕我等也不能坐视曹太守他们遭殃而不顾罢……"

夏侯澄已在地下"哇"地一声哭了出来："孟牧君、司马参军，你们可不能见死不救啊！长风谷那里可有咱们好几千兄弟啊……"

孟建也张开了口："司马参军……"

"救！当然要救！不救曹太守他们，本参军也定然是寝食难安！"司马昭这时的脸色却变得凝重如铁，右手一摆，毅然而道，"这样罢，鲁太守您还是陪同本参军在这里堵死苻双他们，围攻蛇盘山的兵马决不能分拆开去驰援长风谷，我们决不能顾此失彼。夏侯兄弟你莫慌，本参军可以让八百里快骑持节传令给屯守狮子口处的邓艾将军，请他率兵赶快去救曹太守。邓将军那可是关中响当当的良将啊，由他出面，再多的氐蛮也定是一战即溃！鲁太守、夏侯兄弟，你们把心稳稳当当地放在肚子里吧！"

"这……"夏侯澄有些犹豫起来。鲁芝将他一把拉了起来："司马参军既然派了邓将军，你们曹太守就有救啦！你先跟我下去到军医那里好好包扎一下伤口吧！"

待得鲁芝和夏侯澄退下去之后，孟建四顾无人，方才向司马昭徐徐开口道："二公子，孟某心底一直有个疑问不知该不该讲：倘若邓艾将军那里也难以分兵前去救援曹寿，这可如何是好？"

司马昭的目光此刻却变得犹如寒星一般闪烁不定："您的担忧也不无道理。万一邓艾将军轻离狮子口而去，以致引得蜀将王平从骆谷城乘隙而侵，邓将军又不能从长风谷及时返师回堵蜀军，则这偌大的责任又该由谁来担？"

"这……"孟建顿时语塞了。

"您放心！这个责任不会由您来负的！"司马昭忽又莞尔一笑，"就由昭来写下这道亲笔手令让邓将军去驰援曹寿罢！但军诀有云'将在外，君命有所不受'。邓将军在确保狮子口安全无恙的情形下，再选择什么时机，采用什么方式去驰援曹寿，那就全靠他自己做主了，昭对此亦是鞭长莫及啊！"

孟建哪里是他这些虚词伪语糊弄得了的？他眸中精光一闪，沉沉一叹："二公子，您对曹寿他们何至于此？以仁人君子的宽宏公正之为，可令反侧子畏威怀德而无怨言，不亦更佳乎？"

司马昭听了，面色微微一变，并不出声答话，而是提起笔来，在一张纸笺上"刷刷刷"写了一段话，伸手递向了孟建。

孟建接过一看，顿时怔住了——上面这样写道："孟牧君，难道您忘了当年他们曹家大司马曹休是如何对待豫州牧贾逵耶？贾豫州可谓仁人君子也，其后又若何？"

原来，曹魏太和二年之时，故大司马曹休贪功冒进，在淮南石亭遭到吴帅陆逊的三面伏击，其势岌岌可危。就在千钧一发之际，豫州刺史贾逵赶来拼命杀开重围，将曹休救了出去。然而，曹休为了推卸丧师辱国之责，反而上奏诬告贾逵失期不至、救援不力，朝廷亦有意偏袒曹休，皇帝曹睿明确表态"两无所问"，一味和稀泥，气得贾逵愤恨填膺，郁郁而亡。

换而言之，以此为鉴，就算司马昭、孟建真的发兵救了曹寿脱困，曹寿一个恼羞成怒，说不定还真会把丧师败绩之责推给司马昭、孟建他们亦未可知！

孟建看到司马昭把这事儿点得如此深切，只得长叹一声，再也无话。

司马昭一扬手，那张纸笺轻飘飘飞落在灯台之上，立时被烧成了一蓬灰烬飞散而去。

13　走出树林，不全是笔直的一条道

"邓某一直在思考这样一个问题：陇西境内氐蛮、羌虏交错杂居，其性易动难安、好斗厌静，实在是不易抚平。"邓艾瞧着陇西一域的地形帛图，和自己帐下主薄段灼、牙门都尉樊震商议道，"虽然眼下我们仰仗司马太尉之神威，能够镇住羌虏、氐蛮等异族于一时，他日姜维、王平等蜀贼又来乘虚逼诱，难保不生肘腋之乱！依邓某之见，不如在某些山林险要屏障之处，利用闲暇让士兵们多多修筑坞堡，进而可攻退而可守，以为长久巩固之计。段君、樊君，你等意下如何？"

樊震一听，不由得撇了撇嘴，大是不以为然："邓将军，您可真是尽忠为国、念念在公啊！谁不知道您被调到这狮子口镇守边关乃是临时之责？待得司马二公子平氐之役完毕，您定又会被调回上邽坐镇，那您何苦在这边陲之地空费役力？况且，修成这些坞堡，只是利于后来的继任者们坐享其成，您又未必会借此获得多少封赏，这真是何苦来哉？"

段灼听了樊震这番话，却微微变了脸色，向樊震肃然言道："樊都尉你这些言语可就不在理了！邓将军尽忠为国、念念在公，修建坞堡积谷驻兵，实乃利国利民、可大可久的妙计良策！我等唯有尽心竭力。至于以此谋功求赏，这便让人见得有些'器小识隘'了！"

"好了，好了！段君，你又不是不知道樊震这小子就喜欢唠唠叨叨吗？"邓艾哈哈一笑，伸手一拍段灼的左肩头，和颜而道，"莫和樊震他置气！你下去就建坞驻兵这事儿拟个条陈，让本座审阅之后便尽快前去落实罢！"

正在这时，帐外亲兵来报："司马参军的特使携手令前来宣达。"

邓艾微微一愕，心念一转，急忙起身吩咐道："快快迎入！"

他话音未落，只见司马昭的副手梁机和夏侯澄两人已是一齐疾趋而入。

邓艾连忙带了段灼、樊震在地上屈膝跪下准备接令，神态恭敬之极。

梁机向邓艾深深看一眼，展开绢书念道："征氐统领孟建偕参军司马昭联署令曰：着破虏将军邓艾守好狮子口关隘之余而相机发兵驰援长风谷，拯济曹寿、费曜、戴凌等南安郡将士于危境，并勿为氐贼所反乘。"

邓艾听罢，双手伸起接过那道手令，答道："邓某一定遵命而行。"

夏侯澄等到梁机一宣完，便上来呼天抢地地拉着邓艾的手，一迭连声催道："邓将军，您既已接了孟牧君和司马参军的救援令，就请马上拨兵随我同去长风谷驰援我家曹太守罢！我家曹太守如今是四面受围、无处可逃，可谓命悬一线矣！"

"这位老弟莫慌！"邓艾连忙拍着他的手背安慰着他，诚恳而道，"你放心，邓某向你保证，届时一定将你家曹太守安然救出险境！"

"届……届时？什么'届时'？"夏侯澄一听，顿时几乎急得发了疯，"您还是马上就发兵前去救援我家曹太守罢！再等个什么'届时'，一切就来不及了！"

"别慌！别慌！邓某问你，那些氐蛮可带了什么抛石车、连环弩对付曹太守他们了吗？"

"这……这倒没有。但是他们的滚木和毒箭蛮多……"

"邓某再问你，曹太守他们这一次带去了多少骑兵？"

"四千五百余名负甲重骑，三千七百名无甲轻骑。"

"哦，原来如此。"邓艾大手一挥，眉毛一扬，紧张之色尽消，"那就没什么可怕了嘛！一是氏蛮既无重型战械投入使用，则曹太守他们的伤亡就不会太重；二是曹太守他们携带了这么多马匹，便可在重围之中宰马食肉而充饥，则曹太守他们亦无乏粮之忧。这样一来，他们倘若应付得当，支撑个七八天应该不在话下。你就不必太过担忧了。"

夏侯澄听得目瞪口呆："七……七八天？天哪！我家曹太守哪里撑得过七八天？不行！不行！邓将军，您必须马上发兵前去驰援，拖延一天都不行啊！"

"邓某不是拖延。"邓艾见他还是这么死搅蛮缠的，不禁拉下了脸皱紧了眉头，"若邓某现在就抽兵前去长风谷驰援，万一那边骆谷城的蜀寇探得了风声，马上从后面乘隙而来突袭我这狮子口，侵入陇西腹地，那时候便是整个凉州都不得安宁！这个责任，你我担负得起吗？还有，像你这样风风火火、慌不择路地前去驰援，说不定正中氏贼的下怀，他们早已在半途上设好了埋伏打我们一个猝不及防呐……"

段灼也在一旁劝道："邓将军说得没错，越是危急惊险的情形，咱们越要冷静从容地应对……"

"可是邓将军，你们发兵若是发得慢了，我家曹太守就完了！"夏侯澄的声音已是带出了哭腔，"曹太守他让我带出话来，谁若是救了他的性命，他甘愿把南安太守一位拱手相让以作回报。对了，还有他在南安郡置办的那些产业也统统奉上……"

"唉……你这老弟是越说越偏了。邓某一定会发兵驰援你家曹太守的，可不是图他的什么官位、财产。"邓艾耐心地解释道，"邓某在做好后顾无忧的万全准备之后，自然会相机而动，发兵驰援的。你莫急嘛……"

夏侯澄只当他这是虚与委蛇，一边号啕大哭，一边摔门而去："罢了，罢了，我得赶紧飞鸽传书去禀报我家老将军去，请他在上边快快想法救一救我家曹太守！"

待得夏侯澄的哭叫之声远去之后，梁机这时才步上前来向邓艾低低言道："邓将军，'相机'二字，乃是司马二公子赐予您的便宜从事之权。您自己审度着时势好好去干罢！您也休怕事后有谁来找您麻烦，上边自有司马太尉、司马二公子替您出手化解的。"

"邓某懂得二公子的意思。这一次给骄狂狭陋的曹寿一个重重的教训自然是该当的。"邓艾沉吟着点了点头，"但，我们终究也不能见死不救的。万一他真被氐蛮弄了个三长两短，后果也有些难以收拾。所以，到时候该救他还是得救！"

梁机只轻轻一点："这个时机，这个分寸，您一定要拿捏得好：把他老本耗光了，他就只剩下狭陋而再也不敢在大家面前骄狂了。"

邓艾听到这里，心底暗暗一寒，司马二公子这是在"釜底抽薪"，要彻底解决曹寿这些异己残余势力了！他也不敢深想下去，便假装没听见梁机的话，而是转身唤来樊震，吩咐道："你马上去传令，让各营人马吃饱喝足，并散放出风声，就说我们近日便要开城出击骆谷，要把声势造得越大越好！"

"是！"樊震应声领命而去。

他又喊来段灼，下令道："这两三日里，你去安排八百个兄弟一齐结扎草人，要扎得越多越好！然后在三更时分把它们搬到城墙头上，全部换上士卒平时所穿的戎服，专门用来迷惑蜀寇派来的斥候耳目！"

梁机瞧着他部署完毕，不禁讶然而问："邓将军莫非你真要前去攻打骆谷城？"

邓艾笑嘻嘻地看着他："是啊！明天我还要大摇大摆地带兵前去骆谷城下挑战！你放心，王平他性格一向谨慎持重，绝对不会开城应战的。"

"那……那你为什么还要这么做？"

"哎呀！梁参军，您还没明白过来吗？邓某这是唱了一出'空城计'，先大锣大鼓地虚张声势，把王平一下给震住了；然后，邓某再找个机会带兵连夜衔枚疾趋长风谷，这才能够打他强端一个措手不及！只有这样才能救得曹寿那条小命啊！"

梁机听得连连点头，嗟叹而道："邓将军你在太尉大人身边耳濡目染这些年，当真是深得太尉大人的兵诀真传了！梁某委实佩服之极！"

在此次赴长安调查曹璠、曹忠丰沛酒庄一事之前，钟毓本来与司马氏的关系一直是不远不近的，虽然他的父亲钟繇与司马懿交好，他的弟弟钟会与司马昭为友，但钟毓本人却与司马府过从不甚紧密。

这是因为钟毓曾经担任过故太尉华歆的属吏，而华歆一向声称司马懿乃是"志不在小、谋国篡权"的"奸雄之臣"，这些言论给了钟毓较深的印象。同时，这也使得钟毓在潜意识里暗暗疏远司马家族中人。

然而，近段时间里，他在甄德的陪同下走访了关中不少官员和庶民，耳里听到的竟然几乎全是一片对司马师秉公执法、精忠为国的赞誉之声。再加上他自己也听了司马师扎扎实实地为朝廷做过的那些事儿，和这一片赞誉之声对照起来印证，倒也不能不承认司马师的所作所为完全符合了一名"忠贞明达"之臣的所有标准。

于是，这一天甄德邀请他前去长安郡传舍与司马师相聚，他便欣然同意了。

司马师所居的传舍非常简朴：一排书案，一张榻床，几条坐席，再无长物。同时，钟毓也看了出来，司马师他这间传舍是"一物两用"，既是对外办公之所，又是他自己在内寝居之屋。

然而，为了接待钟毓前来，司马师还是破天荒地在案几上摆放了一些时令瓜果，以免显得过于寒酸。

大家坐定之后，司马师便开口笑道："钟议郎此番能够光临寒舍，师实在是惊喜交加啊！"

钟毓只淡然笑道："前日曹璠将军邀请钟某赴宴交欢，钟某亦是毫未推辞，应召而去的。"

司马师一听，便知钟毓这是刻意显出自己"不偏不倚中立自守"的姿态，当下也不多言，指了指案几上的纸帛条幅，道："今日师请钟议郎前来相聚，亦只是想与您切磋一下笔砚尺牍之技，其实别无它意。"

钟毓眸中波光一闪，含笑而答："既然司马君有此雅兴，毓就腆颜献丑了。"

"请——"司马师满面带笑，起身将一支竹管毛笔递了过来。

钟毓接笔在手，腕动若电，"刷刷"数声，一气便在绢帛上写下了《淮南子》里的一段话："振困穷，补不足，则名生；兴利除害，伐乱禁暴，则功成。世无灾害，虽神无所施其德；上下和辑，虽贤无所立其功。"

司马师一看，轻轻颔首："钟议郎这字温婉淳和，颇有君子之风啊！"他同时又转向陪坐一旁的羊祜说道："杨君，你觉得呢？"

羊祜欣赏片刻，道："原来钟议郎竟然是深研治道之学的高人！失敬失敬！"

钟毓也不言语，又提笔疾速写道："夫仁者，所以救争也；义者，所以救失也；礼者，所以救淫也；乐者，所以救忧也。贪婪自肥，仁不能近；反复无常，义不能纳；淫逸纵欲，礼不能存；醉生梦死，乐不能醒。"写罢之后，他才徐徐舒了一口长气："前一段箴言，乃是钟某赠给司马君你的。这后一段箴言，钟某却是送给曹璠将军的。"

甄德在旁边听得明白，暗暗佩服钟毓借着这两幅字帖便轻轻巧巧表明了自己对这一场马、曹之争的看法和立场：他写的第一幅字分明是在夸赞司马师"振济困穷、兴利除害"；而那第二幅字分明是在暗斥曹璠、曹忠"贪婪自肥、淫逸纵欲、醉生梦死，不知仁义礼乐为何物了"。于是，他灵机一动，便向司马师道："了元，古语有云'来而不往非礼也'，你也给钟议郎回赠一幅亲笔手迹罢！"

"好！"司马师应了一声，提起笔来，微一凝思，就行云流水般写道："在下不能解民困，则在上不能定社稷；在远不能安民心，则在近不能昭明德。"

"这段话钟某爱看也爱听——"钟毓拿起他这张字幅，看了又看，笑了又笑，"司马君你们既然在下解了民困，在远安了民心，我等在上自当襄助陛下定了社稷，在近自当襄助陛下昭了明德——决不令一物失所，亦决不让一人受诬！"

司马师听他这么一说，顿时心情一松，朗声大笑起来。羊祜和甄德见了，亦是相视一笑，各有会意，只道："钟议郎的字中正仁和，司马参军的字沉峻雄兀，当真是相得益彰！"

双方正在饮水交欢之际，钟毓忽然无意间说道："对了司马君，你此番查出了丰沛酒庄侵占屯田积粮酿酒私卖之事，确是难能可贵。不过，曹璠将军那边也不是一点儿好事没做。前日钟某去他安西将军府赴宴，席间他向钟某举报了一桩贪腐大案的重要线索……"

司马师唇角滑开了一抹笑意，半疑半讽地向羊祜那里一瞥："杨君，你听到了吗？钟大人居然谈到曹璠将军也喜欢反腐惩贪？钟大人，您且细细讲来我们听一听……"

羊祜还未答话，甄德已是冷冷笑道："莫非他到了此时此刻还想逮着谁来乱咬一口'戴罪立功'？"

钟毓深深地看着司马师："曹璠将军称他近日拿住了一个龟兹商人，似有倒卖盐物之罪行。如果这龟兹商人被核实倒卖的真是官盐的话，那么关中监盐署的罗杰谒者那里可就脱不了干系。他曹璠自己倒是没敢妄动，只是嘱托钟某将这一线索带回皇宫直接面呈陛下。瞧他的样子，他对这事儿看得极重，还托钟某将他的密奏也一并带回……"

说到这儿，他目光一转，一一在甄德、羊祜、牛恒等人脸上掠视而过，正容言道："今日钟某在此向诸君提起的这些内容，无论是真是伪，是虚是实，诸君都不要泄露出去。"

司马师这边的心脏却"咚咚咚"狂跳了起来：这罗杰可是自己父亲大人当年担任尚书仆射时的麾下故吏，曹璠借着查获官盐私卖之事把他卷进来，莫非是想将这股"阴火"引烧到父亲大人那里去？他正思忖之间，却觉牛恒在旁边过来暗暗拉了他衣角一下——他立时有些明白过来，就故意装作大惊小怪地扬声而道："哦？竟有这等事情？依师看来，罗杰谒者平素倒是显得清廉之极，他还真有胆子敢干这等贪墨之行？钟议郎，可能就如甄太守所言，莫不是曹璠将军疑神疑鬼乱攀乱咬而欲借此转移朝臣对丰沛酒庄侵占民屯积粮一事清议之力罢？"

钟毓皱了皱眉头，说道："钟某对此亦有同感，不然也不会将此事件跟你们说起了！所以，钟某特意还告诫他千万不可轻举妄动，定要待到钟某入京面圣禀明情形之后再行遵从圣意处置。

"不过，司马君，你不是一向以肃清贪贿为己任吗？在这段时间里，倒可以对这监盐署之事多加垂意，届时钟某会建议调你过来一道查办此案的——说实话，钟某也是担心曹璠实为挟私报复他人以借机脱罪！"

司马师脸上静如止水，只肃然而言："多谢钟兄的信任。师届时定当全力协助，不敢怠慢。"

亲自将钟毓、甄德、羊祜等送出府门之后，司马师一直站在门口处望着他们的马车远远离去，直到消失在他的眼帘之中。

然后，他缓缓转过身来，面色一瞬间变得似铁石一般生硬。他冷冷瞥了牛恒一眼，慢慢走回了自己的房舍。牛恒随他入室后便吩咐了人们不得近前打扰，同时替他紧紧关上了房门。

在沉沉的气氛中，司马师唇齿间吐出的一个字儿一个词儿就如铁锤一般刚硬："罗杰他真的在和西域商贾做着私卖官盐的勾当？"

牛恒的腰微微弯了下去，静静地点了点头。

司马师按着书案边缘的双手一下紧绷了起来："他这些事儿和我司马府究竟有没有牵连？牛伯，您一定要给我讲实话！"

室内的空气一下凝滞成了一潭死水。牛恒垂低了两眼，久久没有答话。司马师又逼了一句："牛伯，我一定要知道这事儿所有的真相！"

牛恒闷了半晌，才缓缓而道："依牛某之见，罗杰这事儿是应该能够处置妥当的。"

司马师这时才终于亲耳听到了真正答案。他露出难以置信的神情，颓然一下坐倒在榻席上，喃喃自语道："这……这怎么会？罗杰那是何等清廉的人，我还不知道吗？他当年在太尉大人手下担任尚书台仓曹吏的时候，下面郡县的上计吏给他送了那么多'孝敬钱'，他都一分不剩地交了国库！太尉大人还曾经要我和子上学习他的清正廉洁呐！就是现在，罗杰也没买过一处好宅，没置过一亩田产！他怎么会是贪污之贼？他……他贪来这些钱做了什么？"

牛恒却沉静地说道："大公子说得没错！罗君的确是两袖清风、一文未取的大清官！就是曹璠、曹忠他们现去他家里，去他亲族那里去抄搜，也不会找出他一分一文的贪墨之财来！大公子，他永远是值得您和二公子认真学习的楷模！"

"那……那他为什么又和西域商贾勾结起来盗卖官盐？"

"那是因为，罗君将盗卖官盐所得的全部钱财都投入太尉大人的千秋大业之中了！"

"什……什么？"司马师惊得险些跳了起来，"你……你胡说！"

牛恒双目灼然生光，正视着司马师，徐徐言道："大公子，您自己最清楚，自太尉大人从政入仕以来，他就立下了'清如水、洁如玉、净如冰'的为官之志，从尚书台到抚军大将军，从骠骑大将军到镇西大都督，他何尝滥取过一铢一钱？可……可是太尉大人的关系网络那么庞大，迎来送往、呼朋结伴、待客接物，哪一处地方不需要花钱？司马府左左右右的关系要打点，宫内宫外的应酬要开支，礼贤敬士的费用也不能短缺……若不是罗君这些年在盐务售卖这一块上开源平财，司马府如何维持得过来？大公子，罗君他贪的是曹家的钱，办的是我司马府的事儿啊！他于曹家而言是贪官，于我司马府而言是忠臣啊！"

司马师怔怔地坐着，呆呆地听着，就如石像一般半天没反应过来。

牛恒试探着轻声问道："大……大公子？您……"

司马师不曾答话，心底却有些悲哀地想道：唉……我司马家为济世安民、一统九州而倾己所有，却仍摆不脱这"偷窃"的宿命！看来，我司马家盗人之财、窃人之国的污垢，将来在煌煌史简里是始终难以抹去了……但，我们也总得找个机会、想个办法洗一洗这些"污垢"才好……

牛恒见他似乎想得太深了，便从袖中取出了一幅绢帛，向司马师手里递呈过来："大公子，太尉大人吩咐了，在您心情壅闷的时候，可以读一读他亲笔手书的这段话……"

司马师接在手上，敛神一看，原来那绢帛上面竟写着《淮南子》里一段著名的箴言："夫圣人之屈者以求伸也，枉者以求直也。故虽出邪僻之道，行幽昧之途，将欲以兴大道成大功，犹出林之中不得直道，拯溺之人不得不濡足也。伊尹忧天下之不治，调和五味，负鼎俎而行，五就桀、五就汤，将欲以浊为清、以危为宁也。周公股肱周室，辅翼成王，管叔、蔡叔奉公子禄父而欲为乱，周公诛之以定天下，缘不得已也。管子忧周室之卑、诸侯之力征、夷狄伐中国、民不得宁处，故蒙耻辱而不死，将欲以忧夷狄之患、平夷狄之乱也。孔子欲行王道，东西南北，七十说而无所偶，故因卫夫人、弥子瑕而欲通其道。此皆欲平险除秽，由冥冥至昭昭，动于权而统于善者也。"

他深深看罢了后，不禁幽幽一叹："罢了！父亲大人既然写得这般深切，师又有何言？古语有云'逆而取之，顺而守之'，我司马家大业已然至此，唯有笃行到底了！只求上不违天，下不负民以得心安了！那么，牛伯，您准备如何处置罗杰一事？"

牛恒恭然答道："牛某定将此事做得天衣无缝。"

司马师眼底波光一闪："可惜了罗杰这样的廉吏……"

"假如连罗杰这样的廉吏竟也遭曹璠、曹忠诬陷迫害'自绝身亡'，那么曹璠、曹忠在朝廷之中的名声更是臭不可闻、人人唾骂了！"

司马师微微一颔首，深深然言道："牛伯这一着确实做得高明。但要注意，钟毓今日前来向本座特意告知罗杰一事，从好的一面去想，他或许是真的信任本座。然而从坏的一方面去看，也不排除他有与曹璠、曹忠等联手合演一出'双簧戏'的可能。他毕竟是陛下御笔亲点的监察官，不到最后一刻，还看不出他的真心。你在处置罗杰的时候，一定要千万小心，谨防他们的'计中之计'，也不要留下任何破绽。"

"属下一定谨记大公子的指示。"牛恒的面色显得更加恭然，心底却暗暗想到：这位大公子到底不愧是司马太尉的儿子，虽然看似粗疏旷大，然而一到了紧要关头，端的便是精谋明断、毫不迂滞！

太尉署行营中军帐的门帘"哗"地一下被推开了，满头大汗的北中郎将曹彬像被火烧了屁股一般直闯而入，也不细看里边究竟坐着谁人，扬声便喊："太尉大人！太尉大人！快救救小儿的性命啊！"

"曹中郎将……你这么慌张干什么？"却见书案侧席上坐着整理文牍的太尉府军师赵俨抬起头来，止住了他，"太尉大人到渭南巡视军屯事务去了……"

"哎呀！赵军师，曹某可是从上党郡乘汗血宝马两天一夜不眠不休急驰过来的呀……你快带曹某去找太尉大人吧！"曹彬也顾不得失仪，"咣"地一下坐倒在地板上就一边喘着粗气，一边嚷嚷起来，"我那小儿曹寿现在被氐蛮困在了长风谷中，就盼着太尉大人速速颁下钧令前去救援他呐！"

"唔……这事儿太尉大人已经在过问了。曹中郎将，你就先下去休息休息罢，不用太紧张。"赵俨眸中亮光闪动，暗暗盯着曹彬的反应，脸上却不动声色。

"怎……怎么不紧张？"曹彬就快掉下泪来，"曹某晚年仅得曹寿这一个独儿，曹某真怕他有个什么意外啊！赵军师，麻烦您快去找一找太尉大人……"

赵俨皱了皱眉头："北中郎将，太尉大人近来被一些琐事纠缠，没一天省心过。这几日，他又为征粮一事正忙得不亦乐乎呐……"

曹彬也不是蠢人，立刻就明白了赵俨指的是曹璠的丰沛酒庄被司马师查处一事，马上便道："丰沛酒庄的事儿，曹某会下去找璠二哥说叨说叨，一定说服他向太尉大人公开认个错、道个歉……"

"这倒的确可见北中郎将您是一个难得的明白人了！"赵俨拈着颔下的胡须含笑说着，忽又拉他过来，压低了声音，蹙眉而道，"司马太尉素来也夸您最是通情达理，所以对您是没什么话说的。不过，他近日里也为并州匈奴诸部联名上告一事有些劳神哪！他这几天顾虑重重，愁得是连饭都没吃好……"

"并州匈奴诸部联名上告？"曹彬一脸的愕然。

赵俨将一卷羊皮纸塞到他手里，道："北中郎将您看罢，匈奴诸部在这举告信里可说了您不少事儿呐……"

曹彬一边翻看着那卷羊皮纸，一边直抹额角上的汗珠："这……这些都是刘豹他们在诬告曹某啊！赵军师，请您转告太尉大人，这些都是匈奴丑虏的大肆污蔑！曹某哪里收过他们的贿赂？曹某哪里又强夺过他的马匹？"

"匈奴丑虏嘛，素来野性难驯，太尉大人自然是清楚的。北中郎将您的清正廉洁，太尉大人亦是毫不怀疑的。"赵俨直直地看着他，话中有话地说道，"不过，太尉大人即将率师远征辽东，临发之际也有些担心这些匈奴蛮子万一狂性大发，竟在并州一带生事作乱，弄得朝廷顾此失彼——这样严重的后果，恐怕无论如何也是北中郎将您承受不起的罢？"

"这……这……"曹彬额头上的冷汗立时大颗大颗地滚落下来，洇湿了他胸前衣襟一大片。

赵俨笑意深深地盯视着他，并不多言。

曹彬熬受不住，"扑通"一声屈了右膝，颤声说道："赵……赵军师，您千万要在太尉大人身边为曹某多多美言几句啊！还……还有小儿曹寿那里，也请赵军师快快带我找到太尉大人调兵援助啊……"

"哎呀！北中郎将您这样的重礼，赵某怎生受得起？"赵俨慌忙伸手来扶。曹彬却一把抓住他伸来的手掌，促声道："赵……赵军师，曹某知道太尉大人对您一向是言听计从、最为尊重的了。曹某在上党郡还有几处田产、马场，您……您若有意，就……就请笑纳了罢！"

赵俨唇边的笑意越发高深莫名："北中郎将您何至于此？太尉大人自然相信您在并州是清白无辜的。但为了并州内外安定，赵某已为您和太尉大人想出了两全其美的一策：可以将素有恤民抚众之美誉的庐江太守刘靖调为并州别驾兼北中郎将长史，协助您治理匈奴五部，如何？"

"这……"曹彬再笨，也懂得刘靖是司马懿这边派来监控自己的亲信，但他此时此刻之下还有其他选择吗？他只稍一犹豫，就答应了下来，"好！好！好！刘靖大人确是绥怀有方，有他前来辅佐，曹某自是袖手无忧了！"

听到曹彬把"袖手无忧"这四个字吐得很重很重，赵俨也明白了他已经完全向司马懿屈服认输，这才宽颜而道："北中郎将既是这等深明大义，赵某就立刻冒昧代太尉大人拟下一道钧令，分送孟建刺史、司马昭参军、邓艾将军等处，命他们不惜一切代价调出兵力火速驰援曹寿太守！若有不从者，太尉府将以军法严厉处置！"

"哎呀！曹某就在此谢过赵军师，谢过太尉大人了……曹某定当没齿不忘太尉大人的救子之恩！"曹彬听了，喜得两眼放光，同时瞧着赵俨那一派隐然满意的眼色，又加上几句话来，"我那寿儿，他哪里是杀敌打仗的料？我早叫他不要当那劳什子的南安太守，安安稳稳回京当他的黄门侍郎，这不更好？他自己偏不听！还有，戴凌、费曜那两个莽夫也一直在鼓捣他抓住什么'封疆要职'不放……看这两个家伙把他害得……等这次救了他出来，我马上让他辞官回京去！"

从长风谷的山脚下驻马仰望上去，韦方的神色显得十分复杂：在这陪着强端等氐兵氐将猛攻曹寿等一万魏兵的十一日里，他看到了曹寿手下的那支嫡系部队是如何从一万多人马渐渐消灭到而今的两三千的。曹寿、费曜、戴凌他们现在已经是困窘到用自己死去的战友的尸体堆成的肉墙来屏护自己了！他们也早已将干粮吃尽，连自己带来作战的战马都几乎被杀光割碎了来充饥！照这样下去，他们差不多快是完全待在谷底里等死了！

司马昭巧妙借用氐兵之手彻底削弱曹寿这股异己势力的计谋，如今可谓大功告成了！那么，韦方自然也算是圆满完成了任务。所以，他在今天下午就乘了一个空隙偷了马匹溜下山来，准备赶将回去复命。况且，今日是服下那"蚀心丸"的临时解药后十三天了，距离药性发作的最后期限还有三天的光景，他也该回去凭着自己这一份功绩向司马昭取得这"蚀心丸"的根本性解药了。

摸了摸自己腰袋里系着的那块虎头铜牌，韦方的心稳稳实实地放了下来：这虎头铜牌是司马昭特意赐给他的通行证物，靠着它，他只要一回到蛇盘山牛角坡魏军大寨，就可以顺顺利利地直接见到司马昭了。一想到这里，韦方那颗心便又飞了起来！他用双腿猛力夹了一下马腹，拨转马头，就欲扬鞭疾驰而去！

正在他回马之际，一阵嘹亮的号角之声猝然从长风谷东岭那边高扬而起，他急忙转头，方才短短的旋首之间，只见强端在谷顶上扎着的营垒丛中已然变得是人喊马嘶、火光冲天！

在漫空的箭雨中，一面写着大大的红色"邓"字的旌旗高高升空而起，犹如一只展翅盘旋的雄鹰，迎着朔风张扬开来！原来是邓艾率着奇兵前来狙击猛攻了！

远远听去，氐兵们就像被突然一棒打中了要害的苍狼和野猪一般，狂吼着、呼号着、反扑着、挣扎着，和这支从天而降、突袭而来的魏军展开了惨烈的厮杀！

但是，韦方自己的心底十分清楚，在这十余日围攻谷底曹兵的过程之中，强端手下的氐兵们亦是付出了不小的牺牲，而且他们的粮食补给也并不充分。最关键的是，他们只考虑了在西翼一侧防备魏军从蛇盘山那里分兵来袭，而事实上强端也的确抽了一部分兵力在西翼要道上守候伺伏，却万万没有想到邓艾竟会如此大胆地留下狮子口要塞而不顾，直接从东翼横插过来、猝击而至！这样一来，氐兵们肯定是手忙脚乱、在劫难逃了！

司马昭此人果然是箭不虚发、算无遗策！这一次，不仅连曹寿和他的南安郡兵，就是强端和他的鸡头岭氐兵，全都落入他的谋划之中而无法翻身了！想到这儿，韦方竟在心头隐隐生出了一丝得意之感：看来，自己投在他司马昭的麾下效力实在是一个正确的决定——只有追随着真正的最后的也是最大的胜利者，自己才能够一展所长、附骥而飞！

胡人酒垆那只半月形露天炕坑之上，一排黑铁架悬着七八只赤泥小壶，下面细细的火苗一蓬蓬地将它们静静燎烤着。纯纯淡淡的酒香溢满了整个雅舍。

羊辉白玉般莹润的面颊仿佛被室内暖暖的气息催起了一片红霞。他笑盈盈地为司马师斟上了一盏半温不烫的葡萄甜酒。司马师还礼谢过,一边接杯慢呷,一边淡淡而问:"刘部帅呢,他今天怎么不在?"

"刘部帅昨天赶回并州去了。据说新任的北中郎将府署长史刘靖大人已经出面协调,将曹彬强征为奴的那些匈奴人悉数放还回家了。今天是他特意委托小弟前来向子元兄你代为致谢的。"

司马师放下了酒盏,摇头一笑:"谢什么?依着《魏律》,曹彬私征奴婢,本该免职问罪的。师却没能为匈奴诸部主持公道到底,这已是羞愧不可自容了!刘部帅其实真是不必致谢于师的。"

"唉……太尉大人和子元兄你们能将曹彬这样仗势胡为的皇亲国戚制约到这般地步,刘部帅和我们焉能不敬不谢?"羊辉浅浅而笑,"我家叔母也说了,子元兄您刚健中正、执法如山,实在是当今朝廷不可多得的中流砥柱!辉也甚是钦仰子元兄您呐——尤其在当前曹瑶、曹忠等人对您的大肆污蔑之下,您居然看起来仍是一如平常而毫不动容!"

司马师嘴角微微向上一翘:"一群跳梁小丑而已!师怕他何来?"

羊辉深深地注视着司马师,心中暗道:这个司马子元,也不知他从哪里得来的坚实底气,仿佛始终都拥有着一股天生的与众不同的骄傲!似乎从来就是为掌大权大威之柄而生的天之宠儿!

在这浮思一漾之下,羊辉桃腮处的红晕不禁显得更加浓彤了。他急忙敛定了心神,从榻席旁拿过一方木匣,轻轻推到司马师膝前,柔声说道:"子元兄,这是我……我家叔母为您绣好的一匹'天马银纹'红缎……"

司马师面上笑意顿现:"多谢!"随手便将匣盖打了开来,将那一匹彤红如朝霞的赤缎似瀑布般铺展在柏木地板上。缎面正中,一匹仰天长嘶、奋蹄翔空的神骏之马昂然而驰。注目看去,银光灿烂之中,那马鬃,那马脖,那马腿,无一处不是劲道饱满、线条分明!简直就似要从那红亮亮的缎面之上奔腾而出,撞入怀来!

"你家叔母绣得真好!这一匹天马完全就像活生生的一样!"司

马师一见之下,不由得赞不绝口,"师将它拿去缝盖在军帐的帷幕之上,想必太尉大人和各位将军见了也定是叹为观止!"

听了这话,羊辉双眉禁不住微微一蹙:"子元兄,我家叔母在这匹绸缎上绣的可不单是这一匹骏马,大概还有她……她倾注其中的一片心意!子元兄你可不能够将它随意炫示于众啊!"

司马师有些古怪地笑了一下:"心意?你家叔母在这匹'骏马'上倾注了什么心意?辉弟你可不能乱讲啊!不过,这匹'骏马'若是辉弟你亲手所绣,说不得师还会将它缝盖在自己床上铺被之上,每夜每晚与师为伴呐……"

"子……子元,你……你真坏!"羊辉脸庞红得便像烧了起来,"你若再说这些轻薄的话,我……我可不理你!"

司马师急忙收起了懈慢之色,将那匹红缎细细地叠好放进了木匣,也不再开什么玩笑了,只悠然而道:"辉弟你放心 你叔母绣的这匹'天马银纹'绸缎我一定会好好珍藏,将来会把它好好派上用场的。"

羊辉这才转嗔为喜,颔首而言:"辉素来敬服子元兄您刚健中正、以礼自持,今日瞧来委实不曾看错。"

司马师眼角却有一线苍凉悄悄溢出:"我哪有你说得那么好?其实……其实,辉弟你不知道啊!我何尝不曾做过违心的事儿?你可不要再谬赞于我了……"

"违心的事儿?子元兄,就算你做过'违心的事儿',我依然相信你做那些'违心的事儿'也是为了顾全大局、情非得已。"羊辉侃然讲道,"你的'违心事',怎比得上曹璠、曹忠他们的骄奢淫逸、恣意妄为?你可知道,近来长安坊间流传,曹璠、曹忠他们为了栽赃于你,居然将以清廉著名的监盐谒者罗杰也逼得自杀身亡了……"

司马师的语气分明飘忽了起来:"罗……罗杰?我……我司马子元真是对不起他呀!连累他这样一位清廉循吏也被曹璠、曹忠他们迫害而死……"

羊辉瞧着他那掩不住的悲哀和悔痛,不禁伸过手来与他紧紧相握:"子元,你不必太过自责。你将来若能涤净了曹璠、曹忠他们在

235

关中煽起的贪贿之风，便是对罗杰谒者最好的回报了！我们都会鼎力支持你的！对了，我忘了告诉你，我家叔母在听闻曹璠、曹忠等丑行劣迹之后，便向侍中大人（指辛毗）去了一封书函，提了一条妙计打击他们！"

"什么妙计？"

"我叔母说，曹璠、曹忠毕竟是魏室宗亲里的旁系支属，是当年文皇帝为了对抗陈思王曹植、任城威王曹彰等嫡系宗亲才刻意扶持栽培起来的。像楚王曹彪、沛王曹林、彭城王曹据等武皇帝一脉传下的嫡系宗室早就看不惯曹爽、曹璠、曹彬他们仗势贪赃、作威作福了！侍中大人和尚书台、中书省、廷尉署的同僚们完全可以把曹璠、曹忠他们这些斑斑劣迹传于楚王、沛王、彭城王等人知晓，这些嫡系宗室得知后必是心不能平，自然会群起而抨之。如此一来，陛下纵然对曹璠、曹忠他们有心袒护亦是难以招架！子元兄，你说，我叔母这一招'以曹制曹'之计高不高明？"

司马师顿有所悟：怪不得近日京中传来风声，说是朝堂之上楚王曹彪、沛王曹林、彭城王曹据突然联名上奏陛下，不点名地抨击了曹璠、曹忠的不法行为，并请求陛下严正宗室之纲纪、不可姑息宽纵——原来这都是辛毗他们在巧妙借力用曹家人打曹家人啊！

一念及此，司马师立刻起身向羊辉深施一礼，肃然道："徽瑜，你们泰山羊家和颍川辛氏的深情厚谊，师在这里心领了。"

"徽……徽瑜？"羊辉玉颊之上倏地绯红如霞，"你……你……是怎么发现我的……"

"你的弟弟羊祜，也就是长安郡府上计署的那个'扬护'其实把一切真相都告诉我了……"司马师伸手拍了拍席旁的那方木匣，深情脉脉地看着女扮男装的羊徽瑜，"这匹'天马银纹'绸缎也是你一针一线为我精心缝织而成的吗？你这片心意，我一定会铭记于心……"

羊徽瑜脸上红霞漫布，显出了女子的娇羞之态来："你……你原来早就识破了我的身份……看不出来，你可真坏！居然还假装着捉弄于我……"

14　恰到好处，相互找一个台阶下

　　就在这时，守在酒垆门口处的成倅突然扬声呼道："司马公子，杨吏君前来求见！"

　　司马师一听，瞧着羊徽瑜窘得满面绯云的模样，便含笑往身后屏风努了努嘴。羊徽瑜会意，连忙起身，趋步退进了屏风背面。

　　不一会儿，杨护，也就是羊祜匆匆走了进来，一见司马师便拱手言道："司马君，羊某有一事相禀。"

　　"祜弟，瞧你跑得满头是汗，你且坐下慢慢细说罢！"司马师往面前桌几上倒了一杯温酒，递了过来，"来！来！来！这是西域著名的葡萄美酒……"

　　"司马君，羊某察觉这监盐谒者罗杰自杀一事的背后似乎隐藏着什么蹊跷……"

　　司马师端着酒杯的手顿时触电般微微震颤了一下，杯中的酒水也险些洒了出来。他面不改色，在暗暗一惊之后，仍是平静而道："此话怎讲？"

　　"监盐署说不定和丰沛酒庄一样也是侵吞了国家公财的'大黑洞'！而罗杰，说不定亦是畏罪自杀！"

司马师深深地盯着羊祜："不许你信口雌黄——曹璠、曹忠他们不是带人去搜过罗杰谒者的家里了吗？结果只从罗宅抄出了三四斗麦屑和糙米！他哪里侵吞了什么国家公财？"

羊祜将脚跺得"咚"地一响："不错，从表面上看，罗杰确实是两袖清风、家无余储！但正是这一点蒙蔽了你们，他一定是把那些侵吞的公财转移到别的地方去了……"

司马师将酒杯缓缓放回桌面上："羊君，你如此指责罗杰谒者，不能空口妄言啊！你且拿出证据来！"

"羊某近日调查过监盐署下面的一个盐池令，从他口中套出话来，原来关中监盐署所辖的各处盐池每年共产八百多万斤官盐，但是从上缴尚书台和皇宫大内少府寺的薄册上看，每年所缴进的官盐却只有四百万斤！还有四百多万斤官盐哪里去了？这难道不是被监盐署暗中截留侵吞了？"

司马师的额角不由得微微见汗。他咬了咬钢牙，也不正视羊祜，两眼直盯着桌上那只酒杯，冷冷地说道："尚书台、中书省、皇宫大内少府寺三方已经联合行文，追赠罗杰谒者为'一代廉吏'之殊荣。羊君，我们就让死者安息而去罢，何必再又掀起满城风雨？"

"怎……怎么？这……这样的话居然也是从你司马子元的口中说出来的？"羊祜大吃一惊，就像看着一个陌生人一样看着司马师，"子元兄，你不是素来便以'澄清六合、匡正八极'为大志吗？为什么在罗杰贪墨这件事儿上却止步不前了？"

司马师的目光仿佛要把桌上那只酒杯盯得粉碎了："当前辽东战事正紧，本朝外忧方大，一切当以大局为重。关中一域，不宜再生事端了。"

羊祜迟疑了一下，忽然缓缓问道："长安城各坊间流传着一些说法，据称罗杰之事似乎隐隐牵扯到了司马府……"

司马师脸色蓦地一僵，却没有答话。室内顿时如同冰池一般静了下来。

羊祜终于明白过来，咬着嘴唇，冷冷地笑了："好！好！好！你司马师也不过如此——肃别人的贪腐容易，肃自家的贪腐就困难了？"

"祜弟！有些事情不是你想象的那样——我们也是不得已！"司马师低了下头，黯然而道。

"不得已！你少在我面前说什么借口！当日为了举报丰沛酒庄里的'猫腻'，我连自家的岳父都得罪了！你还敢当着我的面说什么'不得已'！司马子元，你太让我失望了！"

羊祜越说越气，愤愤然将袍袖一甩，转身不顾而去！

司马师跪在席位之上，一直没有抬起头来。

过了许久，羊徽瑜的声音在他身边柔柔地响起："子元何必如此自苦自贬？徽瑜决不相信你是那贪墨之徒，也相信子元你真有'不得已'。你放心，祜弟他总有一天也会明白你的苦衷的。"

司马师缓缓抬起脸来，沉痛中带着坚毅，只轻轻问道："徽瑜，你可明白什么是大节，什么是小节？"

羊徽瑜正视着他："我自然明白。和光同尘是小节，虽大圣大贤亦不得已而为之；循理行道是大节，虽纤毫亦不可轻弃！祜弟没有见到过刘豹和他的族人对太尉大人和子元你感恩戴德的表情，但我亲眼见到过。所以，我相信你是拥有刚健中正之大节的奇男子伟丈夫！"

司马师听罢，面泛波澜，在席位上向她深深一躬："徽瑜——你且受师一礼：师深深感谢你的理解，你如此知我信我，我日后必不相负。"

羊徽瑜脸上的笑容纯净如泪光，哽咽着轻轻点了点头。

几乎就在司马师收到羊徽瑜送来的"天马银纹"红缎的同时，牛角坡寨楼司马昭的议事房书案上也铺摆上了一张光滑如锦、鲜亮如绸的金钱豹绒皮，端的是灿灿然眩人双目。

司马昭用手慢慢抚摸着这豹皮上的那一枚枚"金钱斑"，深深慨叹道："还是氐蛮的身手矫健，竟能从深山老林中捕杀到这等异兽，取得绒皮！"

段灼在一旁接话道："可惜，他们的身手再矫健，也敌不过司马参军您和邓艾将军的运筹帷幄！这不，他们在鸡头岭的老巢不就被咱们大魏雄师一举端掉了吗？"

"从那洞巢里搜出了这样的豹皮共有多少张？"

"大概有一百二十多张罢。属下已经让人装好在木箱里了。"

司马昭的手缓缓离开了那张金钱豹绒皮，沉吟了一下，道："全都把它们清点造册罢，待得这蛇盘山战事完毕之后，便将它们连同其他战利品一齐进献给陛下！"

"这个……"段灼犹豫了片刻，觑得四周无人，方才趋近前来低低说道，"司马参军，邓将军在平定长风谷氐蛮，返回狮子口要塞之前，曾经特意给属下交代了，这些缴获的豹皮用来铺垫榻床最是暖和宜人，太尉大人的腿膝素有寒痹之疾，留着它们自有妙用……"。

"难得邓将军能有这样一片虔敬之心呐！"司马昭的目光一下变得莫名的柔和了，"段君，你且回去代我转告邓将军，就说子上代太尉大人深深谢过他的这一份关切了！不过，太尉大人一定是不会私自截留这些平氏战利品的。陛下和洛阳的公卿大臣正等着这些豹皮去铺饰自己的繁华哪……"

段灼见司马昭这么说，暗暗一叹，自然也是只得罢了。

司马昭灼亮之极的目光忽又抬了起来，望向南安郡所在的那个方向，悠然问道："曹寿、费曜、戴凌他们在长风谷被邓艾将军解救出来时的情形如何？他们又有何话说？"

"南安郡的兄弟被我们解救出来时，只剩下了一千六百余名活口，都已经瘦得不成人形了。曹寿、费曜、戴凌等人向邓艾将军谢过救命之恩后，便连夜驰回南安郡去闭门待罪了。"

"哦？就这些情形了？"司马昭直视着段灼，"他们就没再说别的什么了？"

段灼微微一怔，马上醒悟过来："邓将军已经向他们着重点明了是司马参军您下令调军前去救援的，也暗示他们最好来牛角坡这里亲自感谢一番，但曹寿他们只说改日自当向司马参军您登门拜谢，就匆匆告辞而去了。"

240

司马昭的眼眸深处顿时有一道锋利的寒光似剑刃般一掠而过，面色沉郁得如同一片阴云。

段灼浑身立时油然生出一种汗毛倒竖的感觉，急忙伏下了身子不敢正视于他。

片刻过后，司马昭沉沉的声音从他头顶抛了下来："好罢！你回答得很好。下去到梁机大人那里领赏。"

强端拖着长长的镣铐，在梁机、胡奋的押解下，"哗哗啦啦"地走上前来，却见大帐的烈烈炬光之下昂然端坐着一位身材魁梧、英气迫人的少年魏将。

他万万没有料到，就是这样一个看起来似乎儒雅有余而威武不足的年轻汉人指挥千军万马将自己擒拿而下！

梁机在他身畔笑眯眯地看着："怎么？没有看见过我家公子吗？他不是你先前所想象的三头六臂、虎背熊腰的样子，你一定很失望吧？"

强端涨红了脸，大声吼道："你们汉人专会使诈！和咱们氐人硬拼不过，就搞偷袭！"

司马昭一伸手止住了梁机的反唇相讥，冷冷笑着问强端："你们氐人的诈术还使得少了？是谁故意把蛇盘山的山口寨楼主动放弃后作为'香饵'引诱我军上钩的？又是谁在长风谷设下了伏兵狙击了我们南安郡的弟兄？这些难道都不是使诈？可惜，只是你们不懂'螳螂捕蝉，黄雀在后'的意思罢了！"

强端听了，沉下脸来哼了一声："事已至此，多说废话亦是无用！咱们既是你们魏人的手下败将，要杀要剐悉听尊便！然而你们若要逼迫咱们屈膝投降求饶，却是万万不能！"

司马昭双眸寒光暴射，森然一笑："强大帅今日在此何必把话说得太死？你一个人是真英雄大丈夫不假，我也敬你这一派视死如归的气慨！但你何苦拖着这蛇盘山数万氐族老少妇孺一道陪你殉葬？你可愿看到这方圆六百里的氐人被我大魏屠戮个干干净净？"

他这话来得太过凌厉了，一下噎得强端半晌答不上话来。他咬着钢牙终于硬生生又将司马昭的威胁顶了回来："屠刀在你们手里,你们愿杀便杀!但我氐人只有站着被杀的男女老少,决没有跪着求饶的庸才懦夫!"

司马昭见吓他不住,就又转换了语气,温温和和地说道："我们汉人的典籍里讲过:'天地之性,唯人为贵。'又讲:'上苍有好生之德。'我大魏堂堂仁义之师,岂会做出屠城滥杀之恶行?刚才本座是戏言于你的。你的亲妹妹强华不正关在我后营之中吗?你稍后可以下去问一问她,我司马昭是怎样优待你们这些氐人俘虏的。"

"强……强华?"强端一下将拳头捏得紧紧的,"你……你把我妹子怎样了?她若掉了半根毫毛,我做鬼也不会放过你!"

司马昭淡然而笑："她一直是好好的呀,本座丝毫也未曾失礼于她。你放心,只要你们氐人答应从今以后不再与我大魏为敌,本座就立刻放了你们每一个人,你也就可以和你妹妹欢喜团聚了!同时,我们还会拨粮送物给你们重建家园!"

强端容色稍缓,拿眼斜睨着他,依然不是十分相信他这番话。

司马昭笑了一笑："你们跟着诸葛亮对抗我大魏,总不成真的是和他们一样为了什么'汉室正统'罢?"

强端仍是默然不答。

司马昭干脆单刀直入："诸葛亮究竟给你们开出了什么样的承诺?你们跟着他抗魏成功之后将会得到什么样的待遇?"

强端将头发一甩,仰起脸来,傲然言道："诸葛丞相乃是何等高明中正的英雄豪杰?他曾经在白水河边向天神沥血盟誓:我们氐人若能帮助击破你们这些魏贼,他们必会给予我们'汉夷一家、平等相待'的权利!在这几年里,诸葛丞相和他手下的蜀军兄弟们就是这样做的,从来也没有乱来过!"

司马昭皱了皱眉头："汉夷一家?难道我大魏朝对你们夷人还不够尽心竭诚吗?乌桓一族曾经对我们汉人那么凶毒,但太祖武皇帝将他们在白狼山一举挫败之后,对残余归降之众仍以骨肉之盟相待。你们氐人在关中先前所受的待遇难不成还不如乌桓一族?"

"骨肉之盟？"强端冷笑了起来，"不错，我们氐人曾经一度归附在你们关中将帅麾下效力，但你们何曾对我们做到了'汉夷一家、平等相待'？就说一说你们大魏朝以前的那个大司马曹真吧！他对我们氐人简直就是视为奴隶，呼来唤去，每一次出兵征杀，他都要征发我们氐人做前锋部队当'替死鬼'；每一次战争结束之后，他们又根本不对我们氐人当中的伤兵、死者稍加抚恤，甚至有时候连一张裹尸的草席都懒得给……你说，我们氐人凭什么为你们魏人去白白送死？这些情形换成了是你，你该怎么做？"

刹那之间，大帐之内沉沉地静了下来，犹如死水枯潭一般微波不生。

许久，许久，才见得司马昭深深一叹，缓缓站起身来，向强端郑重言道："你这些话问得好——本座……本座该当代替先前的关中诸将向你们氐人诚恳地道一声歉！"

说着，已是向强端一头躬了下来！

强端暴吃一惊，看着司马昭这出人意外的道歉举动，他的嘴唇不禁动了几动，面色也渐渐缓和了。但一转念间，他又想到了先前魏室众将种种的口是心非、背信弃义，心肠一冷，便再次僵硬了表情，一言不发。

司马昭直起腰来，从书案后面徐步跂了下来："古语有云：'以厚待民者，民亦以厚报之；以薄待民者，民亦以薄报之。'罢了，你所讲的这些，都已成为过去了。你若信得过本座，本座在此当着天神、山神立誓于你：诸葛亮所说的'汉夷一家、平等相待'之权利，本座一定能够同样给你！"

强端微微翻起了白眼，对他的话半信半疑。

"本座可以提醒你注意这一点：诸葛亮已经死了，伪汉朝廷亦无贤臣异士主持大局了。你自己好好回忆一下，在你们氐人和我们魏军连续交战的这几个月里，汉中那边究竟派出了多少兵力前来支援过？'汉夷一家，手足相待'的盟誓，只怕早被那伪帝刘禅忘到了九霄云外罢？他们既已毁盟，你又何必固执？"

强端听到这里，眼中的光芒才忽地一下暗了。

司马昭继续款款言道："目前本座只要你们氐人做两件事：一是请你们氐人与我大魏言和交好，举族迁出蛇盘山，搬到陇山、祁山居住，超然中立于外，以免再遭魏汉交争的池鱼之殃；二是你们的子弟儿郎尽可在魏朝入仕、求学，我们决无隔阂逆拒之举。如何？"

强端一脸的诧然："难道你不想让我们帮你对付汉军？"

司马昭一字一句刚正有力地讲道："你这说的是什么话？我们中原人氏自己的事儿自己能够顺利解决，何须又把你们卷进来？诸葛亮为夺中原而急功近利，不惜以'骨肉之盟'将你们氐人拖入战火。但我司马子上素来秉持浩浩王道而抟天地之清和升平，却是不屑以此伎俩而滥伤你们的生命！"

听了司马昭这一席话，强端顿时怔住了。他隐隐感到，这个年轻魏将志气之雄远、度量之恢宏、格局之开阔，乃是自己毕生所仅见，甚至连一代贤相诸葛亮亦稍有逊色！看来，我们氐人这一次必将彻彻底底不可违逆地降服在他的手里了……

"当啷"一声，强端右脚上的最后一副镣铐也被胡奋打开——他终于获得了完全的自由。

司马昭走近他身旁，吩咐而道："你此番可以回到四象洞好好劝一下你们的符双大王。如今他外援已绝，又逃遁无门，此刻不降，更待何时？"

强端轻轻点了头："强某回到四象洞后，自当将司马公子你所讲的至理大道向他细细劝解一番。就怕他自恃有蛇盘山的山神佑护，仍然倚着四象洞负隅顽抗！"

司马昭呵呵笑道："这世上哪有什么'蛇盘山的山神'佑护他哟！你回去告诉他，让他再也不要自己骗自己了。我大魏劲旅已在你们蛇盘山背后的那个天眼洞四周埋伏了下来，随时正等着他符双走投无路之际去那里自投罗网！"

强端顿时如遭电击般全身一震，就像见了神灵一般，满面惊服地盯着司马昭："司马公子你真乃神人也！怎么连这个秘密都被你知道了？"

司马昭莞尔一笑："你们所知道的，我自然都知道。你们所不知道的，我也能知道。不然，我怎么能收服你们这些'陇西的雄鹰'？"

强端右手在胸前一搭，躬身深施一礼："我们氐人从此敬服司马公子如天神，生生世世决不再叛！"

司马昭满意地点了点头，伸手挽起了他在帐中榻席上坐下，含笑问道："你被捆了这么久，肚里就不饿？"

强端不好意思地笑了："实不相瞒，强某早就被捆饿了，司马公子你总得先赏强某一块肉吃了再说吧！"

"本座就猜到你一定饿了。"司马昭一挥手，让胡奋从帐角提了两条被柴火熏干了的羊腿丢给了强端，"你且尝一尝这个羊肉的味道！"

强端拿起来一阵猛啃，把那羊腿上的肉连撕带咬地吃得干干净净后才一抹油光光的嘴巴，道："这羊肉很有嚼头，吃起来蛮带劲儿的，比咱们蛇盘山里的野黄羊还好吃！"

司马昭哈哈笑道："这是漠南大草原长角羚羊的腿子肉，实在是天下罕见的美味，也是天下最难捕获的美味！你吃起来那当然够劲道了。"

他讲到这儿，看到强端脸上仍是惊疑未定的表情，便加了几句解释："本座不会骗你的。它可是并州匈奴五部的猎民远出塞外为太尉府捕获进贡而来，太尉府前几天才派人送到本座这里来的。"

听到此处，强端的面色似冰封霜冻立时僵住了：罢了！罢了！我等氐人果然终究不是他们魏人的敌手！连素有"五胡之首"一誉的匈奴诸部都向他们大魏俯首臣服、贡奉守节了，我区区数万氐人再折腾下去又能如何？不过是飞蛾投火、以卵击石罢了……这个输，我们是认定了！认定了，就真的不应再起异心了！于是，他缓缓抬起头来，恭然直视着司马昭，款款而言："司马公子您所送的这羚羊腿子肉确是鲜美可口。强某恭请您再送我们几条这样的羚羊腿子肉，强某要把它们带去给四象洞里的苻双大王也尝一尝……"

"启禀太尉大人：二公子已经调遣邓艾将军突袭长风谷，救出了曹寿、费曜、戴凌等人，但南安郡兵马已在此役之中折损了八千余人，曹寿等人均向朝廷和太尉府呈进了请罪表；

"同时，蛇盘山氐酋苻双在其副王强端劝说之下，举众向二公子缴械投降。二公子决定将他们部下的氐人一分为二，一半由苻双带领而迁往祁山居住，另一半由强端带领而迁往陇山居住。他特来书函请太尉大人您示下！"

牛金翻开一叠帛简，向司马懿朗声禀报道。

司马懿抚着胸前的垂髯，脸上笑容始终是那么浅浅淡淡的："子上在陇西做的这几件事儿都还干得漂亮。他决定将陇西氐人'分而治之'，这个策略也不错。你就代老夫批下一个'可'字吧！对了，子元那边的情形却是如何了？"

"尚书台、中书省、廷尉署三方同拟好了对曹瑶、曹忠等人擅借丰沛酒庄之名而行盗取公粮、中饱私囊之实一事弹劾的奏章，请求陛下对他们予以严惩。但陛下却留中未签，迟迟未置可否。另外，陛下对曹瑶、曹忠攻击大公子'擅闯行宫、不敬于上'的表章亦是留中未签，始终没有最终表态。"

司马懿沉吟着点了点头，若有所思，却忽又转换了话题："曹瑶、曹忠他们对关中监盐署一事还有何动作？"

"曹瑶、曹忠仍在大肆污蔑罗杰乃是'畏罪自杀'，还说这是'丢卒保帅、舍小顾大'之举，要求陛下派出钦差大臣对关中监盐署内外账务彻查……"

"哦？"司马懿忽然深深一笑，"陛下对他们这些污蔑是如何批示的？你讲来听一听。"

"陛下这一次毫不犹豫地批旨驳回了曹瑶、曹忠，并以罕见的严厉语气训斥他们是在妄言内廷机务、犯上不敬……"

司马懿一举手止住了牛金继续说下去，拿眼凝望着窗外的沉沉夜幕，幽幽地说道："是啊，陛下宫廷内有许多秘密的不可见光的用度开支就是从盐务收入这一块而来的，他怎会受到曹璠、曹忠等蠢货的鼓动让外廷介入彻查？陛下自己也不愿意让外廷的人知道的事儿多着呢……曹璠、曹忠等人实在是太蠢了！"

牛金在一旁也深深感叹道："是啊！没想到在罗杰这一件事情上，末了竟是陛下最后站出来替我们挡住了重重攻击！"

司马懿敛定了思绪，徐徐言道："看来，关中的一切情形都在我司马府的牢牢掌控之中。陇西氐蛮被彻底降服了，南安郡的曹氏余党也被扫清了，关东赈灾的近三百万石的粮食也都筹齐了，老夫现在可谓是后顾无忧矣！却不知朔方那里的战事最近怎样了？"

"镇北将军裴潜送了一份讯报，粘了表明'十万火急'的雉羽，但内容却似乎并不着急。"牛金打开一份绢书，继续禀道，"他只在讯报里说，毌丘俭前不久在辽河西津口与伪军对峙，因遭天降霖雨而致营垒崩坏，不得已而撤师退回，以俟来日再战……"

司马懿听到这里，心头立时暗暗一紧，右拳在书案上"咚"地一擂："糟了！我大军在辽河西津口必是吃了败仗了……看来，辽东局势有些不稳了！"

"太尉大人您多虑了吧？裴将军在这封讯报里似乎没有这样说啊……"

"他还要怎样明说？遇上霖雨就该在营垒里好好守候待机嘛！毌丘俭一直驻守幽州，他会不清楚辽东的气候？他亲自督修的营垒竟然会被雨水冲垮？这样的理由，你相信吗？"司马懿沉沉一叹，"说到底，擅派毌丘俭举师轻犯辽东伪燕的，毕竟是当今陛下啊！他怎好说是陛下决策失误才致王师在辽河西津口之溃退的？看来，老夫必须尽快进京面圣陈奏大计了！"

"太尉大人……"

"你吩咐下去，让太尉府内外收敛心神，快做准备。陛下的紧急召见令应该早已在从京城赶过来的半路上了，说不定马上就要到了……"

"太尉大人，既然现在连陛下也反过来求您了，您不如顺势来个'痛打落水狗'，呈上一本弹劾表，把曹璠一派彻底打倒，永不翻身！您这个时候出手，魏室定然是毫无招架之力的。"

司马懿此时却显得非常冷静，双眸之中炯炯生光："高手过招，讲究的是'恰到好处'。毕竟陛下是天子，是君上，老夫总得给他一个台阶下呐！阿金，你马上以本太尉的名义拟奏上呈陛下：司马师擅闯行宫、不敬于上，应予惩诫，望陛下勿宽勿纵。"

"太……太尉大人！"牛金差一点儿吼了起来，"这对大公子不公平！大公子只有功，没有过啊！"

司马懿摆了摆手，悠悠叹道："让他受一点儿委屈也没啥，只要把关中这块地盘清扫干净就行了嘛！老夫相信子元，他一定想得通的。"

15　谋天下者，不谋虚名

"来，来，这是西域龟兹藩国进贡而来的炙烤白驼肉，据说吃了它就可以壮元补气、力大如驼！"司马昭用竹筷夹起一块被烤得油亮亮、香喷喷的熟肉，起身离席亲自放在了韦方的木碗里，"韦君你好好尝一尝！"

韦方端着那碗，盯着那肉，眼圈微微红了："二公子乃是何等尊贵的身份，竟然对韦某如此屈尊降恩，以国士之礼待之，韦某真不知该当何以为报！"

"哎呀……你说这些话干什么？"司马昭又为坐在韦方身旁的杨炳亲手斟上了一杯温酒，"此番平氏之役，若无你和杨君一明一暗相得益彰的襄助之力，昭怎能轻轻松松底定功成？真要说什么感谢，也应该是昭来感谢你俩才是！"

一听此言，韦方和杨炳慌忙丢了碗筷放在桌上，一齐在席位上伏下身来："二公子这话来得太重了，我等二人岂敢虚受？"

"你俩何必如此谦逊？"司马昭拉了他二人平身而起，回席看向杨炳，娓娓而道，"文宗，真是辛苦你这些年在南安郡任劳任怨、兢兢业业的沉潜耕耘了！对了，据你所知，此番在长风谷遭到重挫之后,曹寿他们还准备有何异动?"

"启禀二公子,此次长风谷大败之后,曹寿锐气尽丧,惭愧欲绝,整日里闭门自悔,再也无意振作。费曜、戴凌亦决定自负其咎、引罪自劾,等着朝廷的处分下来。北中郎将曹彬也亲自赶到南安郡,催促曹寿尽快辞官回京,以免再取其辱。南安一郡,落入太尉府的绝对掌控,已是指日可待。"

"唉……曹寿这厮,实不足虑,只可惜在长风谷被他白白葬送的那八千多名关中健儿了!他当初若是稍有自知之明,又何至于此?"司马昭深深而叹,忽又问道,"那么,眼下情形既是如此,杨君你又准备何去何从?"

"杨某的一切进退行止,但凭二公子盼咐便是。"杨炳敛色而言,直视着司马昭,双目湛然,毫无虚意。

"杨君,实不相瞒,本来中书省孙资孙大人那里已经拟好了征调你回京入宫担任著作郎的辟书,但却被昭建议暂时搁置了。虽然曹寿、费曜等残余敌党已经不成气候,但他们只是被驱逐出了关中而已,毕竟还没有被我们铲除净尽,难免会有死灰复燃之隐忧!所以,我们千万不能大意……"

"二公子,杨某愿意继续潜伏下来留在曹氏一派当中暗探消息。"

司马昭深深地注视着他,双眸一阵晶莹闪光:"杨君,那可真是辛苦你了!你有什么请求就提出来罢,昭与太尉府决无不允。"

杨炳沉吟了良久,方才叩首而道:"请二公子转禀太尉大人,炳唯有一事相求——炳之堂弟杨嚣,年已弱冠,才学卓异,足堪出仕,请中书省辟他为著作郎!"

"杨嚣?他不是你族叔杨修的遗腹子吗?"司马昭微微迟疑起来,"你也知道,你这位族叔当年曾助陈思王曹植与文皇帝夺嗣……文皇帝即位后可是对他这弘农杨氏一脉下了禁锢之令的……"

"所以,杨某才会恳请太尉大人鼎力相助!杨某愿以终身沉潜晦隐之功换来堂弟杨嚣的扬名入仕……"杨炳在地板上重重地一头磕下,发出沉沉一声闷响。

司马昭听他讲到如此深切的地步，不禁悠悠一叹，思忖了好一会儿，才慢慢说道："弘农杨氏一族果然不愧为久享盛誉的清流之家。就冲着你这一份'舍己为人'的孝悌之德，昭也定要说服太尉大人促成你这堂弟杨嚣的扬名入仕之事！但，昭也有言在先，你所希望的中书省著作郎一事不可操之过急，以免授人以柄。我们可以先让雍州大中正傅嘏出面推荐杨嚣为'秀才'，解了他的身份禁锢，再来徐谋后图。你意下如何？"

"二公子所谋不差，确是可行。炳就代我弘农杨氏全族深深谢过太尉大人和二公子您了。"

"你为我司马府付出这么多，我司马府为你做这些事儿本来就是该当的，你何必这般多礼？这倒有些见外了！"司马昭摆了摆手，一脸的毫不在意。韦方在一边看了这些，心底不禁深深感慨：这司马二公子待人接士之道实是非同寻常——以真心换真心，以竭诚换竭诚，大大方方，自自然然，亲其所当亲，行其所当行，毫不吝薄，毫不迟滞。这四方所致之士人若不归心于他，却又归于谁人？

他正想之间，见到司马昭又将目光转向了自己，淡然讲道："韦君，你在关中之事已然彻底了结。自明日起，你就听从梁参军的安排，悄悄潜回洛阳司马府，寅管家那里正等着你去替他分忧共事呐！"

"诺。韦某谨遵二公子之令。"

司马昭心念转了几转，决定还是把有些话给他当面点明了："韦君，其实那一日你当着昭的面把'蚀心丸'毫不犹豫地一口吞下时，昭就完全信任你了。你到南安郡找杨炳君所要的第一颗所谓'临时性解药'，其实就是化解'蚀心丸'之毒的治本性解药了。前几日昭让你服下的只是一颗养身补气的普通药丸，也只是让你能够安心而已。那毒，昭早就给你解了。"

韦方浑身一震："韦某感激二公子如此信任在下……"

"这些话就不必多说了。"司马昭挥手止住了他，举起酒杯离席而起，缓步走到房舍中间，眺望着窗外南面青蒙蒙的山色，语气里忽然透出来一股莫名的哀伤，"今天本座特意邀了你们两位过来，是让两位共同见证我司马府的一个特殊的纪念仪式……"

"纪念仪式？"韦方一愕，急忙向杨炳看去。却见杨炳神色肃然，亦是起身离席，端了一杯酒默默站在了司马昭身后。

"韦君你有所不知，今天是七月二十三，乃我司马府麾下第一义士隐蕃君的忌日。"司马昭的眼眶里渐渐溢起了晶亮的泪光，带着杨炳一齐朝南面恭恭敬敬鞠了一躬，然后把杯中美酒轻轻沥洒在地板上，微微哽咽而道，"隐蕃君，昭等在此遥祝您于九泉之下安息长眠，永享我等祭祀敬仰之荣！"

韦方哪里知道这隐蕃是何等人物，竟能令司马昭等如此折腰致敬。他满脸诧异地看着他俩郑重其事地祭敬完毕，却又不好多问什么。

归席之后，司马昭看出了他眼里的惊诧之色，便向杨炳颔首示意。杨炳得到了他的默许，这才向韦方娓娓道来："韦兄可是在疑惑这位隐蕃系何许人也，竟能得到司马府上如此致敬纪念？"

"不错。韦某倒颇想一闻他的风采事迹。"

"唔……这说来就有些话长了。那隐蕃君，本是司马府中一名出类拔萃的青年干将，自幼与大公子、二公子交游共学，也深得太尉大人赏识。那是在太和三年，当时太尉大人的职务还是骠骑大将军兼假黄钺都督东、南二方军事。其时东吴气焰嚣张、咄咄逼人，多次在淮南一境挑起战事。太尉大人为了反击东吴，便和镇东将军满宠、杨州牧诸葛诞等议定了一条密计，专门派出隐蕃以降吴东附之徒的身份混入了江东，准备伺机内应而作。

"韦君你不知道，这位隐蕃君博学广闻，甚有辞观，本就是司马府诸多义士中的佼佼者。太尉大人先前已有意推荐他出去担任比一千石官秩的青州治中了。但他还是义无反顾地毅然舍弃了自己的似锦前程，赴往江东以行密计。

"他到了江东之后，凭着自己过人的才华，一路脱颖而出，短短半年之间便在江东孙权手下做到了一千石官秩的尉监之职，连左将军朱据、廷尉卿郝普都称赞他为'王佐之才，前程远大'。倘若那个时候隐蕃君易心改节，想必在江东小朝廷定能晋为九卿列侯之官，荣华富贵亦是唾手可得!

"可是这等高官厚禄的诱惑在隐蕃君那里完全被不屑一顾,他心底念念不忘的始终是太尉大人的重托和内应图吴的密计!于是,他顺利潜伏下来,准备寻找合适的时机与满宠将军、诸葛诞刺史暗通声气,里应外合,发难于吴。不料,由于徐州牧王凌因贪功图利而轻举妄动、乱传指令,引起了隐蕃在准备不足的情形下仓促发难,被孙权抢先镇压了,他本人也不幸遭捕。

"吴人对隐蕃严刑拷打以索同党,他遍体鳞伤而终是一言未泄。后来,孙权还亲临大狱亲自向他劝降:'隐君,你何苦以身之极痛极苦而代他人受罪乎?你若服辞,孤保你富贵长久!'隐蕃慨然答道:'大丈夫欲图非常之功,岂无良伴?吾但求为一烈士而死,终不肯卖友泄密以求荣华!'遂在狱中闭口绝食而亡,终年仅有二十二岁!噩耗传到司马府后,太尉大人为他素服心祭三日三夜,并将隐蕃的辰忌定为全府上下每年必行纪念仪式的祭日,以此激励司马府所有僚属、仆役等向他学习尽忠之道!"

杨炳还未讲完,韦方已是情不自禁湿了眼眶,伏身于席,朝着东南方向深深而拜:"韦某日后一言一行定以隐蕃君为楷模,为司马府之千秋大业赴汤蹈火、万死不辞!"

司马昭闻言,眼底的波光顿时隐隐闪了一下,掠过一丝深深的满意之色。他心情一放,便想起了隐蕃当年与自己同窗伴读的往昔时光,一时百感交集,泪珠又止不住地掉了下来……

凛凛夜风将铜枝灯盘上的朵朵火焰吹得明灭不定、揪人心弦,密室内围坐着的桓范、夏侯玄、曹爽、何晏等人的心绪也如这灯焰一般飘摇不止、难以澄定。

"这司马懿实在是老奸巨猾!万万没有料到他为了精心保护自己魏室'周公'的形象不遭损毁,便阴险之极地退居于幕后,遥控操纵他的两个儿子出来与我等'隔空过招'!"何晏一拍右膝,恨恨地说道,"唉……我们这一方以曹璠、曹忠对阵司马师,以曹寿、费曜、戴凌对阵司马昭，结果他们都败下阵来！看来，这司马家个个都是极厉害的角色啊！我大魏的基业实在是岌岌可危了！"

夏侯玄眉发怒张，勃然叱道："总归是我们自家人不争气！输得实在是一点儿也不冤枉！假若曹忠再收敛一些，曹寿再沉实一些，何至被司马子元、司马子上抓住破绽各个击破？"

曹爽张了张嘴，长叹一声，也不好替自己这两个堂弟辩解什么。

桓范眉宇间忧色浓浓："如今关中二千六百里之域，已然尽行落入他司马懿掌控之中！而且，陛下为了求得他发兵北伐灭燕，必定会将曹璠将军调离长安。这样一来，关中一域真就成了他司马氏'针插不进、水泼不入'的根据之地！我大魏西面的半壁江山算是彻底沦陷了……"

曹爽只觉背心上一阵冰寒，声音不禁颤抖了起来："桓伯父何必如此危言耸听？关中二千六百里疆域毕竟到处都还悬挂着我大魏的旗号嘛，哪里就像辽东变成了'伪燕'一样那般严重？您这话言过其实了……"

桓范却不理他，只自顾自叹道："关中要地全体沦陷，曹璠、曹忠当真是难辞其咎！"

夏侯玄又禁不住拍案怒道："曹叔父（指曹璠）、曹忠弟，也都是身为皇亲国戚了，居然还那般喜好贪墨财宝，真是丢了咱们魏室宗亲的脸！"

曹爽脸上现出几分不以为然来："太初（夏侯玄的字为太初）你这话未免过于尖刻了！这哪里算他们'贪墨'？他们所'贪'的，不过是一时的耳目之娱、心体之乐而已！这也是人之常情嘛！他司马家中人外表看来装得道貌岸然，心中所贪的却是我魏室的万里江山！他们这才是真真正正的'巨贪'！太初，你可不要只顾着指责我们自家人了！叔父和忠弟他们在关中与司马氏一派周旋较量了这些年，也着实不容易！他们没有功劳，也有苦劳嘛……"

夏侯玄听他这么说，只得按捺住满腔愤怒，闭目静默了一会儿，方才长叹而道："玄何尝不知正是如此？玄这是'恨铁不成钢'啊！现在毕竟是我魏室宗亲中人胡作非为而引起了众怒，他司马家中人却借势推波助澜大占上风……倘若曹瑶叔父、曹忠老弟未曾授人以柄，桓伯父与我等在朝中又何至如此被动？"

何晏也急忙出来劝和："昭伯（曹爽的字为昭伯），太初他也是出于好心啊！你可不要再想到别处去了。现在大敌当前，咱们更要精诚团结才是！"

曹爽心底仍是隐隐不快，也不好多说什么，只从鼻孔里闷闷地哼了一声出来："叔父和忠弟固然做得不对，爽却还是希望今后大家在对待他俩时须得公平一些才好！"

桓范何等练达？一下便听出了曹爽话中潜藏着的偏袒之意，他心头顿时暗暗一凉。沉吟了好久，他才开口向曹爽深深而言："昭伯，这不是对曹瑶将军、曹忠校尉公不公平的问题。司马氏现在是假仁假义以作异图，而我等若是恬不知警，反以无仁无义以应付之，则彼此之成败胜负不问而可知也！天下民心之所向，素来厌邪而趋正，弃贪而归仁，而且往往是一去而不可复收，你们千万要慎思、慎思、再慎思啊！"

曹爽满眼里都是漫不经心之意，语气却尽量装得十分恭顺："桓伯父赐教，我等敢不听从？您的忠告，爽一定带回府去传达给诸位叔伯兄弟知晓……"

黑亮的丝幕慢慢拉开，在蛇盘山四象洞的洞厅里，四角处高烛静燃，焰光如柱，照得一片亮堂。

那铺着白虎皮的青石床上，强华恢复了司马昭第一次见到她时的打扮，长长地舒展了四肢，如同一具玉像般平平地躺卧着。

司马昭舔了舔嘴唇，缓缓走了近前，只见她胸前的那条红巾已经松驰下来，两座丰硕的乳峰颤巍巍地一耸一翘着，仿佛随时会把那红巾挣脱而出。

她双目紧闭着，琥珀一般晶莹光洁的肌肤上正渗出细细密密的晶亮汗珠，像含露绽放的玫瑰花一样诱人。腰间的豹皮裙似张似开，纤长的双腿似扭似分。股沟根处的青蛇纹身似活了一般蜿蜒游动着，一直钻进那幽秘而迷人的地方。

司马昭的心像煮沸了一般激荡着：他早就感觉出自从他此番平氐之役获得彻底胜利后，自己心底久埋深藏的蓬勃欲望便已在不知不觉中全被刺激了起来。他紧张了太久，克制了太久，现在真的需要放松一下、发泄一下了……

"来啊！"强华张开了明亮如星的双目，浅浅地微笑着，"司马公子，我大哥和大王已经将我作为我们氐族最珍贵的礼物送给你了……你……你喜欢吗？"

司马昭还没回答，他的手便被她一把抓住了。她拉着他的手在她的胴体上抚摸起来——司马昭感到她的肌肤宛若火烧一般滚烫，抚摸到哪里，哪里就会微微颤栗起来……她的呼吸也随着自己的抚摸越来越激烈，身体便如潮水一样波动起来……刹那间，司马昭的鼻息也粗重得有些异常了！

"司马公子……从见到你的第一眼起，我……我强华就知道你是我命中注定的主人了！"她星眸迷离地说着，声音呢喃而柔美，"我知道，你的胸怀很大，大得不仅可以装下整个蛇盘山，甚至连那陇山、那祁山、那蜀山，都能藏在你的心中；你的志向很高，高得不仅超过了铁木崖，甚至那陇山的雄鹰、祁山的雪雕都飞不到你的高度……我们氐人臣服在你的脚下，是发自内心的不得不服……"

就在这时，司马昭的右手抚到了她的腰间。强华的娇躯触电般轻颤了一下，修长的大腿立刻朝两边分开了来，豹皮裙翻卷之处长蛇状的刺青纹身扭摆缠动着，仿佛引导着他的右手继续深入下去。

"你……你觉得我今天的样子好看吗？动人吗？我……我告诉你一个秘密：我今夜见你之前，特意找我们族里最老的木婆婆要了一点儿我们氐族女孩最珍贵的'春心散'来吃了……你们汉人女孩绝对不能像我今夜一样给予你一生之中最难忘记的快乐的！"

司马昭眉眼间溢出了浓浓的笑意，慢慢伏下身子向她的玉躯压了上去："华儿，我终于得到你这颗心了！我要你永远陪着我，从蛇盘山一路直到洛阳城去，看着我的胸怀最终将怎样包揽到整个天下！"

司马懿果然又一次料对了：幽州刺史毌丘俭在辽河西津口遭到公孙渊骑兵的狙击，于霖雨之中猝不及防，竟然折损了数千人马，只得退回了北关困守不出。公孙渊受此胜利之刺激，顿时野心勃发，立刻起兵南下，直逼魏境。

曹睿闻报，又惊又怒，六日之内连发八道同一内容的紧急圣旨，促召太尉司马懿火速赶回洛阳，共商灭燕大计。

几乎跟着这八道圣旨一齐而来的，是另外几份诏书：免除曹璠的安西将军之职，调回洛阳降为羽林左监；免除曹忠的长安郡屯田校尉之职，降为庶人；免除曹寿的南安郡太守之职，降为庶人，永不启用；迁转费曜、戴凌为洛阳城守门都尉，贬官四级。和这几份诏书形成鲜明对比的，却是一道由中书监刘放亲来宣读的褒奖诏：太尉府参军司马昭征氐有功，晋为万胜亭侯，赐双梁进贤冠，佩龟钮银印，秩同中二千石；凉州刺史孟建、天水太守鲁芝各赏粮六千石、绢绸三百匹；雍州刺史郭淮接任安西将军；破虏将军邓艾晋为关内侯，兼领南安郡太守；长安郡尉王兼接任本郡屯田校尉之职；长安郡丞颜斐升任平原郡太守；长安郡上计掾杨护升任本郡郡丞。

但令人讶异是，杨护竟然称病不起，不受郡丞之一职之赏，辞官挂冠而去。刘放当时欲要穷究，却被太尉府军师赵俨劝了下来："任其养志，以成其美。"

而朝廷对司马师的结论则是在司马懿返京面圣后第三天才发下来，司马师征粮有功，该赏，但擅闯行宫有过，该罚，功过相抵，则予不赏不罚之处置。

几乎所有的关中人士都被这个结论弄得大跌眼镜，但太尉府上下包括司马师本人皆对这一事情表示了意味深长的沉默——似乎什么都没有发生过。

时近七月，秋凉如水，朔风起处，大团大团的阴云卷过沉沉的天际，如同陇西平原上一群群狂奔乱窜的野牛。

长安城内太尉府外邸后花园的方竹亭里，终于送走了前来庆贺却喝得醉醺醺的郭统、胡奋之后，司马师、司马昭两兄弟看了看杯盏狼藉的席筵，互视着苦笑了一下，面对面坐了下来。

司马师向亭中南面那张桌案上望去：那里，乌纱织成的那顶双梁进贤冠，就像一尊小小的华盖宝殿般方方正正地立着。进贤冠的一侧，灿烂夺目的万胜亭侯方印上那只银龟伸颈扬首、凸目傲视，直逼得人不敢正看。

"二弟，今天可是你封侯受爵的大喜日子啊！"司马师转过了目光，朝司马昭含笑而问，"但你看起来好像不太高兴？"

"没有啊！小弟今天着着实实是欢喜之极……"

司马师的双眼微微眯了起来："你何必这么苦撑？我可是你大哥耶……"

司马昭被他盯得渐渐低了声气，脸上一片冰凉，再也坚持不下去了："大哥！亏你还咬定牙根熬受得住，小弟心头可是越想越觉得憋屈！"

"没关系。好好讲出来给大哥听一听罢。有些郁闷之情，你一旦找机会把它说破了，它就不会再在你心口堵得难受了。"

"是啊！其实小弟心底很清楚，说什么'封侯赐爵、功高必赏'，全都是陛下玩的'花招'！他不过是想用这区区一顶冠帽、一方银印就把小弟打发罢了！什么'万胜亭侯'、什么'秩同中二千石'，这些名号听起来倒煞是动人！你看，郭统、胡奋都被它们弄得头昏眼花的！但小弟心底里清醒着呐——试问，陛下给了小弟什么实职和实权了吗？没有！什么也没有！

"大哥，你知不知道，依着尚书台、中书省和司徒府联署拟好的褒奖诏初稿，小弟本应当是会被封为安西将军兼假节的！就算陛下认为这赏赐过了头，至少小弟也可以担任一州之牧吧？然而，陛下在最后签押用玺之时，却将小弟的一切实职之赏尽行削去了，只留下了亭侯爵位和中二千石官秩作为区区的'点缀'！难道小弟还会稀罕他这样的'糊弄'吗？哼……不公不平之人，岂可执掌天下？"

司马师静静地听他说完了这些话，然后徐徐长身而立，神色沉凝，向他正容而言："二弟未受这虚荣浮华之风一丝一毫污染，这让为兄甚感欣慰。不错，曹家这一套'卖空套空'的把戏岂能蒙住二弟你的眼光？是啊！我们司马府上下切切不可对魏室曹家再抱有任何幻想了，他们越是感到自身衰弱无能，就越会对我们父子兄弟猜忌提防！"

"父亲大人讲得很对，曹家余党势力在关中一带被我们几乎扫荡得一干二净，他们的损失那么巨大，就不能容让他们在边边角角上补回几着棋子么？我们既是已有独霸关中之实，就更应当注意避开峥嵘张扬之名了！二弟，你说是也不是？"

深深的笑意丝丝爬上了司马昭的唇角，渐渐变浓变多。他缓缓颔首而道："数月不见，大哥你竟是变了不少！难怪你能对朝廷的不公不平之处置看得那么轻那么淡，只因你的胸怀竟已如此宽广，眼界竟已如此高远！"

"这有什么可赞的？我们都要在深刻的历练之中一步一步迈向理想的巅峰啊！子上，你一定要记住，我俩从小就被父亲大人和母亲大人教导着要尊道贵德、养志蓄气、砺成大器！我俩所受教育之严格与细致，岂是曹忠、曹寿那些纨绔子弟们所能想象的？"司马师挺起了胸膛，双目正视着司马昭，侃侃而谈，"所以，殷国司马氏应该在我俩的手上继往开来，更上层楼！我们司马家中人胸中所怀的是'总齐八荒、济世安民'的雄心壮志，而不是曹璠、曹忠那样的贪心淫欲！我们夺得权柄，是真正想为天下万民做一番轰轰烈烈的雄图伟业；而曹璠他们执掌大权之后却只想作威作福、恣情纵欲、挥霍无度、醉生梦死！这就是我司马氏中人与曹家子弟的区别：我们是天生的夺权者和掌权者，而他们则是天生的享乐者和弄权者！所以，这万里河山交由我们来精心打理，诚然比落在他们手里乱折腾可要好上千万倍！"

"大哥讲得太对了！"司马昭听得满腔热血沸腾，两眼灼灼发亮，"你我'兄弟同心、其利断金'，一定能将司马府的千秋大业继往开来、更上层楼！"

司马师笑微微地拍了拍司马昭的肩膀："来！为兄给你再说一桩

真正值得高兴的事儿——喏，这是关东十六郡数十万受灾士民给父亲大人写来的联名谢恩书，衷心感谢父亲大人以'再世文王'之伟德而任劳任怨、尽心竭力筹齐三百万石粮粟运去救了他们，实为他们的'再生父母'！他们将世世代代永铭大恩、粉身以报！"

说着，司马师弯腰从桌案下推出了一口红木箱子，用手打开之后，一叠叠摁满了鲜红指印，写满了赞誉之词的书信赫然入目！

司马昭一见，不禁呆住了！

瞧着这满满一箱"万民谢恩书"，司马师更是热泪盈眶，情难自抑——它们是由新任巨鹿郡太守董胄、平原郡太守颜斐、并州别驾兼太原郡太守刘靖、兖州刺史王昶、新城郡太守州泰等共同发动治下民众而写的。朝廷亦对此予以嘉勉，并把这一箱"万民谢恩书"附于嘉勉诏之后送给了司马懿。司马懿却恬然而笑，转手便让牛恒送给了司马师，同时对其府中僚属言道："此乃子元功劳也，本座何与焉？本座从不掠人之美以为己有，况对子元乎？此书此诏，就交由子元自行珍藏，以资勉励罢！"

司马昭自然也是懂得大哥在这一场征粮之役中所闯过的种种曲折坎坷，禁不住心弦剧震，躬下身来一封封地翻看着那些受灾民众写来的感谢书，眸中亮光闪跳，深深慨叹道："大哥，这一箱'万民谢恩书'堪称我司马府在关中近年来取得的最大胜利！只要这天下百姓的崇敬爱戴之心都向着我司马府，不消说这区区关中雍凉二州，便是那八荒六合、四海五岳亦都将成为我们囊中之物！而且，任他曹操重生、魏文再世，谁也阻逆不了这席卷天下的浩浩大势！"